古法文・現代法文・中文對照本

# 歐卡森與妮可蕾特

## AUCASSIN ET NICOLETTE

原著/佚名　譯注/李蕙珍 HUEI-CHEN, LI

博凱爾城堡（château de Beaucaire），《歐卡森與妮可蕾特》故事的發生地。現存建築結構大約在西元 12~16 世紀所建，但其歷史可追溯到中古世紀。1875 年被法國文化部列為歷史古蹟。

# 前言

　　筆者於 2012 年至 2016 年期間於國立中央大學法文系開設「法語史」、「法國中世紀文學史」以及「中世紀研究」等課程。儘管中世紀的法國文學作品在歐洲文學史中佔有相當重要的地位，而且為數不少，然而礙於臺灣的讀者無法直接閱讀由古法文所寫成的中世紀文學作品，除了翁德明教授 2003 年所翻／編譯的《愛的春藥：崔斯坦與伊索德》（*Tristan et Iseut*）、2010 年翻譯的《昂密與昂密勒》（*Amil et Amile*）以及 2012 年所翻譯的《聖尼古拉的把戲與巴特蘭律師的笑鬧劇》（*Le Jeu de Saint Nicolas et La farce du maître Pathelin*）是由古法文原典直接翻譯而成之外，對一些從未修習過古法文和對中世紀封建制度的時代背景不甚了解的譯者而言，他們大多只能選擇從英譯本或一般現代法文的譯文版本再轉譯為中文，如果譯者一開始就選擇了誤譯連連的版本翻譯為中文，或是只有現代法文基礎就冒險直接從原文翻譯，很容易會用現代法文的詞義去了解原典，可想而知，翻譯出來的中譯本不僅作品原味盡失，甚至產生誤譯進而誤導讀者對原典的理解。舉 1929 年戴望舒 （1905-1950）的《屋卡珊和尼各萊特》（*Aucassin et Nicolette*）中譯本的第三頁例子來說：他沒有後嗣，沒有兒子，又沒有女兒；只有一個「家僮」（*Il n'avoit nul oir, ne fil, ne fille, fors un seul vallet*）。很顯然地，戴望舒是用現代法文理解 *vallet* 一詞，因為他在此處將 *vallet* 翻譯為「家僮」。的確，現代法文中 *vallet* 有「僕人」之意，但是此詞在古法文中，尤其在此處並無「僕人」之意，相反地，此詞在古法文中通常表示「出身貴族的未婚年輕公子」，為了學習打仗及宮廷禮儀而侍奉一大領主，但並非做一些次要的工作，可見「家僮」此譯文在此處並不適合，翻譯成「年輕公子」比較恰當。諸如此類的誤譯在此中譯本層出不窮，是故 *Aucassin et Nicolette* 此作品有重譯的必要性。此外，戴望舒的 1929 年中譯本將書名 *Aucassin et Nicolette*〔okasɛ̃ e nikɔlɛt〕翻譯為《屋卡珊和尼各萊特》，光從書名的漢譯人名來看，「屋卡珊」（*Aucassin*），這位書中的男主人翁漢譯名字其中的「珊」會讓讀者誤以為 *Aucassin* 是女性，而書中的女主角的譯名「尼各萊特」（*Nicolette*）卻很中性，容易讓讀者在未閱讀前先入為主的認為「尼各萊特」為男性，所以建議書名重譯為《歐卡森與妮可蕾特》，不僅在在發音上更貼近於法文，在詞意上讀者亦可直接從書名猜出男女主角的性別，不致於混淆。再者，由於 1929 年的中譯本至今已相隔九十年之久，由於年代的隔閡，中譯本所使用的某些詞彙或表達方式已逐漸不被現代讀者所理解，例如，戴望舒將 *cevalier*（*s*）（=chevalier）翻譯為「武士」，此詞的翻譯本身並沒有錯誤，然而隨著時間的推移，「武士」原本包含的詞意為「習武之人」、「有勇力之人」、「宮廷守衛」、「日本武士」、「歐洲中世紀封建制度階級中的騎士」，然而現代漢語逐漸傾向於將「武士」意指為「日本武士」，將法文的 *chevalier* 翻譯為「騎士」，因為 *chevalier* 是由詞根 *cheval*

（「馬」）與詞綴-ier（「做……行業／動作的人」）所組成，意即「騎在馬上的戰士／人」，而「武士」此詞並未將法文詞根「（騎在）馬（上）」的部分譯出，是故本版本將前譯本的「武士」改譯為「騎士」。

筆者之所以選定《歐卡森與妮可蕾特》（Aucassin et Nicolette）為訓詁學的研究對象，不僅僅只是因為此作品 chantefable 的文學形式在法國中世紀文學中僅此一例，而且此作品的篇幅約佔手稿中1470 行，長度適中，方便進行全文詳盡的詞彙（sémantique）、語法（syntaxe）、拼寫法（graphie）、音韻或稱為歷史語言學（phonétique historique）、構詞（morphologie）、手稿狀態（desciption du manuscrit）以及作品源頭（sources du récit）文獻資料之探討。

此譯注本是由古法文原典直接譯出；然而由於手稿有幾頁缺損，本版本主要參考 Hermann Suchier、Mario Roques、Louis Moland et Charles d'Héricault、Francis William Bourdillon 的校注本交互比對採納其中版本所建議還原的文字缺失部分；現代法文譯文部分，本版本為了讓學過現代法文的讀者能與古法文原文做文法結構的對比，現代法文的翻譯略偏向直譯，並且同時參考 Arthur Bovy、Gustave Cohen、Alexandre Micha、Alfred Delvau、Jean Dufournet、Philippe Walter 的譯文以及恩師 Claude Buridant 給予的寶貴現代法文翻譯建議與指正；中譯文部分則修正之前中譯本中的謬誤處，讓新版的中文譯注呈現古法文原文、現代法文譯文和中文譯文三文並列的對照版本，目的是要讓有法文基礎的讀者可以看到古法文和現代法文在句型、詞彙、音韻與拼寫之間的差異（其中還包含古皮卡第方言特色之介紹），再伴隨中文譯文，讓無法文基礎的讀者也能閱讀中世紀文學作品。

此版本為方便讀者閱讀，採隨頁注解，原典頁碼標示在括弧中（例如〔70b〕）；謄寫的原文在行間的位置也盡量符合手稿原狀，只有在行末時若是字詞未謄寫完，行末的字詞剩餘部分跨行至下一行才謄寫完，這時此版本為了方便閱讀，採取將此詞移至下一行謄寫，例如第二章第八行末與第九行第一個詞的原文原本是 *a pié et a ce/val*，為了怕讀者將 *ceval*（=cheval）與 *ce val* 混淆，筆者將此跨行的詞移至下一行謄寫為完整的一個詞 *ceval*。本版本和其他傳統校注版一樣，將手稿中的縮寫和羅馬數字盡量還原，只有在行空間不足時才會因為節省空間運用手稿中的羅馬數字。

　　最後，我要特地感謝昔日學生汪皓倫與藍寅牧在我譯注過程中不厭其煩地幫忙校稿，還有我之前在中央法文系工作時的學生和親友給我的鼓勵，讓這本譯注版能夠順利完成。然而此版本由於筆者的學識和見解仍有侷限與不足，若有疏漏處，還望學界同行與讀者能不吝賜教。

# contents 目次

# 慣用縮寫與特殊符號一覽表

Liste de signes conventionnels et des principales abréviations

| 符號 | 符號意義解釋 | 範例 |
|---|---|---|
| ‒ | 長音符，寫於母音上方，表拉丁文中的長音（voyelle longue）。 | ā, ē, ī, ō, ū |
| ‿ | 短音符，寫於母音上方，表拉丁文中的短音（voyelle brève）。 | ă, ĕ, ĭ, ŏ, ŭ |
| ˰ | 寫於母音的下方，標示出古法文中的二合元音（diphtongue）中非重音的母音（voyelle non accentuée ou atone）。 | ei̯, ai̯, au̯, ou̯ |
| ˘ | 寫於子音下方，代表顎音化（consonne palatalisée）。 | ṇ, ṭ, ḷ |
| ˎ | 寫於母音下方，代表是開口音（voyelle ouverte）。 | ẹ, ọ |
| . | 寫於母音下方，代表是閉口音（voyelle fermée）。 | ẹ, ọ |
| ´ | 寫於重音節中母音上方，代表此母音是重音（voyelle accentuée）。 | MÁRE |
| * | 上標並寫於字詞前方，用以表示此字詞為還原古典拉丁文的形態，然而在書面形式中並未發現此字詞。 | *CAPU > chef |
| Ø | 代表「消失不見」。 | u>Ø |
| > | 代表「演變成」的意思。 | CANTARE > chanter |
| < | 代表「源自於」的意思。 | Faire < FACERE |
| ~ | 鼻音化符號，寫於母音上方，表示此母音鼻音化（voyelle nasalisée）。 | 〔plẽ〕, 〔ãfã〕 |
| 〔〕 | 方括號（les crochets）用來標示語音學上的音標，字詞可以是假設還原的型態（forme restituée）或是書面上有記載（forme attestée）的型態。 | |
| adj. | 「形容詞」，是 adjectif 之縮寫。 | |
| adv. | 「副詞」，是 adverbe 之縮寫。 | |
| AF | 代表「古法文」的意思。約莫為 9-13 世紀時期的法文，ancien français 之縮寫。 | |
| BL ou bas lat. | bas latin 之縮寫，是 2-8 世紀時期的晚期拉丁文。 | |
| cf. | 「參照」、「參考」，是 confer 之縮寫。 | |
| COD | 「直接受詞」，是 complément d'objet direct 之縮寫。 | |
| COI | 「間接受詞」，是 complément d'objet indirect 之縮寫。 | |
| cond. | 「條件式」，是 conditionnel 之縮寫。 | |

| 符號 | 符號意義解釋 | 範例 |
|---|---|---|
| conj. | 「連接詞」，是 conjonction 之縮寫。 | |
| CR | 「偏格」，是 cas régime 之縮寫。 | |
| CS | 「正格」，是 cas sujet 之縮寫。 | |
| fém. | 「陰性」，是 féminin 之縮寫。 | |
| FM | 「現代法文」（16 世紀以後），是 français moderne 之縮寫。 | |
| fut. | 「未來時」，是 futur 之縮寫。 | |
| germ. | 「日耳曼語」（germanique）之縮寫。 | |
| imp. | 「命令式」，是 impératif 之縮寫。 | |
| impf. | 「未完成過去時」，是 imparfait 之縮寫。 | |
| ind. | 「直陳式」，是 indicatif 之縮寫。 | |
| inf. | 「原形動詞」，是 infinitif 之縮寫。 | |
| lat. | 「拉丁文」，是 latin 之縮寫。 | |
| lat. pop. | 「民間拉丁文」，是 latin populaire 之縮寫。和「通俗拉丁文」同義。 | |
| LC | 「古典拉丁文」，是 latin classique 之縮寫。 | |
| LV | 「通俗拉丁文」，是 latin vulgaire 之縮寫。 | |
| MAJUSCULE（大寫） | 大寫字詞在探討音韻或歷史語音學（phonétique historique）時代表是古典拉丁文或通俗拉丁文的字詞型態；在以歷史語義學（sémantique）或構詞學（morphologie）角度討論詞彙歷時性的演變時則保持小寫。 | CAUSA：cevaliers < lat.caballarius |
| masc. | 「陽性」，是 masculin 之縮寫。 | |
| MF | 「中法文」，是 14-15 世紀的中世紀法文，為 moyen français 之縮寫。 | |
| p1 | 第一人稱單數。 | |
| P2 | 第二人稱單數。 | |
| P3 | 第三人稱單數。 | |
| P4 | 第一人稱複數。 | |
| P5 | 第二人稱複數。 | |
| P6 | 第三人稱複數。 | |
| pl. | 「複數」，是 pluriel 的縮寫。 | |
| prép. | 「介係詞」，是 préposition 的縮寫。 | |
| s. | 「世紀」，是 siècle 的縮寫。 | 5s.（第五世紀）；10-12s.（第十到第十二世紀） |
| sing. | 「單數」，是 singulier 的縮寫。 | |
| v. | 「約莫」，是 vers 的縮寫。 | |
| vs | 「與……相對比」，為 versus 之縮寫。 | |

# 國際音標（API）與羅曼語學者使用之音標對照表

Alphabet Phonétique International
vs
Alphabet phonétique des romanistes[*]

注：

羅曼語學者使用之音標（alphabet phonétique des romanistes）又稱波赫梅爾－布爾西耶音標（alphabet de Boehmer-Bourciez）或是布爾西耶音標（alphabet de Bourciez），此音標以兩位中世紀訓詁學家 Eduard Boehmer 與 Édouard Bourciez 命名，有時會省去波赫梅爾只簡稱布爾西耶音標。此一音標系統專門用以標示古法文與羅曼語的發音。

# 一、母音（voyelles）

## 口腔母音（voyelles orales）

| API | Alphabet des Romanistes | 實例 | 以國際音標標示之實例 | 以羅曼語學者使用音標標示之實例 |
|---|---|---|---|---|
| i | i | dit, lit | 〔di〕, 〔li〕 | 〔di〕, 〔li〕 |
| e | ẹ | blé, pied | 〔ble〕, 〔pje〕 | 〔blẹ〕, 〔pyẹ〕 |
| ε | ę | père, parlais | 〔pεR〕, 〔paRlε〕 | 〔pęR〕, 〔paRlę〕 |
| a | a | table, patte | 〔tabl〕, 〔pat〕 | 〔tabl〕, 〔pat〕 |
| ɑ | â | âne, pâte | 〔ɑn〕, 〔pɑt〕 | 〔ân〕, 〔pât〕 |
| ɔ | ǫ | corps, jaune | 〔kɔR〕, 〔ʒon〕 | 〔kǫR〕, 〔žǫn〕 |
| o | ọ | chaud, tôt | 〔ʃo〕, 〔to〕 | 〔šọ〕, 〔tọ〕 |
| u | u | douche, loup | 〔duʃ〕, 〔lu〕 | 〔duš〕, 〔lu〕 |
| y | ü | eu, sur | 〔y〕, 〔syR〕 | 〔ü〕, 〔süR〕 |
| ø | œ̣ | feu, nœud | 〔fø〕, 〔nø〕 | 〔fœ̣〕, 〔nœ̣〕 |
| œ | œ̦ | fleur, œuvre | 〔flœR〕, 〔œvR〕 | 〔flœ̦R〕, 〔œ̦vR〕 |
| ə | ę̇ | AF：le maistre | --- | 〔lę mẹstrę〕 |
| ə | œ | monsieur, faisant | 〔məsjø〕, 〔fəzã〕 | 〔mœsyœ〕, 〔fœzã〕 |

## 鼻腔母音（voyelles nasales）

| API | Alphabet des Romanistes | 實例 | 以國際音標標示之實例 | 以羅曼語學者使用音標標示之實例 |
|---|---|---|---|---|
| ã | ã | enfant, paon | 〔ãfã〕, 〔pã〕 | 〔ãfã〕, 〔pã〕 |
| ɛ̃ | ẽ | main, thym | 〔mɛ̃〕, 〔tɛ̃〕 | 〔mẽ〕, 〔tẽ〕 |
| œ̃ | œ̃ | brun, parfum | 〔bRœ̃〕, 〔paRfœ̃〕 | 〔bRœ̃〕, 〔paRfœ̃〕 |
| ɔ̃ | õ | pont, ombre | 〔pɔ̃〕, 〔ɔ̃bR〕 | 〔põ〕, 〔õbR〕 |

# 二、半母音或半子音（semi-voyelles ou semi-consonnes）

| API | Alphabet des Romanistes | 實例 | 以國際音標標示之實例 | 以羅曼語學者使用音標標示之實例 |
|---|---|---|---|---|
| w | w | voiture, ouate | 〔vwatyR〕, 〔wat〕 | 〔vwatüR〕, 〔wat〕 |
| ɥ | ẅ | huile, juin | 〔ɥil〕, 〔ʒɥɛ̃〕 | 〔ẅil〕, 〔žẅẽ〕 |
| j | y | fille, yeux | 〔fij〕, 〔jø〕 | 〔fiy〕, 〔yœ〕 |

# 三、子音（consonnes）

## 閉合音（occlusives）

### 1.雙唇音（bilabiales）

| API | Alphabet des Romanistes | 實例 | 以國際音標標示之實例 | 以羅曼語學者使用音標標示之實例 |
|---|---|---|---|---|
| p | p | panier, pied | 〔panje〕，〔pje〕 | 〔panyẹ〕，〔pyẹ〕 |
| b | b | banc, branche | 〔bɑ̃〕，〔bRɑ̃ʃ〕 | 〔bã〕，〔bRãš〕 |

### 2.齒音（dentales）

| API | Alphabet des Romanistes | 實例 | 以國際音標標示之實例 | 以羅曼語學者使用音標標示之實例 |
|---|---|---|---|---|
| t | t | tableau, tortue | 〔tablo〕，〔tɔRty〕 | 〔tablọ〕，〔tọRtü〕 |
| d | d | dent, dîner | 〔dɑ̃〕，〔dine〕 | 〔dã〕，〔dinẹ〕 |

### 3.軟顎音（vélaires）

| API | Alphabet des Romanistes | 實例 | 以國際音標標示之實例 | 以羅曼語學者使用音標標示之實例 |
|---|---|---|---|---|
| k | k | carte, quatre | 〔kaRt〕，〔katR〕 | 〔kaRt〕，〔katR〕 |
| g | g | guerre, gascon | 〔gɛR〕，〔gaskɔ̃〕 | 〔gẹR〕，〔gaskõ〕 |

### 4.鼻音（nasales）

| API | Alphabet des Romanistes | 實例 | 以國際音標標示之實例 | 以羅曼語學者使用音標標示之實例 |
|---|---|---|---|---|
| m | m | maison, mot | 〔mɛzɔ̃〕，〔mo〕 | 〔mẹzõ〕，〔mọ〕 |
| n | n | nonne, animal | 〔nɔn〕，〔animal〕 | 〔nọn〕，〔animal〕 |
| ɲ | ṇ | espagnol, agneau | 〔ɛspaɲɔl〕，〔aɲo〕 | 〔ẹspaṇọl〕，〔aṇọ〕 |
| ŋ | ṅ | parking, kung-fu | 〔paRkiŋ〕，〔kuŋfu〕 | 〔paRkiṅ〕，〔kuṅfu〕 |

# 擦音（constrictives）

## 1.塞擦音（fricatives）

| API | Alphabet des Romanistes | 實例 | 以國際音標標示之實例 | 以羅曼語學者使用音標標示之實例 |
|-----|-----|-----|-----|-----|
| ʃ | š | chapeau, schéma | 〔ʃapo〕, 〔ʃema〕 | 〔šapọ〕, 〔šẹma〕 |
| ʒ | ž | gilet, jambe | 〔ʒilɛ〕, 〔ʒɑ̃b〕 | 〔žilẹ〕, 〔žãb〕 |
| s | s | garçon, assis | 〔gaRsɔ̃〕, 〔asi〕 | 〔gaRsõ〕, 〔asi〕 |
| z | z | rose, sixième | 〔Rɔz〕, 〔sizjɛm〕 | 〔Rọz〕, 〔sizyẹm〕 |
| f | f | phoque, effacer | 〔fɔk〕, 〔efase〕 | 〔fọk〕, 〔ẹfasẹ〕 |
| v | v | vélo, wagon | 〔velo〕, 〔vagɔ̃〕 | 〔vẹlọ〕, 〔vagõ〕 |
| β | β | espagnol：haber LV：nepóte （Vᵉ siècle） | 〔aβɛr〕, --- | 〔aβẹr〕, 〔nẹβọdẹ〕 |
| θ | θ | anglais：thing LV：fide （VIIᵉ-VIIIᵉ siècle） | 〔θiɲ〕, --- | 〔θiṅ〕, 〔fẹiθ〕 |
| ð | ð | anglais：this LV：núdu （VIᵉ siècle） | 〔ðis〕, --- | 〔ðis〕, 〔nuðọ〕 |

## 2.顫音（vibrantes）

| API | Alphabet des Romanistes | 實例 | 以國際音標標示之實例 | 以羅曼語學者使用音標標示之實例 |
|-----|-----|-----|-----|-----|
| r （舌尖齒槽音，彈舌音） | r | espagnol：toro, AF：mer | 〔torɔ〕, --- | 〔tọrọ〕, 〔mẹr〕 |
| R | R | reine, réveil | 〔Rɛn〕, 〔Revɛj〕 | 〔Rẹn〕, 〔Rẹvẹy〕 |
| l | l | ville, mille | 〔vil〕, 〔mil〕 | 〔vil〕, 〔mil〕 |
| ʎ | ļ | italien：figlia AF：fueille | 〔fiʎʎa〕, --- | 〔fiḷḷa〕, 〔füœḷẹ〕 |
| ɫ | ɫ | AF：fiz | --- | 〔fiɫts〕 |

## 噓音 *h*（aspirée «h»）

| API | Alphabet des Romanistes | 實例 | 以國際音標標示之實例 | 以羅曼語學者使用音標標示之實例 |
|---|---|---|---|---|
| h | h | anglais：hello, latin：<u>h</u>onōrem （I[er] siècle） | 〔hələu̯〕, --- | 〔hœlœu̯〕, 〔onōre〕（I[er] siècle）（從第一世紀起，拉丁文 h 已不再發音；尾子音 m 則在古典拉丁文時便已不再發音） |

# 導論

## 一、作品年代與所屬文學體裁

　　根據研究中世紀文化的學者推測，《歐卡森與妮可蕾特》(*Aucassin et Nicolette*) 約莫撰寫於十二世紀末期至十三世初期，作者佚名。作者在作品的第四十一章倒數第二行處將其稱之為 *chantefable* 的文體形式 (genre littéraire)。此詞 *chantefable* ( *no cantefable prent fin* = notre chantefable se termine ) 是由兩個動詞所組成：*chante* (「唱」) 和 *fable* (在古文中此一動詞有「敘述」、「說話」、「對話」、「閒聊」之意)。此一文體是由韻文和散文交替所組成，在中世紀十二至十三世紀期間的文體中僅此一例。全文分為四十一個章節 (séquences)，二十一章韻文 (vers) 和二十章散文 (prose)。單數章節為韻文體，大部分由七 (heptasyllabes) 或八個音節 (octosyllabes) 的詩句所構成，最後再加上一行四或五個音節的詩句收尾。四十一個章節中有三十三個章節包含了對話和獨白。這一文體形式至今仍引起專家不同的推論。此一文體是作者獨創？亦或在當時也有相同文體的作品，只是現今已失傳？為何至今單單只有《歐卡森與妮可蕾特》流傳下來？此外，此作品的內容也很難被輕易歸類。目前為止，有不同專家將其歸類成「小說」(roman) [1]、「故事」(conte) [2]、「短篇小說」(nouvelle) [3]、「中世紀韻文故事」(fabliau) [4] 或是「劇本」(composition dramatique)，至今尚

---

[1]　Gaston Paris, *Poèmes et légendes du Moyen-Âge* (Paris: Société d'édition artistique, 1900), 98; Myrrha Lot-Borodine, *Le roman idyllique au Moyen Âge* (Paris: Picard, 1913), 75.

[2]　Myrrha Lot-Borodine, 76.

[3]　Hermann Suchier ( 1906, VI ) 在其校注版的前言中認為《歐卡森與妮可蕾特》是一篇「短篇小說」(nouvelle)。

[4]　Pierre Jean-Baptiste Legrand d'Aussy, 《Aucassin et Nicolette》, *Fabliaux ou contes, fables*

未有定論。由於《歐卡森與妮可蕾特》內包含了不同人物之間的對話，與劇本的呈現方式雷同，所以一些學者大膽假設此一作品是給演員而非聽／觀眾讀的劇本，因為故事部分可以由說故事人透過模仿方式呈現，劇情部分則由幾個演員分飾扮演；另一些學者如 Mario Roques（1982, V）與 Omer Jodogne（1960, 54），則認為此作品是一部默劇（mime），因為整部作品可以由說書人（diseur）一人自彈自唱和分飾所有角色，透過手勢和聲音的模仿與變化滿足敘述與角色的切換問題，當然默劇也可請一到兩位表演者輔助演出。

以中法比較文學的角度出發，戴望舒 1929 年將 *chantefable* 一詞翻譯為法國「古彈詞」，主要原因是《歐卡森與妮可蕾特》包含了說與唱兩部分，還有此一手稿在韻文章節中會標出其樂譜旋律用以吟唱，讓人聯想起流行於元明時期的說唱文學——「彈詞」。「彈詞」的文字和 *chantefable* 一樣，也包括了說白與唱詞部分。唱詞部分則以七言韻文為主，間有穿插三言句。「彈詞」的演出可以是單人演出，亦可以是兩三人合力演出。Ch'en Li-Li（1971, 255-261）則在其中法比較文學論文中將中國唐代出現的「變文」（pien-wen）文體與《歐卡森與妮可蕾特》的文體 *chantefable* 做一對照研究，Ch'en Li-Li 特別選擇將《歐卡森與妮可蕾特》與《伍子胥變文》做比較分析，發現兩種文體皆是和「彈詞」一樣包含有說白和唱詞兩部分，韻文和散文輪流交替出現。《歐卡森與妮可蕾特》和其他同時期用八音節寫成的韻文小說（romans en octosyllabes）〔如《玫瑰傳奇》（*Le Roman de la Rose*）、《狐狸的故事》（*Le Roman de Renart*）、法國的瑪莉所創

---

*et romans du XIIe et du XIIIe siècle*, tome 3 (Paris: Jules Renouard, 1832), 341-373.

作的短篇故事敘事詩歌（*Les lais de* Marie de France）、克雷蒂安·德·特魯瓦的圓桌武士系列小說（romans de Chrétien de Troyes）等〕不一樣，作者在韻文部分選擇採用七音節詩，結尾則用五音節詩（例如第一章的一行至第二行與最後一行：*Qui*（1）/*vau*（2）/*roit*（3）/*bons*（4）/*vers*（5）/*o*（6）/*ir*（7）/|*del*（1）/*de*（2）/*port*（3）/*du*（4）/*viel*（5）/*an*（6）/*tif*（7）/〔…〕*tant*（1）/*par*（2）/*est*（3）/*dou*（4）/*ce*（5）/.）。這個特點和「變文」雷同，因為變文中的韻句常常用七言句，偶而夾雜五言句（例如《伍子胥變文》中：子胥別姊稱好住！／不須啼哭淚千行。父兄枉被刑誅戮／心中寫火劇煎湯／丈夫今無天日分／雄心結怨苦蒼蒼／儻逢天道開通日／誓願活捉楚平王。捥心并臠割／九族總須亡／若其不如此／誓願不還鄉）；再者，韻文部分的平均長度都是二十來行；《歐卡森與妮可蕾特》韻文部分最長的為 42 行（séquence XI），最短的為 10 行（séquence XXXIII）；《伍子胥變文》最長的韻文段落則是 40 行，最短的為 6 行。《歐卡森與妮可蕾特》押的是諧元韻（assonance），而《伍子胥變文》則是押全韻（rime）[5]。「彈詞」、「變文」與 *chantefable* 三者的結構往往皆包含有開場白、故事本身、結語。可惜的是「變文」的曲調部分並未有文獻保存下來。「變文」中的故事主角常常是佛陀或其弟子（如大目犍連）、帝王（如舜子、唐太宗）、將領（如王陵、李陵、張義潮）、歷史或民間傳說人物（如王昭君、孟姜女），然而《歐卡森與妮可蕾特》的內容僅僅是描述兩位年輕人的愛情故事。

---

[5] 諧元韻（assonance）意為韻押在重音節的元音（voyelle）上，押全韻（rime）則是韻不僅要押在重音節元音上，元音後的輔音（consonne）也應相同。

儘管沒有決定性的證據足以證明「變文」與《歐卡森與妮可蕾特》的直接關聯，Ch'en Li-Li 在論文中大膽假設「變文」的說唱文體有可能因為唐朝與土耳其人以及阿拉伯人的接觸關係，透過阿拉伯帝國的西進傳播，進而將變文的固定七言曲調傳至歐洲影響其十二至十三世紀的文學作品形式。事實上，「變文」出現並流行於於八至十世紀，「彈詞」則出現在十四世紀末，《歐卡森與妮可蕾特》為十二世紀晚期或十三世紀前半葉之作品，相對於中國南宋時期，是以本版本不採用這兩個類似的文學文體來翻譯為中文，而是採用也是受到唐代「變文」影響，自宋朝開始流行被稱之為「話本」的說唱文學形式來翻譯，「話本」意即「說話」的底本。

## 二、作者

《歐卡森與妮可蕾特》的故事內容在講述一對相愛的年輕情侶，男主人公歐卡森是博凱爾伯爵的獨子兼繼承人，而女主人公則是被信仰天主教的子爵從撒拉遜人手中買回來身世不明的奴隸戰俘，受洗為天主教徒並成為子爵的教女。由於身分懸殊，遭到男方父母反對而被迫分開，兩人歷經重重波折與考驗，最後多虧了女主角機智和勇敢，有情人終成眷屬。但以文學角度來看，此作品的原創性引起了專家學者對作者身分的臆測。和大多數的中世紀文學作品一樣，作者不可考。Gaston Paris（1900, 100）認為作者採用諧元韻（assonance）而非押全韻（rime）顯現出此作品的古老特徵，他臆測作者應該活在路易七世（Louis VII）統治時期（1137-1180）而不是腓力二世・奧古斯都（Philippe II Auguste）在位期間（1180-1223），然而 Mario

Roques（1982, XIV）卻駁斥 Gaston Paris 所認為的諧元韻（assonance）
為古老特徵之言論，因為直到十三世紀諧元韻仍然在文學作品中出
現（例如《波爾多的宇翁》（*Huon de Bordeaux*））。Gaston Paris（1900,
102）推測作者很可能來自阿拉斯（Arras），職業很可能是行吟詩人
（jongleur），因為在文中作者很有可能藉由妮可蕾特喬裝成行吟詩
人來間接描寫其自身的職業。和 Gaston Paris 一樣，Hermann Suchier
（1906, VI）也認為作者是行吟詩人，但是作者應該來自於埃諾
（Hainaut），本身應該有一定的文學素養和閱讀過拉丁詩人的作品，
作者在第一章第二行便自詡為 *viel antif*（老叟），然而 *viel antif* 在
《羅蘭之歌》（*La Chanson de Roalnd*）中卻是羅蘭的坐騎之名，可見
作者閱讀過《羅蘭之歌》。對 Mario Roques（1982, XI）而言，《歐卡
森與妮可蕾特》的作者應該是一位熟悉同時期的作家作品的職業作
家，Jean Dufournet（1984, 21）也證實前人的推論，認定作者對當代
的文學瞭若指掌，尤其是克雷蒂安・德・特魯瓦的小說。他對男女
主角的人物特寫符合中世紀的審美觀和描寫法；作者也非常擅於人
物性格的刻畫（男主角因愛情而不盡他少主保家衛國的本分、女主
角機靈聰慧、偵察哨兵的巧妙警告女主角巡邏兵的到來）；作者也留
意在不同場合中將不同人物呈現出各自的說話語氣：例如放牛人回
話的粗暴語氣、牧童廣泛運用指小詞（diminutifs）等。故事內容幾
乎很勻稱的分為三個部分：受到障礙的愛情(I-XV)；情侶私奔(XVI-
XXVI)；冒險奇遇以及回歸故鄉（XXVII-XLI）。作者善用幽默的方
式仿效武勳之歌( chansons de geste )、宮廷風雅文學( romans courtois )

或牧歌（pastourelles）、田園小說（romans idylliques）[6]的寫作語氣和方式來取悅大眾。此外，此作品的內容呈現出在中世紀不同文類中經常出現的人、事、物、地點或習俗，如封建制度的爭戰（guerre féodale）、在森林尋獵奇珍異獸（chasse à la bête dans la forêt）、長相醜陋的放牛人（bouvier hideux）、暴風雨（tempête）、心上人的一絡頭髮（mèche des cheveux de la bien-aimée）、遇見牧童（rencontre avec les bergers）、價值觀相反的世界（monde à l'envers）、男人坐月子（couvade）、女主角女扮男裝成吟遊詩人（déguisement en jongleur）、年少的男基督徒與撒拉遜女奴的愛情（amour d'un jeune chrétien pour une esclave sarrasine）等等。

## 三、手稿與手抄員

此一作品目前僅剩下唯一的一本十三世紀末的中世紀手稿孤本，珍藏於巴黎國家圖書館（Bibliothèque Nationale de France），編號 FR 2168，四開本。此一手稿包含了 21 部不同性質的作品，《歐卡森與妮可蕾特》只占了手稿中 fol. 70 Recto-80 Verso 的篇幅，每頁皆為雙欄編排版，每欄有 37 行。此手稿並非出自同一手抄員之手，應該由五位手抄員謄寫此一手稿，然而《歐卡森與妮可蕾特》此一部分之文本應該出自於同一手抄員之手。此部分的字跡略顯潦草，有時 a 與 o 或 e 與 o 之間很難作一確切的區分，但是會盡量將字母 u 與 n 清楚區別。當手抄員發現謄抄文字有誤時，會自行更正，並

---

[6] Omer Jodogne, «La parodie et le pastiche dans *Aucassin et Nicolette*», *Cahiers de l'Association internationale des études françaises*, 12, 1960, 53-65.

將錯誤文字部分劃去，由此可推斷手抄員並非是一位粗心大意又知識淺薄之人。

## 四、作品源頭

　　直至十四世紀前，中世紀的文學作品並不被視為獨一無二與個人的創作，作者往往會從當代文學作品、希臘或阿拉伯文學作品中的故事情節汲取靈感，Hugo Brunner 在他 1880 年發表的關於《歐卡森與妮可蕾特》的論文中發現《歐卡森與妮可蕾特》與同時期的《福樓瓦與白花》（*Floire et Blancheflor*）故事有多處相似之處：

1. 兩位男主角的社會地位相似，都是大領主的獨生子（一位是國王之子，另一位是伯爵之子）；女主角皆是異國的奴隸（儘管妮可蕾特在故事的結尾揭開其身世原為撒拉遜公主之謎，而白花仍然是一位無父無母的可憐女奴）；在《歐卡森與妮可蕾特》的故事結尾淡化了男女主角社會地位的懸殊；

2. 這兩對情侶皆因門不當戶不對而遭到男方的父親反對，為了拆散他們，男主角的父親讓人將女主角送走並且想殺死女主角；

3. 由於女主角的失蹤，男主角決定出發找尋愛人，最後終於找到女主角並和她結為連理，男主角的父親則在男主角不在時去世。

　　從這些相似處，Hugo Brunner 得出《福樓瓦與白花》為《歐卡

森與妮可蕾特》的作品源頭（source du récit）的結論。Myrrha Lot-Borodine（1913, 77-79）則對 Hugo Brunner 的結論採取質疑的態度，因為除了 Hugo Brunner 列舉的相似處之外，兩部作品也有不少相異之處：

1. 在《福樓瓦與白花》故事中，女主角被男主角的父親賣給巴比倫的商人，而後再轉賣給蘇丹王，後者將女主角關在處女塔（la tour des pucelles）內等待蘇丹王挑選新的妻子，然而《歐卡森與妮可蕾特》的女主角則在博凱爾時便靠一己之力從監牢中逃離；

2. 在《福樓瓦與白花》故事中，福樓瓦冒著生命危險長途跋涉才找到白花，但是歐卡森出發前去森林找尋妮可蕾特，兩人很快便重逢，並且在多樂羅樂王國（royaume de Torelore）度過了三年幸福快樂的時光，之後因撒拉遜人攻佔多樂羅樂國，兩人才而被迫分開，是故《歐卡森與妮可蕾特》的後半段故事情節和《福樓瓦與白花》明顯不同；

3. 兩部作品的故事結尾也大相逕庭。《福樓瓦與白花》的結局是這對情侶在相認重逢後被蘇丹王抓住並判死刑，隨後被蘇丹王赦免死罪，兩人一齊回到巴比倫。《歐卡森與妮可蕾特》的故事結尾則是歐卡森獨自先回到博凱爾，妮可蕾特在找回自己身世是卡塔赫納的公主後，喬裝成行吟詩人前往博凱爾找尋歐卡森。

由於《福樓瓦與白花》與《歐卡森與妮可蕾特》有諸多相似處，引導學者認為《歐卡森與妮可蕾特》的創作源頭源自於東方，因為《歐卡森與妮可蕾特》的故事發生地點位於普羅旺斯省（Provence），此處往東可以通往東方（Orient），往西則能通向當時被撒拉遜人佔領的西班牙。再來就是根據 Hugo Brunner（1880, 12）的推測，男主角的名字歐卡森（Aucassin）源自阿拉伯，因為在西元 1019-1021 年間有一位西班牙科爾多瓦（Cordoue）的摩爾國王名叫 *Alcazin*，所以男主人翁的名字歐卡森（Aucassin）應該是將 *Alcazin* 轉變為法文的形式。妮可蕾特（Nicolette）則是希臘聖者尼古拉（Nicolas）的女性相對應名字，由於聖尼古拉廣被法國信徒所景仰，妮可蕾特便成為一個法國和西方基督教世界中很常見的名字。再來就是有學者認為在阿拉伯、波斯和土耳其的文學中常常和《歐卡森與妮可蕾特》一樣，會有韻文與散文交錯出現的狀況，只是在這些東方文學作品中，韻文部分可以任意刪去而不影響故事情節的發展，但是在《歐卡森與妮可蕾特》中，故事的情節在韻文部分或是散文部分連續不間斷地鋪展開來，環環相扣，如果硬將韻文部分刪去會造成故事前後不連貫。儘管上述論點各有其依據，然而卻仍然沒有任何確切的證據可以證明《歐卡森與妮可蕾特》和這些東方文學作品有直接的關聯。

　　除了《福樓瓦與白花》以外，《歐卡森與妮可蕾特》也與十二世紀改編自古羅馬詩人奧維德（Ovide）《變形記》（*Métamorphoses*）中的一則叫《比拉姆斯與蒂絲蓓》（*Pyramus et Thisbé*）的法文韻文體傳奇故事有著非常多的相似處。Edmond Faral（1913, 26-33）在檢視《比拉姆斯與蒂絲蓓》與《歐卡森與妮可蕾特》兩部作品時發現，

除了這兩部作品在主線上男女主角的雙親皆不同意他們的結合外[7]，前半部在細節上有不少近似之處，例如在《比拉姆斯與蒂絲蓓》中男女主角在七歲前就相戀，其後兩人的戀情在長大後仍然持續不變；《歐卡森與妮可蕾特》的作者在第一章便開門見山地表示他要講述的是一對相愛的小情侶，就算長大後兩人仍然相愛。此外，兩部作品的男女主角皆儀表出眾且相貌堂堂。在《比拉姆斯與蒂絲蓓》中，一位農奴向蒂絲蓓的母親告發比拉姆斯與蒂絲蓓之間的愛情，蒂絲蓓的母親便下令讓一位女僕將蒂絲蓓關起來，比拉姆斯因為見不著愛人而發出長長的哀嘆；對比之下，《歐卡森與妮可蕾特》中男主角的父親在得知兒子愛上妮可蕾特後也想方設法要拆散他們，在發現無法將他們分開時，男主角的父親便去威脅女主角妮可蕾特的子爵教父，讓他將妮可蕾特送往遠處，不然就要燒死她。子爵無奈之下將妮可蕾特關在一間房間，歐卡森為此傷心哀嘆不已。在《比拉姆斯與蒂絲蓓》中，比拉姆斯與蒂絲蓓兩人的房間只有一牆之隔，此牆有一縫隙，蒂絲蓓先發現了牆縫，隨後比拉姆斯也發現了，兩人透過牆縫說話，最後蒂絲蓓先行前往森林等待與比拉姆斯會合；《歐卡森與妮可蕾特》中也有類似情節：歐卡森與妮可蕾特先後都被監禁起來，妮可蕾特先從被關的房間中逃了出來，找到了歐卡森所在的塔前，將頭伸進塔的縫隙中聽見歐卡森正在哀嘆，便開始和歐卡森透過縫隙對話。接下來妮可蕾特也是逃去森林，歐卡森最後和妮

---

[7] 在《比拉姆斯與蒂絲蓓》中，雙方的父母反對男女主角相愛的原因是雙方的父母發生爭執，然而在《歐卡森與妮可蕾特》中，男方父母反對兒子歐卡森迎娶妮可蕾特的原因是門第問題。

可蕾特重逢[8]。Edmond Faral 認為這些相似處並非偶然，《比拉姆斯與蒂絲蓓》的作者將奧維德《變形記》簡短的原型故事加以擴寫，而《歐卡森與妮可蕾特》的作者應該拜讀過奧維德的作品，而且或多或少有意地模仿十二世紀《比拉姆斯與蒂絲蓓》的故事情節。

值得注意的是《歐卡森與妮可蕾特》的作者並非只從《比拉姆斯與蒂絲蓓》作品中得到啟發，還有一部與《歐卡森與妮可蕾特》同時期名叫《昂頓的博福》（*Beuve de Hanstone*）的武勳之歌，此一作品在當時廣為流傳，其結局和《歐卡森與妮可蕾特》有許多雷同之處，只是部分情節在《昂頓的博福》中是男主角博福扮演妮可蕾特的角色，例如在《昂頓的博福》中，是男主角博福在父親被刺殺後被賣給撒拉遜商人，後者將博福帶至埃及獻給埃及王艾爾銘（Hermine）。在《歐卡森與妮可蕾特》中，則是女主角妮可蕾特被撒拉遜人擄走，之後再轉賣給子爵。在《昂頓的博福》中，博福和歐卡森一樣，在擊退敵軍後，先是將敵軍首領布拉德蒙（Bradmond）擒住，之後又將其放走。此外，博福也有如歐卡森一般，有被監禁的情節，只是博福是被敵軍首領布拉德蒙關押在地牢七年才逃脫，而歐卡森則是被父親監禁後釋放，是妮可蕾特從監獄中逃走。兩部作品的女主角柔曦安娜（Josiane）與妮可蕾特（Nicolette）都為了尋找失散的戀人而將自己的臉染黑，裝扮成行吟詩人；隨後兩部作品

---

[8] 在《比拉姆斯與蒂絲蓓》中，男女主角的結局是以悲劇收場。蒂絲蓓在等待比拉姆斯時遇見一頭獅子，蒂絲蓓在逃跑過程中掉落面紗，獅子將面紗撕毀，面紗上沾染了獅子嘴上的血。獅子離去後，比拉姆斯前來與蒂絲蓓會合，沒有見著蒂絲蓓，只發現沾上血的面紗，所以誤以為蒂絲蓓已被獅子殺死，便拔劍自盡。蒂絲蓓回來看見比拉姆斯躺在地上氣絕身亡，悲痛欲絕，隨後也舉劍自盡。然而在《歐卡森與妮可蕾特》中男女主角最終喜結連理，圓滿收場。

都是在男主角不知情的狀況下，女主角以行吟詩人的身分在其面前吟唱他們兩人之間的愛情故事；最後，兩部作品的女主角在接近故事的尾端時，都用了一種叫做「明亮」（esclaire）的藥草塗敷臉部，使其恢復往昔明亮白皙的肌膚。可見《歐卡森與妮可蕾特》的作者廣泛向不同的文學作品取材，再將這些題材融入自己的想像力，創作出一部屬於自己的新作品。

## 五、富有詩意的諧仿之作

Omer Jodogne 在 1960 年發表的論文中表示《歐卡森與妮可蕾特》是十二世紀的一部諧仿之作（parodie），同時也呈現出模仿某些文學作品的寫作風格之作（pastiche）[9]。在《歐卡森與妮可蕾特》中，作者透過三種不同的手法達到諧仿嘲諷的效果：1.對立手法（contre-pied）；2.誇張手法（exagération）；3.滑稽手法（bouffonnerie）。Omer Jodogne 認為作者在序言中就已經強調《歐卡森與妮可蕾特》是一部寫給讀者的消遣娛樂之作，*deport* 在古法文的意思是「消遣」、「愉悅」、「娛樂」之意，所以整部作品的基調便是愉悅歡樂勝過教育意義。《歐卡森與妮可蕾特》作品中第一個呈現出歡樂的元素便是人物姓名和性格的對立及對調：首先，如同前述，歐卡森是基督徒，其父母皆是法國人，但是他卻取了個阿拉伯名字；然而妮可蕾特儘管受過洗成為基督徒，但是她體內卻是流著撒拉遜人的血液，擁有著基督徒的名字。再來就是兩位男女主角的性格和傳統的文學

---

[9] 在前述中已經闡述過《歐卡森與妮可蕾特》的作者熟悉同時期文學作品如宮廷風雅文學、武勳之歌、牧歌、田園小說等等，在此不再贅述。

作品相反。歐卡森在故事中常常都處在因痛苦與絕望而哭泣的狀態，例如，當他發現因為父親下令讓子爵將妮可蕾特送往遠處時，他因為愛人的消失而哭泣；當他被父親關在地牢時，他也悲傷啼泣；當他在森林中遍尋不著妮可蕾特時，他也著急地哭了起來；當他回到博凱爾繼承父親的領地後，每當想起妮可蕾特，都會落淚；在故事接近尾聲之時，當他引頸期盼八天，等待妮可蕾特的出現時，他也是哭泣以對。在當時的史詩或騎士文學中，男主角很少會將其痛苦的內心情感流露出來，所以歐卡森和當時的男主角人物設定完全相反。此部作品的女主角妮可蕾特在故事中卻從不哭泣，就算她身陷監獄之中或是處在充滿著野獸和蛇類的森林中，她都沒有哭泣過。相反地，她面對困難時非常地勇敢與機智：1.妮可蕾特用床單和毛巾做成繩子，成功地從子爵安排的監獄中脫逃；2.之後，她給予牧童錢財好讓他們傳話給歐卡森，讓他能夠順利找到她的行蹤；3.隨後在森林的十字路口搭建了草屋考驗歐卡森對他的愛；4.最後為了逃婚，她女扮男裝成行吟詩人從卡塔赫納城中逃離。整部作品皆是女主角採取主動，而男主角卻一直處在被動狀態：1.歐卡森被父親監禁在地牢時，他並沒有逃亡；2.就算被父親釋放出來後，他也沒有主動地去尋找女主角，是在聽從一位騎士給他的意見後，他才出發去森林尋找妮可蕾特；3.就算在他回到博凱爾成為一方領主後，他也沒有任何出發尋找妮可蕾特的計畫。

　　第二個歡樂元素是誇張了愛情的力量。在文中作者在第二章開始將歐卡森形容成一位身上找不出缺點的翩翩公子，但是主宰一切的愛情征服了他（*Mais si estoit soupris d'Amor, qui tout vaint*），讓他

不願意接受冊封成為騎士，不願意參加比武競技大會，也不願意盡他所有應盡的本分（II, 25-30），換句話說，歐卡森為愛痴狂到放棄身為少主的他所應背負的使命。可是愛情在《蘭斯洛》或《坐在囚車上的騎士》（*Lancelot ou le chevalier à la charrette*）裡卻是激發男主角蘭斯洛完成許多考驗與壯舉（prouesses）的主要因素：他的王后愛人格妮薇兒（Guenièvre）被梅雷阿貢（Méléagant）擄走，為了拯救他的情人，他不惜犧牲自身的名譽，委屈自己坐在囚車上遊街示眾，被眾人鄙視，然後為了去博德瑪居王國（le royaume de Baudemagus）找尋王后，他必須得渡過一條水流湍急的河，然而穿越這條河的方式卻是過一條劍橋（le Pont de l'Épée），蘭斯洛靠著對王后的愛與必死的決心，在遭受身體巨大的痛苦下成功過橋。相比之下，歐卡森在此作品中卻是因愛而頹廢，不思進取，他對什麼事都提不起勁，除非能夠滿足他見到愛人的慾望。當他和父親達成協議，在他平安歸來之時可以親吻妮可蕾特一次和與她說上幾句話時，他馬上變得英勇神武起來。《歐卡森與妮可蕾特》中，男主角奉為圭臬的愛情卻讓男主角拒絕承擔身為人子又是唯一繼承人的社會義務[10]，由於被愛情矇住了雙眼，歐卡森詛咒當時廣受尊崇的社會價

---

[10] 克雷蒂安‧德‧特魯瓦（Chrétien de Troyes）在他的小說中有特別探討愛情與社會活動之間要取得平衡點的話題。例如在《艾黑克與艾妮德》（*Érec et Énide*）中，男主角艾黑克在完成戰功、贏得美人歸後就忘情於居家舒適的生活，他的妻子覺得他懦弱不奮發向上，男主角只好重拾騎士生活，但是賭氣要求他的妻子不准和他說話，只隨行在側，兩人在遭遇不少事情之後，最終和解。在《伊凡》或《獅子騎士》（*Yvain ou le chevalier au lion*）裡，男主角伊凡在娶了女主角珞汀娜（Laudine）後受到同僚的慫恿繼續四處流浪尋找新的功勳，出發前和妻子相約一年後回家，但是男主角在一年後卻忘記承諾，失約了，女主角便託人和男主角傳話說她不願再見到他，男主角傷心欲絕，

值觀：例如，歐卡森在第六章中認為，只要有妮可蕾特伴隨在側，他寧願下地獄也不願意上天堂；在第十四章中，歐卡森認為女人對男人的愛情不會像男人對女人一樣深的，因為女人的見識短，僅止於眼皮子底下、乳尖上和腳趾尖上，而男人卻是情深意重。歐卡森褒男貶女的誇張愛情觀和妮可蕾特的保留態度形成了強烈的對比，因為當時妮可蕾特直接質疑了歐卡森的男人比女人專情說（*je ne quit mie que vous m'amés tant con vos dites; mais je vos aim plus que vous ne faciés mi*「我才不相信你會像你所說的一樣愛我，但是，我卻愛你更勝過你愛我」）。事實上，從妮可蕾特在故事中處處顯現出她的勇敢和主動積極，可以看出作者很珍視女主角對歐卡森的愛情，是故愛情這個主題在此作品中並未被作者特意貶低，只是，當愛情降臨在一位為愛痴狂又抗拒因其社會地位所需盡義務的人身上時，愛情在此處似乎逾越了常規。

第三個帶來歡樂的元素為滑稽手法（bouffonnerie）。歐卡森一遇上愛情就沖昏了腦，智商完全停擺：例如在第二十四章中，歐卡森像無頭蒼蠅般在佈滿荊棘的森林中來回奔波一天，最後著急地哭了起來。然後在發現妮可蕾特搭建的草屋後，想留宿在草屋，然而由於一心想著妮可蕾特導致他居然從馬上摔下，肩膀脫臼，這些愚蠢的行為是不會發生在持重的人物身上的。接下來歐卡森躺在草屋內望向天空，對著一顆最明亮的星星訴說衷曲，歐卡森認為妮可蕾特和那顆星星在一起，然後祈願能夠直衝雲霄和妮可蕾特相伴一起，

---

對自己犧牲愛情成就事業而懊悔不已，幾經波折，女主角最終原諒了男主角，而男主角也答應待在女主角身邊不再四處流浪。

他似乎沒有擔心過從天上摔下來的後果！就算他適才剛從馬上摔下來，跌落在一顆石頭上，狼狽地爬進草屋內，也沒有阻止他繼續幻想，正因為這些愚蠢的行為和天真的想法使得歐卡森顯得滑稽可笑。歐卡森的滑稽可笑還顯現在他一本正經地說出他內心的隻字片語：例如第十章中歐卡森因為忘記控制韁繩被他的坐騎帶進敵營，被敵人擒住，準備處死，這時歐卡森腦中想的居然還是和父親之間的約定，也就是說，倘若他能平安回去，就能和妮可蕾特說話之事（*puis que j'arai la teste caupee, ja mais ne parlerai a Nicolete me douce amie que tant aim*「當我腦袋落地時，我就再也無法和我如此傾心的溫柔情人妮可蕾特說話了」）。歐卡森在父親不兌現承諾賭氣將敵人放走後，被父親關押在地牢之中，他在牢中想起他的愛人妮可蕾特，然而歐卡森一開始將女主角比喻成百合花（*Nicolette, flors de lis*「如同百合花般的妮可蕾特」），隨後將女主角與葡萄（*roisins*）與在有木紋高腳杯裡浸泡著醇酒的麵包片（*soupe en maserin*）之美味做比較，然而誰又會想到要將自己心儀之人與泡著醇酒的麵包片做比較呢？根據歐卡森的描述，女主角曾讓一位出生在利穆贊、患著瘋病的朝聖者見到她的美腿，患者見之立刻痊癒，回歸故里，然而在現實生活中正常男人在看到年輕女孩的美腿時，應該是會興奮到暫時失去理智吧！此處正好相反，是瘋子恢復理智。在第十四章中，妮可蕾特告知地牢中的歐卡森她想要離開博凱爾的計畫時，歐卡森的瘋狂反應也讓人啼笑皆非：歐卡森認定所有第一時間見到妮可蕾特的男生一定會愛上她，假設妮可蕾特變成其他人的情人時，他會持刀自盡或是撞牆、撞石頭自殺，歐卡森的反應並沒有想要復仇，相反地，

他似乎認為為愛自盡是一件很光榮的事情。最後，歐卡森可笑瘋狂的行為也反應在第十章歐卡森父親對歐卡森的承諾反悔一事上。歐卡森自覺被父親背叛，一氣之下將擴獲的死敵瓦倫斯的布加爾伯爵釋放，並且護送他至安全處；然後威脅布加爾伯爵承諾他在有生之年對其父極盡名譽羞辱和財產損失之能事，要知道布加爾伯爵在戰敗被俘的狀態下怎敢拒絕歐卡森無理的要求，只能敷衍了事，求得自保。在面對一個為愛沖昏頭的人時，布加爾伯爵只能選擇用謊言來安撫他。歐卡森在父親所在的這個理智國裡顯得像一個瘋子，但是當他去多樂羅樂國時，那裏的民風和價值觀都和歐卡森父親的國度完全相反，此時他身在瘋人國中，卻顯現得像一位智者。這部作品中男女主角兩人的愛情差點就被歐卡森為愛痴狂的行為所毀，幸虧妮可蕾特的機智和勇敢，挽救了兩人的愛情。

## 六、《歐卡森與妮可蕾特》對當時與後世文學作品之影響

目前為止，無從得知《歐卡森與妮可蕾特》在中世紀當時是否廣為讀者所閱讀，唯一能夠知道的是在十三世紀時有一本模仿《歐卡森與妮可蕾特》的作品，名叫《克拉麗絲與弗羅弘》(*Clarisse et Florent*)，此一作品為武勳之歌《波爾多的宇翁》系列之續集（continuation de la chanson de *Huon de Bordeaux*），除了前面的開頭略有不同以外，之後的內容幾乎照搬《歐卡森與妮可蕾特》的故事情節。克拉麗絲（Clarisse）是波爾多的宇翁之女，在歷經很多奇遇之後，在海上被亞拉岡加蘭國王（roi Garin d'Aragon）的屬下皮埃爾（Pierre）所收養，其後被誤認為阿卡（Acre）的貴族之女。克拉麗

絲被帶至亞拉岡，被亞拉岡的加蘭國王之子弗羅（Florent）注意到，之後兩人相愛。從這時起，故事情節開始和《歐卡森與妮可蕾特》幾乎一模一樣：弗羅弘的父親加蘭國王反對兩人相戀，克拉麗絲被監禁起來，弗羅弘完成武勳，加蘭國王命人將兒子監禁起來，克拉麗絲從監獄逃脫，值夜哨兵保護這對私奔的情侶，男女主角在海上被撒拉遜人抓住，幸好撒拉遜國王沒有為難他們，還好心將他們送回亞拉岡，加蘭國王後悔之前的行為，最終克拉麗絲與弗羅弘兩人喜結連理。除了沒有主角與牧童和放牛人相遇交談、多樂羅樂王國的奇遇、女主角男扮女裝成行吟詩人以外，幾乎《歐卡森與妮可蕾特》故事中的主要情節都出現在《克拉麗絲與弗羅弘》的故事裡。《克拉麗絲與弗羅弘》的作者也借用了不少《歐卡森與妮可蕾特》中的詞彙，所以《克拉麗絲與弗羅弘》應該被視為《歐卡森與妮可蕾特》改良之後的模仿作品，還是要將其視為在汲取不同作品中的情節後，再將這些情節重組，融合成新的故事呢？基於中世紀文學的特色偏向口述文學以及民間習慣集體創作，是故 Philippe Walter（1999, 180）比較偏向於是集結眾多文學作品的故事情節，然後再重新創造的另一個類似於《歐卡森與妮可蕾特》的故事版本（variante）。

眾所周知，中世紀文學在十六與十七世紀時並不被重視，只有在 1780 年時，有一部叫做《馬卡森與杜露蕾特》(*Marcassin et Tourlourette*) 的三幕戲劇在法國宮廷上演，此部作品為《歐卡森與妮可蕾特》的諧仿劇作。Jean-Micehl Sédaine 在 1780 年時將《歐卡森與妮可蕾特》以四幕喜歌劇（opéra comique）的形式搬上義大利劇院（Comédie-Italienne）舞台上演，Grétry 仿中世紀曲調作曲，只可惜此劇並沒有

獲得成功。Lotte Reiniger 在 1976 年以皮影戲的方式將《歐卡森與妮可蕾特》的故事製作成動畫短片[11]。自十九世紀起，拜訓詁學學科興起之賜，《歐卡森與妮可蕾特》持續地被眾多學者當作文字訓詁研究與校注的對象；此外，自十九世紀開始，由於中世紀文學被浪漫主義作家所推崇，中世紀文學再度被重新重視，從《歐卡森與妮可蕾特》被陸續翻譯成十多種語言，便可見其受歡迎程度。

## 七、手稿的語言

由於詞彙（sémantique）、音韻或稱為歷史語音學（phonétique historique）[12]、語法（syntaxe）[13]方面的問題在文本評注裡會做詳細分析，此處只針對構詞（morphologie）[14]、拼寫法（graphie）與古皮卡第方言（ancien picard）特色做一簡單之介紹。古法文與現代法文不同，現代法文在直陳式中的詞序基本上皆是主詞位於動詞之前，例如 *Pierre aime Marie*（皮耶喜歡瑪莉），主詞與受詞由於分別位於動詞的前與後，意義也會隨之不同，例如 *Marie aime Pierre*（瑪莉喜歡皮耶）；然而，古法文則在名詞（noms）、形容詞（adjectifs）、代名詞（pronoms）、冠詞（articles）與分詞（participes）中則保留格（cas）

---

[11] Lotte Reiniger,《Aucassin et Nicolette, court métrage d'animation》(https://www.onf.ca/film/aucassin_et_nicolette/), sur https://www.onf.ca/(consulté le 29 mai 2019).

[12] 關於古法文音韻問題，參見翁德明，《中世紀法文音韻的源頭與流變：以第九至十五世紀之文學文本為例》（桃園：國立中央大學出版中心& Airiti Press Inc.，2010），頁 57-476。

[13] 關於古法文文法中文基礎介紹，參閱翁德明，《古法文武勳之歌：《昂密語昂密勒》的語言學評注》（桃園：國立中央大學出版中心& Airiti Press Inc.，2010），頁 11-105。

[14] 古法文文法書中所介紹的文法基本上皆是以法蘭西島方言（francien）為基礎，再穿插介紹不同方言與法蘭西島方言的差異處，是故以下所介紹的古法文文法也是以傳統文法書所呈現法蘭西島方言形式為基礎。

之變化用以標明在句中的功能，此時名詞位在動詞前後的位置便沒有那麼重要。古法文將古典拉丁文的六格[15]詞尾變化（déclinaison）簡化為兩格詞尾變化，此二格分別稱為正格（cas sujet）與偏格（cas régime）[16]，相對應於古典拉丁文的主格（nominatif）與賓格（accusatif）。此外，名詞的正格與偏格皆可再分為單數與複數，是故名詞的變格基本上會有四個格之變化：正格單數（CS sing.）、偏格單數（CR sing.）、正格複數（CS pl.）、偏格複數（CR pl.）。古典拉丁文原本除了陰性與陽性名詞以外，還有中性名詞，這些中性名詞由於古法文的系統中並沒有中性名詞，所以逐漸被重新分配及歸類至陰性或陽性的名詞之中：例如古典拉丁文的中性名詞 *caput, -itis* >（latin populaire）*capus, -um* >（AF）*chiés, chief* （=tête），在古法文中變成陽性名詞；而另一個中性名詞 *folium, folia* （pl.）>（AF）*fueille*（=feuille）則在古法文中轉變為陰性名詞。

---

[15] 古典拉丁文的六格分別為：主格（nominatif）、呼格（vocatif）、賓格（accusatif）、屬格（génitif）、與格（datif）與奪格（ablatif）。

[16] 正格（cas sujet）在句子中分別擔任主詞（sujet）、主詞表語（attribut du sujet）、頓呼（apostrophe）以及主詞之同位語（apposition du sujet）等功能；而偏格（cas régime）則擔負所有主格已擔任的語法功能之外之功能，例如直接受詞（COD）、間接受詞（COI）、直接受詞之同位語（apposition au complément d'objet direct）、直接受詞的表語（attribut du COD）、狀語（compléments circonstanciels）等等。

# 構詞

（morphologie）

# 名詞（noms）

## （一）陽性名詞

### 1.陽性名詞第一類變格法

|  | 單數（sing.） | 複數（pl.） |
|---|---|---|
| 正格（CS） | murs（< lat. murus）（XVI, 10） | mur（< lat. muri） |
| 偏格（CR） | mur（< lat. murum）（XVI, 9） | murs（< lat. muros）　（II, 6; VIII, 11, 13；XXXVI, 16） |

　　此一變格法的特色是名詞正格單數（CS sing.）與偏格複數（CR pl.）的詞尾皆會有-s，而偏格單數（CR sing.）與正格複數（CS pl.）卻沒有詞尾-s。因為在相對應的拉丁文中，*murus/muros* 原本就存在有詞尾-s。

　　再來便是古法文中原形動詞名詞化（infinitif substantivé）的名詞變格皆歸類在第一類名詞變格中。

|  | 單數（sing.） | 複數（pl.） |
|---|---|---|
| 正格（CS） | alers（VII, 13） | aler |
| 偏格（CR） | aler | alers |

　　此外，大多數陽性人名亦多屬於第一類變格法：

| 正格單數（CS sing.） | 偏格單數（CR sing.） |
|---|---|
| Aucassins（II, 37；III, 1；VIII, 47） | Aucassin（X, 48；XI, 2） |
| Garins（IV, 1；XI, 1） | Garin（II, 2；XVIII, 21） |

## 2.陽性名詞第二類變格法

| | 單數（sing.） | 複數（pl.） |
|---|---|---|
| 正格（CS） | *pere (s)*（< lat. pater）(II, 30；37, 44；III, 5；VIII, 34, 42) | *pere*（< lat. *patri） |
| 偏格（CR） | *pere*（< lat. patrem） | *peres*（< lat. patres） |

　　此一變格法在正格單數（CS sing.）時並沒有詞尾-*s*，因為在拉丁文中便沒有詞尾-*s*。但是這一類的陽性名詞變格並不多見（例如 *arbre*、*frere*、*livre*、*maistre*），漸漸地此一變格法被第一類陽性名詞變格法同化，在正格單數時也出現如第一類名詞的變格詞尾-*s*，此字母-*s* 稱為類推字母（s analogique）。

## 3.陽性名詞第三類變格法

| | 單數（sing.） | 複數（pl.） |
|---|---|---|
| 正格（CS） | *bér*（< lat. báro）(XXXI, 11) | *barón*（< lat. *baróni）(XXXXIX, 4, 14) |
| | *fél*（< lat. *féllo） | *felón*（< lat. *fellóni） |
| | *enfes*（< lat. ínfans）(XXXVI, 13, 18, 19；XXXVIII, 7) | *enfánt*（< lat. infánti）(XVIII, 18) |
| | *niés*（< lat. népos） | *nevéu*（< lat. nepóti） |
| | *ancéstre*（< lat. antecéssor）(XXIX, 12) | *ancessór*（< lat. antecessóri） |
| | *herpére*（< lat. harpátor） | *herpeór*（< lat. harpatóri）(VI, 64) |
| | *joglére*（< lat. joculátor） | *jogleór*（< lat. joculatóri）(VI, 64) |

|  | 單數（sing.） | 複數（pl.） |
|---|---|---|
| 偏格（CR） | *barón*（< *lat*. barónem）（XXXVIII, 12；XXXIX, 17, 28, 34；XL, 13） | *baróns*（< *lat*. barónes）（VI, 62） |
|  | *felón*（< *lat*. fellónem）（XXXIX, 29） | *felóns*（< *lat*. fellónes） |
|  | *enfánt*（< *lat*. infántem）（XI, 2） | *enfánz/ enfáns*（< *lat*. infántes）（I, 3） |
|  | *nevéu*（< *lat*. nepótem） | *nevéuz*（< *lat*.nepótes） |
|  | *ancessór*（< *lat*.antecessórem） | *ancessórs*（< *lat*. antecessóres） |
|  | *herpeór*（< *lat*. harpatórem） | *herpeórs*（< *lat*. harpatóres） |
|  | *jogleór*（< *lat*. joculatórem） | *jogleórs*（< *lat*. joculatóres） |

　　此一變格法的正格單數如 *ber* 一般，與其他的偏格單、複數和正格複數 *baron/barons* 音節數不同，正格單數的音節數比其他三格的音節數少一個，這一類的名詞變格法源自於拉丁文的重音節移位（déplacement d'accent）並且主格單數（nominatif sing.）與屬格單數（génitif sing.）之間有一個音節數差距之詞（mots imparisyllabiques）。有時由於重音節移位之故，正格單數的重音節母音會因語音流變而和偏格單、複數與正格複數的非重音節母音有所不同〔*ber* vs. *baron*（*s*）；*niés* vs. *neveu*（*s*）〕。此一變格法亦有特例，如〔*cuens* vs. *conte*（*s*）；*visquens* vs. *visconte*（*s*）；*om* vs. *ome*（*s*）〕，此三字的拼寫法不同並非源自於重音節的移位，而是語音變化所致。值得注意的是，此三字的重音皆位於同一音節上。

|  | 單數（sing.） | 複數（pl.） |
|---|---|---|
| 正格（CS） | *cuéns/quéns*（< *lat*. cómes）（II, 1, 11；IV, 1, 6；VI, 7, 22） | *cónte*（< *lat*. *cómiti） |
|  | *visquéns*（< *lat*. vicecómes）（II, 47；IV, 16, 29；VI, 11, 68） | *viscónte*（< *lat*. *vicecómiti） |
|  | （*h*）*óm, ón, úem*（< *lat*. hómo）（I, 10；III, 4；IV, 30；XIV, 29） | *hóme*（< *lat*. *hómini）（VI, 58；XXXIV, 30） |

| | 單數（sing.） | 複數（pl.） |
|---|---|---|
| 偏格（CR） | *cónte*（< *lat.* cómitem）（II, 2, 54；VI, 31）<br>*viscónte*（< *lat.* vicecómitem）（IV, 4；VI, 10, 75）<br>*hóme/ oume*（< *lat.* hóminem）（II, 55；XIV, 29, 33） | *cóntes*（< *lat.* cómites）<br>*viscóntes*（< *lat.* vicecómites）<br>（*h*）*ómes*（< *lat.* hómines）（II, 10, 33） |

　　此一手稿中的手抄員偶而會將古法文名詞的雙格系統簡化造成混淆，由於正格出現的頻率比偏格少很多，手抄員有時會忽略名詞在句子中要依照其擔任的功能而變格，選擇一律使用偏格變格的形式。例如在古法文文法中，在句子中名詞擔任主詞（sujet）、主詞表語（attribut du sujet）、頓呼（apostrophe）以及主詞之同位語（apposition du sujet）的功能時，通常是使用正格，而非偏格，然而手稿中卻出現頓呼功能時使用偏格 *fau*（XXIX, 7），以及主詞功能時使用偏格 *venir*（VII, 13）、*dementer*（XIII, 8）的情況。

## （二）陰性名詞

### 1.陰性名詞第一類變格法

| | 單數（sing.） | 複數（pl.） |
|---|---|---|
| 正格（CS） | *fille*（< *lat.* filia）（XL, 8） | *filles*（< *lat.* *filias） |
| 偏格（CR） | *fille*（< *lat.* filiam）（II, 14；VI, 31） | *filles*（< *lat.* filias） |

　　結尾為-*e* 的陰性名詞皆屬於此類變格法，此類的變格法只有單數和複數之間有著-*s* 詞尾的差別而已。

## 2.陰性名詞第二類變格法

| | 單數（sing.） | 複數（pl.） |
|---|---|---|
| 正格（CS） | *flors*（< *lat.* \*floris）（XI, 12, 32）<br>*amors*（< *lat.* \*amoris）（XIV, 30, 33）<br>*citez*（< *lat.* \*civitatis） | *flors*（< *lat.* flores）（XII, 38）<br>*amors*（< *lat.* amores）<br><br>*citez*（< *lat.* civitates） |
| 偏格（CR） | *flor*（< *lat.* florem）<br><br><br>*amor*（< *lat.* amorem）（III, 17；XIX, 19）<br>*cité*（< *lat.* civitatem）（XVII, 19；XXXV, 2；XXXVI, 15, 22；XL, 10） | *flors*（< *lat.* flores）（XIX, 12；XX, 4, 30；XXIV, 97；XXVI, 19；XXXIX, 5）<br>*amors*（< *lat.* amores）（IV, 3）<br>*citez*（< *lat.* civitates） |

　　當陰性名詞結尾為子音（consonne）或是重音母音（voyelle accentuée）時，此陰性名詞屬於第二類變格法。此一變格法的特色為除了偏格單數以外，皆有詞尾-*s*。

## 3.陰性名詞第三類變格法

| | 單數（sing.） | 複數（pl.） |
|---|---|---|
| 正格（CS） | *suer*（< *lat.* sóror）（VII, 20） | *serors*（< *lat.* soróres） |
| 偏格（CR） | *seror*（< *lat.* sorórem） | *serors*（< *lat.* soróres） |

　　此一變格法的特徵在於正格單數的音節數比其他三格的音節數少一個，還有正格單數的變格拼寫形式與其他格的形式大相逕庭。此外，正格複數（CS pl.）與偏格複數（CR pl.）的詞尾皆有-*s*。

　　通常來說，大多數現代法文的名詞在古法文雙格系統消失之後，只保存下來偏格單數與複數的形式，是故現代法文名詞的形式只剩

下單數與複數之間的詞尾差別而已。但是此處 *suer / seror* 的例子在現代法文中卻選擇放棄偏格形式 *seror*，而保留正格單數的形式 *suer*，主要原因是由於此詞的正格單數形式在文中被廣泛使用，漸漸地取代了偏格形式。隨後 *suer* 在歷經語音流變後演變為現代法文的 *sœur*。

## 4.陰陽性名詞第四類無格變化（les noms indéclinables）

| | 單數（sing.） | 複數（pl.） |
|---|---|---|
| 正格（CS） | *mois*（< *lat.* mensis） | *mois*（< *lat.* *mensi） |
| 偏格（CR） | *mois*（< *lat.* mensem） | *mois*（< *lat.* menses） |

　　在古法文中有一些名詞屬於無法變格的狀態，此類名詞的變格不論正格或偏格，單數或複數，字尾都有字母-s 伴隨。這類的名詞常常源自於拉丁文的第三類中性名詞（noms neutres），然而由於古法文的名詞只剩下陽性和陰性兩種，這時原本在拉丁文的中性名詞就得自由地分配到只有陰陽性名詞的古法文系統中，當然也有源自於拉丁文陽性與陰性名詞之名詞。此類無格變化陽性名詞的例子在此文本中有 *tans*（=temps）、*bos*（=bois）、*nes*（=nez）、*mois*、*païs*（=pays）、*palais*；陰性名詞則有 *pais*（=paix）。

　　古法文中名詞的雙格（cas）系統一開始自法國西部盎格魯諾曼語（anglo-normand）中消失，其後也在法蘭西島方言（francien）與皮卡第方言（picard）陸續消失。此變格系統會消失主要的原因一方面是在十三世紀時尾子音〔s〕已不再發音，所以在口語中已經無法分辨出名詞在句中的功能；另一方面，十四世紀與十五世紀的法文句法詞序（ordre des mots）已逐漸固定，也就是說主詞（sujet）大多

位於動詞（verbe）前面，補語（complément）則位於動詞後面，是故名詞的變格已變得多此一舉。

## 形容詞（adjectifs）

古法文的品質形容詞（adjectifs qualificatifs）、不定形容詞（adjectifs indéfinis）不僅要與所修飾的名詞性（genre）、數（nombre）配合，還要依照句子中的功能搭配格（cas）之變化。形容詞的變格仍保有拉丁文中的中性形式（forme neutre），此中性形容詞在古法文系統中只保留單數形式，多和中性代名詞（pronom neutre）如 *il*、*le*、*ce*、*tot* 連合使用，在句中擔任副詞功能（valeur adverbiale）。中性形容詞在非人稱結構（construction impersonnelle）中使用時，主詞代名詞可以存在，也可以不出現，這時中性形容詞在句中扮演表語（attribut）的角色：*Ele se pensa qu'ileuc ne faisoit mie <u>bon</u> demorer*（XVI, 31-33）。

### 形容詞第一類變格法

| | 陽性（masculin） | 陰性（féminin） | 中性（neutre） |
|---|---|---|---|
| 正格單數<br>（CS sing.） | *bons*（<*lat.* bonus） | *bone*（<*lat.* bona） | *bon*（<*lat.* bonum）（XVI, 32） |
| 偏格單數<br>（CR sing.） | *bon*（<*lat.* bonum）（II, 64；X, 32） | *bone*（<*lat.* bonam）（II, 25；X, 31） | |
| 正格複數<br>（CS pl.） | *bon*（<*lat.* boni） | *bones*（<*lat.* \*bonas） | |
| 偏格複數<br>（CR pl.） | *bons*（<*lat.* bonos）（I, 1） | *bones*（<*lat.* bonas）（II, 24, 65） | |

值得注意的是，過去分詞（participes passés）皆屬於第一類變格法。

| | 陽性（masculin） | 陰性（féminin） |
|---|---|---|
| 正格單數（CS sing.） | *amez* | *amée* |
| 偏格單數（CR sing.） | *amé*（*t*） | *amée* |
| 正格複數（CS pl.） | *amé*（*t*） | *amées* |
| 偏格複數（CR pl.） | *amez* | *amées* |

　　形容詞在句子中擔任主詞表語（attribut du sujet）功能時，本應使用正格形式，然而如同名詞變格一樣，雙格系統逐漸簡化混淆，手抄員偶而會使用偏格（CR）形式來取代正格（CS）形式：*Aucassin<u>s</u> fu li<u>é</u>*（VIII, 58）。

## 形容詞第二類變格法

　　和第一類形容詞變格法不同，此類變格法在陰性時並沒有詞尾-*e*，因為此類形容詞源自於拉丁文第二類形容詞，無論陽性或陰性皆為同型態的形容詞（adjectifs épicènes）。在現代法文中仍保留一些古法文的痕跡，例如 *grand-mère*（「祖母」、「外婆」）、*grand-messe*（「大彌撒」）中的 *grand* 便沒有和後面的陰性名詞 *mère* 與 *messe* 做詞性配合。

| | 陽性（masculin） | 陰性（féminin） | 中性（neutre） |
|---|---|---|---|
| 正格單數<br>（CS sing.） | *granz/grans*（<*lat.* grandis*）（II, 17；VIII, 15, 32）<br><br>*forz/fors*（<*lat.* fortis）（VIII, 33）<br><br>*morteus*（<*lat.* mortalis）<br><br>*tels, teus, tieus*（<*lat.* talis）<br><br>*queus, quieus, quex*（<*lat.* qualis）（XXVIII, 20） | *grant, granz/grans*（<*lat.* grandis）<br><br>*forz, fors/fort*（<*lat.* fortis）<br><br>*morteus/mortel*（<*lat.* mortalis）<br><br>*teus, tels, tes/tel*（<*lat.* talis）<br><br>*queus, quieus, quex, ques*（XXVIII,18）, *quel* | *grant*（<*lat.* grande）<br><br>*fort*（<*lat.* forte）<br><br>*mortel*（<*lat.* mortale）<br><br>*tel*（<*lat.* tale）<br><br>*quel*（<*lat.* quale） |

|  | 陽性（masculin） | 陰性（féminin） | 中性（neutre） |
|---|---|---|---|
| 偏格單數<br>（CR sing.） | *grant*（<*lat.* grandem）<br>（I, 12；VII, 10；XI, 21；<br>XII, 55）<br>*fort*（<*lat.* fortem）<br>（XXIII, 16）<br>*mortel*（<*lat.* mortalem）<br>（II, 4）<br>*tel*（<*lat.* talem）<br><br>*quel*（<*lat.* qualem）<br>（XXXVIII, 16） | *grant*（<*lat.* grandem）<br>（V, 3；XVI, 14；XXIX,<br>13）<br>*fort*（<*lat.* fortem）<br><br>*mortel*（<*lat.* mortalem）<br><br>*tel*（<*lat.* talem）（IV, 25；<br>XVIII, 41；XX, 31）<br>*quel*（<*lat.* qualem）<br>（XXVII, 10） |  |
| 正格複數<br>（CS pl.） | *grant*（<*lat.* \*grandi）<br>*fort*（<*lat.* \*forti）<br>*mortel*（<*lat.* \*mortali）<br>（X, 26）<br>*tel*（<*lat.* \*tali）<br><br>*quel*（<*lat.* \*quali） | *granz/grans*（<*lat.*<br>grandes）<br>*forz*（<*lat.* fortes）<br>*morteus*（<*lat.*<br>mortales）<br>*tels, teus, tieus, tes*<br>（<*lat.* tales）<br>*queus, quieus, quex, ques*<br>（<*lat.* quales） |  |
| 偏格複數<br>（CR pl.） | *granz/grans*（XXIV,<br>27）（<*lat.* grandes）<br><br>*forz*（<*lat.* fortes）<br>*morteus*（<*lat.*<br>mortales）<br>*tels, teus, tieus*（<*lat.*<br>tales）<br>*queus, quieus, quex,*<br>*ques*（<*lat.* quales） | *granz/grans*（I, 5；<br>XXIV, 25）（<*lat.*<br>grandes）<br>*forz*（<*lat.* fortes）<br>*morteus*（<*lat.*<br>mortales）<br>*tels, teus, tieus, tes*<br>（<*lat.* tales）（X, 60）<br>*queus, quieus, quex,*<br>*ques*（<*lat.* quales） |  |

　　此處的 *granz* 拼寫法是由於原本在拉丁文中是 *grandis/grandes*，以正常的語音發展是尾音節〔dis〕與〔des〕中的母音〔i〕與〔e〕在七至八世紀時便不再發音，濁子音〔d〕則演變為相對應的清子音〔t〕，當〔t〕遇上尾子音〔s〕時，原本的拼寫方式應該是-*z*，然而自十三世紀起，〔ts〕演變成〔s〕，拼寫法也簡化為-*s*，此手稿中的手

抄員皆將 *granz* 謄寫為 *grans*。另外，形容詞 *fors*（VIII, 33）/*fort*（XXIII, 16）、*morteus/mortel*（II, 4）、*te*（*u*）*s*（X, 60）/*tel*（IV, 25）、*queus*（XXVIII, 20）/*quel*（XXXVIII, 16）也屬於第二類變格法。

　　然而，由於此類變格法為數不多，漸漸地亦追隨第一類變格法的形式，將此類變格法的形容詞陰性重新創造為如第一類變格法中結尾帶有-e 的形式：*grant+e>grande*（XXIV, 21, 33, 63）。

　　此外，所有現在分詞（participes présents）皆屬於此類變格法。

| | 陽性（masculin） | 陰性（féminin） | 中性（neutre） |
|---|---|---|---|
| 正格單數<br>（CS sing.） | *avenanz/avenans*（XV, 4）<br>*vaillanz/vaillans*（XV, 1） | *avenanz/avenant*<br>*vaillanz/vaillant* | *avenant* |
| 偏格單數<br>（CR sing.） | *avenant*<br>*vaillant* | *avenant*<br>*vaillant* | |
| 正格複數<br>（CS pl.） | *avenant*<br>*vaillant* | *avenanz*<br>*vaillanz* | |
| 偏格複數<br>（CR pl.） | *avenanz*<br>*vaillanz* | *avenanz*<br>*vaillanz* | |

## 形容詞第三類變格法

### 1.綜合比較級（comparatifs synthétiques）

　　此類形容詞變格亦不多見，基本上都是源自於拉丁文中的綜合比較級（comparatifs synthétiques），此類變格的特色是不論陰陽性，型態都相同無差異。還有正格單數（*mieudre*）和其他的三格（*mellor, mellors*）會有一個音節之差別。

| | 陽性（masculin） | 陰性（féminin） | 中性（neutre） |
|---|---|---|---|
| 正格單數<br>（CS sing.） | *mieudre*（<*lat.* mélior） | *mieudre*（<*lat.* mélior） | *mieuz*（<*lat.* mélius） |
| 偏格單數<br>（CR sing.） | *meillor/mellor*（<*lat.* meliórem）（VIII, 23；XXIV, 64） | *meillor*（<*lat.* meliórem） | |
| 正格複數<br>（CS pl.） | *meillor*（<*lat.* \*melióri） | *meillors*（<*lat.* melióres） | |
| 偏格複數<br>（CR pl.） | *meillors*（<*lat.* melióres） | *meillors*（<*lat.* melióres） | |

## 2.綜合最高級（superlatifs synthétiques）

此類的形容詞源自於拉丁文詞尾為-*issĭmus* 的綜合最高級形容詞，演變至古法文時，依照通俗拉丁文（latin populaire）的語音演變，拼寫法為-*esmes*，然而依照書翰拉丁文（latin savant）的演變，拼寫法為-*ismes*，綜合最高級形容詞在文本中出現過一例：*grandisme*（XXIV, 24）。

值得一提的是此類形容詞在拉丁文中的最高級詞義，在引進古法文系統時已失去了原本最高級的意思。

| | 陽性（masculin） | 陰性（féminin） | 中性（neutre） |
|---|---|---|---|
| 正格單數<br>（CS sing.） | *grandismes*（<*lat.* grandissimus） | *grandisme*（<*lat.* grandissima） | *grandisme*（<*lat.* grandissimum） |
| 偏格單數<br>（CR sing.） | *grandisme*（<*lat.* grandissimum）（XXIV, 24） | *grandisme*（<*lat.* grandissimam） | |
| 正格複數<br>（CS pl.） | *grandisme*（<*lat.* grandissimi） | *grandismes*（<*lat.* \*grandissimas） | |
| 偏格複數<br>（CR pl.） | *grandismes*（<*lat.* grandissimos） | *grandismes*（<*lat.* grandissimas） | |

## 定冠詞（articles définis）

法蘭西島方言中定冠詞的變格形式如下：

|  | 陽性（masculin） | 陰性（féminin） |
|---|---|---|
| 正格單數（CS sing.） | li（l'） | la |
| 偏格單數（CR sing.） | le（l'） | la |
| 正格複數（CS pl.） | li | les |
| 偏格複數（CR pl.） | les | les |

然而，在古皮卡第方言中，定冠詞陰性正偏格單數（*li, le*）與陽性正格與偏格單數的變格形式重疊，在文本中時常出現定冠詞陰性 *le* 的形式，例如 *le face*（II, 21）、*le file*（II, 54）、*li amors*（XIV, 30）。

|  | 陽性（masculin） | 陰性（féminin） |
|---|---|---|
| 正格單數（CS sing.） | li | li（XXII, 37, 46）, le |
| 偏格單數（CR sing.） | le | le |
| 正格複數（CS pl.） | li | les |
| 偏格複數（CR pl.） | les | les |

## 不定冠詞（articles indéfinis）

不定冠詞在古法文中的特殊用法為不定冠詞 *un* 在複數時可以用來意指成雙（paires）或是整體（ensemble）的事物，例如 *uns ganz*（意即「一雙手套」）、*unes joes*（意即「雙頰」），文本中第二十四章出現 *unes grandes joes*（XXIV, 23-24）（意即「雙頰豐碩肥滿」）、*unes grans narines*（XXIV, 25）（意即「一對大鼻孔」）、*unes grosses levres*

（XXIV, 25-26）（意即「肥厚的雙唇」）、*uns grans dens*（XXIV, 27）
（意即「一整口牙齒」）就是很好的例子。

|  | 陽性（masculin） | 陰性（féminin） |
|---|---|---|
| 正格單數（CS sing.） | *uns*（<*lat.* unus）（XX, 22） | *une*（<*lat.* una） |
| 偏格單數（CR sing.） | *un*（<*lat.* unum）（XXXVIII, 13） | *une*（<*lat.* unam）（XXXVIII, 17） |
| 正格複數（CS pl.） | *un*（<*lat.* uni） | *unes*（<*lat.* *unas） |
| 偏格複數（CR pl.） | *uns*（<*lat.* unos）（XXIV, 27） | *unes*（<*lat.* unas）（XXIV, 23, 25） |

## 人稱代名詞（pronoms personnels）

法蘭西島方言中的人稱代名詞變格如下：

| 人稱 | 第一人稱 | | 第二人稱 | |
|---|---|---|---|---|
| 單複數 | 單數 | 複數 | 單數 | 複數 |
| 正格 | *je*（XXII, 31）, *j'*（XXII, 30）, *jou*（XX, 33）, *ge, g'*（VIII, 45） | *noz/nos*（XXII, 15, 36）/*nous*（XXII, 9） | *tu*（II, 55, 56） | *voz/vos*（XXII, 31）/*vous* |
| 偏格（重音） | *mei, moi*（XXV, 14） | *noz/nos/nous* | *tei,toi*（XXV, 3） | *voz/vos*（XXII, 15, 18）/*vous* |
| 偏格（輕音） | *me*（V, 19; XXII, 19） | *noz/nos/nous* | *te*（II, 34, 54） | *voz/vos*（XVIII, 23；XXII, 17, 29, 31）/*vous* |

| 人稱 | 第三人稱 | | | | |
|---|---|---|---|---|---|
| 單複數 | 單數 | | | 複數 | |
| | 陽性 | 陰性 | 中性 | 陽性 | 陰性 |
| 正格 | *il*（I, 5, 6, 13）, *i*（X, 51） | *ele*（IV, 8） | *il*（IV, 39） | *il*（IV, 29）, *i*（XXVIII, 10） | *eles*（VI, 61） |
| 偏格（重音） | *lui*（II, 24） | *li*（II, 63；IV, 34；XII, 17；XL, 41） | *le* | *els, eus, ex*（II, 34） | *eles* |

| 人稱 | 第三人稱 | | | | |
|---|---|---|---|---|---|
| 單複數 | 單數 | | | 複數 | |
| | 陽性 | 陰性 | 中性 | 陽性 | 陰性 |
| 偏格（輕音1）／賓格 | le (XVIII, 22) | la | le (VI, 71) | les (X, 66) | les |
| 偏格（輕音2）／與格 | li (II, 31；XVIII, 29, 31) | li (II, 51) | | lor, leur （XIV, 38；XXXVI, 12） | lor, leur |

然而，古皮卡第方言中的第一人稱單數正格形式通常為 *jou*（VI, 53, 54, 59, 66；XVII, 16）或是與法蘭西島方言一樣的形式 *je*。此外，古皮卡第方言中的第一與第二人稱單數偏格重音形式（formes toniques）為 *mi*（II, 42；VIII, 40）、*ti*（VIII, 29），與法蘭西島方言的 *moi*、*toi* 型態不同；第三人稱陽性複數的偏格重音形式則是由於古皮卡第方言的語音演變與法蘭西島方言不同之緣故，其拼寫法為 *aus*（XVIII, 17）或者為其相對應的精簡形式 *ax*（VIII, 29）。

| 古皮卡第方言人稱代名詞偏格重音形式 | 單數 | 複數 |
|---|---|---|
| 第一人稱 | *mi*（II, 42；VIII, 40）, *moi* | *no（u）s* |
| 第二人稱 | *ti*（VIII, 29）, *toi* | *vo（u）s* |
| 第三人稱（陽性） | *lui, li* | （*i*）*aus*（XVIII, 17）, *ax*（VIII, 29） |
| 第三人稱（陰性） | *li, lui* | *eles* |
| 古皮卡第方言人稱代名詞偏格輕音形式 | 單數 | 複數 |
| 第三人稱（陰性） | *le*（XXII, 47, 51, 52, 54）, *li* | *les* |

古皮卡第方言中的第三人稱單數陰性偏格輕音形式為 *le*（*Or le caciés se vos volés*）或 *li*，而法蘭西島方言中的形式卻是 *la*。

古法文常將第三人稱輕音形式（formes atones）的人稱代名詞 *le* 和位於 *le* 之前的人稱主詞 *je* 合併成 *jel*（V, 25；XV, 12）的省略形式（enclise）。此外否定副詞 *ne* 也常與第三人稱輕音形式的人稱代名詞 *le/les* 合併為 *nel*（XXIX, 15）/*nes*（X, 67）。

## 主有詞（possessifs）

### （一）主有詞輕音形式（formes faibles）

#### 1.法蘭西島方言中主有詞的輕音形式變格

| 人稱 | 第一人稱單數陽性 | | 第二人稱單數陽性 | | 第三人稱單數陽性 | |
|---|---|---|---|---|---|---|
| 單複數 | 單數 | 複數 | 單數 | 複數 | 單數 | 複數 |
| 正格 | *mes*（< *lat.* meus）（XIV, 49；XVII, 14） | *mi*（< *lat.* mei）（X, 26） | *tes*（< *lat.* tuus） | *ti*（< *lat.* tui） | *ses*（< *lat.* suus）（II, 30；XIX, 21） | *si*（< *lat.* sui） |
| 偏格 | *mon*（<*lat.* meum）（X, 66） | *mes*（<*lat.* meos）（IV, 18；XXIV, 65） | *ton*（< *lat.* tuum）（VIII, 22；XI, 23, 24） | *tes*（< *lat.* tuos）（VIII, 27） | *son*（< *lat.* suum）（II, 10） | *ses*（< *lat.* suos）（II, 10；XXVI, 4） |

| 人稱 | 第一人稱單數陰性 | | 第二人稱單數陰性 | | 第三人稱單數陰性 | |
|---|---|---|---|---|---|---|
| 單複數 | 單數 | 複數 | 單數 | 複數 | 單數 | 複數 |
| 正格 | *ma*（< *lat.* mea）（II, 58） | *mes*（<*lat.* *meas） | *ta*（< *lat.* tua） | *tes*（< *lat.* *tuas） | *sa*（< *lat.* sua）（III, 6, 16）；*s'*（XIX, 22） | *ses*（< *lat.* *suas） |
| 偏格 | *ma*（< *lat.* meam）（IV, 19；VI, 40） | *mes*（< *lat.* meas）（XXII, 22） | *ta*（< *lat.* tuam） | *tes*（<*lat.* tuas）（II, 32） | *sa*（< *lat.* suam）（II, 9） | *ses*（< *lat.* suas）（XXVI, 16） |

| 人稱 | 第一人稱複數陽性 | | 第二人稱複數陽性 | | 第三人稱複數陽性 | |
|---|---|---|---|---|---|---|
| 單複數 | 單數 | 複數 | 單數 | 複數 | 單數 | 複數 |
| 正格 | *nostre*（s）（< *lat.* noster） | *nostre*（<*lat.* nostri） | *vostre*（s）（<*lat.* vester） | *vostre*（<*lat.* vestri） | *lor, leur* | *lor, leur* |
| 偏格 | *nostre*（*lat.* nostrum） | *noz*（<*lat.* nostos） | *vostre*（<*lat.* vestrum） | *voz*（<*lat.* vestros） | *lor*（XXXIV, 23）, *leur* | *lor*（II, 35）, *leur* |

| 人稱 | 第一人稱複數陰性 | | 第二人稱複數陰性 | | 第三人稱複數陰性 | |
|---|---|---|---|---|---|---|
| 單複數 | 單數 | 複數 | 單數 | 複數 | 單數 | 複數 |
| 正格 | *nostre*（<*lat.* nostra） | *noz, nos*（<*lat.* *nostras） | *vostre*（<*lat.* vestra）（IV, 23） | *voz, vos*（<*lat.* *vestras） | *lor, leur* | *lor, leur* |
| 偏格 | *nostre*（<*lat.* nostram） | *noz, nos*（< *lat.* nostras） | *vostre*（<*lat.* vestram）（IV, 6） | *voz, vos*（<*lat.* vestras） | *lor, leur* | *lor, leur* |

　　第二人稱複數的主有詞輕音形式 *vostre* 在古典拉丁文（LC）的形式原本是 *vester*，由於受到第一人稱複數 *noster* 的影響，*vester* 在晚期拉丁文（BL）時期演變為 *voster*，隨後尾母音〔e〕於七至八世紀時不再發音，形成子音群組（groupe consonantique）〔tr〕，在拼寫法（graphie）中會加上母音-e 協助謄寫尾音節〔tr〕，所以拼寫法為 *vostre*。另外，第三人稱複數的主有詞輕音之變格形式不論陰陽性皆只有 *lor/leur* 一種形式。

## 2.古皮卡第方言的變格形式

| 人稱 | 第一人稱單數陽性 | | 第二人稱單數陽性 | | 第三人稱單數陽性 | |
|---|---|---|---|---|---|---|
| 單複數 | 單數 | 複數 | 單數 | 複數 | 單數 | 複數 |
| 正格 | *mes* | *mi* | *tes* | *ti* | *ses* | *si* |
| 偏格 | *men*（X, 93；XXIII, 15） | *mes* | *ten*（XVI, 1） | *tes* | *sen*（X, 94, 95） | *ses* |

| 人稱 | 第一人稱單數陰性 | | 第二人稱單數陰性 | | 第三人稱單數陰性 | |
|---|---|---|---|---|---|---|
| 單複數 | 單數 | 複數 | 單數 | 複數 | 單數 | 複數 |
| 正格 | me | mes | te | tes | se | ses |
| 偏格 | me（XXIV, 88） | mes | te（II, 35） | tes | se（XXXIV, 31） | ses |

| 人稱 | 第一人稱複數陽性 | | 第二人稱複數陽性 | | 第三人稱複數陽性 | |
|---|---|---|---|---|---|---|
| 單複數 | 單數 | 複數 | 單數 | 複數 | 單數 | 複數 |
| 正格 | nos（XXII, 14） | no | vos | vo | leur, lor | leur, lor |
| 偏格 | no （XXII, 35） | nos | vo（VI, 34；XXII, 48） | vos | leur, lor（VIII, 30, 31） | leur（s）, lor（s） |

| 人稱 | 第一人稱複數陰性 | | 第二人稱複數陰性 | | 第三人稱複數陰性 | |
|---|---|---|---|---|---|---|
| 單複數 | 單數 | 複數 | 單數 | 複數 | 單數 | 複數 |
| 正格 | no(XLI, 24) | nos | vo（XL, 63） | vos | leur, lor | leur（s）, lor（s） |
| 偏格 | no | nos | vo | vos | leur, lor | leur（s）, lor（s） |

　　法蘭西島方言中的第一、第二、第三人稱單數主有詞的偏格輕音形式為 *mon*、*ton*、*son*，然而在古皮卡第方言中的形式卻是 *men*、*ten*、*sen*。此外，法蘭西島方言中的第三人稱單數陰性的正偏格形式為 *ma*、*ta*、*sa*，但是在古皮卡第方言中相對應的形式為 *me*（*en me borse*）、*te*（*si defenderont il mix lor avoir et lor cors et te terre*）、*se*（*si tint se tere en pais*）。最後，古皮卡第方言中的第一人稱與第二人稱複數的變格形式 *no*（*mangiens no pain*）、*vo*（*mise a vo lit*）取代了法蘭西島方言的 *nostre*、*vostre*。

## （二）主有詞重音形式（formes fortes）

### 1.法蘭西島方言中主有詞的重音形式變格

| 人稱 | 單複數 | 格 | 陽性 | 陰性 |
|------|--------|-----|------|------|
| P1 | 單數 | 正格 | miens | meie, moie |
| | | 偏格 | mien | meie, moie |
| | 複數 | 正格 | mien | meies, moies |
| | | 偏格 | miens | meies, moies |
| P2 | 單數 | 正格 | tuens | teie, toe |
| | | 偏格 | tuen | teie, toe |
| | 複數 | 正格 | tuen | teies, toes |
| | | 偏格 | tuens | teies, toes |
| P3 | 單數 | 正格 | suens | seie, soe |
| | | 偏格 | suen | seie, soe |
| | 複數 | 正格 | suen | seies, soes |
| | | 偏格 | suens | seies, soes |
| P4 | 單數 | 正格 | nostre（s） | nostre |
| | | 偏格 | nostre | nostre |
| | 複數 | 正格 | nostre | nostres, noz, nos |
| | | 偏格 | nostres, noz, nos | nostres, noz, nos |
| P5 | 單數 | 正格 | vostre（s） | vostre |
| | | 偏格 | vostre | vostre |
| | 複數 | 正格 | vostre | vostres, voz, vos |
| | | 偏格 | vostres, voz, vos | vostres, voz, vos |
| P6 | 單數 | 正格 | lor, leur | lor, leur |
| | | 偏格 | lor, leur | lor, leur |
| | 複數 | 正格 | lor, leur | lor, leur |
| | | 偏格 | lor, leur | lor, leur |

### 2.古皮卡第方言

　　主有詞的第一、第二、第三人稱單數陰性的重音變格形式為 *mi（e）ue*（*le miue*：II, 36；VIII, 32）、*ti（e）ue*、*si（e）ue*（*en la siue*：X, 91），而非法蘭西島方言的 *meie/moie*、*teie/toe*、*seie/soe* 形式。

| 人稱 | 單複數 | 格 | 陰性 |
|------|--------|-----|------|
| P1 | 單數 | 正格 | *mi*（*e*）*ue* |
| | | 偏格 | *mi*（*e*）*ue*（II, 36；VIII, 32） |
| | 複數 | 正格 | *mi*（*e*）*ues* |
| | | 偏格 | *mi*（*e*）*ues* |
| P2 | 單數 | 正格 | *ti*（*e*）*ue* |
| | | 偏格 | *ti*（*e*）*ue* |
| | 複數 | 正格 | *ti*（*e*）*ues* |
| | | 偏格 | *ti*（*e*）*ues* |
| P3 | 單數 | 正格 | *si*（*e*）*ue* |
| | | 偏格 | *si*（*e*）*ue*（X, 91） |
| | 複數 | 正格 | *si*（*e*）*ues* |
| | | 偏格 | *si*（*e*）*ues* |

## 指示形容詞或指示代名詞（adjectifs démonstratifs et pronoms démonstratifs）

　　拉丁文建立了一個分別表示近、中、遠的指示詞系統：*hic*、*iste*、*ille*。指近的指示詞 *hic* 之後在古法文系統中被 *iste* 所取代，只剩下中性的 *hoc*[1] 保留下來，古法文在 *hoc* 的前面搭配上強調虛詞 *ecce*（=voici），組成詞組 *ecce*（=voici）+ *hoc*（=là）。其後詞組中的 *ecce* 之頭音節 *ec-* 被省略（aphérèse）以及第二個元素中 *hoc*[2]的尾子音 *c* 消失，兩個詞融合為 *ço*，最後 *ço* 之母音〔o〕縮小為〔ə〕，演變為現代法文的 *ce*：*ecce + hoc > ço > ce*。另一個指示詞系列 *is*、*ipse*、*idem* 則因無法進入古法文系統而消失。指示詞可以做形容詞與代名詞使用。

---

[1] *Hoc* 是指近指示詞單數主格中性的形式，*hic* 為單數主格陽性的形式，*haec* 為單數主格陰性的形式。

[2] 在音韻學中，拉丁文的噓音[h]於第一世紀時便消失不再發音，所以此處的[h]並無音韻上的功能。

古法文系統中，只剩下指近（*cist*）與指遠（*cil*）的指示詞的形式，其沿襲了拉丁文指中（*iste*）與遠（*ille*）的指示詞的形式，分別在 *iste* 與 *ille* 之前加上強調虛詞 *ecce*，之後，在經過頭音節 *ec*-省略（aphérèse）與尾母音-*e* 消失後形成法蘭西島方言的 *cist*、*cil* 形式。法蘭西島方言中，指示詞擁有兩個偏格形式，偏格 1 在句子中擔任直接受詞的角色，而偏格 2 則是在句子中承擔直接受詞以外的所有功能。

*cis*（<*lat.* ecce-iste）

以下為法蘭西島方言的變格形式：

| 單複數 | 陽性 | | 陰性 | |
|---|---|---|---|---|
| | 單數 | 複數 | 單數 | 複數 |
| 正格 | *cist*（picard：*c(h)ist, c(h)is*） | *cist* | *ceste* | *cestes*（picard：*c(h)es*） |
| 偏格 1 | *cest*（IV, 8；VI, 20） | *cez/ces*（II, 51） | *ceste*（II, 48, 49；V, 21；XXII, 35） | *cestes*（picard：*c(h)es*） |
| 偏格 2 | *cestui* | | *cesti* | |

古皮卡第方言的變格形式大致與法蘭西島方言相同，除了陽性正格單數可以是 *c(h)ist* 與 *c(h)is*（XXII, 39）以外，還有陰性複數的正格與偏格為 *c(h)es*（VI, 46），也與法蘭西島方言的 *cestes* 有所不同。

*cil*（<*lat.* ecce -lle）

法蘭西島方言中指遠的指示詞的變格形式如下：

| 單複數 | 陽性 | | 陰性 | |
|---|---|---|---|---|
| | 單數 | 複數 | 單數 | 複數 |
| 正格 | *cil*（XXII, 7, 10）（picard：*c(h)il*, *c(h)ils*, *c(h)is*, *c(h)i（e）us*） | *cil*（VI, 43, 44, 47）, *icil*（VI, 52） | *cele* | *celes* |
| 偏格 1 | *cel*（XXXIX, 27） | *ceus*（picard：*c(h)iaus*, *c(h)iax*）（VI, 52） | *cele*（X, 48, 106；XL, 4, 19） | *celes* |
| 偏格 2 | *celui* | | *celi* | |

　　在古皮卡第方言中，除了陽性正格單數（*c(h)il, c(h)ils, c(h)is, c(h)ieus*）與偏格複數的形式（*c(h)iaus, c(h)iax*）與法蘭西島方言的形式（*cil, ceus*）不同以外，其他格數的變格形式皆雷同。

## 疑問詞、關係詞與不定詞 *qui, que*（interrogatif, relatif, et indéfini: qui, que）

| | 陽性與陰性 | 中性 |
|---|---|---|
| 正格 | *ki*（V, 3；XV, 4, 14；XXI, 11）, *qui*（I, 1） | *ke, que*（XXV, 10） |
| 偏格 1 | *ke, que*（XXII, 9） | *ke, que*（XXVI, 26） |
| 偏格 2 | *cui, qui* | *coi*（V, 16）, *quoi*（X, 36；XIV, 46；XXII, 25） |

　　*Qui* 與 *que* 在古法文中可以同時擔任疑問詞、關係詞與不定詞等不同角色，可以單獨使用（sans antécédent）亦可以位在先行詞（antécédent）之後，*coi* 與 *quoi* 則通常位於介係詞之後。

# 動詞（verbes）

## （一）直陳式（indicatif）

1.現在時（présent）

原形動詞以-*er*/-*ier* 結尾的第一組動詞：

|    | demander (<*lat.* demandāre) | aimer (<*lat.* amāre) | chanter (<*lat.* cantāre) | garder (<*bas lat.* *wardāre) |
|----|------------------------------|------------------------|---------------------------|-------------------------------|
| P1 | demánt（II, 39）             | aím（II, 44；VI, 41）   | chánt                     | gárt                          |
| P2 | demándes                     | aímes                  | chántes                   | gárdes（XV, 18）              |
| P3 | demánde                      | aíme                   | chánte                    | gárde                         |
| P4 | demandóns                    | amóns                  | chantóns                  | gardóns                       |
| P5 | demandéz                     | améz/amés（XIV, 23）   | chantéz                   | gardéz/ gardés                |
| P6 | demándent                    | aíment                 | chantent                  | gárdent                       |

　　此組的動詞變化源自於拉丁文-*are* 結尾的原形動詞，通常 p1、p2、p3、p6 與 p4、p5 的重音節位置不同，正因為重音節位置不同，導致詞幹中的母音語音流變也會有所不同。例如動詞 *aimer*，其現在時動詞變化可分出 *aim*-與 *am*-兩種詞幹（thèmes）。此外，由於第一人稱單數在拉丁文的動詞變化結尾為-*o*，尾音節的母音（*demando、amo、canto、*wardo> gardo*）在第七至第八世紀時即已消失，這時原本拉丁文詞中的音節數會在古法文中會減少一個。當初尾音節（syllabe finale）位於尾母音-*o* 之前的子音變為尾子音（consonne finale），如果尾子音為濁子音（consonne sonore）-*d*，便會演變為相對應的清子音（consonne sourde）-*t*，是故第一人稱單數的動詞變化

之拼寫法常常為子音結尾（*demant*、*chant*、*aim*、*gart*），而非現代法文的-*e* 結尾（*demade*、*chante*、*aime*、*garde*）。

原形動詞以-*ir* 結尾的第二組動詞：

| | *fenir*（<*lat.*finīre） |
|---|---|
| P1 | *fenís* |
| P2 | *fenís* |
| P3 | *feníst* |
| P4 | *fenissóns* |
| P5 | *feniss*（*i*）*éz* |
| P6 | *feníssent* |

　此組的動詞之現在分詞為-*issant*，源自於拉丁文-*ire* 結尾的原形動詞。和第一類動詞變化一樣，p1、p2、p3、p6 的重音節母音為〔i〕，與p4、p5 的重音節母音〔ɔ̃〕、〔e〕位置不同。

第三組動詞：

| | *dire*（<*lat.* dicĕre） | *faire*（<*lat.* facĕre） | *aler*（<*lat.* *allare） | *avoir*（<*lat.* habēre） | *ester*（<*lat.* *essĕre） | *voloir*（<*lat.* *volēre） |
|---|---|---|---|---|---|---|
| P1 | *di* | *faz*（picard：*fac*）（ X, 105；XI, 40） | *vois*（XXIV, 66） | *ai*（VI, 25） | *sui*（V, 16, 18, 20） | *vueil/voil*（VI, 59） |
| P2 | *dis* | *fes, fais* | *ves, vais, vas* | *as*（II, 52） | *ies*（ VIII, 32）；*es* | *vuels, vueus, veus, vex*（III, 7） |
| P3 | *dit* | *fet, fait*（II, 44） | *vet, vait, va*（IV, 16；VI, 62） | *a*（II, 16） | *est*（III, 8, 18） | *vuelt, vueut, veut*（IV, 10） |
| P4 | *dimes* | *faimes* | *alons* | *avons*（XVIII, 38） | *somes*（XXII, 15, 16） | *volons* |
| P5 | *dites*（XIV, 24） | *faites*（XXIV, 40） | *alez*（XX, 28） | *avez/avés*（VI, 19, 30） | *estes*（XXII, 14；XXIV, 41, 44） | *volez/volés*（XX, 25；XXII, 31） |

| | dire<br>(<lat.<br>dicĕre) | faire<br>(<lat.<br>facĕre) | aler<br>(<lat.<br>*allare) | avoir<br>(<lat.<br>habēre) | ester<br>(<lat.<br>*essĕre) | voloir<br>(<lat.<br>*volēre) |
|---|---|---|---|---|---|---|
| P6 | dient（VI,<br>5） | font | vont（VI,<br>41） | ont（VI,<br>61） | sont（XII,<br>5） | vuelent |

　　此組的動詞來源很多元化，有的是來自拉丁文-ire 結尾的原形動詞，其現在分詞為-ant；有的則是源自拉丁文-ēre 結尾的原形動詞；另外一些源自於拉丁文-ĕre 結尾的原形動詞也被歸類在第三類不規則動詞變化之中。

　　古皮卡第方言中直陳式現在時第一人稱單數的動詞變化結尾為-c（h）：fac（X, 105）、senc（XXVI, 12）、atenc（XL, 25）、siec（X, 32）。

2.未完成過去時（imparfait）

| | amer | 組成元素（詞根＋詞尾） |
|---|---|---|
| P1 | amoie（VI, 14） | am- + -oie（<lat. -ebam） |
| P2 | amoies | am- + -oies（<lat. -ebas） |
| P3 | amoit（VIII, 19） | am- + -oit（<lat. -ebat） |
| P4 | amiions/amïons³/amiiens/amïens | am- + -iions/-ïons（<lat. -ebamus） |
| P5 | amiiez/amïez | am- + iiez/-ïez（<lat. -ebatis） |
| P6 | amoient | am- + oient（<lat. -ebant） |

　　直陳式未完成過去時是由詞根（radical）與未完成過去時所相對應的人稱詞尾（désinence）所組成。此手稿在直陳式未完成過去時第一人稱複數的動詞變化詞比較常用的詞尾形式為-iens：estiiens（XXII, 33）、mangiens（XXII, 35）。但是，-ions 的形式也同時存在：

---

³　分音符（tréma）在詞中出現表示其標示的母音為兩個音節，在詩學中此符號可以幫助釐清音步之數量。例如 amïons 等於 amiions，等於三個音節 a-mi-ions。

*savions*（XXII, 13）。

## 3.簡單過去時（passé simple）

### 弱變化的完成式動詞變化（parfaits faibles）

　　古法文中的簡單過去時不僅沿襲了拉丁文的動詞完成式（parfait latin）用法，連形式也一併繼承下來。弱變化的動詞重音位置皆位於詞尾上，而非詞根（radical）上。簡單過去時弱變化是由詞根（radical）以及詞尾（désinence）所組成，此處的詞尾包含簡單過去時詞素（morphème du passé simple）與人稱詞素（désinence personnelle）。

### 動詞變位中帶有簡單過去時詞素-*a*-

|  | *doner*（<*lat.* donare） | 組成元素（詞根＋詞尾） |
|---|---|---|
| P1 | *donai*（<*LC donavui*> *BL* donái） | *don-* + *á+i* |
| P2 | *donas*（<*BL* donásti） | *don-* + *á+s* |
| P3 | *dona*（<*BL* donát）（XXI, 11；XXII, 40） | *don-* + *á+ø* |
| P4 | *donames*（< *BL* . donámus） | *don-* + *á+mes* |
| P5 | *donastes*（< *BL* donástis） | *don-* + *á+stes* |
| P6 | *donerent*（< *BL* donárunt） | *don-* + *é/íe+rent* |

　　此類的動詞變化源自於古典拉丁文的動詞完成式（parfait latin）-*avi* 的動詞變化形式，此處括弧中呈現出來的為晚期拉丁文（BL）的動詞變化形式。古法文中的第一類簡單過去時之動詞變化與現代法文的動詞變化極為接近，然而手稿中出現一例將第三人稱單數變化為-*i*-而非-*a*-的例子：*arestit*（XXIX, 5）。

動詞變位中帶有簡單過去時詞素-*i*-

| | dormir（<*lat.* dormire） | 組成元素（詞根＋詞尾） |
|---|---|---|
| P1 | dormi（<*LC* dormīvi >*BL* dormí） | dorm- + *i*+i |
| P2 | dormis（<*BL* dormísti） | dorm- + *i*+s |
| P3 | dormi（<*BL* dormít） | dorm- + *i*+ø |
| P4 | dormimes（<*BL* dormímus） | dorm- + *i*+mes |
| P5 | dormistes（<*BL* dormístis） | dorm- + *i*+stes |
| P6 | dormirent（<*BL* dormírunt） | dorm- + *i*+rent |

　　此類動詞變化源自於古典拉丁文的動詞完成式（parfait latin）
-*īvī* 的動詞變化形式，詞幹（thème）中的〔ī〕為長〔i〕，此〔i〕
一直被保存在古法文與現代法文中。舉例來說，古典拉丁文 *dormīvī*
的重音節在 *mi* 上，〔v〕由於位在兩個相同發音的〔i〕之間而消失，
演變為 *dormii*，其後校注者用分音符標示來兩個 *i*：*dormï*。第三人
稱單數的動詞變化原本在拉丁文重音節中的母音〔i〕後有尾子音
〔t〕跟隨其後，然而在第九世紀左右尾子音已經不再發音，在十
一世紀時，〔t〕也逐漸不再被拼寫出來，文本中出現一例：*s'endormi*
（XVIII, 8）。

動詞變位中帶有簡單過去時詞素-*i*-或-*ie*-

| | entendre | respondre |
|---|---|---|
| P1 | entendi | respondi |
| P2 | entendis | respondis |
| P3 | entendié（*t*） | respondié（*t*） |
| P4 | entendimes | respondimes |
| P5 | entendistes | respondistes |
| P6 | entendierent | respondierent |

此類的動詞源自於古典拉丁文的動詞完成式（parfait latin）-*dĕdi* 的動詞變化形式，但是原本第三人稱單數（p3）與複數（p6）的動詞變化的形式為 *entendié*（*t*）/*respondié*（*t*）、*entendierent/respondierent*，之後很快地演變為如同 *dormir* 一般的動詞變化形式：*entendi*（X, 25）/*respondi*、*entendirent/respondirent*。

**動詞變位中帶有簡單過去時詞素-*u***

|    | estre | valoir | morir | corre |
|----|-------|--------|-------|-------|
| P1 | *fui*（<*BL* fúi）（XXXVII, 6） | *valui*（<*BL* valúi） | *morui* | *corui* |
| P2 | *fus*（<*BL* fústi） | *valus*（<*BL* valústi） | *morus* | *corus* |
| P3 | *fu*（*t*）（<*BL* fút）（VI, 1） | *valut*（<*BL* valút） | *morut* | *corut* |
| P4 | *fumes*（<*BL* fúmus） | *valumes*（<*BL* valúmus） | *morumes* | *corumes* |
| P5 | *fustes*（<*BL* fústis） | *valustes*（<*BL* valústis） | *morustes* | *corustes* |
| P6 | *furent*（<*BL* fúrunt）（XVIII, 29；XXVIII, 11） | *valurent*（<*BL* valúrunt） | *morurent* | *corurent* |

此類的動詞變化源自於古典拉丁文的動詞完成式（parfait latin）-*ŭi* 的動詞變化形式，通常皆以 *estre* 之動詞變化為範本。其他的同類動詞在第三人稱單數時的動詞變化大多保留尾子音-*t*，然而大多數的時候動詞 *estre* 的簡單過去時第三人稱單數的動詞變化常將尾子音-*t* 省略，拼寫為 *fu*（VI, 1；VIII, 58）。

**強變化的完成式動詞變化（parfaits fortes）**

強變化的完成式動詞變化的特色在於第一人稱單數（p1）、第三人稱單數（p3）與第三人稱複數（p6）的重音節位於詞根（radical）上，然而第二人稱單數（p2）、第一人稱複數（p4）與第二人稱複數（p5）的重音節則位於詞尾（terminaison）上。強變化的完成式動詞

變化可分為詞幹中帶有母音（voyelle thématique）-i、-si 與-ui 的三種變化。

## 簡單過去時詞幹中帶有母音-i

| | *veoir*<br>（<*lat.* vidēre） | *venir*<br>（<*lat.* venīre） | *tenir*<br>（<*lat.* tenīre） | *faire*<br>（<*lat.* facĕre） |
|---|---|---|---|---|
| P1 | *vi*（<*lat.* vidi）（XI, 16） | *vin*（<*lat.* veni） | *tin*（<*lat.* *teni[4]） | *fis*（<*lat.* feci） |
| P2 | *veïs*（<*lat.* vidisti） | *venis*（<*lat.* venisti） | *tenis*（<*lat.* *tenisti） | *fesis/feïs*（<*lat.* fecisti） |
| P3 | *vit*（<*lat.* vidit）（IV, 2） | *vint*（<*lat.* venit）（VIII, 17） | *tint*（<*lat.* *tenit）（X, 50） | *fist*（<*lat.* fecit）（I, 6） |
| P4 | *veïmes*（<*lat.* vidimus） | *venimes*（<*lat.* venimus） | *tenimes*（<*lat.* *tenimus） | *fesimes/feïmes*（<*lat.* fecimus） |
| P5 | *veïstes*（<*lat.* vidistit）（V, 10） | *venistes*（<*lat.* venistit） | *tenistes*（<*lat.* *tenistit） | *fesistes/feïstes*（< *lat.* fecistis） |
| P6 | *virent*（<*lat.* viderunt（XVIII, 28；XXXIV, 23） | *vindrent*（<*lat.* venerunt）（picard：*vinrent*） | *tindrent*（<*lat.* *tenerunt） | *firent*（<*lat.* fecerunt）（picard：*fisent/fissent*）（XXXIV, 24; XXXVI, 8; XXXVIII, 9） |

　　此類的動詞在古法文中為數不多，但是這些動詞卻非常頻繁地使用。此外，此類的動詞變化在第一人稱單數時通常沒有-s（*vi*、*vin*、*tin*），*fis* 中的-s 為語音演變的結果抑或-s 類推字母（s analogique）。

　　在法蘭西島方言中，在子音 n 與子音 r 之間會衍生出一個插音字母（lettre épenthétique）d，是故動詞 *venir* 與 *tenir* 的第三人稱複數（p6）的動詞變化分別為 *vindrent* 與 *tindrent*。然而，在古皮卡第

---

[4]　*teni 為古典拉丁文（LC）tenui 在晚期拉丁文（BL）時重新創建的形式。

方言中，子音 *n* 與子音 *r* 之間並不會產生插音字母，文本中出現幾個無插音字母的例子：*vinrent*（XXVII, 17；XXXIV, 8）、*devinrent*（XXXIV, 30）。另外，古皮卡第方言中簡單過去時第三人稱複數（p6）的動詞變化中常帶有-*s*-或-*ss*-（*fisent, fissen(t)*），而不是法蘭西島方言的-*r*-（*firent*）。

### 簡單過去時詞幹中帶有-*si*

| | | dire | metre | traire | voloir[5] | ocire | prendre |
|---|---|---|---|---|---|---|---|
| P1 | | dis (<lat. dixi) | mis (<lat. misi) | trais (<lat. traxi) | vols/vous/ vos (<lat. *volsi) | ocis (<lat. *occisi) | pris (<lat. *presi) |
| P2 | | desis/deïs (<lat. dixisti) | mesis/meïs (<lat. misisti) | traisis (<lat. traxisti) | volsis/ vousis/vosis (<lat. *volsisti) | ocesis (<lat. *occisisti) | presis (<lat. *presisti) |
| P3 | | dist (<lat. dixit) (VIII, 42) | mist (<lat. misit) | traist (<lat. traxit) (IV, 4；VIII, 7) | volst/voust/ vost (<lat. *volsit) | ocist (<lat. *occisit) | prist (<lat. *presit) |
| P4 | | desimes/ deïmes (<lat. diximus) | mesimes/ meïmes (<lat. misimus) | traisimes (<lat. traximus) | volsimes/ vousimes/ vosimes (<lat. *volsimus) | ocesimes/ oceïmes (<lat. *occisimus) | presimes/ preïmes (<lat. *presimus) |
| P5 | | desistes/ deïstes (<lat. dixistis) | mesistes/ meïstes (<lat. misistis) | traisistes (<lat. traxistis) | volsistes/ vousistes/ vosistes (<lat. *volsistis) | ocesistes/ oceïstes (<lat. *occisistis) | presistes/ preïstes (<lat. *presistis) |

---

5　動詞 *voloir* 同時擁有簡單過去時詞幹中帶有-*si* 與簡單過去時詞幹中帶有-*i* 的兩套動詞變化形式。*Voloir*（<*lat.* *voli*）的簡單過去時詞幹中帶有-*i* 之動詞變化為：*voil*、*volis*、*volt*、*volimes*、*volistes*、*voldrent*。

| | dire | metre | traire | voloir[5] | ocire | prendre |
|---|---|---|---|---|---|---|
| P6 | distrent/ dirent (<lat. dixerunt) | misdrent/ mistrent/ mirent (<lat. miserunt) (picard： missent) | traistrent (<lat. traxerunt) | volstrent/ voustrent/ vostrent (<lat. *volserunt) | ocistrent/ ocisdrent (<lat. *occiserunt) (picard： ocissent/ ocesissent) | prisdrent/ prirent (<lat. *preserunt) (picard： prissent) |

　　此類的動詞在古法文中使用頻率相當高，並且其第一人稱單數的動詞變化結尾皆有-s。在十二世紀左右，由於位於母音之間的 s〔z〕消失不見，故而衍生出第二個帶有分音雙母音（hiatus）的形式（ex: *mesis > meïs ; mesimes > meïmes ; mesistes > meïstes*）。

　　古皮卡第方言中此類動詞的第三人稱複數（p6）的變化皆帶有-ss-，而非法蘭西島方言中的-str-、-sdr-、-r-：*missent*（XVIII, 14）、*prissent*（XXXIV, 9, 10, 11）、*sissent*（IX, 12）、*ocesissent*（XIV, 40）。

## 簡單過去時詞幹中帶有-ui

| | avoir | pooir | conoistre | gesir | boivre |
|---|---|---|---|---|---|
| P1 | oi（<lat. habui） | poi（<lat. potui） | conui（<lat. *conovui） | jui（<lat. jacui） | bui（<lat. *bibui） |
| P2 | oüs/eüs（<lat. habuisti） | poüs/peüs（<lat. potuisti） | coneüs（<lat. *conovuisti） | geüs（<lat. jacuisti） | beüs（<lat. *bibuisti） |
| P3 | out/ot（<lat. habuit）（XXX, 15）, eut（XX, 1） | pout/pot（<lat. potuit）（X, 59；XII, 22） | conut（<lat. *conovuit） | jut（<lat. jacuit）（XII, 6） | but（<lat. *bibuit） |
| P4 | oümes/ eümes（<lat. habuimus）（XXII, 41） | poümes/ peümes（<lat. potuimus） | coneümes（<lat. *conovuimus） | geümes（<lat. jacuimus） | beümes（<lat. *bibuimus） |

|  | *avoir* | *pooir* | *conoistre* | *gesir* | *boivre* |
|---|---|---|---|---|---|
| P5 | oüstes/ eüstes（<lat. habuistis）（X, 76） | poüstes/ peüstes（<lat. potuistis） | coneüstes（<lat. *conovuistis） | geüstes（<lat. jacuistis） | beüstes（<lat. *bibuistis） |
| P6 | ourent, orent（<lat. habuerunt） | pourent, porent（<lat. potuerunt） | conurent（<lat. *conovuerunt） | jurent（<lat. jacuerunt） | burent（<lat. *bibuerunt） |

此類的動詞源自於拉丁文的動詞完成式（parfait latin）-*ŭi*，動詞中包含拉丁文詞根-*a*（*avoir* < h<u>a</u>bere、*savoir* < s<u>a</u>pere、*taisir* < t<u>a</u>cere、*gesir* < j<u>a</u>cere）、-*o*（*pooir* < p<u>o</u>tere、*conoistre* < c<u>o</u>gnoscere）、-*e*（*lire* < l<u>e</u>gere）、-*i*（*boivre* < b<u>i</u>bere）。

## 4.未來時（futur）

|  | *chanter*（<lat. cantare） | *doner*（<lat. donare） | *mener*（<lat. *minare） | *tenir*（<lat. tenire） | *morir*（<lat. morire） | *ester*（<lat. esse） |
|---|---|---|---|---|---|---|
| P1 | chanterai/ canterai（<lat. cantare+hábeo）（XXII, 30） | donrai（<lat. donare+hábeo）（II, 54） | menrai（<lat. *minare+hábeo） | tendrai（<lat. tenire+hábeo）（picard：tenrai） | morrai（<lat. morire+hábeo） | er/ier（<lat. ero） |
| P2 | chanteras（<lat. cantare+hábes） | donras（<lat. donare+hábes） | menras（<lat. *minare+hábes） | tendras（<lat. tenire+hábes） | morras（<lat. morire+hábes） | ers/ iers（<lat. eris） |
| P3 | chantera/ cantera（<lat. cantare+hábet）（XXII, 11） | donra（<lat. donare+hábet）（II, 50） | menra（<lat. *minare+hábet） | tendra（<lat. tenire+hábet） | morra（<lat. morire+hábet） | ert/iert（<lat. erit） |

|  | chanter (<lat. cantare) | doner (<lat. donare) | mener (<lat. *minare) | tenir (<lat. tenire) | morir (<lat. morire) | ester (<lat. esse) |
|---|---|---|---|---|---|---|
| P4 | chanterons (<lat. cantare+ habémus) | donrons (<lat. donare+ habémus) | menrons (<lat. *minare+ habémus) | tendrons (<lat. tenire+ habémus) | morrons (<lat. morire+ habémus) | iermes (<lat. erimus) |
| P5 | chanterez/ chanteroiz (<lat. cantare+ habétis) | donrez/ donroiz (<lat. donare+ habétis) | menrez/ menroiz (<lat. *minare+ habétis) | tendrez/ tendroiz (<lat. tenire+ habétis) | morrez (<lat. morire+hab étis) | --- |
| P6 | chanteront (<lat. cantare+ hábent) | donront (<lat. donare+ habént) | menront (<lat. *minare+ habént) | tendront (<lat. tenire+ habént) (picard: tenront) | morront (<lat. morire+ habént) | erent/ierent (<lat. erunt) |

　　與現代法文一樣，未來式是由拉丁文的原形動詞（infinitif）再加上源自於拉丁文動詞 *habere*（=avoir）的現在時的動詞變化當做詞尾所組成。拉丁文 *habere*（=avoir）的動詞現在時動詞變化為 *habeo*、*habes*、*habet*、*habemus*、*habetis*、*habent*，在經過語音演變後成為-*ai*、-*as*、-*a*、-*ons*、-*ez/-oiz*、-*ont*。

　　古法文中，當一個詞有三個或超過三個音節時，位在重音節前的音節（syllabe prétonique interne）中的母音比起首音節（syllabe initale）的母音還要更弱，更容易消失不見，是故文本中 *donrai* 與 *menrai* 的拼寫法，是因為第一類直陳式未來時的動詞變化原本應該為 *do-ne-rái* 與 *me-ne-rái*，然而位在重音節-*rái* 之前的非重音節-*ne*-的母音 *e*〔ə〕在三個音節中最弱，再加上當 *e*〔ə〕位於〔n〕與〔r〕之間時，法蘭西島方言有時會刪去母音 *e*〔ə〕，在文本中即出現幾個

例子：*donrai*（II, 54）、*donra*（II, 50）。

在未來時的動詞變化中，比較值得注意的是，由於古皮卡第方言在子音 *n* 與 *r* 之間不會如法蘭西島方言一樣產生出插音 *d*，所以文本中偶而會出現 *tenrai*（X, 79）、*tenront*（XXVI, 30）的未來時動詞變化形式。

動詞 *estre* 和其他動詞的組成方式不同，直接源自於拉丁文的 *esse* 的未來式：*ero*、*eris*、*erit*、*erimus*、（*eritis*）、*erunt*。然而 *estre* 直陳式未完成過去時（imparfait）與未來時（futur）的動詞變化形式有部分相似與重疊處，尤其是第三人稱單數與複數的動詞變化形式，對學古法文的初學者來說，很容易在閱讀文本時造成混淆。

| | Imparfait | Futur |
|---|---|---|
| P1 | *ere/iere*（<*lat.* eram） | *er/ier*（<*lat.* ero） |
| P2 | *eres/ieres*（<*lat.* eras） | *ers/iers*（<*lat.* eris） |
| P3 | *ere/iere/**ert/ iert***（<*lat.* erat） | ***ert***（XIV, 50；XVIII, 41）***/iert***（<*lat.* erit）（XVII, 14；XVIII, 45） |
| P4 | *erïens/erions*（<*lat.* eramus） | *iermes*（<*lat.* erimus） |
| P5 | *eriiez*（<*lat.* eratis） | --- |
| P6 | ***erent/ierent***（<*lat.* erant） | ***erent/ierent***（<*lat.* erint） |

為了消除閱讀上的困難與疑慮，古法文的語言系統隨後不僅創建了一個新的未完成過去時動詞變化形式：*estoie*、*estoies*、*estoit*（II, 11, 15）、*estiiens*、*estïez*、*estoient*（XII, 41；XXX, 3；XXXIV, 28）；同時也創造了新的未來時的動詞變化形式：*serai*（V, 24）、*seras*、*sera*（VI, 16, 17；XVII, 13）、*serons*、*serez/seroiz*、*seront*。

# （二）條件式（conditionnel）

| | chanter | doner | (re) mener | tenir | veoir | pooir |
|---|---|---|---|---|---|---|
| P1 | chanteroie/ canteroie (<lat. canntare+ habébam) (XXII, 18, 26) | donroie (<lat. donare+ habébam) (XL, 20) | (re) menroie (< lat. *minare + habébam) | tendroie (<lat. tenire+ habébam) | verroie (<lat. videre+ habébam) | porroie (<lat. potere+ habébam) |
| P2 | chanteroies (<lat. canntare+ habébas) | donroies (<lat. donare+ habébas) | (re) menroies (< lat. *minare+ habébas) | tendroies (<lat. tenire+ habébas) | verroies (<lat. videre+ habébas) | porroies (<lat. potere+ habébas) |
| P3 | chanteroit (<lat. canntare+ habébat) | donroit (<lat. donare+ habébat) (XVIII, 26) | (re) menroit (< lat. *minaret + habébat) | tendroit (<lat. tenire+ habébat) | verroit (<lat. videre+ habébat) (XIV, 6) | porroit (<lat. potere+ habébat) (XIV, 6) |
| P4 | chanterïens/ chanterïons (<lat. canntare+ habebámus) | donrïens/ donrïons (<lat. donare+ habebámus) | (re) menrïens/ (re) menrïons (< lat. *minare + habebámus) | tendrïens/ tendrïons (<lat. tenire+ habebámus) | verrïens/ verrïons (<lat. videre+ habebámus) | porrïens/ porrïons (<lat. potere+ habebámus) |
| P5 | chanterïez (<lat. canntare+ habebátis) | donrïez/ donriiés (<lat. donare+ habebátis) (XXII, 44) | (re) menrïez (< lat. *minaret + habebátis) | tendrïez (<lat. tenire+ habebátis) | verrïez (<lat. videre+ habebátis) | porrïez/ porriés (<lat. potere+ habebátis) (X, 81) |
| P6 | chanteroient (<lat. canntare+ habébant) | donroient (<lat. donare+ habébant) | (re) menroient (< lat. *minare + habébant) | tendroient (<lat. tenire+ habébant) | verroient (<lat. videre+ habébant) | porroient (<lat. potere+ habébant) |

條件式是由拉丁文未來時的詞根（radical du futur），也就是原形動詞（infinitif），再加上動詞 *habere*（=avoir）的古典拉丁文（latin classique）未完成過去時的動詞變化 *habebam*、*habebas*、*habebat*、*habebamus*、*habebatis*、*habebant* 當詞尾所組成。之後，由於詞尾的語音變化之故，晚期拉丁文（bas latin）將古典拉丁文的未完成過去時的動詞變化演變為 *-ea*、*-eas*、*-eat*、*-eamus*、*-eatis*、*-eant*。至十三世紀時，詞尾則在歷經新的語音流變後而演化為 *-oie*、*-oies*、*-oit*、*-iiens/-ions*、*-iiez*、*-oient*。

| | Latin classique | Bas latin | Ancien français （XIII[e] siècle） |
|---|---|---|---|
| P1 | *habebam* | *-ea* | *-oie* |
| P2 | *habebas* | *-eas* | *-oies* |
| P3 | *habebat* | *-eat* | *-oit* |
| P4 | *habebamus* | *-eamus* | *-iiens/-ions/ions* |
| P5 | *habebatis* | *-eatis* | *-iiez/iez* |
| P6 | *habebant* | *-eant* | *-oient* |

## （三）虛擬式（subjonctif）

### 1.虛擬式現在時（présent）

**以 *-er* 結尾的第一組動詞變化**

和直陳式現在時一樣，虛擬式現在時第一組的動詞變化源自於拉丁文 *-are* 結尾的原形動詞，p1、p2、p3、p6 的重音節在詞根（radical）上，而 p4、p5 的重音節位置則為在詞尾（terminaison）上，由於重音節位置不同，直接導致詞幹中的母音（voyelle thématique）之語音流變有所不同。例如動詞 *aimer*，其現在時動詞變化可呈現出 *aim-/ain-* 與 *am-* 兩種詞幹（thèmes）。

|  | chanter | demander | amer |
|---|---|---|---|
| P1 | *chánt<lat.* cántem | *demánt<lat.* demándem | *áim<lat.* ámen |
| P2 | *chánz<lat.* cántes | *demánz<lat.* demándes | *áins<lat.* ámes |
| P3 | *chánt<lat.* cántet | *demánt<lat.* demándet | *áint<lat.* ámet |
| P4 | *chantóns<lat.* cantémus | *demandóns<lat.*demandémus | *amóns<lat.* amémus |
| P5 | *chantéz<lat.* cantétis | *demandéz<lat.* demandétis | *améz<lat.* amétis |
| P6 | *chántent<lat.* cántent | *demándent<lat.* demándent | *áiment<lat.* áment |

　　虛擬式現在時第一組動詞變化的第一人稱單、複數（p1、p4）、第二人稱複數（p5）與第三人稱複數（p6）的形式與直陳式現在時第一人稱單、複數（p1、p4）、第二人稱複數（p5）與第三人稱複數（p6）的形式相同。只剩下第二人稱單數（p2）與第三人稱單數（p3）的動詞變化有所不同。

| demander | | |
|---|---|---|
|  | 直陳式現在時（indicatif présent） | 虛擬式現在時（subjonctif présent） |
| P1 | **demant** | **demant** |
| P2 | demandes | demanz |
| P3 | demande | demant |
| P4 | **demandons** | **demandons** |
| P5 | **demandez** | **demandez** |
| P6 | **demandent** | **demandent** |

## 以-*ir* 結尾的第二組動詞變化

| fenir | | |
|---|---|---|
|  | 直陳式現在時（indicatif présent） | 虛擬式現在時（indicatif présent） |
| P1 | *fenis* | *fenisse* |
| P2 | *fenis* | *fenisses* |
| P3 | *fenist* | *fenisse* |
| P4 | **fenissons** | **fenissons/fenissiens** |
| P5 | **fenis（i）sez** | **fenissiez** |
| P6 | **fenissent** | **fenissemt** |

第二組動詞變化的直陳式現在時第一、第二、以及第三人稱複數（p4、p5、p6）與虛擬式現在時第一、第二、以及第三人稱複數（p4、p5、p6）的動詞變化形式相同。

### 其他動詞

|    | estre | avoir | vouloir | dire |
|----|-------|-------|---------|------|
| P1 | soie | aie（VI, 40） | vueille | die |
| P2 | soies | aies（II, 56） | vueilles | dies |
| P3 | soit（I, 13；IV, 7） | ait | vueille | die |
| P4 | soiiens/ soions | aiiens/aions | voilliens | dions |
| P5 | soiiez | aiiez/aiez | voilliez | di（i）ez |
| P6 | soient | aient | vueillent | dient |

古法文中，虛擬式現在時第一人稱複數（p4）的動詞變化詞尾為-iens 或-ons，而不是-ions，一直要等到十四世紀時才開始出現詞尾-ions。

## 2.虛擬式未完成過去時（imparfait du subjonctif）

古法文中的虛擬式未完成過去時源自於拉丁文虛擬式愈過去時（plus-que-parfait du subjonctif）。此類動詞變化很容易從其動詞中的簡單過去時找到其變化方法，例如 chanter 的第二人稱單數直陳式簡單過去時為 chantas，其虛擬式未完成過去時只需要加上詞尾-ses 即可：chantasses。另一種快速記憶方式則為帶有-a、-i 或-u 的詞幹（thème）+語式詞素（morphème modal）-ss（e）+人稱詞尾（désinences personnelles）-ø、-s、-t、-ons、-eiz/-oiz/-ez/-iez、-ent。

|  | chanter | dormir | estre | avoir |
|---|---|---|---|---|
| P1 | chantasse | dormisse | fusse/feusse（VIII, 44）/ fuisse（XXV, 11） | eüsse |
| P2 | chantasses | dormisses | fusses | eüsses/euses（VIII, 46） |
| P3 | chantast | dormist | fust（II, 5） | eüst |
| P4 | chantissons | dormissons | fussons | eüssons |
| P5 | chantissez | dormisse（i）z | fussez/fussiez | eüssez/eüssiez |
| P6 | chantassent | dormissent | fussent | eüssent |

　　虛擬式未完成過去時第一組動詞 p4 與 p5 的動詞變化結尾為 *-issons* 與 *-issez*，而不是 *-assons* 以及 *-assez*，此種現象可以解釋為第一組動詞變化受第二組 *-ir* 結尾動詞變化之影響，而類推為如 *dormir* 的人稱詞尾 *-issons* 與 *-issez*。

## 拼寫法（graphie）與音韻或稱歷史語音學（phonétique historique）

　　古法文的拼寫法尚未規範化，所以常會有一個字詞有好幾種異體字（variantes）同時存在的狀態出現，例如 *douce*（VII, 20）可以在同一文本中以 *duce*（XL, 63）的形式出現。

1. 手稿中的拼寫法將 *en* 與 *an* 交替使用，用以標示〔ã〕：*center*（XII, 9）/*canter*（XX, 31；XXXIX, 6）、*enfent*（XXVIII, 29）/*enfant*（XI, 2；XVIII, 18）。

2. 在母音〔u〕之後，原本的子音群組 *pl*、*bl* 中的 *p*、*b* 消失不見：*afulés*（XXIV, 31）、*pules*（XVI, 20）。

3. 尾子音 *-l*、*-r*、*-s*、*-t* 消失不見：*i*（=*il*）（XXVIII, 10）、*cué*（=*cuer*）（XIV, 33）、*moullié*（=*moullier*）（III,11）、*lé*（=*les*）（XII, 31）、*mé*（=*mes*）（XXII, 21）、*laiscié*（=*laisciés*）（XXII, 52）、*desou*

（＝*desous*）（XXIV, 74）、*desu*（＝*desus*）（XXIV, 6）、*defen*
（＝*defent*）（VIII, 26）、*fissen*（＝*fissent*）（XXXVIII, 9）、*missen*
（＝*missent*）（XXVIII, 11）、*traien*（＝*traient*）（XVIII, 11）。

4. 在子音前的-*s*-消失不見：*decauc*（＝*de<u>s</u>cauc*）（VI, 49）、*eperons*
  （＝*e<u>s</u>perons*）（XXII, 4）、*ereses*（＝*e<u>s</u>reses*）（VI, 47）。

5. 在子音前的-*r*-消失不見：*esmevella*（＝*esme<u>r</u>vella*）（XXX, 29）。

6. 子音-*r*-換位：*deffrema*（＝*de<u>ff</u>erma*）（XII, 45）、*v<u>r</u>emelletes*
  （＝*v<u>r</u>emelletes*）（XII, 31）。

7. 用拼寫法-*ill* 和-*ll* 謄〔j〕：*vaillant*（XXIV, 71）、*vielle*（IV, 33）。

8. 用拼寫法 *s*、*ş*、*sç*、*sc* 謄寫〔s〕或〔z〕：*prese*（X, 44）、*presse*
  （X, 17）、*laise*（II, 45）、*misse*（V, 16）、*prissent*（XXXIV, 10）、
  *counisçons*（XVIII, 22）、*laisciés*（VI, 22）。

9. 法蘭西島方言中 *t/d*+*s* 的拼寫法為 *z*，而帶有古皮卡第方言色
  彩的手稿使用的拼寫法為 *s*：*dolans*（VI, 75）、*grans*（VIII,
  15）、*cans*（XV, 3）、*assés*（IV, 41）、*liés*（VI, 9）、*tos*（VI, 35）、
  *escus*（X, 3）、*blons*（XII, 28）、*laisciés*（VI, 22）。

10. -*els* 結尾的詞在手稿中子音 *l* 常消失不見：*canpés*（XXXI,
  8）、*ques*（XXVIII, 18）、*tes*（X, 60）。

11. 法蘭西島方言中直陳式簡單過去時第三人稱複數（p6）的變
  化通常帶有-*str*-，手稿中的拼寫法則使用-*ss*-：*missent*（XVIII,
  14）、*prissent*（XXXIV, 9, 10, 11）、*sissent*（IX, 12）。

12. 在子音 *m* 與 *l* 之間、*n* 與 *r* 之間、*l* 與 *r* 之間，古皮卡第方言
  並不如法蘭西島方言中衍生出插音 *b* 或 *d*：*asanlent*（XXI, 1）、

*remanroit*（XII, 13）、*tenront*（XXVI, 30）、*vauroit*（I, 1；XXXIII, 10）。手稿中偶而也會出現帶有 *b* 拚寫形式：*ensanble*（XIV, 35）、*sanbloit*（XXXII, 23）、*menbre*（XVIII, 26；XXXIX, 7）。

13. 手稿中用 *w*〔w〕來謄寫法蘭西島方言中的 *g* 或 *gu*〔g〕：*waucrant*（XXXIV, 18）、*waumonnés*（XXX, 26）。

14. 字母 *g* 位在 *e* 之前可以同時標示〔g〕與〔ʒ〕：*gerre*（XXVIII, 21）、*gentis*（XXIX, 2）。

15. 拉丁文中，當〔k〕位於〔e〕與〔i〕之前，古皮卡第方言會演變為〔ʃ〕，法蘭西島方言則會演變為〔s〕，手稿中可以使用 *c* 與 *ch* 標示〔ʃ〕：*celier*（XI, 6）、*cent*（II, 7）、*cité*（XVII, 19）。

16. 拉丁文中，當〔k〕位於〔a〕之前，古皮卡第方言仍維持〔k〕發音，法蘭西島方言則會演變為〔ʃ〕，手稿中使用的拼寫法通常為 *c*：*cief*（XXXVIII, 23）、*ceval*（II, 9）、*cevauca*（XX, 39）、*castel*（III, 2）。

17. 拉丁文中，當〔g〕位於〔a〕之前，古皮卡第方言仍維持〔g〕發音，而法蘭西島方言則會演變成〔ʒ〕，手稿中〔g〕的拚寫法為 *g*：*ganbes*（II, 18）、*ganbete*（XI, 26）。

18. 拉丁文中，當〔ɔ〕位於〔l〕之前，〔l〕會母音化為〔u〕，之後古皮卡第方言會將母音〔ɔ〕持續拉開至最大開口的母音〔a〕，拼寫法也使用 *au* 來更替法蘭西島方言的拼寫法 *ou*：*caupee*（X, 29）、*faus*（III, 7）、*vauroit*（I, 1）。

19. 三合元音（triphtongue）*ieu* 刪減為二合元音（diphtongue）*iu*：*Diu*（X, 96）、*lius*（XII, 49, 50; XVI, 27）。

20. 二合元音（diphtongue）刪減為單一母音（voyelle simple）：
    *civres*（X, 11）、*levrer*（XXIV, 50）。

21. 過去分詞陰性結尾-*iee/eee*，古皮卡第方言會刪減為-*ie/ee*：
    *bautisie*（IV, 19）、*baisie*（VIII, 57）、*entecie*（II, 65）、*pree*
    （XXXVI, 13）。

22. 拉丁文中結尾為-*ilis*、-*ilius*、-*ivus* 的字詞，在古皮卡第方言
    中會演變為-*ius*，手稿中常用字母 *x* 代替 *us*，是以拼寫法-*ix*
    等於-*ius*：*fix*（II, 31, 44；VIII, 20）、*gentix*（XIII, 6；XXXVI,
    10）。法蘭西島方言則會拼寫為-*is* 或-*iz*：*gentis*（XXIX, 2）。

# 歐卡森與妮可蕾特
# 古法文／現代法文／
# 中譯對照

Aucassin et Nicolette

| 古法文原文 | 現代法文譯文 | 中文譯文 |
|---|---|---|
| 〔**70b**〕C'est d'Aucasin et de Nicolete | Aucassin et Nicolette | 歐卡森與妮可蕾特 |
| | | | 
|   &#124; | &#124; | |
| 1  **Qui vauroit bons vers oïr**[1] | Qui veut entendre de bons vers | 誰要聽那絕妙好詩 |
|   del deport du viel antif[2] | que, pour se divertir, un vieux bonhomme écrivit | 出自一位老叟的消遣之作， |
|   de deus biax enfans petis[3], | sur deux beaux jeunes gens, | 內容關於兩位俏麗的年輕人， |

---

[1] *Qui vauroit oïr...... ?*：「誰要聽……？」。依據 Philippe Walter（1999, 187）和 Jean Dufournet（1984, 164）的現代法文譯注本的解釋，這個在詢問時所使用的招呼慣用語讓人聯想起武勳之歌中也常運用的類似疑問句型。例如在十二世紀的《紀堯姆之歌》（*La Chanson de Guillaume*）的序詩中作者就用到：*Pl:ait vus oïr de granz batailles e de forz esturs, de Deramed, uns reis sarasinurs, cun il prist guere vers Lowis, nostre empereür?*（你們要聽那內容關於撒拉遜國王第拉梅和我們的路易皇帝激烈爭戰的故事嗎？）。同樣地，另外一部叫做《攻克奧朗日城》（*La prise d'Orange*）的十二世紀武勳之歌中也有極為相似的用法：*Oez, seignor, franc chevalier honeste! Plest vos oïr chançon de bone geste?*（聽我說，老爺們，尊貴的騎士們，你們想要聽一部好的武勳之歌嗎？）。這個慣用語讓這部作品的敘述方式一開始就呈現出仿效武勳之歌的口語化形式而非沉默的閱讀形式。然而 *qui vauroit oïr* 中的 *qui* 也可以理解成關係代名詞先行詞省略的絕對用法，意思等同於《celui qui, si l'on》：「有人」、「假如有人」。至於條件式現在時第三人稱單數 *vauroit*（=voudrait）的拼寫法呈現出古皮卡第方言（ancien picard）的特色，因為法蘭西島方言（francien）中的 *ou*（<*lat.* [ɔ]+[l]）在古皮卡第方言中會拼寫成 *au*。

[2] *Del deport du viel antif*：這句詩一直引起非常多的爭議。有些學者認為《viel antif》是《vieux bonhomme, vieillard》：「老人」之意；另外一些學者則認為是一個叫 *Vielantif* 的吟遊詩人的化名，因為 *Vielantif* 在《羅蘭之歌》（*La Chanson de Roalnd*）中是羅蘭的坐騎之名；更有甚者，一些學者直接將原文修改成 *del tans antif*，意即「古老的時代」。至於 *deport* 一詞的解釋，大致分成兩派，各持己見，莫衷一是。其中一派是支持 *deport* 應該理解成《joie, plaisir, amusement, divertissement》：「愉悅」、「娛樂」、「消遣」，而另一派如 Léo Spitzer（1948, 8-14）則認為應理解成《attitude, conduite》：「態度」、「行為」。

[3] *Deus biax enfans petis*：意即「兩位俏麗的年輕人」。根據 Jean Dufournet（1984, 164）的注解，故事裏的兩位主角年齡約在十五至二十歲之間。所以這裏的 *enfans* 不宜翻譯成「兒童」、「小孩」，應該翻成「年輕人」（adolescents）。法國的瑪莉（Marie de France）在其《一雙戀人之歌》（*Lai des deux amants*）作品中亦將男女主角稱之為「兒童」（*Jadis avint en Normandie une aventure mut oïe de deus enfanz ki s'entreameremt*）。

| 古法文原文 | 現代法文譯文 | 中文譯文 |
|---|---|---|
| Nicholete et Aucassins[4], | Nicolette et Aucassin, | 妮可蕾特與歐卡森， |
| 5 des grans paines[5] qu'il soufri | sur les grandes peines qu'il souffrit, | 以及歐卡森為了他那有著白皙明亮 |
| et des proueces[6] qu'il fist | et les prouesses qu'il accomplit | 臉龐的情人所承受的巨大痛苦 |
| por s'amie o le cler[7] vis[8]? | pour son amie au lumineux visage? | 和所完成的事蹟？ |

---

4  *Nicholete et Aucassins*：這部作品的兩位主人公的名字以故事內容的角度出發很容易引起混淆。因為根據 Hugo Brunner（1880, 12）的推測，由於在西元 1019-1021 年間有一位西班牙科爾多瓦（Cordoue）的摩爾國王名叫 *Alcazin*，所以男主人翁的名字歐卡森（Aucassin）應該源自阿拉伯，然而男主角在故事中是一位信奉基督教的貴族公子。至於女主人翁的名字妮可蕾特（Nicolette）是一個西方基督教世界中很常見的名字，可是在故事中妮可蕾特卻是撒拉遜人。此外，作者也有可能藉由主角的名字來玩文字遊戲。根據 Charles Camproux 於 1971 年 12 月告知 Jean Dufournet（1984, 10）他的假設，作者可能用南方普羅旺斯方言（provençal）來定義兩位主角的性格特徵。*Aucassin* 在普羅旺斯方言中是 *aucassa* 的暱稱，是從 *auca*「鵝」所衍生的詞，意思是「小鵝」、「傻瓜」；而 *Nicolette* 源自 *nicola*，在奧克語（occitan）中是 *nica* 的暱稱，用於片語 *faire la nica* 意思是「嘲弄」、「比其他人更為狡猾」，所以 *Nicolette* 在奧克語中意即「機靈」、「狡點的女人」。此外，*Nicolette* 這個女性名字在基督教世界中的男性對應名字是 *Nicolas*（尼古拉）。聖尼古拉（Saint Nicolas）又叫做米拉的尼古拉（Nicolas de Myre），約莫生於西元 270 年，卒於西元 345 年，是古希臘米拉城（Myre）的主教，深受荷蘭、比利時、德國和法國東北地區的信徒景仰。由此我們可以推斷這部作品的作者很有可能是法國東北地區的人。聖尼古拉的一生曾顯示過許多神跡，其中一件是將三位被屠夫殺死的小孩復活，因此他也是孩童和未婚者的守護神。在此章節詩的第三行男女主人公就是被作者呈現成小孩子（enfans petis）。

5  *paines*：(n.f. pl.) peines（「痛苦」、「艱辛」）。*paines*（<*lat.* poenas）屬於第一類陰性名詞變格，此類名詞變格的特色是正偏格單數（CS sing. et CR sing.）的結尾皆是 -e，只有在正偏格複數（CS pl. et CR pl.）時是 -es 結尾，此處的 *paines* 是陰性偏格複數（CR pl.）的形式。

6  *proueces*：(n.f. pl.) prouesses（「英勇事蹟」、「功勳」）。

7  *cler*：(adj.) clair（「白皙的」、「明亮的」）。

8  *vis*：(n.m.) visage, face（「臉」、「面孔」）。*vis*（<*lat.* visum）是現代法文 *visage* 的古字寫法。此詞在本文中出現 11 次，之後被 *visage* 取代，主要原因是因為名詞 *vis* 的型態和動詞 *voir* 以及 *vivre* 部分時態的動詞變化同形，為了減少過多的同形異義詞，*visage* 便漸漸取代 *vis*。同義詞 *visage* 在本文中出現 2 次，*viaire* 出現 1 次，*face* 出現 4 次，

| 古法文原文 | 現代法文譯文 | 中文譯文 |
|---|---|---|
| Dox est li cans[9], biax li dis[10] | Doux est le chant, beau le texte, | 歌曲旋律柔和，故事敘述優美， |
| et cortois[11] et bien asis[12], | courtois et bien composé. | 風雅細膩，又結構編排得宜， |
| 10　Nus hom[13] n'est si esbahis[14], | Nul homme n'est si abattu, | 任何一位沮喪的、 |
| tant dolans[15] ni entrepris[16], | si affligé, si mal en point, | 悲傷的、身體欠佳的、 |
| de grant mal amaladis[17], | si gravement malade | 身患重病的人， |
| se il l'oit[18], ne soit garis[19] | que, s'il l'entend, il ne recouvre la santé, | 只要一聽到此詩，莫不恢復健康， |
| et de joie resbaudis[20], | et qu'il ne soit tout ragaillardi de joie, | 重拾歡樂與活力， |

---

*ciere* 出現 1 次。

9　*cans*：（n.m.）chant（「歌曲」、「詩歌」）。*cans* 屬於第一類陽性名詞變格，此處為正格單數（CS sing.）的形式。

10　在手稿中原文是 *biax est li dis*，這一章節除了最後一行詩是五音節外，其他的每一行詩皆由七音節韻文體寫成，所以訓詁學家 Mario Roques 將此行的 *est* 去掉，否則會多出一個音節。*dis* 在此處意即「散文部分」、「敘述」。

11　*cortois*：（adj.）courtois（「風雅細膩的」）。此處用的這個形容詞意指十二世紀在宮廷貴族中開始興起的文學風潮，一般稱之為風雅文學（la littérature de la courtoisie），內容以理想的愛情、騎士精神、優雅和榮譽為主要題材。

12　*bien asis*：bien composé（「井然有序的」、「編排得宜的」）。這裡要講的是散文部分的內容井然有序，作者想強調此作品是由他精心撰寫和編排，並非即興創作。

13　*Nus hom*：nul homme, personne（「沒有任何人」、「無人」）。*hom* 是第三類陽性名詞變格的正格單數（CS sing.）形式。

14　*esbahis*：（participe passé）ahuri, ébahi（「驚愕的」、「沮喪的」、「悲傷的」、「慌張的」）。

15　*dolans*：（adj.）souffrant, affligé（「痛苦的」、「悲傷的」）。

16　*entrepris*：（participe passé）mal au point（「身體狀況很糟的」）。

17　*amaladis*：（participe passé）affligé, malade（「生病的」）。

18　*Se il l'oit*：s'il l'entend（「假如有人聽到」）。這裡影射音樂的治癒能力。行吟詩人希望透過聆聽詩歌來紓解聽眾身體上的痛苦。

19　*garis*：（participe passé）guéri（「治癒」、「恢復健康」）。*garis* 是動詞 *garir*（guérir）的過去分詞。

20　*resbaudis*：（participe passé）ragaillardi（「恢復活力」）。*resbaudis* 是動詞 *resbaudir* 的過去分詞，意即「使高興」、「使恢復活力」。

| 古法文原文 | 現代法文譯文 | 中文譯文 |
|---|---|---|
| 15　tant par est douce[21]. | tant l'histoire est d'une grande douceur. | 這故事真是太美妙了！ |

---

[21] *Tant par est douce*：意即「這個故事真是太美妙了」。由於這句詩主詞省略未出現，所以陰性形容詞 *douce* 應該修飾哪一個陰性名詞，引起許多專家的不同詮釋。形容詞 *douce* 在此處究竟是形容的是「故事」（histoire），「音樂」（musique），還是女主角「妮可蕾特」（Nicolette）呢？Jean Dufournet（1984, 44）在譯文中採用 *douce* 修飾省略的主詞「故事」（histoire），但在其注釋中（1984, 164）卻強調這裏的 *douce* 應該還包含了妮可蕾特的美，因為她的美麗可治癒所有疾病（在故事的第十一章，歐卡森曾敘述他親眼看見一位患了瘋病的利穆贊（Limousin）朝聖者，由於看了妮可蕾特的美腿而痊癒的案例）。

| 古法文原文 | 現代法文譯文 | 中文譯文 |
|---|---|---|
| ‖ | ‖ | ‖ |
| Or dient et content et fablent[22] | Parlé: récit et dialogue | 〔說白：敘述和對話〕 |
| 1　que[23] li quens[24] Bougars[25] de Valence[26] | Le comte Bougard de Valence | 瓦朗斯的布加爾伯爵 |
| faisoit guere au conte Garin[27] | faisait au comte Garin | 對博凱爾的加蘭 |
| de Biaucaire[28] si grande et si | de Beaucaire une guerre si terrible, si | 伯爵開戰，戰爭如此地激烈、 |

[22] *Or dient et content et fablent*：此句若直譯的話，意思是「現在他們在說話,講述和交談」。這三個動詞 *dire*、*conter*、*fabloier* 的意思重覆，而且此固定的表達方式在全文中出現二十次。Jean Dufournet（1984, 165）認為，*dire*（「說話」）相對於 *chanter*（「歌唱」），而 *conter* 和 *fabloier* 則用在故事的敘述和人物的對話。但是此推測也有盲點，因為十二章、三十四章和三十六章的內容並未包含對話和獨白，根據 Jean Dufournet 的解釋，可能作者只是為了將說白的散文部分和唱詞的韻文部分做一區分的規律用法。

[23] （*Or dient et content et fablent*）*que*：這裡的 *que* 是從屬連接詞（conjonction de subordination），主詞 *il*（古法文的陽性第三人稱複數代名詞主格是 *il* 而非 *ils*），因為時間副詞 *Or*（= maintenant）位於句首때省略，但是第三人稱複數的動詞變化（dient et contentet fablent）已足夠讓我們知道主詞是 *il*，*que* 引導出後面的補語從句（proposition complétive）動詞用直陳式（indicatif），*que* 在中譯文中不會出現。

[24] *li quens/ le conte*：comte（「伯爵」）。此處的 *quens/ cuens* 為正格單數（cas sujet singulier），屬於第三類陽性名詞變格，在此句中擔負著主詞的功能。在下一行隨即遇到此字的偏格單數（cas régime）*conte*，此處的 *conte* 扮演間接受詞（COI）的功能。

[25] *Bougars/Bougart*：「布加爾」。根據 Philippe Walter（1999, 188）的解釋，這個專有名詞和普通名詞 *bougre* 相似，*bougre* 此字源自於拉丁文 *bulgarus*。一開始意指「保加利亞的居民」，當形容詞時意思是「異端的」、「信奉異端的」，因為在西元十世紀時保加利亞的神職人員因為反對婚禮的祝聖儀式和宗教中的階級制度被視為異端，此外他們還很常被冠上同性戀的罪名，所以這個人物名字在此書中本身已暗含貶義。

[26] *Valence*：Valence（「瓦朗斯城」）。位於德隆省（Drôme）隆河岸邊。十二世紀時當地的主教曾經群起反抗過瓦朗斯伯爵的統治。

[27] *Garin*：Garin（「加蘭」）。根據 Philippe Walter（1999, 188）的解釋，這個人物的名字在武勳之歌中經常出現，例如洛琳人加蘭（Garin le Lorrain），蒙格蘭的加蘭（Garin de Monglane）。

[28] *Biaucaire*：Beaucaire（「博凱爾市」）。根據 Philippe Walter（1999, 188）的解釋，位於法國加爾省（Gard）尼梅區（Nîmes）隆河（Rhône）右岸的城市。十二世紀時隸屬於土魯斯伯爵麾下的領地，土魯斯（Toulouse）伯爵在博凱爾市創建了重要的市集。博

| | 古法文原文 | 現代法文譯文 | 中文譯文 |
|---|---|---|---|
| | mervelleuse et si mortel[29] qu'il ne | effroyable et si mortelle qu'il ne | 可怕又致命，布加爾伯爵 |
| 5 | fust uns seux jors ajornés[30] qu'[31]il ne | se levait aucun jour sans qu'il | 沒有一天不天一亮就 |
| | fust as[32] portes et as murs | se présentât aux portes, aux murs, | 率領一百名騎士 |
| | et as bares[33] de le[34] vile a cent cevaliers | aux barrières de la ville avec cent | 和一萬名步兵 |
| | 〔70c〕et a dis mile sergens[35] a pié et a | chevaliers et dix mille sergents à pied | 與騎兵親臨城門，城牆及 |
| | ceval , si li argoit[36] sa terre et | et à cheval: il lui brûlait sa terre, | 城柵。布加爾伯爵焚燬了加蘭伯爵的土地， |
| 10 | gastoit[37] son païs et ocioit[38] ses homes. | dévastait son pays, et tuait ses gens. | 劫掠了他的國家，和殺戮了他的手下。 |

凱爾的伯爵（Comte de Beaucaire）這個頭銜在歷史上並不存在。

[29] *mortel*：（adj.）mortel（「致死的」、「致命的」）。*mortel*（< *lat.* mortālis）在拉丁文字源中是以–*ālis* 結尾，這個字屬於第二類陰陽性同型態的形容詞（adjectifs épicènes）。正因如此，儘管 *mortel* 修飾的名詞 *guere*（＝guerre）是陰性，但並不需要再和其名詞做詞性配合。

[30] *jors ajornés*：jour levé（「天亮」）。

[31] *qu'*：sans que（「不」、「沒有」）。此處的從屬連接詞引導出從句動詞是用虛擬式未完成過去時（imparfait du subjonctif）*fust*。

[32] *as*：aux。*as* 在古法文中名詞語段（syntagme nominal）若是介係詞 *a* 後跟隨定冠詞 *les* 和名詞時，定冠詞 *les* 和介係詞 *a* 結合的省略形式。

[33] *bares*：（n.f. pl.）barrières（「柵欄」）。

[34] *le*：la。在古皮卡第方言中陽性和陰性定冠詞單數常常是以相同的型態出現，所以 *le* 在此後面接陰性名詞 *ville*。在此章節的第 21 行時也遇到另一個例子 *le face* 和第 54 行的 *le file*。

[35] *sergens/sergent*：（n.m. pl.）hommes d'armes（「古時全副武裝的士兵」）。這裡的士兵是指非出身貴族的士兵。

[36] *argoit*：brûlait（「燒」、「焚燒」、「燒毀」）。*argoit* 是動詞 *ardre* 的直陳式未完成過去時 p3 的形式。

[37] *gastoit*：dévastait, ravageait（「毀壞」、「蹂躪」、「劫掠」）。*gastoit* 是動詞 *gaster* 的直陳式未完成過去時 p3 的形式。

[38] *ocioit*：tuait, massacrait（「殺死」、「殺戮」）。*ocioit* 是動詞 *occirre*（< *lat.pop.* *auccidere*）的直陳式未完成時 p3 的形式。

| 古法文原文 | 現代法文譯文 | 中文譯文 |
|---|---|---|
| Li quens Garins de Biaucaire estoit | Le comte Garin de Beaucaire était | 博凱爾的加蘭伯爵是 |
| vix et frales[39], si avoit son tans[40] | un vieillard fatigué qui avait | 一位風燭殘年的 |
| trespassé. Il n'avoit nul oir[41], ne | fait son temps. Il n'avait nul héritier, ni | 疲弱老人。他膝下無兒無女， |
| fil, ne fille, fors[42] un seul vallet[43]. | fils ni fille, à l'exception d'un seul garçon | 沒有其他子嗣，除了唯一的一位年輕公子以外。 |
| 15　Cil estoit tex con je vos dirai. | Celui-ci était tel que je vais vous dire. | 這位公子的形象就如同以下我所對你們的描述。 |

---

[39]　*vix et frales*：vieux et débile（「歲數很大又衰弱的」）。*vix*（= *vius*）的拼寫法也呈現出古皮卡第方言的特色，因在為法蘭西方言中的拼寫法是 *vieux*（< *lat.* vĕclus）也就是說古皮卡第方言會傾向於將三合元音 *ieu*（triphtongue）簡化成二合元音（diphtongue）*iu*。

[40]　*tans*：(n.m.) temps（「時間」、「年代」）。*tans* 在古法文中屬於第四類無格變化之陽性名詞變格（masculins indéclinables），此類名詞的變格不論正格或偏格，單數及複數，字尾都有字母-s 伴隨。這類的名詞源自於拉丁文的第三類中性名詞（noms neutres），而古法文的名詞只剩下陽性和陰性兩種，這時原本在拉丁文的中性名詞就得自由地分配到只有陰陽性名詞的古法文系統中。古法文名詞變格中的主格（cas sujet）和偏格（cas régime）分別相對應於拉丁文的主格（nominatif）和賓格（accusatif），*tans* 的拉丁文主格和賓格名詞變化皆是 *tempus*，其重音節在 *tem* 上，尾母音[u]在第七世紀時消失；而雙唇音[p]位在牙槽音[s]前時，在第七世紀時也一併消失。此外，尾子音[s]在十二世紀時仍然發音，但至十二或十三世紀時尾子音[s]已不復發音，但是在拼寫法中仍然將其保存。至於[e]+[m]在十一世紀鼻音化成[ã]，此處手稿用 *an* 拼寫[ã]，反而是現代法文 temps 的拼寫法更貼近拉丁文。

[41]　*oir*：(n.m.) héritier, descendant（「繼承人」、「後裔」）。

[42]　*fors*：(prép.) sauf（「除了」）。*fors* 在此處是介係詞功能。

[43]　*vallet*：(n.m.) jeune homme non mariée d'origine noble（「年輕未婚的貴公子」）。*Vallet*（< *bas lat.* vasselitum）此字通常表示出身貴族的未婚年輕公子，為了學習打仗及宮廷禮儀而侍奉一大領主，因為出生高貴，他並非做一些次級的工作。這裏的 *vallet* 根據上下文顯示，應該是強調主角的年紀尚輕。

| 古法文原文 | 現代法文譯文 | 中文譯文 |
|---|---|---|
| Aucasins[44] avoit a non[45] li damoisiax[46]. | Ce jeune seigneur s'appelait Aucassin, | 這位年輕貴族公子名叫歐卡森， |
| Biax[47] estoit et gens[48] et grans et bien tailliés de ganbes[49] et de piés et de | il était beau, élégant et grand, il avait les jambes et les pieds, | 人長得英俊瀟灑，風度翩翩，身材高大挺拔；他的腿、腳、 |

---

[44] *Aucassins*：根據 1996 年 François Moreau 發表的一篇關於歐卡森名字源於阿拉伯文的文章中，歐卡森的行為和當時的完美騎士形象完全相反，他不願意出戰保家衛國，也不參加比武競技，François Moreau（1996, 53）文中提及阿拉伯文中有一個動詞 *Aâcassa*，意思是「做相反的事情」，這個動詞的意思和作品中的主人公非按照傳統小說的個性塑造（antihéros）相互呼應。*Aucassins* 此處為陽性正格單數的變格形式。

[45] *a non*：a pour nom（「名字叫做」）。在古法文中常用 «*avoir nom + 人名*» 這個片語，意思是「名叫……」。*avoir nom* 後加的人名（Aucasins）的功能是主詞（li damoisiax）表語（attribut du sujet），所以此處 Aucasins 是正格單數（CS sing.）的形式。

[46] *damoisiax*：(n.m.) jeune homme noble, jeune seigneur（「年輕的貴族公子」）。此字源自晚期拉丁文（bas latin）*domnicellus*，是 *dominus* 的暱稱，意思是（「主人」），在此處意指年輕的貴族公子，已到達能初次參加作戰的年齡，但仍未正式授封為騎士。此字在此強調的是人物出身貴族而非平民。中世紀古法文的拼寫法中，-x 位在詞尾時，等於-us。

[47] *biax*：(adj.) beau（「英俊瀟灑」）。biax 源自於拉丁文 *bĕllus*。尾母音（voyelle finale）[ŭ]在第三世紀時演變成[o]，第七世紀時[o]消失，且雙子音[ll]被簡化成單子音[l]，所以就演變成了[bels]。在法蘭西島方言中，當[ɛ]+[l]時，[l]母音化成[u]，變成[ɛus]。此外，[ɛ]+[u]會在兩個音之間發展出一個過渡的母音（voyelle de transition）[a]，組成三合元音[ɛau]。但是在古皮卡第方言或是在巴黎通俗語言（langue populaire de Paris）中，因為重音（accent）轉移到張口最大的[a]上，導致位在[a]前的[ɛ]演變成開口小一階的[e]，然後繼續再縮小一階變成開口最小的[i]，最後變成半母音[j]。在拼寫法方面，由於尾字母-x 等於-us，所以 biax 等於 biaus，是第一類形容詞陽性正格單數（CS sing.）的變格形式。

[48] *gens/gent*：(adj.) élégant, gentil, courtois, beau（「優雅的」、「出身高貴的」、「謙恭的」、「美麗的」）。形容詞 gent 源自於拉丁文的過去分詞 *genitum*，意思是「出生」。此詞包含有「出身高貴」、「優雅的氣質」、「外在的美麗」之意。gens 屬於第一類形容詞變格，此處是陽性正格單數（CS sing.）形式。

[49] *ganbes*：(n.f.pl.) jambes（「腿」）。ganbes 源自於晚期拉丁文（bas latin）的 gamba。以語音學的角度出發，法蘭西島方言（francien）中當拉丁文的[g]+[a]時會演變成[ʒ]，拼寫法（graphie）的相對應字母是 j；然而在古皮卡第方言（ancien picard）中，[g]+[a]的子音[g]並沒有經歷改變，拼寫時仍用 g 來表示[g]的發音。

| 古法文原文 | 現代法文譯文 | 中文譯文 |
|---|---|---|
| cors[50] et de bras. Il avoit les | le corps et les bras bien faits. Il avait les | 身體、胳膊都生得健美勻稱；他有著 |
| 20 caviax[51] blons et menus recercelés[52] | cheveux blonds, très bouclés, | 細密的金黃色捲髮； |
| et les ex vairs[53] et rians et le face | les yeux vifs et rieurs, le visage | 他的一雙碧眼清澈明亮有神又含著笑意； |
| clere et traitice[54] et le nes haut et bien | lumineux et allongé, le nez haut et bien | 他有著明淨的鵝蛋臉；又高又 |
| assis[55]. Et si estoit enteciés[56] de | planté. Il était doué de | 挺的鼻子，他擁有 |
| bones teces[57] qu'en lui n'en avoit | tant de qualités qu'il n'y avait | 一切的優點，所以在他身上找不出 |

---

[50] *cors*：（n.m.）corps（「身體」）。陽性名詞 *cors* 源自於拉丁文的 *corpus*，屬於拉丁文的第三類中性名詞變格。此中性名詞在古法文中變為陽性名詞，由於正格偏格的單複數型態皆相同，所以被歸類成第四類無法變格陽性名詞（noms masculins indéclinables）。在拼寫法和語音部分，當清雙唇塞音（consonnes bi-labiales sourdes occlusives）[p] 後跟隨摩擦齒槽音（consonnes alvéolaires fricatives）[s] 時，[p] 會消失，所以此處 *cors* 的拼寫法 *p* 並未出現。

[51] *caviax*：（n.m.pl.）cheveux（「頭髮」）。*caviax* 源自於拉丁文的 *capillus*。以古皮卡爾方言的語音學角度來說，拉丁文的 [k]+[a] 並沒有像法蘭西島方言一樣變成 [ʃ]（拼寫時會用 ch 來謄寫此發音），而是保持著 [k] 的發音，反應在拼寫法上就是用 *c* 來表示 [k]。在此章節中，源自於拉丁文 [k]+[a]，而用字母 *c* 拼寫 [k] 的例子還有第 9 行的 *cevaliers*（< *lat.* caballarius）和第 10 行的 *ceval*（< *lat.* caballus）。

[52] *menus recercelés*：à boucles petites et serrées（「細又密的捲髮」）。這裡的 *menus* 雖是形容詞當副詞用，但是依照古法文的用法，*menus* 還是得和 *recercelés* 性數配合。

[53] *les ex vairs*：les yeux vifs（「清澈明亮的碧眼」）。根據 Mario Roques（1982, 101）的解釋，*vair* 這個詞很難確切地解釋其意，這個詞有「五顏六色」、「雜色」之意。此外，此詞也有「明亮清澈之意」，*vair* 這個形容詞在修飾眼睛時意思是「明亮清澈的」、「藍色」或「綠色的」，和黑色的眼睛形成對比。

[54] *traitice*：（adj.）allongée, ovale（「拉長的」、「橢圓形的」）。

[55] *bien assis*：bien placé, régulier, bien planté（「位置好的」、「端正的」、「直挺的」）。

[56] *enteciés*：（adj.）doué（de qualités）（「具有」、「賦有」）（指優點）。

[57] *teces*：（n.f.pl.）qualités（「特點」）。*teces* 源自法蘭克語（francique）*têkam，在古法文中的意思是「搭扣」、「石板」、「金屬片」、「優點」、「特點」、「缺點」。根據上下文顯示，*bones teces* 這裡的意思應該是「優點」。

| | 古法文原文 | 現代法文譯文 | 中文譯文 |
|---|---|---|---|
| 25 | nule mauvaise se bone non[58]. Mais | place en lui pour aucun défaut; mais | 任何缺點，只有優點。然而， |
| | si estoit soupris[59] d'Amor, qui tout | il était saisi par l'Amour, qui vainc tout, | 主宰一切的愛情征服了他， |
| | vaint[60], qu'il ne voloit estre | à un point tel qu'il ne voulait pas être | 使得他不願受冊封為 |
| | cevalers, ne les armes prendre, | fait chevalier ni recevoir les armes du nouveau chevalier, | 騎士，他既不願領受新進騎士的全副武器裝備， |
| | n'aler au tornoi, ne fare point | ni aller au tournoi, ni accomplir | 又不願參加比武競技，又不願盡 |
| 30 | de quanque[61] il deust. Ses pere et se[62] | aucun de ses devoirs. Son père et sa | 一切他應盡的本分。他的父 |
| | mere li disoient: Fix, car pren | mère lui disaient: Cher fils, reçois | 母對他說：「兒啊，領取你的武器，接受 |

---

[58] ne…se（bone）non：「沒……除了……以外」。這個句型在古法文中很常見，否定句後將要被限制除去的部分放在 se 和 non 之間。這裡的 se bone non 中間的 bone 是形容詞當名詞用意即 bone tece（「優點」）。

[59] soupris：（participe passé）saisi（「被抓住」、「被控制」、「被侵襲」）。soupris 是動詞 souprendre 的過去分詞。

[60] vaint：vainc（「戰勝」、「擊敗」、「克服」）。vaint 是動詞 vaintre 直陳式現在時 p3 的動詞變化形式。

[61] quanque：tout ce que（「所有」）。Quanque 是從拉丁文 quantum quod（combien grand+-que）而來，拉丁文可以將數量形容詞（adjectif quantitatif）加上 -que 組成複合關係代名詞形式（formes relatives composées）。

[62] se：sa（「他的」）。這裡的主有詞 se 是古皮卡第方言中的第三人稱的陰性正格（cas sujet）單數形式，位在陰性名詞 mere 之前。古法文中的主有詞（possessifs）可分為輕音形式（formes atones）和重音形式（formes toniques）。輕音形式就如同定冠詞一樣位在名詞前面，作形容詞用；而重音形式則用作形容詞或代名詞用，和定冠詞連用。法蘭西島方言中的主有詞陰性正格單數形式則是 sa。

| 古法文原文 | 現代法文譯文 | 中文譯文 |
|---|---|---|
| tes armes[63], si monte el[64] ceval, | donc tes armes pour devenir chevalier, monte à cheval. | 冊封為騎士，騎上馬， |
| si deffent te[65] terre et aïe tes homes[66]: | Défends ta terre et aide tes sujets. | 保衛你的國家，協助你的子民。 |
| s'il te voient entr'ex[67], si defenderont | S'ils te voient au milieu d'eux, ils en défendront | 假如他們看見你和他們在一起，他們必定會 |
| 35 il mix lor cors et lor avoirs[68] et te | mieux leurs personnes et leurs biens, ta | 更加努力地保衛自身的性命和財產，你的 |
| terre et le miue[69]. | terre et la mienne. | 以及我的土地。」 |
| — Pere, fait Aucassins, qu'en parlés vos ore? | — Père, fait Aucassin, que me racontez-vous là? | 歐卡森說：「父親，您在說什麼呀？ |

---

[63] *Pren tes armes*：deviens chevalier（「受冊封為騎士」）。片語 *prendre ses armes* 的意思為透過授予騎士稱號的儀式給予新進騎士全副兵器和盔甲裝備，意即「受封為騎士」。類似的例子出現在克雷蒂安·德·特魯瓦（Chrétien de Troyes）所寫的《克里傑》（Cligés）第 121 行詩 *car d'autrui ne vuel armes prandre*（參見：éd. Laurence Harf-Lancner, 2006, 68）與康布雷的拉烏爾（Raoul de Cambrai）第 1195 至 1197 行詩 *«Biax fix, dist ele, tes armes prises as. Bien soit del conte par cui si tos les as, et de toi miex qant tu deservi l'as»*（參見：éd. Sarah Kay, 1996, 106-108）。此章的 28 行 *prendre les armes* 中 *armes* 使用複數，意指一位新進騎士身上所有的武器裝備。

[64] *el*：en+le。當介係詞 *en* 後跟隨定冠詞 *le* 和名詞時，定冠詞 *le* 和介係詞 *en* 結成省略形式 *el*。

[65] *te*：ta（「你的」）。此處是古皮卡第方言中的主有詞為第二人稱陰性偏格單數形式（cas régime sing.）。

[66] *homes*：sujets（「子民」、「宣示效忠的附庸」）。第三類陽性名詞偏格複數，此處作直接受詞（COD）用。

[67] *s'il te voient entr'ex*：（「假如他們看到你和他們在一起」）。古法文中第三人稱複數陽性人稱代名詞（pronom personnel sujet）是 *il* 而非 *ils*。*ex*（= eus < *lat.* illos）是人稱代名詞第三人稱複數偏格重音形式（pronom cas régime tonique），位在介係詞 *entre* 之後組成獨立結構，作「謂語」（prédicat）用。

[68] *avoirs*：(n.m. pl.) biens, argent, avoirs（「財產」、「錢財」）。古法文中，原形動詞常常會當名詞使用，通常當名詞使用時詞性是陽性。

[69] *le miue*：la mienne（「我的土地」）。法蘭西島方言中的第一人稱陰性單數主有詞正格和偏格的重音形式皆是 *meie*（< *lat.* měa），然而古皮卡第方言則是 *miue*。位於 *miue* 之前的定冠詞 *le* 也是呈現出古皮卡第方言中陰陽性皆同的形式。

| 古法文原文 | 現代法文譯文 | 中文譯文 |
|---|---|---|
| Ja Dix ne me doinst riens[70] que je li demant, quant ere[71] cevaliers, ne monte | Que Dieu ne m'accorde rien de ce que je lui demande, si j'accepte, une fois chevalier, de monter | 假如我答應受冊封為騎士， 騎上馬，上戰場和其他 |
| 40 a ceval, ne que voise[72] a estor[73] ne a | à cheval, d'aller au combat ou à | 騎士相互交鋒，而您並 |
| bataille, la u je fiere[74] cevalier ni | la bataille, où j'échange des coups | 沒有同意讓我迎娶我 |
| autres mi[75], se vos ne me donés | avec des chevaliers, sans que vous m'accordiez | 如此傾心的溫柔情人 |
| Nicholete me douce amie que je | d'épouser Nicolette, ma douce amie que | 妮可蕾特，但願上帝不應允我所有向祂的 |
| tant aim. — Fix, fait li peres[76], ce | j'aime tant! — Fils, dit le père, cela | 祈求。」父親說：「兒啊， |
| 45 〔70d〕ne poroit estre. Nicolete laise ester[77], que ce | ne saurait être. Renonce à Nicolette, car c'est | 這是不可能的。放棄妮可蕾特吧！因為她 |

---

70 *riens*：(n.f.) chose（「東西」、「事物」）。

71 *ere*：serai（「是」、「成為」）。此處的 *ere* 是動詞 *estre* 的直陳式未來時第一人稱單數形式，而非直陳式未完成過去時 p1 的形式。

72 *voise*：aille（「去」）。*voise* 是動詞 *aler* 的虛擬式現在時第一人稱單數形式。

73 *estor*：(n.m.) attaque, combat（「攻擊」、「進攻」、「戰鬥」）。*estor* 源自於日耳曼語 *sturm*，意即「暴風雨」。古法文中，*estor* 意指「混戰」。

74 *fiere*：frappe（「打」、「攻擊」）。*fiere* 是動詞 *ferir* 的虛擬式現在時第一人稱單數形式。

75 *autres mi*：les autres me frappent（「其他人也回擊我」）。這裡的動詞和前一句一樣，所以 *fierent* 省略。*mi* 是古皮卡第方言中的第一人稱代名詞單數重音形式，而法蘭西島方言的相對應形式則是 *mei* 或 *moi*。

76 *li peres*：(n.m.)（「父親」）。*li peres*（< *lat.* pater）屬於第二類陽性名詞變格，古法文中此類的名詞正格單數（cas sujet singulier），因為在拉丁文中的主格（nominatif）就沒有如第一類陽性名詞字尾有-s（例如 murs < *lat.* murus），所以本來此處應該是沒有-s，但是這一類的陽性名詞變格並不多見，漸漸地被第一類陽性名詞變格所同化，在陽性正格單數時也出現如第一類名詞的變格字尾-s，此字母-s 稱為類推字母（s analogique）。

77 *laise ester*（*qqn*）：laisse tranquille（qqn），renonce à（qqn），ne t'occupe pas de（qqn）（「不要再去打擾（某人）」、「放棄（某人）」、「不管（某人）」）。*laise* 是動詞 *laissier* 第二人稱單數命令式（impératif）。

| 古法文原文 | 現代法文譯文 | 中文譯文 |
|---|---|---|
| est une caitive[78] qui fu amenee | une captive qui fut amenée | 是一位從異國 |
| d'estrange[79] terre, si l'acata li visquens de | d'une terre étrangère. Le vicomte de cette ville | 帶回來的戰俘，本城的子爵 |
| ceste vile as Sarasins[80], si l'amena | l'acheta aux Sarrasins et l'amena | 從撒拉遜人的手中將她買下，帶至 |
| en ceste vile, si l'a levee et bautisie[81] | en cette ville. Il l'a tenue sur les fonts baptismaux, et l'a fait baptiser; | 此地，之後讓她受洗成為基督徒， |
| 50 et faite sa fillole[82], si li donra un | elle est devenue sa filleule. Il lui donnera un | 並使她成為他的教女；不久的將來子爵 |
| de ces jors un baceler[83] qui du pain li | de ces jours pour époux un jeune homme qui lui gagnera | 會將她許配給一個掙得足夠的錢能養活 |

---

[78] *caitive*：captive, prisonnière（「戰俘」、「俘虜」）。

[79] *estrange*：（adj.）étranger, ère（「外國的」）。在古法文中，*estrange* 可以同時有「外國的」和「奇怪的」之意。之後為了解決一詞多義的問題，就在意指「外國的」意思時加上後綴詞-er，目的是和「奇怪的」的詞義做一區分，所以現代法文的 *étranger, ère* 由此而來。

[80] *Sarasins*：（n.m.pl.）Sarrasins（「撒拉遜人」）。這個字是中古世紀的歐洲對當時所有信奉伊斯蘭教的民族之統稱。此字由中世紀拉丁文 *Saraceni* 借入，而 *Saraceni* 則源自希臘文 *Sarakenoi*。西元二世紀時，*Sarakenoi* 一開始只用來指稱阿拉伯的一個游牧民族，自西元六世紀起，已普遍用於泛指阿拉伯人。在中世紀拉丁文（latin médiéval）中，*Saraceni* 意指所有中東、北非和西班牙信仰伊斯蘭教的居民。之後 *Sarrasins* 的字義引伸成東方和異教徒的代名詞。

[81] *l'a levee et bautisie*：il l'a tenue sur les fonts baptismaux et l'a baptisée（直譯是「他將她抱在領洗池上讓她受洗禮儀式」）。根據 Jean Dufournet（1984, 166）的注解，*lever* 和 *bautisier* 連用時意思是「受洗」之意。過去分詞 *bautisie* 呈現出古皮卡第方言的特色，也就是說陰性過去分詞結尾的三合元音-iee 被簡化成二合元音-ie。

[82] *fillole*：（n.f.）filleule（「教女」）。

[83] *baceler*：jeune homme（「年輕人」）。此字是從高盧語（gaulois）或塞爾特語（celtique 的*baccalarem* 而來，中世紀時*baccalarem* 被拉丁化為 *baccalarium*，意思是：（「佃農」、「農奴」、「農民」）。在古法文中，此字通常意指年輕的貴族男子，仍處未婚狀態，無采邑，有意成為騎士，但仍未授封成為騎士，服侍於國王或大領主左右。

| 古法文原文 | 現代法文譯文 | 中文譯文 |
|---|---|---|
| gaaignera par honor: de ce n'as tu que | honorablement de quoi manger. De cela tu n'as que | 她的年輕人，她的事與你 |
| faire. Et se tu fenme vix avoir, je | faire. Si tu veux prendre femme, | 無關。如果你想娶妻， |
| te donrai le file a un roi u a un conte: | je te donnerai la fille d'un roi ou d'un comte, | 我將給你娶一位國王或是伯爵的女兒， |
| 55 il n'a si rice home[84] en France, se tu vix | il n'est pas en France d'homme si puissant qui ne t'accorde sa | 只要你想要的話，你可以得到任何一位法蘭西境內高門權貴的 |
| sa fille avoir, que tu ne l'aies. — Avoi[85], | fille, si tu la désires. — Allons donc! | 女兒。」歐卡森答道：「這是哪兒的話， |
| peres, fait Aucassins, ou es ore si haute | père, répond Aucassin, où se trouve à cette heure, | 父親，今時今日在這世上哪裏還有 |
| honers[86] en terre se Nicolete ma tresdouce | sur terre, une si haute dignité que Nicolette, ma très douce | 我十分溫柔的情人妮可蕾特所配不上的 |
| amie l'avoit, qu'ele ne fust bien | amie, ne puisse pas mériter, si elle le | 如此尊貴之頭銜，假如她想 |
| 60 enploiie[87] en li? S'ele estoit empereris[88] | possédait? Si elle était impératrice | 擁有的話？假如說她是 |
| de Colstentinoble u d'Alemaigne, | de Constantinople ou d'Allemagne, | 君士坦丁堡或德國皇后， |
| u roine de France u d'Engletere, | ou reine de France ou d'Angleterre, | 法國或英國王后， |

---

[84] *rice home*：homme puissant（「高門權貴」）。*rice* 這個字在古法文中有「權力」、「力量」和「光鮮的外表」之意，所以這裏的 *rice home* 可翻成「有權勢的人」，即「高門權貴」。

[85] *avoi*：allons donc（「這是那兒的話」、「拜託，不會吧」）。*avoi* 是由感嘆詞 *a!* 和動詞「看」的第二人稱單數命令式 *voi* 所組成的感嘆詞，此處表示反對之意。

[86] *haute honers*：haute dignité（「尊貴之頭銜」）。

[87] （bien）*enploiie*：（bien）placée（「有資格的」、「有條件的」）。

[88] *empereris*：（n.f.）impératrice（「皇后」）。此字源自於拉丁文 *imperatrícis*，在古法文中屬於第四類陰性名詞變格，此類名詞變格的特色是不論正格或偏格，單數或複數，都有字母-*s* 在字尾，故此類名詞變格叫做無格變化名詞（noms indéclinables）。

| | 古法文原文 | 現代法文譯文 | 中文譯文 |
|---|---|---|---|
| | si aroit il assés peu en li, tant | encore serait-ce trop peu pour elle, tellement | 這樣都還委屈了她， |
| | est france[89] et cortoise et de bon | elle est noble, courtoise, | 她是那麼地高貴、優雅、 |
| 65 | aire[90] et entecie de toutes bones | généreuse et douée de toutes les | 寬厚仁慈，並且集聚了一切優點於 |
| | teces.》 | qualités.》 | 一身。」 |

<hr>

[89] *france*：（adj.）noble（「高貴的」）。這個字源自於法蘭克語（francique）的 *frank，之後拉丁化成為 *Francus*，意思是「法蘭克族」。此字當形容詞用時，意即「自由的」、「沒有限制的」。之後此字當名詞時意思是「自由民」（homme libre），由此意思逐漸轉變成「社會的菁英分子」、「貴族」，和「鄉下佬」成對比。隨後此字又加入「德行高尚」、「行為高尚」和「寬宏大量」之意。

[90] *de bon aire*：（adj.）débonnaire, généreuse：（「溫厚的」、「寬厚的」、「仁慈的」）。

| 古法文原文 | 現代法文譯文 | 中文譯文 |
|---|---|---|
| III | III | III |
| Or se cante | Chanté | 〔唱〕 |

|  | 古法文原文 | 現代法文譯文 | 中文譯文 |
|---|---|---|---|
| 1 | Aucassins fu de Biaucaire | Aucassin était de Beaucaire, | 歐卡森來自於博凱爾的 |
|  | d'un castel de bel repaire[91]. | un château d'agréable séjour. | 一座舒適宜人的城堡。 |
|  | De Nicole[92] le bien faite | De Nicole qui est faite à ravir | 沒有任何人能將他 |
|  | nuis[93] hom ne l'en puet retraire, | personne ne peut le détacher, | 與美麗迷人的妮可蕾分開。 |
| 5 | que[94] ses peres ne l'i laisse | son père ne lui donne pas son accord | 然而因為他的父親不同意這門親事， |
|  | et sa mere le menace: | et sa mère le menace: | 他的母親又威脅他說： |
|  | «Di va[95]! faus[96], que vex tu faire? | «Allons, fou, que veux-tu faire? | 「得了吧！傻孩子，你到底想怎樣？」 |
|  | — Nicolete est cointe[97] et gaie[98]. | — Nicolette est gracieuse et gentille. | 「妮可蕾特是優雅又討人歡喜的女子。」 |
|  | — Jetee[99] fu de Cartage[100], | — Mais elle fut chassée de Carthagène, | 「可是她是從卡塔赫納城那兒被趕出， |

---

[91] *de bel repaire*：de beau séjour（「適宜居住的」、「舒適的」）。這裏將博凱爾的城堡描述成一個舒適的住宅，像是在風雅文學中呈現的上流社會風貌，而非只有防禦功能的軍事城堡。

[92] *Nicole*：「妮可蕾」。Nicole 是 Nicolette 的縮寫形式，全文大多用 Nicolette。由此可見此處應是為了配合詩的七音節需要，不得不刪去 Nicolette 的最後一個音節。

[93] *nuis*：nul（「沒有」）。nuis 是 nus 的異體字，是 nul 的陽性正格單數。

[94] *Que*：car（「因為」）。此處的連接詞引導出的原因句用以解釋前面的詩句。

[95] *Di va*：allons（「得了吧！」）。Di va 是由古法文的動詞 dire，以及 aller 的第二人稱單數命令式 di（=dis）+va（=va）並置所組成的感嘆詞 Di va，用以表示反對之意。

[96] *faus*：（adj.）fou（「瘋子」、「傻子」）。這個字的拼寫法呈現古皮卡第方言（ancien picard）之特色，等同於 fous。

[97] *cointe*：（adj.）élégante, gracieuse, aimable（「優美的」、「優雅的」、「和藹的」）。

[98] *gaie*：（adj.）gentille, gaie（「可愛的」、「討人喜歡的」、「活潑開朗的」）。

[99] *jetee*：（participe passé）chassée, abandonnée（「被驅逐」、「被趕走」、「被遺棄」）。

[100] *Cartage*：Carthagène（「卡塔赫納城」）。此字並非指北非的迦太基城，而是指位於西班牙的卡塔赫納城（Carthagène），因為在第四十章中妮可蕾特喬裝成行吟詩人，向歐卡

| | 古法文原文 | 現代法文譯文 | 中文譯文 |
|---|---|---|---|
| 10 | acatee fu d'un Saisne[101]. | et achetée à un Sarrasin. | 再從一位撒拉遜人手中買下。 |
| | Puisqu'a moullié te vix traire[102], | Si tu veux te marier, | 假若你想娶妻， |
| | 〔71a〕pren femme de haut parage[103]. | choisis une femme de haut rang. | 那就迎娶一位出身名門貴族的女子為妻吧。」 |
| | — Mere, je n'en puis el[104] faire : | — Mère, je ne peux faire autrement : | 「母親，我非她不娶： |
| | Nicolete est de boin aire[105]; | Nicolette est de bonne naissance; | 妮可蕾特出身高貴， |
| 15 | ses gens cors et son viaire[106], | son corps gracieux et son visage, | 她的體態端莊高雅，她的面容 |
| | sa biautés le cuer m'esclaire[107]. | sa beauté soulagent mon cœur de toute peine. | 以及她的美麗紓解了我心中所有的痛苦。 |

森講述妮可蕾特的真正身份時明確提及西班牙。卡塔赫納城在武勳之歌中經常被提及，因為此城當時正被撒拉遜人所佔領。卡塔赫納城一直要等到 1492 年才回歸到基督徒手中。

[101] Saisne：按照原文，本應翻譯為 Saxon「薩克遜人」。但是 Saisne 此處不應只指薩克遜人，而是泛指異教徒，和「撒拉遜人」（Sarrasin）是同義詞，所以根據前一章對妮可蕾特身世的敘述，這裏翻譯成撒拉遜人似乎更為貼切。在歷史中查理曼大帝（Charlemagne）曾和薩克遜人激烈爭戰過。

[102] Soi traire a moullié：se marier（「結婚」、「娶妻」）。moullié 源自於拉丁文的 mullierem，大多時候意即「妻子」，有時意指「女人」。此處是「妻子」之意。古皮卡第方言中常會將字詞中的尾子音消失，所以此處本應有子音-r 結尾，但卻未出現。

[103] femme de haut parage：femme de haut rang「出身名門貴族的女子」。歐卡森的父母是貴族，之所以反對兒子娶妮可蕾特，是因為她是異族女子，又身世不明，雖然之後成為子爵的教女，但其社會地位仍低於加蘭伯爵，這樣的聯姻違反了傳統門當戶對的觀念。

[104] el：autre chose（「其他事情」）。el 是從通俗拉丁文 *alid 而來，而 *alid 則代替了古典拉丁文的 aliud，不定代名詞（pronom indéfini），專指事物。

[105] de boin aire：de bonne naissance（「出身高貴」）。

[106] viaire：（n.m.）visage（「臉」、「面孔」、「臉龐」）。

[107] esclaire：délivre, soulage（le cœur d'un poids, d'une peine）（「釋放」、「紓解」（心中的重擔或痛苦））。

| 古法文原文 | 現代法文譯文 | 中文譯文 |
|---|---|---|
| Bien est drois que[108] s'amor[109] aie, | Il est tout à fait juste que je l'aime, | 我愛她合情合理， |
| que[110] trop[111] est douc〔e〕[112]. | car elle est la douceur même. | 因為她非常的溫柔。」 |

---

[108] *Bien est drois que*：il est bien juste que（＋subj.）（「……是很合情合理的」）。*drois*（juste）意即「合理的」、「正確的」。

[109] *s'amor*：(n.f.) son amour（「她的愛」）。*amor*（＜*lat.* \*amoris）在古法文中是陰性名詞，屬於第二類陰性名詞變格，此處是陰性偏格單數形式。第二類陰性名詞變格的特色是在正格單數和偏格單複數時皆有 s 尾字母，此類名詞常常都是子音節尾，此字的結尾就是子音 r。至於位在陰性名詞前的陰性主有詞 *sa*，由於名詞的開頭是母音，會組成 *sa amor*，古法文會將主有格 *sa* 的母音 *a* 省去和後面的名詞 *amor* 組成 *s'amor*。

[110] *Que*：car（「因為」）。此處的連接詞引出的句子用以解釋前述的內容。

[111] *trop*：(adv.) très, tout à fait（「很」、「非常」、「完全」）。

[112] 在手稿中，只有呈現 *douc*，Mario Roques（1982, 3）的版本將 *douc* 加上字母 *e*，為了配合主詞 *Nicolette*。Hermann Suchier（1906, 5）則將 *douc* 更改成 *fine*。然而，Jean Dufournet（1984, 48）的版本則保留手稿的拼寫法 *douc*。

| 古法文原文 | 現代法文譯文 | 中文譯文 |
|---|---|---|
| IV | IV | IV |
| Or dient et content et fablent | Parlé: récit et dialogue | 〔說白：敘述和對話〕 |
| 1　Quant li quens Garins de Biaucare vit qu'il ne poroit Aucassin son fil retraire[113] des amors Nicolete, il | Quand le comte Garin de Beaucaire vit qu'il ne pourrait arracher son fils Aucassin à l'amour de Nicolette, il | 當博凱爾的加蘭伯爵了解到他無法去除他的兒子歐卡森對妮可蕾特的愛戀時，他 |
| traist[114] au visconte de le vile | se rendit chez le vicomte de la ville | 便去到他的臣子城中子爵 |
| 5　qui ses hon[115] estoit, si l'apela: «Sire | qui était son vassal, et l'interpella: «Seigneur comte, | 家中對他說道：「子爵閣下， |
| quens[116], car ostés[117] Nicolete vostre filole! Que la tere soit maleoite[118] | éloignez donc votre filleule Nicolette! Que soit maudite la terre | 將您的教女妮可蕾特送往遠處！但願她來 |
| dont[119] ele fut amenee en cest | d'où elle fut amenée en ce | 自的那塊土地受到 |

---

[113] *retraire*：détacher, arracher, détourner（「拆開」、「去除」、「改變」）。

[114] *traist*：se dirigea, se rendit, alla（「去」、「往……方向走」）。*traist* 是動詞 *traire* 的簡單過去時（passé simple）第三人稱單數形式（p3）。

[115] *ses hon*：son homme lige（「附庸」、「臣子」）。子爵是博凱爾的加蘭伯爵之附庸。子爵發誓效忠加蘭伯爵，交換的條件是伯爵也須在子爵需要時給予保護。

[116] *Sire quens*：Seigneur comte。Hermann Suchier（1906, 6）認為這裡的「伯爵」（quens）應該是作者或手抄員筆誤，因為照上下文來看，「伯爵」對他的附庸「子爵」說話，應該是稱呼其為 *visquens*，而非 *quens*，所以中譯文中會改成「子爵」而非「伯爵」，但是會加上「閣下」表示尊敬。Mario Roques（1982, 43）則認為是 Garin de Beaucaire 為了抬高子爵身分所用的敬語，所以保留 *Sire quens* 原文不更動。

[117] *Ostés*：ôtez, éloignez, faites disparaître（「帶離」、「使遠離」、「使消失」）。*Ostés* 是動詞 *oster* 的命令式第二人稱單數敬語（p5）。

[118] *Que le tere soit maleoite*：que la terre soit maudite（「但願那片土地受到詛咒」）。*maleoite* 是動詞 *maleïre* 的過去分詞。*Que* 引導出來的虛擬式現在時句子表示祈願或願望（souhait）。

[119] *dont*：d'où（「從那裏」）。此處的關係副詞（adverbe relatif）*dont* 是由晚期拉丁文（latin

| 古法文原文 | 現代法文譯文 | 中文譯文 |
|---|---|---|
| païs! C'or[120] par li pert jou Aucassin, qu[121]'il | pays-ci. Car à cette heure à cause d'elle je perds Aucassin, il | 詛咒！現在都是因為她我失去了歐卡森，他 |
| 10 ne veut estre cevaliers, ne faire | ne veut pas devenir chevalier, ni accomplir | 既不願意受封成為騎士，也不願盡 |
| point de quanque faire doie. Et | aucun de ses devoirs. Et | 一切他應盡的本分。而且 |
| saciés bien que, se je le puis avoir[122], | sachez bien que, si je peux l'attraper, | 你要知道，如果我能抓住她， |
| que je l'arderai en un fu[123], et vous | je la brûlerai en un bûcher, et | 我會將她放在火刑架上燒死， |
| meismes porés avoir de vos | vous-même, vous pourrez | 而您自己本身也會 |
| 15 tote peor[124]. — Sire, fait li | craindre pour votre vie. — Sire, fait le | 有性命之虞。」子爵回答：「主公殿下， |
| visquens, ce poise moi[125] qu'il i va ne qu'il | vicomte, il me pèse qu'Aucassin aille vers elle et qu'il | 我不喜歡歐卡森靠近她， |
| i vient ne qu'il i parole[126]. Je | vienne ici et lui parle. Je | 來這裏看她，與她談話。 |

---

tardif）*de unde 演變而來，先行詞是位於前一行的 la tere。

[120] C'or : car maintenant（「因為現在」）。

[121] Qu' : car（「因為」）。

[122] se je le puis avoir : si je peux l'attraper（「倘若我能捉住她」）。手稿中原本是 se je le puis 7 avoir，此 7 的符號等於古文中的 et 縮寫，編注者通常皆將其刪去，Yves Lefèvres（1955, 93-94）建議改成 se je le puis ja veir（= si je la vois encore「倘若讓我再見到她」）。

[123] en un fu : sur un feu, un bûcher（「在火上」、「在火刑架上的柴堆上」）。

[124] tote peor : une peur infinie（「無止盡的害怕」）。

[125] ce poise moi（+ que）：cela me pèse（que）（「……這事讓我很難過」）。這個慣用句型結構的特色是儘管人稱代名詞 moi 不在第一位，這時仍要視為謂語（prédicat），所以這裡要用重音形式 moi 而非 me。指示代名詞 ce 擔任主詞時，可以位在非人稱動詞（verbes impersonnels）之前，在動詞後亦可導出子句。

[126] parole；parler（「說話」）。parole 是動詞 parler（<lat. *paauláre）的直陳式現在時（présent de l'indicatif）第三人稱單數（p3）第一類動詞變化形式。parole 從拉丁文 paráulat 而來，在第五世紀末時重音節的二合元音[au]演變成[ɔ]，拼寫法為 o。第七至第八世紀

| 古法文原文 | 現代法文譯文 | 中文譯文 |
|---|---|---|
| l'avoie acatee de mes deniers[127], si l'avoie | l'avais achetée de mes deniers, je l'avais | 我用我的錢買下了她， |
| levee et bautisie et faite ma | tenue sur les fonts baptismaux et fait baptiser et faite ma | 讓她受洗成為基督教徒，並使她 |
| 20　filole, si li donasse un baceler | filleule. Je lui aurais donné un jeune homme | 成為我的教女，我原本打算把她許配給一個 |
| qui du pain li gaegnast par honor; | qui lui aurait gagné honnêtement son pain; | 掙得足夠的錢能養活她的年輕人。 |
| de ce n'eust Aucassins vos fix que | de cela votre fils Aucassin n'aurait que | 這本應該與您的兒子歐卡森無關。 |
| faire. Mais puis que vostre volentés | faire. Mais puisque c'est votre volonté et | 但是既然是主公您的旨意和 |
| est et vos bons[128], je l'envoierai | votre bon plaisir, je l'enverrai | 意願，我會把妮可蕾特 |
| 25　en tel tere[129] et en tel païs que ja mais | dans une terre telle et dans un tel pays que jamais il | 送至某個地方，好讓歐卡森 |
| ne le[130] verra de ses ex[131]. — Ce | ne la verra plus de ses yeux. | 再也看不到她。」 |
| gardés vous[132] ! fait li quens Garins:grans | — Tenez-vous en à cela! dit le comte Garin, | 加蘭伯爵說：「您可得當心點啊！ |

---

時尾音節的母音[a]演變成 e central，在拼寫法為 e；尾子音-t 則在九至十一世紀時消失，所以此文中的 parole 拼寫法是正常語音演變的形式。

[127] deniers：（n.m.pl.）deniers（「德尼耶」）。法國舊時輔幣，12 個德尼耶等於一個蘇（sou），通常泛指「錢」。

[128] bons：（n.m.）ce qui plaît, bon plaisir, volonté（「意願」）。

[129] tel tere：une terre telle（「某處」）。tel 源自於拉丁文 talis，在古法文中屬於第二類陰陽性同形的形容詞（formes épicènes），所以這裡的 tel 並不需要和陰性名詞 tere 詞性配合。

[130] le：la（「她」）。在古皮卡第方言中，人稱代名詞第三人稱陰陽性偏格單數輕音形式相同，皆是 le；而法蘭西島方言則是將偏格陰性單數 la 和偏格陽性單數 le 做一區分。

[131] ex：（n.m.pl.）yeux（「眼睛」）。ex（<lat. oculos）為第一類陽性名詞偏格複數（CR pl.）的形式。

[132] Ce gardés vous：veillez à cela, tenez-vous en à cela, faites-y attention（「要當心啊」）。

| 古法文原文 | 現代法文譯文 | 中文譯文 |
|---|---|---|
| maus vos en porroit venir.» | sinon il pourrait vous en arriver un grand malheur.» | 要不然您可能會大難臨頭啊！」 |
| 〔71b〕Il se departent[133]. Et li visquens estoit | Ils se quittent. Le vicomte était | 之後，他們便各自離去。子爵是 |
| 30 molt[134] rices hom, si avoit un | un homme très fortuné, et avait un | 一位豪富，他擁有一座 |
| rice palais[135] par devers[136] un gardin[137]. | palais somptueux donnant sur un jardin. | 面朝花園的富麗府邸。 |
| En une canbre la fist metre Nicolete | Il ordonna d'installer Nicolette dans une chambre | 他命人將妮可蕾特安置在一間 |
| en un haut estage et une vielle | située à un étage élevé, et une vieille | 位於高層的房間，一位老婦人 |
| aveuc li por conpagnie et por | avec elle pour lui tenir compagnie | 陪伴著她 |
| 35 soisté tenir[138], et s'i fist mettre pain | et pour partager sa vie. Il y fit porter du pain, | 一起生活。他吩咐人送去麵包、 |
| et car[139] et vin et quanque mestiers | de la viande et du vin et tout ce qui leur | 肉、酒和所有她們 |

---

[133] *Il se departent*：ils se séparent（「他們各自離去」、「他們分開」）。*departent* 是動詞 *departir* 的第三人稱複數（p6）直陳式現在時（présent de l'indicatif）的形式。

[134] *molt*：（adv.）très, beaucoup（「很」、「非常」、「很多」）。*molt* 從拉丁文 *multum* 來，意思和古法文相同。此字在古法文手稿中很常出現，後漸漸被 *beaucoup* 取代。

[135] *palais*：（n.m.）palais, château（「宮殿」、「城堡」、「府邸」）。

[136] *par devers*：（prép.）du côté de（「在……方向」、「在……旁邊」）。

[137] *gardin*；（n.m.）jardin, parc（「花園」、「園子」、「公園」）。

[138] *soisté tenir*：partager la vie（de qqn）（「與某人分享生活」）。

[139] *car*：（n.f.）viande（「肉」）。*car* 源自於拉丁文的 *carnem*，古皮卡第方言中 [k]+[a] 並不會像正常的語音流變成為 [ʃ]，而是保留著 [k] 的發音，此處 *car* 的拼寫法也反映了此現象，但是此拼音很容易和連接詞 car（<*lat.* quar）混淆。

| 古法文原文 | 現代法文譯文 | 中文譯文 |
|---|---|---|
| lor fu[140]. Puis si fist l'uis[141] seeler[142] | était nécessaire. Puis il fit sceller la porte | 的所需用品。之後他命人將門封住， |
| c'on n'i peust de nule part entrer | de sorte qu'on n'y pût entrer | 不讓人能從任何 |
| ni iscir[143], fors tant qu[144]'il i avoit | ni sortir d'aucun côté, à la seule exception | 一處進出，除了一 |
| 40 une fenestre par devers le gardin | d'une très petite fenêtre donnant sur le jardin, | 扇面朝花園的極小窗戶以外， |
| assés[145] petite dont il lor venoit | d'où il leur venait | 從那裏為她們 |
| un peu d'essor[146]. | un peu d'air. | 透進了一點兒空氣。 |

---

[140] *quanque lor fu mestiers*：tout ce qui leur est nécessaire（「所有他們所需之物」）。*mestiers* 意即「需要」（besoin, nécessité）。片語 *estre mestier a aucun* 意即「對某人有用的」。

[141] *uis*：（n.m.）porte（「門」）。*uis* 在古法文中意指「房屋的門」或「城堡暗門的門扇」，而 *porte* 則是意指「城門」或「城堡的大門」。

[142] *seeler*：sceller（「封住」）。

[143] *iscir*：（<*lat.* exire）sortir（「出去」）。

[144] *fors tant que*：sauf que（「除了」）。

[145] *assés*：（adv.）beaucoup（「很」、「非常」）。

[146] *essor*：（n.m.）air（「空氣」）。

| 古法文原文 | 現代法文譯文 | 中文譯文 |
|---|---|---|
| V | V | V |
| Or se cante | Chanté | 〔唱〕 |

|  | | | |
|---|---|---|---|
| 1 | Nicole est en prison mise | Nicole est mise en prison, | 妮可蕾被監禁在一間 |
|  | en une canbre vautie[147], | dans une chambre voûtée, | 蓋有拱頂的房間裡， |
|  | ki faite est par grant devisse[148], | qui est faite avec un grand art, | 房間經過精心布置， |
|  | panturee[149] a miramie[150]. | peinte merveilleusement. | 且飾有令人讚嘆的圖畫。 |
| 5 | A la fenestre marbrine[151] | À la fenêtre de marbre, | 這位年輕的姑娘倚靠 |
|  | la s'apoia la mescine[152]. | s'appuya la jeune fille. | 在大理石窗邊上。 |

---

[147] *vautie*：（adj.）voûtée（「蓋有拱頂的」、「蓋有拱穹的」）。高樓層的房間通常不會建有拱頂，然而為了對某個人表示尊重，會將其安置在蓋有拱頂的莊嚴富麗房間。妮可蕾特被關押的牢房經過精心布置和現實中的牢房不相符合。在《羅蘭之歌》（*La Chanson de Roland*）中撒拉遜人的國王馬爾希勒（Marsile）被查理曼大帝（Charlemagne）打敗後逃回撒拉哥薩城（Saragosse），暈倒後甦醒被帶回他蓋有拱頂的房間（*fait sei porter en sa cambre voltice*），這時作者也將此房間形容成綴有幾種顏色的繪畫和文字（*plusurs culurs i ad peinz e escrites*）。

[148] *devisse*：（n.f.）soin, art（「細心」、「巧妙」）。

[149] *panturee*：（participe pasé）ornée de peintures（「飾有繪畫的」）。

[150] *miramie*：（n.f.）這個詞在其他的中世紀文學作品中並未出現過，在此處是唯一的孤例。此詞的意思不詳，應該是此書作者為了配合押韻而創造的詞，亦或是繪畫中的專業用詞。根據 Philippe Walter（1999, 190）現代法文譯注本的解釋，在紋章學中有一個相似的詞 *miraillé*，意思是「用不同的釉彩畫出的蝴蝶翅膀和孔雀的尾巴圖案」，因此，此處我們可以認為此詞是形容房間牆壁上裝飾有蝴蝶翅膀和孔雀翎毛圖案。Hermann Suchier（1906, 123）的校注版則是解讀成 *mirabile*，意思是「魔法」（magie）。Kaspar Rogger（1954, 17）推測片語 *a miramie* 的三個可能意思分別是「令人讚賞地」、「使人驚奇地」、「神祕地」（admirablement, étonnamment et mystérieusement）。另外，還有兩個形似的形容詞 *miravile* 和 *mirabile* 意思皆是「令人讚賞的」（merveilleux, admirable）。

[151] *marbrine*：（adj.）de marbre（「大理石製的」）。

[152] *mescine*：（n.f.）jeune fille（「年輕的女孩」、「姑娘」）。此字源自於阿拉伯文的 *miskin*，意思是「貧窮的人」。然而此字的主要意思在古法文中強調的是年輕部分，相對應的陽性字詞是 *valet* 和 *jovencel*。

| 古法文原文 | 現代法文譯文 | 中文譯文 |
|---|---|---|
| Ele avoit blonde la crigne[153] | Elle avait la chevelure blonde, | 她有著金黃色的頭髮, |
| et bien faite la sorcille[154], | des sourcils bien dessinés, | 彎彎的蛾眉, |
| la face clere et traitice[155]: | le visage clair et fin: | 白皙明亮又清秀標緻的面龐, |
| 10 ainc[156] plus bele ne veïstes. | jamais vous n'en vîtes de plus belle. | 你們從未見過比她更美麗的姑娘。 |
| Esgarda[157] par le gaudine[158] | Elle regarda vers le parc | 她朝著花園望去, |
| et vit la rose espanie[159] | et vit les roses épanouies, | 看見了盛開的玫瑰花, |
| et les oisax qui s'ecrient[160] | et les oiseaux qui criaient, | 和啁啾鳴囀的鳥兒, |
| dont[161] se clama orpheline[162]: | elle se lamente alors sur son malheur. | 這時她開始哀嘆起自己不幸的遭遇。 |

---

[153] *crigne*：（n.f.）chevelure（「頭髮」）。在古法文中 *crigne* 和 crins 皆意指「頭髮」，並非像現代法文中意指「動物的鬃毛」，所以這個詞在處並無帶有戲謔之意。

[154] *sorcille*：（n.f.）sourcils（「眉毛」）。

[155] *traitice*：（adj.）fine, allongée, ovale（「清秀的」、「長的」、「橢圓形的」）。

[156] *ne...ainc*：ne...jamais（「從未」）。

[157] *esgarda*：regarda（「看見」、「望見」）。*esgarda* 是動詞 *esgarder* 的直陳式簡單過去時 p3 的形式。

[158] *gaudine*：（n.f.）parc（「花園」）。此字應該和上一章的 *gardin* 同義。

[159] *espanie*：épanouie（「綻放的」、「盛開的」）。

[160] *s'ecrient*：s'écrient, crient（「鳴囀」、「啁啾」）。在古法文手稿中並無輔助閱讀的省文撇（apostrophe）符號（'）來分辨 secrient 應該解讀成 *s'écrient* 或是 *se crient*。如果將 se crient 理解成互相代動詞（verbe réciproque）而非自反代動詞（verbe réfléchi）時，意思會變成「互相叫喚的鳥兒」。

[161] *dont*：（adv.）alors（「那時」、「當時」、「所以」）。*dont* 是時間副詞，此字是由兩個拉丁文詞 *dumque*（allons）和 *tunc*（alors）混合而來。

[162] *se clama orpheline*：se proclama malheureuse（「自稱是不幸之人」）。

| 古法文原文 | 現代法文譯文 | 中文譯文 |
|---|---|---|
| 15 «Ai[163] mi, lasse moi[164], caitive! | «Hélas! pauvre de moi, misérable prisonnière! | 「唉！可憐如我，我這可憐的囚徒！ |
| por coi[165] sui en prison misse? | Pourquoi suis-je mise en prison? | 為什麼我要被監禁起來呢？ |
| Aucassins, damoisiax sire, | Aucassin, mon jeune seigneur, | 歐卡森，年輕的公子， |
| ja[166] sui jou[167] li vostre amie[168], | je suis votre amie, | 我是您的情人， |
| et vous ne me haés[169] mie! | et vous ne me haïssez pas! | 而您又不憎恨我！ |
| 20 Por vos sui en prison misse | C'est pour vous que je suis mise en prison, | 都是因為您，我才被圈禁 |
| en ceste canbre vautie | dans cette chambre voûtée, | 在這個蓋有拱頂的房間裏， |

---

[163] *ai*：hélas（「唉」）。*ai* 是表示痛苦的感嘆詞，和第一人稱代詞非謂詞重音形式（régimes toniques）*mi*（= moi）組成用以加強語氣。*mi* 是古皮卡第方言的形式，*moi* 則是法蘭西島方言的正常形式。

[164] *lasse moi*：pauvre de moi（「可憐如我」）。*lasse* 意即「不幸的」、「可憐的」（malheureuse, misérable），之後加上第一人稱代詞重音形式 *moi* 強調可憐之人是妮可蕾特自己。

[165] *por coi*：pourquoi（「為什麼」）。現代法文的 *pourquoi* 是由介係詞 *pour* 和疑問代詞（pronom interrogatif）*quoi* 所組成。古法文此處疑問代詞的拼寫法為 *coi*（< lat. quid）。

[166] *Ja*：maintenant, dorénavant（「現在」、「今後」）。*Ja* 常用在強調肯定的語氣。

[167] *jou*：je（「我」）。此處第一人稱代詞主詞 *jou* 的拼寫法呈現出古皮卡第方言的特色，法蘭西島方言的拼寫法通常是 *je* 或 *gié*。古法文的詞序通常在句子的首位（place 1）時一定需要一個具有謂詞（prédicat）身分的詞，例如補語（complément）、副詞（adverbe）、名詞（nom）或人稱代詞主詞（pronom personnel sujet）。位置 2 則是由動詞詞組和緊依附在動詞的人稱代詞輕音形式（formes faibles）佔據。當句首被副詞佔據時，主詞會出現在動詞後面（sujet postposé），然而位在動詞後面的主詞是人稱代詞（sujet pronominal）時常被省略。此處的 *ja*（= maintenant）*sui jou* 詞序就是「副詞＋動詞＋人稱代詞主詞」。

[168] *amie*：(n.f.) amie d'amour（「情人」、「愛人」）。

[169] *haés*：haïssez（「憎恨」、「厭惡」）。*haés* 是動詞 *haïr* 的直陳式現在時 p5 的動詞變化形式。

| 古法文原文 | 現代法文譯文 | 中文譯文 |
|---|---|---|
| 〔**71c**〕u je trai[170] molt male vie: | où je mène une vie bien misérable, | 過著十分可悲的生活。 |
| mais par Diu le fil Marie[171], | mais, par Dieu, le fils de Marie, | 但是，我以上帝，瑪莉亞之子之名起誓， |
| longement[172] n'i serai mie[173], | je n'y resterai pas longtemps, | 假如我能實現我的計畫的話， |
| 25　se jel[174] puis far〔e〕[175].» | si je puis réaliser mon projet.» | 我不會待在這裏很久的。」 |

---

[170] *trai*：mène（「過著」）*trai* 是動詞 *traire* 的直陳式現在時第三人稱單數（p3）的動詞變化形式。

[171] *le fil Marie*：le fils de Marie（「瑪麗亞之子」）。古法文中，表示有從屬（appartenance）關係的名詞詞組是可以省略掉位在專有名詞（noms propres）或普通名詞（noms communs）前的介係詞 *de* 或 *a*（= à en français moderne）。這個名詞詞組的順序通常是「被限定詞（déterminé）＋限定詞（déterminant）」。

[172] *longement*：（adv.）longtemps（「長久地」、「很久」）。

[173] *ne...mie*：ne...pas（「不」）。

[174] *jel*：je le（＝je le）（「我……這件事」）。古法文常將第三人稱輕音形式（formes atones）的人稱代名詞（le）和位於前面的人稱主詞（je）合併成 *jel* 的省略形式。

[175] *far[e]*：faire（「做」、「實現」）。在手稿中我們只讀出 *far*，Mario Roques（1982, 5）的校注版將其更改為 *fare*。然而 Hermann Suchier（1906, 7）則用 *mie* 取代 *far*。此外，後者也將第 24 行詩的最後一個詞 *mie* 更改成 *prise*。妮可蕾特在這裡已經暗示她想出逃的意願。

| 古法文原文 | 現代法文譯文 | 中文譯文 |
|---|---|---|
| VI | VI | VI |
| Or dient et content et fablent | Parlé: récit et dialogue | 〔說白：敘述和對話〕 |
| 1  Nicolete[176] fu en prison, si que[177] vous | Nicolette a été mise en prison | 誠如你們所聞，妮可蕾特被 |
| avés oï et entendu[178], en le canbre. | dans la chambre, comme vous l'avez entendu. | 監禁在那間房間裡。 |
| Li cris[179] et le noise[180] ala par tote le terre | Le bruit et la rumeur se répandirent par toute la contrée | 妮可蕾特失蹤的流言和傳聞 |
| et par tot le païs[181] que Nicolete estoit | et par tout le pays que Nicolette était | 在整個博凱爾境內地區散播 |
| 5  perdue: li auquant[182] dient qu'ele est | perdue: certains disaient qu'elle s'était | 開來。有些人說她已經 |
| fuie fors[183] de la tere, et li auquant | enfuie de la contrée, d'autres | 逃離博凱爾領地，另一些人 |

---

[176] 在手稿中繪彩色章節起首的大號字母的繪畫師（rubricateur）在此處畫的是 A 而非 Nic. 的 N。Nic 是 Nicolete 的縮寫形式。

[177] *si que*：ainsi que, comme（「就像」、「如同」）。

[178] *vous avés oï et entendu*：vous avez entendu（「你們所聽到的」）。古法文中，*entendre* 通常的意思是「理解」（compredre），但是此處和 *oïr*（ouir, entendre）是同義字，意即「聽」。由於 *oïr* 的動詞變化型態和 *avoir* 有許多相同之處，為了避免混淆，往往會加上另一個同義字並列在側，之後 *oïr* 漸漸被 *entendre* 所取代。

[179] *cris*：（n.m.）annonce d'une nouvelle（「一條消息的通知」）。*cris* 通常和 *noise* 連用。

[180] *noise*：（n.f.）bruit d'une nouvelle, querelle, bruit（「一條消息的傳聞」、「爭論」、「風聲」）。*noise* 可能源自於古典拉丁文的 *nausea*，其意是「暈船」、「嘔吐」、「噁心」。隨後在古法文中，*noise* 的詞義演變發展成「噪音」、「喧鬧」、「嘈雜聲」、「喧嘩聲」、「傳聞」、「吵架」之意。現代法文中還保留片語 *chercher noise à quelqu'un*，意即「找某人碴兒」。*noise* 為陰性名詞，然而由於古皮卡第方言中定冠詞陰陽性單數型態相同，皆是 *le*，所以此處是 *le noise*。

[181] *païs*：（n.m.）pays, contrée（「地方」、「地區」）。*païs* 從中世紀拉丁文 *pagensis* 而來，而 *pagensis* 則是 *pagus* 的衍生詞，*pagus* 意指「地區」（canton）。

[182] *auquant*：（<*lat.* aliquant）certains, quleques-uns, plusieurs（「有些人」）。

[183] *fors*：（<*lat.* foris）hore de（「在……之外」）。

| 古法文原文 | 現代法文譯文 | 中文譯文 |
|---|---|---|
| dient que li quens Garins de Biaucare | disaient que le comte Garin de Beaucaire | 則說博凱爾的加蘭伯爵 |
| l'a faite mordrir[184]. Qui qu'en eust | l'avait fait tuer. S'il y eut des gens pour s'en réjouir, | 已經派人將其殺害。有些人因此而 |
| joie, Aucassins n'en fu mie liés[185], ains | mais Aucassin n'en fut pas joyeux. | 高興，然而歐卡森聽到此消息卻一點兒也不開心。 |
| 10 traist au visconte de la vile, si | Il alla chez le vicomte de la ville | 他前往本城子爵家 |
| l'apela: «Sire visquens, c'[186]avés vos | et l'interpella: «Sire vicomte, qu'avez-vous | 對他說：「子爵大人，您對我在這世上 |
| fait de Nicolete ma tresdouce | fait de Nicolette, ma très douce | 最心愛的人，我十分溫柔 |
| amie, le riens[187] en tot le mont[188] que je | amie, l'être que j'aimais le plus | 的愛人妮可蕾特做了 |
| plus[189] amoie? Avés le me vos | au monde? Me l'avez-vous | 什麼？您把她從我身邊 |
| 15 tolue[190] ne enblee[191]? Saciés bien que, se | ravie et enlevée? Sachez bien que, si | 劫持了還是綁架了？您要知道，如果 |

---

[184] *mordrir*：tuer（「殺死」、「弄死」）。

[185] *liés*：(adj.) content, joyeux, heureux, gai（「高興的」、「快樂的」、「愉快的」）。*liés*（<*lat.* laetus）是第一類形容詞陽性正格單數變格（CS sing.）的形式，在此的功能是主詞表語（attribut du sujet）。

[186] *c'*：qu'. 此處的 *c'* 是疑問代名詞（pronom interrogatif），等於現代法文的 *que*。

[187] *le riens*：(n.f.) chose, être, créature（「事物」、「人」、「創造物」）。*riens*（<*lat.* res）為陰性名詞，位在名詞前面的定冠詞 *le* 在此處呈現出古皮卡第方言特徵，然而在第20行時也出現正法蘭西島方言的型態 *la riens*。*riens* 原意並無否定之意，然而當 *riens* 與否定副詞 *ne* 連用時，變成具否定意思的不定代名詞（pronom indéfini négatif）。

[188] *mont*：(n.m.) monde（「世界」、「天下」）。

[189] *plus*：le plus（「最」）。在古法文中，副詞比較級常具有最高級之意。

[190] *tolue*：enlevée, ôtée, prise（「拐走」、「劫持」、「綁架」）。*tolue* 是動詞 *taure* 的單數陰性過去分詞。

[191] *enblee*：volée, dérobée, enlevée（「拐騙」、「竊取」、「綁架」）。*enblee* 是動詞 *enbler* 的單數陰性過去分詞。

| 古法文原文 | 現代法文譯文 | 中文譯文 |
|---|---|---|
| je en muir, faide[192] vous en sera | j'en meurs, vengeance vous en sera | 我因此而死去，會有人為此向您 |
| demandee; et ce sera bien drois[193], | demandée et ce sera bien justice, | 尋仇，這很公允， |
| que vous m'arés ocis a vos deus | car vous m'aurez tué de vos deux | 因為您把我在這世上最心愛的人 |
| mains, car vos m'avés tolu | mains, en m'enlevant | 從我身邊劫走就等同 |
| 20　la riens en cest mont que je | l'être que j'aimais le plus au | 於您用您的雙手將我 |
| plus amoie. — Biax sire, fait li | monde. — Cher seigneur, dit le | 殺死一般。」子爵答道：「少主，就此 |
| quens[194], car laisciés ester[195]. Nicolete | vicomte, laissez cela. Nicolette | 放棄吧。妮可蕾特 |
| est une caitive que j'amenai | est une captive que j'ai ramenée | 是我從外國帶回來的 |
| d'estange tere, si l'acatai de mon | d'une terre étrangère, je l'ai achetée de mon | 一名戰俘，我用我的錢從 |
| 25　avoir a Sarasins, si l'ai levee | argent à des Sarrasins; je l'ai tenue sur les fonts baptismaux | 撒拉遜人那買下她，讓她受洗 |
| et bautisie et faite fillole, | et fait baptiser; j'en ai fait ma filleule. | 成為基督徒，並使她成為我的教女。 |
| si l'ai nourie, si li donasce un | Je l'ai élevée et je lui aurais donné un | 我把她撫養長大，並且原本打算 |

---

[192] *faide*：(n.f.)（<*germ.* fehda）vengeance, droit de vengeance appartenant aux parents d'une victime（「復仇」、「受害者親屬的復仇權」）。

[193] *drois*：(n.m.) ce qui est juste, justice（「公平」、「公正」）。

[194] *quens*：comte（「伯爵」）。這裡的「伯爵」照上下文來看，是歐卡森對子爵說話，所以應該是 *visquens*，而非 *quens*。中譯文中會譯為「子爵」而非「伯爵」。在第四章第六行也曾出現過一樣的例子，是否需要修正此錯誤？Mario Roques（1982, 43）在他的校注版中表示將子爵稱謂提高成伯爵也許是出自禮貌而用的敬語，所以他並不像其他如 Hermann Suchier（1906, 8）的校注版本一般修正手稿，而是選擇保留原文 *quens* 而未加修改。

[195] *laisciés ester*：laissez（qqn）tranquille, renoncez（à）（「放棄」、「不再打擾（某人）」）。

| 古法文原文 | 現代法文譯文 | 中文譯文 |
|---|---|---|
| de ces jors un baceler qui del[196] pain | de ces jours comme époux un jeune homme qui | 在不久的將來給她挑一個掙得足夠錢 |
| li gaegnast par honor: de | lui aurait gagné honorablement son pain; de | 能養活她的年輕人當丈夫。 |
| 30 ce n'avés vos que faire. Mais prendés | cela vous n'avez que faire. Mais prenez plutôt | 這件事與您無關。您還是娶 |
| le fille a un roi u a un conte. | la fille d'un roi ou d'un comte. | 一位國王或伯爵的女兒為妻吧。 |
| 〔71d〕 Enseurquetot[197], que cuideriés vous | Au surplus, que penseriez-vous | 再者,假如您把妮可蕾特 |
| avoir gaegnié, se vous l'aviés | avoir gagné, si vous aviez | 變成您的情婦,把她帶 |
| asognentee[198] ne mise a vo lit? | fait d'elle votre maîtresse et si vous l'aviez mise dans votre lit? | 上您的床上,您認為您就賺到了嗎? |
| 35 Mout i ariés peu conquis[199], car tos | Vous y auriez très peu gagné car, | 您其實壓根沒賺到什麼,因為 |
| les jors du siecle[200] en seroit vo | pour l'éternité, votre âme serait | 您的靈魂在這世上的每一天都將會因此而 |

---

[196] *del*:du(=de+le)。如同現代法文一樣,古法文中當介係詞遇上定冠詞時會合併成一個詞,此處的第二個元素定冠詞 *le* 由於失去重音,*e* 不再發音,故演變成 *del*。

[197] *Enseurquetot*:par-dessus tout, au surplus, surtout, qui plus est(「尤其」、「此外」、「再者」、「更有甚者」)。

[198] *asognentee*:是動詞 *asognenter* 的過去分詞,意思是「將(某人)變成情婦」、「以姘婦的方式對待(某人)」(faire sa maîtresse de(qqn),faire(qqn)pour maîtresse, faire sa concubine de(qqn), traiter(qqn)en concubine)。

[199] *conquis*:gagné(「贏得」、「撈到」、「賺得」)。*conquis* 是動詞 *conquerre* 的過去分詞。

[200] *tos les jors du siecle*:tous les jours du siècle(「人世間的每一天」、「永遠」)。根據 Mario Roques 的校注版解釋,Gaston Paris 建議在 *siecle* 和之後的 *en* 之間插入 *en seroit vos cors honis et aprés cest siecle*(「您的肉體將會遭到玷汙,並且在這世結束後」)。作者藉由子爵的口中說出這句就算提及死後下地獄的話也是可以接受的。但是假如聽眾聽到

| 古法文原文 | 現代法文譯文 | 中文譯文 |
|---|---|---|
| arme[201] en infer[202], qu'en paradis | en enfer, vous n'entreriez | 淪落在地獄裡，永遠無法進入 |
| n'enterriés[203] vos ja. — En paradis qu'ai je | jamais au paradis. — En paradis qu'ai-je | 天堂。」「我要去天堂 |
| a faire? Je n'i quier[204] entrer, mais | à faire? Je ne cherche pas à y entrer, | 做什麼呢？只要我有我如此傾心 |
| 40 que[205] j'aie Nicolete ma tresdouce amie | pourvu que j'aie Nicolette ma très douce amie | 又十分溫柔的愛人妮可蕾特相伴左右， |
| que j'aim tant, c[206]'en paradis ne vont | que j'aime tant. Car en paradis ne vont | 我並不一定非要進天堂不可。因為 |
| fors[207] tex gens con[208] je vous | que des gens que je vais vous | 只有那些以下我所說的人們才會進天堂。 |
| dirai. Il i vont ci viel prestre et cil | dire. Ceux qui y vont, ce sont ces vieux prêtres, ces | 會去天堂的都是那些老教士、 |
| viel clop[209] et cil manke[210] qui tote | vieux éclopés et les manchots qui, | 年紀大的跛子、和獨臂人， |

---

這句人還活著時卻還能下地獄的自相矛盾的話語時，會不由得笑了出來，這句子爵天真的口誤也反映出子爵個性單純。

[201] *arme*：(n.f.) âme（「靈魂」）。*arme* 為第一類陰性名詞，此處為正格單數的變格形式。

[202] *infer*：(n.m.) enfer（「地獄」）。

[203] *enterriés*：entreriez（「進入」）。*enterriés* 是動詞 *entrer* 的條件式現在時（conditionnel présent）p5 變位形式。

[204] *quier*：cherche, désire（「力圖」、「想要」）。*quier* 是動詞 *querre* 的直陳式現在時 p1 形式。

[205] *que*：pourvu que（+ subjonctif）（「只要」）。

[206] *c*：(= que) car（「因為」）。

[207] *ne...fors*：*ne...que*（「只」、「僅僅」）。

[208] *con*：comme（「如同」、「好像」）。

[209] *clop*：(n.m.pl.) boiteux, éclopés（「跛子」、「瘸子」）。*clop*（<*lat. pop.* cloppum）此處為第一類陽性名詞變格的正格複數（CS pl.）形式，所以並無-s 結尾。現代法文中還保留幾個由 *clop* 衍生的詞彙，如動詞 *clopiner*（「蹣跚而行」、「一瘸一拐地走」）；副詞短語 *clopin-clopant*（「蹣跚地」、「一瘸一拐地」）；形容詞或名詞 *éclopé*（「跛的」、「腿受傷的（人）」）。

[210] *manke*：(n.m.pl.) manchot（「獨臂的人」）。*manke* 此處為第一類陽性名詞正格複數形式。

| 古法文原文 | 現代法文譯文 | 中文譯文 |
|---|---|---|
| 45 jor et tote nuit cropent[211] devant | jour et nuit, restent accroupis devant | 他們日以繼夜地跪在 |
| ces autex[212] et en ces viés creutes[213], | les autels et dans les vieilles cryptes, | 祭壇前和陳舊古老的地下小教堂內， |
| et cil a ces viés capes[214] ereses[215] et | ceux qui sont vêtus de vieilles capes râpées et | 還有那些穿著破舊磨損的寬大外套 |
| a ces viés tatereles[216] vestues, | de vieux haillons, | 和衣衫襤褸的人們、 |
| qui sont nu et decauc[217] et | qui sont nus sans souliers | 那些赤裸著身體、沒有穿鞋襪 |
| 50 estrumelé[218], qui moeurent de faim | et sans chausses, qui meurent de faim, | 的人們、還有死於飢 |
| et de soi[219] et de froit et de mesaises[220]. | de soif, de froid et de misère. | 渴和貧寒交迫的人們。 |
| Icil vont en paradis: aveuc ciax | Ceux-là vont en paradis, je n'ai | 正是這些人才會去天堂，我 |
| n'ai jou que faire. Mais en | rien à faire avec eux. Mais c'est en | 和他們沒有什麼交集。我反而 |
| infer voil jou aler, car en infer | enfer que je veux aller, car en enfer | 想要去地獄，因為在地獄 |

---

[211] *cropent*：restent accroupis, sont accroupis, s'accroupissent（「跪著」）。*cropent* 是動詞 *cropir* 直陳式現在時 p6 的形式。

[212] *autex*：（n.m. pl.）autels（「祭壇」、「祭台」）。

[213] *creutes*：（n.f.pl.）cryptes d'église ou grottes（d'ermitage）（「地下小教堂」、「僻靜的洞穴」）。*creutes* 在手稿中呈現的原始型態是 *cuutes*，Alfred Delvau（1866, 14）在他的古法文和現代法文對譯版中將其謄寫成 *croutes*，Hermann Suchier（1906, 8）則抄寫為 *creutes*，至於 Francis William Bourdillon（1897, 20），他則將其解讀成 *cruutes*。

[214] *capes*：（n.f. pl.）manteaux amples（「寬大的大衣」）。

[215] *ereses*：rasées, râpées（「磨損的」）。*ereses* 是動詞 *e (s) rere* 的過去分詞。

[216] *tatereles*：（n.f. pl.）haillons（「破衣服」）。

[217] *decauc*：（adj.）sans souliers（「赤著腳的」、「不穿鞋的」）。

[218] *estrumelé*：（adj.）sans chausses, nu-jambes（「沒穿襪的」）。

[219] *soi*：（n.f.）soif（「渴」）。

[220] *mesaises*：（n.f. pl.）misères（「貧苦」）。

| 古法文原文 | 現代法文譯文 | 中文譯文 |
|---|---|---|
| 55 | vont li bel clerc[221] et li bel | vont les beaux clercs, les beaux | 的都是些俊秀瀟灑的飽學之士，在比武 |
| | cevalier qui sont mort as tornois[222] et | chevaliers qui sont morts aux tournois et | 競賽或輝煌戰爭中逝去的英姿勃發的 |
| | as rices gueres[223], et li buen[224] | dans les guerres éclatantes, les valeureux | 騎士，英勇的 |
| | sergant et li franc[225] home: aveuc | hommes d'armes et les nobles: c'est avec | 戰士和貴族，我倒是 |
| | ciax voil jou aler. Et s'i vont | ceux-là que je veux aller. Et y vont | 願意和他們在一起。還有外表 |
| 60 | les beles dames cortoises que[226] | aussi les belles dames courtoises, car | 美麗舉止優雅的貴婦也會下地獄，因為 |
| | eles ont deus amis ou trois avoc[227] | elles ont deux ou trois amis | 她們除了自己的丈夫以外還有 |

---

[221] *clerc*：（n.m. pl.）clercs, savants（「文人」、「學者」）。

[222] *tornois*：（n.m. pl.）tournois（「騎士比武競賽」）。根據 Philippe Walter 的解釋（1999, 191），自第十世紀末起，由於法國王權低落，面對北歐蠻族的入侵，政府無力保護封建領主，所以各地的封建領主為了自保，開始擁兵自重，騎士間的戰鬥亦日趨嚴重，甚至波及到人民和教會的安全，天主教會因此譴責騎士間的比武。法國國王聖路易在 1260 年時下令禁止決鬥裁判（duel judiciaire）、攜帶武器（port d'armes）、以及私戰（guerre privée）。

[223] *rices gueres*：guerres éclatantes（「輝煌戰爭」）。Philippe Walter 在其古法文與現代法文譯文對照版中（1999, 191）指出，此處提及的「輝煌戰爭」應該指的是十字軍東征，因為西元 1000 年左右，天主教教會倡導了一項稱之為「上帝的和平」或「上帝治世」（la Paix de Dieu）的運動，目的是重建封建制度社會的共同和平，消弭騎士或領主間的私戰。教會斥責封建領主任意策動私戰，引起日常暴力活動、搶劫勒索，對人民和神職人員造成傷害。騎士的天職本為戰爭，然而當無戰事時卻是無用武之地，為了生存只能靠打劫為生，因此產生社會問題。教會希望以宗教的力量制約騎士，將騎士的這股勢力為教會所用，讓他們成為十字軍東征討伐異教徒的捍衛者。

[224] *buen*：（adj.）bon, valeureux（「優秀的」、「英勇的」）。手稿中的原文是 *li bien*，Mario Roques（1982, 6）將其修正為 *li buen*。Hermann Suchier（1906, 8）則將其改為 *li boin*。

[225] *franc*：（adj.）noble（「高貴的」）。

[226] *que*：car（「因為」）。

[227] *avoc*：（prép.）avec, en plus de（「與……同時」、「除了……以外」）。

| 古法文原文 | 現代法文譯文 | 中文譯文 |
|---|---|---|
| leur barons[228], et s'i va li ors et li | en plus de leur mari, et y vont aussi l'or et | 兩或三個情人[229]，再來金 |
| argens et li vairs et li gris[230], et si i | l'argent, les fourrures de vair et de petit-gris, et y | 銀財寶以及灰白雙色和灰色松鼠皮也會一併被送往地獄。 |
| vont herpeor[231] et jogleor[232] et li | vont aussi les joueurs de harpe et les jongleurs | 豎琴彈奏者，街頭藝術家 |
| 65 roi del siecle[233]: avoc ciax voil | et les rois du monde: c'est avec eux que je veux | 和世俗的國王也都會去地獄。只要我能 |
| jou aler, mais que j'aie Nicolete | aller, pourvu que j'aie Nicolette. | 和我十分溫柔的妮可蕾特相伴 |
| ma tresdouce amie aveuc | ma très douce amie avec | 左右，我願意和他們 |
| mi.[234] — Certes, fait li visquens, | moi. — Ma foi, dit le vicomte, | 在一起。子爵答道：「老實說， |

---

[228] *barons*：（n.m. pl.）maris, époux（「丈夫」）。

[229] 根據聖經教義，天主教教會很顯然地反對婚外情。

[230] *li vairs et li gris*：（「灰白雙色和灰色的松鼠皮」）。自十二世紀開始，動物毛皮蔚為時尚。*vair* 源自於拉丁文 *varius*，意即「雜色的」、「閃色的」，是一種背部為灰藍色腹部為白色的松鼠皮製成的昂貴毛皮，此毛皮稱之為 *petit-gris*。*vair* 是雜色的毛皮，而 *gris* 則是灰色的毛皮。

[231] *herpeor*：（n.m. pl.）joueurs de harpe（「豎琴彈奏者」）。

[232] *jogleor*：（n.m. pl.）jongleurs（「街頭藝術家」、「吟遊詩人」）。*jogleor* 源自拉丁文的 *joculatorem*（「逗大家開心的人」），之後的拼寫法被修改成 *jongleur*，可能由於和另一個拉丁文字詞 *jangleor*（「健談的人」、「說謊的人」）有所混淆。*jongleurs* 在中世紀時可以是音樂家、作家、演員、街頭雜技藝人、魔術師、說書人、馴獸師、吞火人、舞者等等。根據 Edmond Faral 於 1910 年所出版的研究專書表示，天主教教會原則上是指責吟遊詩人和其他流浪街頭藝術家這個行業，由於他們居無定所，社會觀感不佳。教會對這些藝術家的評價多半是覺得他們是道德淪喪之人、在街頭散佈靡靡之音、放肆大笑和舉止不合禮儀，一些教會人士甚至認為他們是撒旦的使者，他們尤其針對街頭舞者。

[233] *siecle*：（n.m.）monde（「人間」、「世俗」）。

[234] 歐卡森此處歌頌地獄的言論很顯然是充滿了挑釁的意味。作者將歐卡森塑造成一位反傳統、反權威、反宗教教條的自由思想者（libre-penseur），其實這一段明褒暗貶的言論是要突顯歐卡森在戀愛狀態下突然失去愛人的蹤影時一時賭氣說出的話語。

| 古法文原文 | 現代法文譯文 | 中文譯文 |
|---|---|---|
| 〔**72a**〕por nient[235] en parlerés, que ja mais | vous en parlerez en vain, car jamais | 您再說什麼都是徒勞，因為您再 |
| 70 ne le verrés; et se vos i parlés et vos | vous ne la verrez; et si vous lui parlez et que votre | 也見不到她了，假如您和她說了話，讓您的 |
| peres[236] le savoit, il arderoit et | père le sache, il nous fera brûler, | 父親知道了這事，他會把我和妮可蕾特我們倆個 |
| mi et li en un fu, et vos | moi et elle, sur un bûcher, et vous-même | 放在火刑架上燒死，而您自己 |
| meismes porriés avoir toute | pourriez craindre | 也有可能會惶惶 |
| paor. — Ce poise moi», fait Aucassins, | pour votre vie. — Cela me pèse beaucoup», dit Aucassin. | 終日。」歐卡森說：「我很難過再也見不到她了。」 |
| 75 se[237] se depart del visconte dolans[238]. | Affligé, il quitta le vicomte. | 接著他很傷心地離開了子爵。 |

---

[235] *por nient*：pour rien, en vain（「徒然」）、「枉然」）。

[236] *vos peres*：votre père（「您的父親」）。此處的 *peres* 為第二類陽性名詞變格，此類名詞變格的特色是只有在偏格複數（CR pl.）才有結尾-s，然而此處 *peres* 為正格單數（CS sing.），本應如同第二章第 30 行處的 *ses pere* 一樣沒有-s 結尾，然而此類的名詞變化自十三世紀中旬開始，為了精簡名詞變格系統，漸漸被第一類名詞變格同化，是故此處的-s 為類推字母。至於位在名詞前面的主有格形容詞（adjectif possessif）輕音形式（forme affaiblie）*vos* 呈現古皮卡第方言特色。因為主有格形容詞的正格單數在法蘭西島方言的型態是 *vostre*，而此處卻是古皮卡第方言的一般型態 *vos*。

[237] *Se*：（=si en AF）et（「隨後」）。由於古法文的拼寫法尚未規範化，此處的 *se* 為連接副詞（adverbe coordonnant），等同於古法文中常用的 si（<*lat.* sic），因為是虛詞（particule），所以在現代法文譯文中常常無法翻譯出來。此副詞通常位在句首（place 1），導致主詞被迫移置動詞後面。當主詞是人稱代名詞而非名詞時通常省略不出現，此處本來我們期待 il（=Aucassins）會出現在動詞 *se depart* 之後，但是卻被省略。手稿中原本的拼寫法是 *ise se depart*，Mario Roques（1982, 6）將其改為 *se se depart*。然而，Hermann Suchier（1906, 9）將 *ise se depart* 修改為 *il se depart*。

[238] *dolans*：（adj.）douloureux, affligé（「難過的」、「傷心的」）。*dolans*（<*lat. pop.* \*dolentus）為第一類形容詞正格單數（CS sing.）的變格形式，為被省略的主詞 il（=Aucassins）之同位語。

| 古法文原文 | 現代法文譯文 | 中文譯文 |
|---|---|---|
| VII | VII | VII |
| Or se cante | Chanté | 〔唱〕 |
| 1  **A**ucasins s'en est tornés[239] | Aucassin s'en est retourné, | 歐卡森在深受打擊、痛苦不堪的狀態下轉身離開。 |
| molt dolans et abosmés[240]: | profondément peiné et accablé. | |
| De[241] s'amie o le vis cler | Au sujet de son amie au visage lumineux, | 對於他那明亮白皙臉龐的情人消失一事， |
| nus[242] ne le puet conforter[243] | nul ne peut le réconforter | 沒有任何人可以給他安慰， |
| 5  ne nul[244] bon consel doner. | ni lui donner un bon conseil. | 也沒有任何人可以給他出任何好謀，劃任何好策。 |
| Vers le palais est alés, | Il est allé vers le palais, | 他朝著皇宮方向走去， |
| il en monta les degrés[245], | il en a monté les marches, | 爬上階梯， |
| en une canbre est entrés, | il est entré dans une chambre, | 進入一間房間， |
| si comença a plorer | et il a commencé à pleurer | 接著開始哭了起來， |

---

[239] *s'en est tornés* : s'en est retourné（「回去」）、「離開」）。

[240] *abosmés* :（adj.）consterné, plongé dans la douleur（「沮喪的」）、「深陷痛苦之中的」）。根據 Claude Buridant（1980, 5-79）的研究指出，古文的修辭學廣泛地在歐洲文學作品中連用兩個或三個近義詞，古法文的文學作品中也很常將用兩個近義詞連用（couples synonymiques），現代法文則不再流行連用近義詞。此處的形容詞 *abosmés* 與另一近義形容詞 *dolans* 連用，皆是表示「痛苦」的形容詞，*dolans* 泛指「身體和心理的痛苦」，而 *abosmés* 則是意指「被哀傷深深折磨」、「深深的哀傷」，所以以第二個詞 *abosmés* 更清楚的界定出此處的痛苦是精神上的痛苦而非肉體上的痛苦。

[241] *De* :（prép.）Au sujet de（「關於」）、「對於」）。

[242] *Nus...ne* :（pronom indéfini）: personne, nul ...ne（「無一人」）。

[243] *conforter* : réconforter, consoler（「安慰」）、「鼓勵」）。

[244] *nul* :（adj. indéfini）nul（「無一（人或物）」）、「沒有一點」）。*nul* 是屬於第一類形容詞變格的陽性偏格單數（CR sing.）形式，*nus* 則是陽性正格單數形式。

[245] *degrés* :（n.m.pl.）escalier, marches（「樓梯」）、「階梯」）。

| 古法文原文 | 現代法文譯文 | 中文譯文 |
|---|---|---|
| 10 et grant dol[246] a demener[247] | et à manifester sa grande douleur | 並且流露出深深的哀傷， |
| et s'amie a regreter[248]: | et à se lamenter sur le sort de son amie: | 然後他開始哀嘆起他的情人命運不濟： |
| «Nicolete, biax esters[249], | «Nicolette, si belle lorsque vous êtes debout immobile, | 「妮可蕾特，當妳佇立不動時，妳是多麼的美麗； |
| biax venir et biax alers, | si belle lorsque vous venez et allez | 當妳來來回回走著時，妳是多麼的美麗； |
| biax deduis[250] et dous parlers[251], | si belle lorsque vous jouez, si douce lorsque vous parlez, | 當妳在玩耍嬉戲時，妳是多麼的美麗；當妳在說話時，妳是多麼的溫柔； |
| 15 biax borders[252] et biax jouers[253], | si belle lorsque vous plaisantez et badinez, | 當妳打趣說笑時，妳是多麼的美麗； |
| biax baisiers[254], biax acolers[255], | si belle lorsque vous m'embrassez et m'étreignez, | 當妳親吻我，擁抱我時，妳是多麼的美麗； |
| por vos sui si adolés[256] | c'est pour vous que je suis si malheureux, | 都是為了妳我才會如此傷心難過， |

---

[246] *dol*：（n.m.）douleur, chagrin（「痛苦」、「悲傷」）。

[247] *demener*：mener, manifester un sentiment（「流露出一種情感」）。

[248] *regreter*：adresser des lamentations à une personne aimée qu'on a perdue, se lamenter sur le sort（d'une personne aimée）（「對失去的心愛之人表達哀嘆」）、「感嘆（心愛之人）的命運」）。

[249] *esters*：（n.m.）（inf. substantivé）se tenir debout（「站立」）。

[250] *deduis*：（n.m.）plaisir, plaisir amoureux（「娛樂」、「情人之間的肉體享樂」）。

[251] *parlers*：（n.m.）（inf. substantivé）le fait de parler（「說話」）。

[252] *borders*：（n.m.）（inf. substantivé）plaisanter, dire des plaisanteries（「開玩笑」、「說笑話」）。

[253] *jouers*：（n.m.）（inf. substantivé）jouer（「遊戲」、「打趣」）。此處的動詞擔任名詞的功能，*jouer* 在古法文中詞義沒有現代法文精確，*jouer* 可以指的是「有趣的對話」、「機智的對話」或「愉快的散步」。

[254] *baisiers*：（n.m.）（inf. substantivé）embrasser（「親吻」）。

[255] *acolers*：（n.m.）（inf. substantivé）embrasser, prendre dans les bras（「擁抱」）。

[256] *adolés*：（adj.）affligé（「痛苦的」、「苦惱的」）。*adolés* 是動詞 *adoler* 的過去分詞，當

| 古法文原文 | 現代法文譯文 | 中文譯文 |
|---|---|---|
| et si malement[257] menés[258], | et si malmené, | 我才會受到如此折磨， |
| que je n'en cuit[259] vis[260] aler, | que je ne crois pas y survivre, | 我不相信我還能因此存活於世， |
| 20　suer[261], douce amie.» | ma sœur, ma douce amie.» | 我的妹妹，我溫柔的愛人。」 |

形容詞用。

[257] *malement*：（adv.）mal, d'une façon pénible（「以痛苦的方式」、「不好」）。

[258] *menés*（participe passé）traité（「對待」）。*menés* 是動詞 *mener* 的過去分詞。

[259] *cuit*：crois（「認為」）。*cuit* 是動詞 *cuidier* 的直陳式現在時 p1 的動詞變化形式。

[260] *vis*：（adj.）vivant（「活的」）。*vis* 是形容詞 *vif* 的單數正格形式。現代法文中保留下「活的」意思的詞組並不多，以下列舉幾個例子：*plus mort que vif*（「要死不活」），*de vive voix*（「口頭上」），*eau vive*（「活水」、「生水」），*tailler dans le vif*（「直截了當」）。

[261] *suer*：（n.f.）sœur（「妹妹」）。此處是對情人的暱稱。*suer* 是屬於第三類陰性名詞變格的正格單數（CS. sing.）形式。

| 古法文原文 | 現代法文譯文 | 中文譯文 |
|---|---|---|
| VIII | VIII | VIII |
| Or dient et content et fablent | Parlé: récit et dialogue | 〔說白：敘述和對話〕 |
| 1　Entreusque[262] Aucassins estoit en | Pendant qu'Aucassin était dans | 正當歐卡森在 |
| le canbre et il regretoit Nicolete | la chambre et qu'il se lamentait sur le sort de Nicolette | 房間裡哀嘆他的愛人 |
| s'amie, li quens Bougars de Val | son amie, le comte Bougard de | 妮可蕾特之命運時，必須得領兵打仗的 |
| 〔72b〕ence, qui sa guerre avoit a furnir[263], | Valence, qui avait sa guerre à mener, | 瓦朗斯的布加爾伯爵 |
| 5　ne s'oublia mie, ains[264] ot | ne l'oubliait pas, mais | 並未忘記身負打仗任務這回事。相反地， |
| mandé[265] ses homes a pié[266] et | convoqua fantassins et | 他已召集了步兵和 |

---

[262] *Entreusque*：（conj.）tandis que, pendant que（「當……時候」）。

[263] *furnir*：accomplir, mener（「率領」、「執行」）。

[264] *ains*：mais, au contraire（「然而」、「相反地」）。

[265] *ot mandé*：eut fait venir; eut demandé（「召集」、「召喚」）。這裡的 *ot mandé* 是動詞 *mander* 的先過去時（passé antérieur）的第三人稱單數形式。

[266] *pié*：（n.m.）pied（「腳」、「足」）。*pié*（<*lat.* \*pĕdem）是第一類陽性名詞變格中的單數偏格（CR. sing.）形式。*pié* 源自拉丁文的 \*pĕdem，在古法文中，當字根 \*ped- 中有齒音（dentale）[t]或[d]時，由於非重音音節的尾子音[m]在古典拉丁文時期便已不再發音，變成尾母音的[e]則在七至八世紀期間也不再發音。子音[d]在第六世紀時變成摩擦音[ð]。由於[e]在第七至第八世紀時消失不發音，[ð]變成為此字的尾子音，這時[ð]演變成相對應的清音[θ]，之後在第九至十一世紀期間完全消失不發音。是以在拼寫法上，手抄員可以自由選擇謄寫字根中的 *d* 或相對應的清音 *t* 來拼寫已不發音的子音，然而十二和十三世紀更常見的拼寫法是直接不書寫已不發音的子音，*pié* 的拼寫法便是反應當時發音的拼寫法。值得注意的是，在中世紀手稿中很少運用如現代法文之附加符號用以標示母音的不同發音或區分同形異義詞，此處的謄寫法 *pié* 在手稿中原始的型態是 *pie*，然而根據校注者謄抄手稿的規則規定，當有同形異義詞（*pie/ pié*）的疑惑時，校注者為了讓讀者方便理解文章內容，會在字母 *e* 上方使用尖音符（accent aigu）表示重音在 *e* 上，而非 *i*，這個尖音符標示的字母 *e* 一定不會是不發音的 *e*（e caduc），此處重音節中的 *e* 可以是標示閉口的[e]或是開口的[ɛ]。不過按照語音流變規則來看，此處的字母 *e* 標示的是閉口的[e]，因為古典拉丁文的[ĕ]在二合元音化（diphtongaison）

| 古法文原文 | 現代法文譯文 | 中文譯文 |
|---|---|---|
| a ceval, si traist au[267] castel[268] por | cavaliers, et se dirigea vers le château pour | 騎兵前往攻打歐卡森所在 |
| asalir[269]. Et li cris lieve et la noise[270], | l'attaquer. Le cri d'alarme s'élève, | 的城堡。警報聲大作， |
| et li chevalier et li serjant[271] | les chevaliers et les soldats | 騎士和士兵們紛紛 |
| 10 s'arment et qeurent[272] as portes | s'arment et courent aux portes | 武裝起來飛奔至城門 |
| et as murs por le castel | et aux murs pour défendre le | 和城牆處防禦 |
| desfendre, et li borgois[273] montent | château, les bourgeois montent | 城堡，城內的自由民則爬上 |
| as aleoirs[274] des murs, si | aux chemins de ronde des murs et | 城牆的堞道，從那裏 |
| jetent quariax[275] et peus[276] aguisiés[277]. | lancent des carreaux d'arbalète et des pieux aiguisés. | 投擲弩炮的石塊和削尖的木樁。 |

---

後第七世紀變成[ie]，到了十三世紀時演變為[je]，由於[e]在尾子音 d 消失後位在尾音位置，沒有任何發音的子音（consonne articulée）位在[e]後面致使其發音變為[ɛ]。

[267] *traist a*：se dirigea vers, alla à（「朝……方向走」）。

[268] *castel*：(n.m.) château（「城堡」）。*castel*（*lat.* \*castéllus）屬於第一類陽性名詞變格，此處是單數偏格（CR sing.）的形式。

[269] *asalir*：donner l'assaut à, attaquer（「攻擊」、「進攻」）。

[270] *noise*：(n.f.) bruit（「喧鬧聲」、「嘈雜聲」）。

[271] *serjant*：(n.m. pl.) hommes d'armes（「古時全副武裝的士兵」）。和第二章的 *sergens* 意義相同，*serjant* 此處是第一類陽性名詞的正格複數（CS pl.）變格形式。

[272] *qeurent*：courent（「奔跑」）。*qeurent* 是動詞 *corre*（courir）的直陳式現在時的 p6 的形式。

[273] *borgois*：(n.m.pl.) bourgeois（「（中世紀）城市自由民身分」、「資產階級」）。

[274] *aleoirs*：(n.m.pl.) chemins de ronde, galerie sur le mur de fortification（「（城桓的）巡查道」、「城牆的堞道」）。

[275] *quariax*：(n.m.pl.) carreaux（「（弩炮的）石塊」）。

[276] *peus*：(n.m.pl.) pieux（「樁」、「木樁」）。*peus*（<*lat.* palos）此處是第一類陽性名詞偏格複數的變格形式。

[277] *aguisiés*：(adj.) aiguisés, pointus（「削尖的」）。

| | 古法文原文 | 現代法文譯文 | 中文譯文 |
|---|---|---|---|
| 15 | Entroeusque li asaus[278] estoit grans | Tandis que l'assaut battait son | 正當戰爭進行得如火 |
| | et pleniers[279], et li quens Garins de | plein, le comte Garin de | 如荼時，博凱爾的 |
| | Biacaire vint en la canbre u Aucassins | Beaucaire vint dans la chambre où Aucassin | 加蘭伯爵來到歐卡森的房裡，歐卡森 |
| | faisoit deul[280] et regretoit Nicolete | s'adonnait à la douleur et se lamentait sur le sort de Nicolette | 正陷入在痛苦之中並且正在哀嘆他那如此 |
| | sa tresdouce amie que tant amoit. | sa très douce amie qu'il aimait tant. | 傾心又十分溫柔的情人妮可蕾特之命運。 |
| 20 | «Ha! fix, fait il, con[281] par[282] es caitis[283] | «Ah! mon fils, dit il, comme tu es extrêmement misérable | 博凱爾的加蘭伯爵說：「啊！我的兒啊，你真的很可悲 |
| | et maleurox[284], que tu vois c'on | et malheureux, car tu vois qu'on | 又很可憐，因為你眼看著 |
| | asaut ton castel tot le | attaque ton château le | 屬於你最好又 |
| | mellor[285] et le plus fort; et saces[286], se tu | meilleur et le plus fort; et sache que si tu | 最堅固的城堡遭受攻擊，要知道倘若你 |

---

[278] *asaus*：（n.m.）assaut, combat（「進攻」、「戰爭」）。

[279] *pleniers*：（adj）violent, important（「激烈的」、「重大的」）。

[280] *deul*：（n.m.）chagrin, douleur（「痛苦」、「悲傷」）。

[281] *con*：（adv.）à tel point, combien（「如此地」）。

[282] *par*：（adv.）加強詞意（augmentatif）的副詞，用以修飾形容詞，通常 *par* 前面會伴隨出現帶有加強語意的副詞（molt, tant, trop, com），*par* 的後面常常會由動詞 *estre* 導出形容詞，所以此處組成 *con par es caitis* 的結構。

[283] *caitis*：（adj.）pauvre, misérable, malheureux（「可憐的」、「悲慘的」、「不幸的」）。

[284] *maleurox*：（adj.）infortuné, accablé de malheur（「不幸的」、「命運多舛的」）。

[285] *le mellor*：le meilleur（「最好的」）。*mellor* 屬於第三類形容詞變格，此類的變格基本上都是源自拉丁文中的比較級，此類變格的特色是不論陰陽性，正格單數（mieudre）和其他的三格（mellor, mellors）會有一個音節之差別。此處 *mellor* 是陽性偏格單數（CR sing.）形式。

[286] *saces*：sache（「要知道」）。*saces*（<*lat.* sápias）是動詞 *savoir* 的命令式 p2 的形式。古法文 *savoir* 的命令式並非源自於拉丁文的命令式動詞變化，而是用虛擬式現在時（subjonctif présent）取代命令式（impératif），所以古法文中虛擬式和命令式的動詞變化是相同的。此處的 *saces* 拼寫法中保有拉丁文中第二人稱單數動詞變化詞尾-s，而

| 古法文原文 | 現代法文譯文 | 中文譯文 |
|---|---|---|
| le pers, que tu es desiretés[287]. | le perds, tu perds ton héritage. | 失去了這座城堡，你等於失去了你的遺產。 |
| 25 Fix, car pren les armes et | Fils, prends donc les armes, et | 兒啊，接受冊封為騎士吧， |
| monte u ceval et defen te terre | monte au cheval, et défends ta terre, | 騎上馬，防衛你的國土， |
| et aiues[288] tes homes et va a | et aide tes hommes et va au | 救助你的子民，上 |
| l'estor; ja n'i fieres[289] tu home ni | combat! même si tu ne te mêles pas en personne | 戰場吧。就算你在戰場上不與他人交鋒， |
| autres ti, s'il te voient entr'ax[290], | au combat, si tes hommes te voient parmi eux, | 假使你的子民看到你和他們在一起， |
| 30 si defenderont il mix lor | ils défendront mieux leurs | 他們會更好的防禦自身的 |
| avoir et lor cors et te terre | biens et leurs personnes, ta terre | 財產和生命，你的 |
| et le miue. Et tu ies si grans | et la mienne. Tu es si grand | 以及我的土地。你長得那麼高大魁梧又 |
| et si fors[291] que bien le pués faire, | et si fort que tu peux le faire, | 身強力壯，應該 |

現代法文的命令式第二人稱單數 *sache* 並沒有 -s 詞尾。

[287] *desiretés*：（participe passé）dépouillé de son patrimoine, déshérité（「失去遺產」）。*desiretés* 是動詞 *desireter* 的過去分詞形式，此處的過去分詞當形容詞用，是主詞 *tu*（= Aucassins）的表語（attribut du sujet），所以此處的過去分詞會配合陽性主詞加上如同第一類名詞變格的陽性正格單數 -s 變格結尾。

[288] *aiues*：aide（「救助」、「援助」）。*aiues* 是動詞 *aidier* 的命令式 p2 的形式。古法文中的命令式除了 *savoir*、*avoir*、*estre*、*pooir*、*voloir* 五個動詞是用虛擬式動詞變化外，基本上皆是沿用直陳式現在時 p2、p4、p5 的動詞變化形式，所以此處的 *aiues* 保有直陳式現在時（présent de l'indicatif）p2 的動詞變化結尾 -s。

[289] *fieres*：frappes（「打」）。*fieres* 是動詞 *ferir* 的虛擬式現在時 p2 的形式。

[290] *ax*：（= aus）eux（「他們」）。*ax* 是第三人稱代名詞複數（p6）偏格（CR pl.）重音形式（forme forte），但是帶有西部或東部地方方言色彩，因為正常法蘭西島方言的形式為 *eus* 或 *els*（< *lat.* íllos），然而在法國西部或東部的方言中，*e* 會繼續開口成為 *a*。

[291] *fors*：（adj.）fort（「強壯的」）。*fors*（< *lat.* fortis）屬於第二類陰陽性同型態的形容詞，此處是陽性正格單數形式（CS sing.），至於偏格單數形式，我們在此章節中的第 22 行

| 古法文原文 | 現代法文譯文 | 中文譯文 |
|---|---|---|
| et farre[292] le dois. — Pere, fait | et tu dois le faire. — Père, fait | 也必須要保衛你的國土。」歐卡森答道: |
| 35　Aucassins, qu'en parlés vous ore[293]? | Aucassin, pourquoi en parlez-vous encore? | 「父親大人,為何您現在又和我提起此事? |
| Ja Dix ne me doinst[294] riens que | Que Dieu ne me donne plus rien de ce que | 假如我受封成為騎士, |
| je li demant[295], quant ere cevaliers, | je lui demande, si je deviens chevalier | 騎上馬,上戰場和 |
| ne monte el ceval, ne voise | et monte à cheval, ou si je vais | 其他的騎士相互交鋒, |
| en estor, la u je fiere cevalier | au combat, là où je frapperai des chevaliers | 而您卻不將我如此深愛著的 |
| 40　ne autres mi, se vos ne me. | et j'échangerai des coups avec des chevaliers, si vous ne me | 溫柔情人妮可蕾特許配給我的話, |
| 〔72c〕donés Nicolete me douce amie que je tant | donnez pas Nicolette, ma douce amie que j'aime | 但願上帝不應允所我有對他的 |
| aim. — Fix, dist li pere, ce ne puet | tant. — Mon fils, dit le père, c'est | 請求。」父親說:「兒啊,這是 |
| estre; ançois[296] sosferoie[297] jo que je | impossible; j'aimerais mieux | 不可能的。我寧可被 |
| feusse[298] tous desiretés et que je | être complètement dépossédé et | 剝奪全部的財產, |

---

處有遇見一例:*fort*。

[292] *farre*:faire(「做」)。此處的 *farre* 與第二章第 29 行的 *fare* 皆是 *faire* 的異體字。

[293] *ore*:(adv.) maintenant(「現在」)。

[294] *doinst*:donne(「給予」)。*doinst* 是動詞 *donner* 的虛擬式現在時 p3 的形式。

[295] *je li demant*:手稿中原本是 *je le demant*,Hermann Suchier(1906, 10)以第二章第 38 行的 *je li demant* 為由,將 *le* 修正為 *li*。

[296] *ançois*:(adv.) plutôt(「寧可」、「寧願」)。

[297] *sosferoie*:supporterais(「經受」、「容忍」)。*sosferoie* 是動詞 *sosfrir* 的條件式現在時 p1 的形式。

[298] *feusse*:fusse(表狀態)。*feusse* 是動詞 *estre*(＝être)的虛擬未完成時(imparfait du subjonctif)p1 的形式。

| 古法文原文 | 現代法文譯文 | 中文譯文 |
|---|---|---|
| 45 perdisse quanques g'ai que[299] tu ja[300] | perdre tout ce que j'ai, plutôt que tu | 失去一切所有，也決不願意讓你 |
| l'euses[301] a mollier[302] ni a espouse.» Il | l'aies pour femme et épouse.» Et il | 娶她為妻。」接著加蘭伯爵 |
| s'en torne; et quant Aucassins l'en voit | s'en retourne, et lorsqu'Aucassin le vit | 轉身離去。正當歐卡森看著他 |
| aler, il le rapela: — Peres, fait | s'en aller, il le rappela: — Père, dit | 離去時，他叫住了父親說： |
| Aucassins, venés avant; je vous ferai | Aucassin, avancez-vous, je vous proposerai | 「父親大人，上前一步說話，我給您提 |
| 50 bons covens[303]. — Et quex, biax fix? — Je | un bon accord. — Lequel, mon cher fils? — Je | 一個兩全其美的協議。」「我親愛的兒子，是什麼協議呢？」「我 |
| prendrai les armes, s'irai a | prendrai les armes, j'irai au | 會接受冊封成為騎士，上 |
| l'estor, par tex covens que[304], se Dix me | combat, à condition que, si Dieu me | 戰場，條件是：假如上帝 |
| ramaine sain et sauf, que[305] vos me | ramène sain et sauf, vous me | 讓我平安歸來，您要讓我 |
| lairés[306] Nicolete me douce amie tant | laissiez voir Nicolette ma douce amie, | 見一見我溫柔的愛人妮可蕾特， |
| 55 veir que[307] j'aie deus paroles u trois a li | le temps de lui dire deux ou trois | 會面的時間要能夠足以和她說上三言兩語 |

---

[299] *que*：（+ subj.）plutôt que（「而不願」、「而不是」）。

[300] *ja*：（adv.）maintenant, dorénavant（「現在」、「今後」）。當 *ja* 未與其他帶有否定意義副詞 *ne* 連用時，其功能是用以加強肯定語氣。

[301] *euses*：eusses（「有」）。*euses* 是動詞 *avoir* 的虛擬式未完成過去時（subjonctif imparfait）p2 的形式。

[302] *mollier*：（n.f.）femme（「妻子」）。

[303] *covens*：（n.m. pl.）accord, promesse（「協議」、「協定」）。

[304] *Par tex covens que*：（+ ind.）à condition que（「條件是」）。

[305] *que*：當前一行的 *par tex covens que* 後加入一句插句 *se Dix me ramaine sain et sauf* 時，連接詞 *que* 會重複出現。

[306] *lairés*：laisserez（「讓」）。*lairés* 是動詞 *laissier* 的未來式 p5 的形式。

[307] *tant...que*：（+ subj.）assez longtemps pour que, autant de temps pour que（「足夠多的時間

| 古法文原文 | 現代法文譯文 | 中文譯文 |
| --- | --- | --- |
| parlees[308] et que je l'aie une seule fois | paroles et de lui donner un | 的家常話和親吻 |
| baisie[309]. — Je l'otroi[310]», fait li peres. Il | baiser. — Je l'accorde, dit le père. Il | 一次的時間。」父親答道：「我答應。」他 |
| li creante[311] et Aucassins fu lié[312]. | le lui promet et Aucassin en exculte. | 答應了兒子提出的協議，歐卡森為此高興不已。 |

可以⋯⋯」)。

[308] *parlees*：（participe passé）parlées（「說」）。*parlees* 是動詞 *parler* 的過去分詞陰性複數的形式和助動詞 *avoir* 的虛擬式 *aie* 組成虛擬式過去時（subjonctif passé）。在古法文中，當直接受詞（COD）位在助動詞（auxiliaire）和過去分詞（participe passé）之間時，過去分詞會和直接受詞性數配合，此處 *parlees* 是配合陰性複數名詞 *paroles*。

[309] *baisie*：embrassée（「親吻」）。*baisie* 是動詞 *baisier* 的過去分詞陰性單數的形式。此處的 *baisie* 呈現出古皮卡第方言特色，因為正常的法蘭西島方言的過去分詞陰性形式是 *baisiee*，然而古皮卡第方言會將三合元音（triphtongue）-iee 刪減成二合元音（diphtongue）-ie。

[310] *otroi*：accorde（「同意」、「允許」）。*otroi* 是動詞 *otroier* 直陳式現在時 p1 的形式。

[311] *li creante*：lui donne la promesse（「承諾他（的協議）」）。*creante* 是動詞 *creanter* 直陳式現在時 p3 的形式。在手稿中，原本是 *il le creante*，然而 Mario Roques 根據第二章第 38 行和第 39 行的 *li demant* 例子，將此句修正為 *il li creante*。此外，因為在古法文中，當第三人稱單數或複數直接受詞（le, la, les）和間接受詞（li, lor）以代名詞形式出現在動詞前面時，直接受詞代名詞常會被省略，所以原本的句子應該是 *il le li creante*。

[312] *lié*：joyeux, content（「高興的」、「愉快的」）。照理來說，此處我們原本期待的是如同第六章第 9 行的 *liés* 變格形式，而非 *lié*，因 *lié* 是第一類形容詞陽性偏格單數變格（CR sing.）的形式，在此的功能是主詞表語（attribut du sujet），本應如同主詞 Aucassins 一般有-s 變格結尾。在古法文中，*lié* 非常頻繁地出現在手稿中，其陰性的形式為 *lie*，然而之後此字漸漸不被使用，現在僅在詞組 *faire chère lie* 中被保留下來，意即「吃得好」。

| 古法文原文 | 現代法文譯文 | 中文譯文 |
|---|---|---|
| IX | IX | IX |
| Or se cante | Chanté | 〔唱〕 |

1 **Aucassins** ot[313] du baisier qu'il ara au repairier[314]: | Aucassin entend qu'il aura un baiser à son retour: | 歐卡森聽到待他歸來之時可以得到一個吻，

por cent mile mars[315] d'or mier[316] | avec cent mille marcs d'or pur | 就算是得到黃金萬兩

ne fesist[317] on si lié. | on ne l'eût pas fait si heureux. | 也不能讓他如此歡欣雀躍。

garnemens[318] demanda ciers[319], | Il demanda un équipement de prix, | 他命人為他準備一套價值

5 on li a aparelliés[320]; | on le lui a préparé; | 連城的全副騎士裝備，

il vest[321] un auberc[322] dublier[323] | Il revêt un haubert à mailles doubles, | 他穿上一件雙層鎖子甲，

---

[313] *ot*：entend（「聽」）。*ot* 是動詞 *oïr* 直陳式現在時 p3 的形式。

[314] *repairier*：（infinitif substantivé）revenir, retourner（「回來」）。*repairier* 是原形動詞當名詞用。手稿中此句被手抄員謄寫成同一行。然而由於此章節除了最後一行詩是由 5 音節韻文體寫成之外，皆是由七音節韻文體所組成，是以一般校注者皆將其謄寫為兩行詩句（Aucassins ot du baisier/qu'il ara au repairier）。本版盡量還原手稿的原行數設定，方便想找原典手稿閱讀的讀者找尋原文位置。

[315] *mars*：（n.m. pl.）marcs d'or ou d'argent（「金馬克幣」、「銀馬克幣」）。一馬克幣相當於八盎司的金或銀，亦或法國古代半斤（demi-livre）左右的金或銀，古代用於記帳之貨幣單位。

[316] *mier*：（adj.）（<*lat.* merum）pur, entier（「純的」、「完整的」）。

[317] *fesist*：fît（「使」）。*fesist* 是動詞 *faire* 虛擬式未完成過去時（imparfait du subjonctif）p3 的形式。

[318] *garnemens*：（n.m.）équipement d'un chevalier（「騎士的全副裝備」）。

[319] *ciers*：（adj.）qui a du prix, de la valeur（「價值不菲的」、「價值連城的」）。

[320] *aparelliés*：（participe passé）apprêtés, préparés（「準備」、「預備」）。*aparelliés* 是動詞 *aparellier* 的過去分詞形式。

[321] *vest*：revêt（「穿戴」）。*vest* 是動詞 *vestir* 直陳式現在時的 p3 形式。

[322] *auberc*：（n.m.）haubert, cotte de mailles（「鎖子甲」）。

[323] *dublier*：（adj.）à mailles doubles（「雙層網眼的」）。

| 古法文原文 | 現代法文譯文 | 中文譯文 |
|---|---|---|
| et laça[324] l'iaume[325] en son cief[326], | et laçe le heaume sur sa tête, | 然後將尖頂頭盔繫緊在頭上， |
| çainst[327] l'espee[328] au poin[329] d'or mier, | ceignit l'épée au pommeau d'or pur, | 佩掛上帶有純金劍柄圓頭的寶劍， |
| si monta sor son destrier[330] | et monta sur son destrier | 騎上他的戰馬， |
| 10 et prent l'escu[331] et l'espiel[332]; | et prit l'écu et la lance, | 帶上盾牌和長槍， |
| regarda andex[333] ses piés | il examina ses deux pieds: | 他仔細檢視他的雙腳， |
| bien li sissent[334] 〔es〕 estriers[335]: | ils étaient bien posés dans les étriers, | 然後發現雙腳正平穩地安放在馬鐙裡， |
| a mervelle[336] se tint ciers[337]. | et en fut parfaitement satisfait. | 他對這身裝扮十分滿意。 |

---

[324] *laça*：laça（「（用帶子）繫緊」）。*laça* 是動詞 *lacier* 簡單過去時（passé simple）的 p3 形式。

[325] *iaume*：（n.m.）（<*francique* \*helm）heaume, casque（「（中世紀武士的）柱形尖頂頭盔法語助」）。

[326] *cief*：（n.m.）tête（「頭」）。

[327] *çainst*：ceignit（「束緊」、「配戴」）。*çainst* 是動詞 *ceindre* 簡單過去時（passé simple）的 p3 形式。

[328] *espee*：（n.f.）épée（「劍」）。

[329] *poin*：（n.m.）pommeau（「（劍柄上的）球飾」）。

[330] *destrier*：（n.m.）destrier, cheval de combat（「戰馬」）。

[331] *escu*：（n.m.）（<*lat.* scutum）écu, bouclier（「盾牌」）。

[332] *espiel*：（n.m.）lance（「長槍」）。

[333] *andex*：les deux ensemble, tous les deux（「兩個一起」）。

[334] *sissent*：être assis, placé（「安坐的」、「安置在」）。*sissent* 是古皮卡第方言的動詞 *seir* 簡單過去時的 p6 形式，法蘭西島方言的形式為 sistrent、sisdrent。

[335] *estriers*：（n.m. pl.）étriers（「馬鐙」、「馬鐙」）。手稿中的原文本來是 *bien li sissent estriers*，然而由於此行詩缺少一個音節，校注者如 Mario Roques（1982, 9）和 Hermann Suchier（1906, 11）等一致同意在 *estriers* 前加上 *es*。

[336] *a mervelle*：parfaitement（「完全地」、「十分地」）。

[337] *se tint ciers*：fut satisfait de lui, de son aspect（「對他的樣子很滿意」）。

| 古法文原文 | 現代法文譯文 | 中文譯文 |
|---|---|---|
| De s'amie li souvient[338] | Il se souvient de son amie, | 他想起了他的心上人， |
| 15  s'esperona[339] li destrier[340] | et éperonna son cheval | 接著他用馬刺刺了他的馬， |
| il li cort[341] molt volentiers | qui s'élance avec ardeur, | 馬兒向前疾馳， |
| tot droit a le porte enl[342] vient | il arrive tout droit à la porte, | 將他一逕帶至正在酣 |
| a la bataille[343]. | en pleine bataille. | 戰之城門口。 |

---

[338] *sovient*：souvient（「想起」）。*sovient* 是非人稱動詞（verbe impersonnel）*souvenir* 直陳式現在時 p3 的形式。

[339] *esperona*：éperonna（「用馬刺刺」）。*esperona* 是動詞 *esperoner* 直陳式簡單過去時的 p3 形式。

[340] *li destrier*：手稿中呈現出來的 *li destrier* 是陽性單數正格，然而此處我們原本期待的是陽性單數偏格 *le destrier*。

[341] *cort*：court（「跑」）。*cort* 是動詞 *corre* 直陳式現在時 p3 的形式。

[342] *enl*：*enl* 是手稿中的拼寫法，等同於 *en* 或 *ent*。

[343] *a la bataille*：en pleine bataille（「正在酣戰之際」）。Hermann Suchier（1906, 17）將 *bataille* 修改成 *estormie*（意即「混戰」、「喧囂」）。

| 古法文原文 | 現代法文譯文 | 中文譯文 |
|---|---|---|
| X | X | X |
| Or dient et content | Parlé: récit | 〔說白：敘述〕 |

1 〔**72d**〕Aucassins[344] fu armés sor[345] son ceval, si
Aucassin était tout équipé sur son cheval,
誠如你們所聞，歐卡森

con[346] vos avés oï et entendu. Dix!
ainsi que vous l'avez entendu. Mon Dieu!
披堅執銳，騎在他的馬上。我的天！

con li sist[347] li escus au col [348]et li
comme lui seyaient le bouclier au cou,
盾牌掛在頸上，

hiaumes u cief et li renge[349] de s'espee
le heaume sur sa tête et le baudrier de son épée
頭盔戴在頭上，掛寶劍的肩帶別

5 sor le senestre[350] hance[351]! Et li vallés[352]
sur sa hanche gauche! Le jeune homme
在左腰上，這身裝備實在是太適合他了！這個年輕人

fu grans et fors et biax et gens[353] et
était grand, fort, beau, élégant et
身材高大魁梧、體格強壯、英俊挺拔、風度翩翩又

bien fornis[354], et li cevaus sor quoi il
bien bâti; le cheval qu'il
健美結實。他所騎的

---

[344] 此處的 Aucassins 的章節起首字母 A 在手稿中並未出現，而是只出現 uc'。手稿中手抄員原本有預留空間讓繪彩色字母畫師繪出字母 A，此處應該是畫師遺漏所致。

[345] *sor*：sur（「在……之上」）。

[346] *si con*：ainsi que, comme（「如同」）。

[347] *sist*：convint（「適合」）。*sist* 是動詞 *seir* 直陳式簡單過去時的 p3 形式。古法文中，當主詞由連接詞 *et* 串連多個名詞詞組所組成並且位於動詞之後時，動詞常會與最接近的一個名詞或名詞詞組性數配合，此處的 *sist* 就是選擇最接近的主詞 *li escus* 做性數配合。

[348] *col*：（n.m.）cou（「脖子」、「頸」）。*col*（<*lat.* collum）是第一類陽性名詞偏格單數形式（CR sing.）。

[349] *renge*：（n.f.）porte-épée, baudrier（「（舊時固定在腰帶上的）劍鞘插」、「肩帶」）。

[350] *senestre*：（<*lat.* sinistrum）gauche（「左邊的」）。

[351] *hance*：（n.f.）（<*francique* *hanka*）hanche（「髖」、「胯骨」）。

[352] *vallé*：（n.m.）jeune homme, garçon（「年輕男子」）。

[353] *gens*：（adj.）élégant（「優雅」、「風度翩翩」）。

[354] （*bien*）*fornis*：bien bâti, robuste（「結實的」、「健美的」）。

| 古法文原文 | 現代法文譯文 | 中文譯文 |
|---|---|---|
| sist rades[355] et corans[356] et li vallés | montait était rapide et vif, et le jeune homme | 坐騎矯健敏捷又精力充沛，他 |
| l'ot bien adrecié[357] par mi[358] la porte. Or | l'avait bien dirigé par le milieu de la porte. | 騎著牠到城門中央。 |
| 10 ne quidiés[359] vous qu'il pensast n'a bués[360] | Ne croyez pas qu'il pensât à prendre des bœufs, | 你們不要認為他會想著要搶掠牝牛、牡牛 |
| n'a vaces[361] n'a civres[362] prendre, ne | des vaches, ou des chèvres, ni | 或牝山羊，也不要想著 |
| qu'il ferist cevalier ne autres lui. Nenil | qu'il échangeât des coups avec les chevaliers du camp ennemi. Pas | 他會和敵營的騎士們相互交鋒。絕對 |
| nient[363]! onques ne[364] l'en souvint[365]; ains | du tout! L'idée ne lui en vint même pas, mais | 不會！他壓根不會記得這些，相反地， |

---

[355] *rades*：（adj.）rapide, vigoureux（「矯健的」、「敏捷的」）。

[356] *corans*：（adj.）vif, rapide（「靈敏的」、「精力充沛的」）。

[357] *adrecié*：（participe passé）dirigé（「引向」、「領向」）。*adrecié* 是動詞 *adrecier* 的過去分詞形式。

[358] *par mi*：au milieu de（「在……中央」）。

[359] *quidiés*：croyez, imaginez（「相信」、「幻想」）。*quidiés* 是動詞 *cuidier* 的命令式現在時 p5 的形式。

[360] *bués*：（n.m. pl.）bœufs（「公牛」）。*bués* 屬於第一類陽性名詞變格，此處是陽性偏格複數形式（CR pl.）。

[361] *vaces*：（n.f. pl.）vaches（「母牛」）。*vaces* 屬於第一類陰性名詞變格，此處是陰性偏格複數形式（CR pl.）。

[362] *civres*：（n.f. pl.）chèvres（「牝山羊」）。*civres* 是第一類陰性名詞偏格複數形式（CR pl.）。

[363] *Nenil nient*：pas du tout（「絕對不」）。*nenil* 是由非謂語否定詞（négation non prédicative）*nen* 與人稱代名詞 *il* 所組成。*nen* 的型態源自於 *ne*，當 *ne* 遇到起首為母音的動詞會演變成 *nen*，所以當 *ne* 後接人稱代名詞起首為母音 *il* 時會演變成 *nenil*。*nient* 可能源自拉丁文的 *\*ne gentem*，意即「沒有什麼人」、「沒有什麼東西」。*Nenil* 和 *nient* 連用時意即「絕對不」。

[364] *onques... ne*：jamais ne（「從未」）。*onques* 為時間副詞，源自拉丁文 *unquam*，拉丁文中的意思是「有時」，再搭配上副詞結尾 *-s* 所組成。*onques* 與 *ne* 連用意即「從來未曾」。*onques* 與 *ne* 合併運用時通常動詞為過去式，此處的動詞 *souvint* 就是直陳式簡單過去時 p3 的形式。

[365] *souvint*：souvint（「想念起」）。*souvint* 是非人稱動詞（verbe impersonnel）*souvenir* 直

| 古法文原文 | 現代法文譯文 | 中文譯文 |
|---|---|---|
| pensa tant a Nicolete sa douce amie qu'il | il pensait tant à Nicolette sa douce amie qu'il | 他只是沉浸在思念他的溫柔愛人妮可蕾特裡， |
| 15 oublia ses resnes[366] et quanques il dut | oublia ses rênes et tout ce qu'il devait | 以至於他忘記了控制韁繩和所有他應 |
| faire. Et li cevax qui ot senti les | faire. Le cheval qui avait senti les | 盡的義務。馬兒感覺到 |
| esperons[367] l'en porta par mi le presse[368], se[369] se | éperons l'emporta au milieu de la mêlée et se | 馬刺觸碰到牠，便將歐卡森帶進入馬雜沓的混戰當中， |
| lance tres[370] entre mi[371] ses anemis. Et | lança tout au milieu de ses ennemis. | 並且直接衝進敵人陣營之中。 |
| il getent[372] les mains de toutes | Ceux-ci mettent les mains sur lui de tous | 敵人從四面八方各處 |
| 20 pars[373], si le prendent, si le | côtés, et le | 前來搜捕他，接著 |
| dessaisisent[374] de l'escu et de le lance, si l'en | capturent, lui arrachent le bouclier et la lance, | 擒住了他，奪走了他的盾牌和長槍， |

---

陳式簡單過去時 p3 的形式。

[366] *resnes*：(n.f. pl.) rênes (「韁繩」)。*resnes* (<*lat. pop.* \*retinas) 是第一類陰性名詞偏格複數形式 (CR pl.)。

[367] *esperons*：(n.m. pl.) éperons (「馬刺」)。

[368] *presse*：(n.f.) mêlée (「混戰」)。

[369] *se*：(= *si* en AF) et (「隨後」、「接著」)。

[370] *tres*：(adv.) tout (「一直」)。副詞 *tres* 此處用於加強 *entre mi* (「位於…之中」) 的意思。

[371] *entre mi*：au milieu de (「在……之中」)。

[372] *getent*：lancent, mettent (「發出」、「伸出」)。*getent* 是動詞 *geter* 直陳式現在時 p6 的形式。

[373] *pars*：(n.f. pl.) côtés (「方向」、「方面」)。*pars* 此處是第二類陰性名詞偏格複數形式，原本在拉丁文中是 *partes*，以正常的語音發展是尾音節[tes]中的母音[e]在七至八世紀時便不再發音，當[t]遇上尾子音[s]時，原本的拼音方式應該是-z，然而自十三世紀起，[ts]演變成[s]，拼寫法也簡化為-s。

[374] *dessaisisent*：dépouillent (「奪去」、「搶劫」)。*dessaisisent* 是動詞 *dessaisir* 直陳式現在時 p6 的形式。

| 古法文原文 | 現代法文譯文 | 中文譯文 |
|---|---|---|
| mannent[375] tot estrousement[376] pris[377] et | l'emmènent vivement prisonnier, | 並以戰俘的身分立刻帶走他， |
| aloient ja porparlant[378] de quel mort il[379] | déjà ils se mettaient à discuter de quelle mort | 他們甚至已經開始討論要如何 |
| feroient morir[380]. Et quant Aucassins | ils le feraient mourir. Quand Aucassin | 將他處死。當歐卡森 |
| 25 l'entendi, «Ha! Dix, fait il, douce | entendit cela, «Ha! mon Dieu, chère | 聽到要被處死時，「啊！我的主耶穌，親愛的 |
| creature[381]! sont çou[382] mi anemi mortel[383] | créature! Sont-ce mes ennemis mortels | 上帝之子！這些就是把我帶到此地 |

---

[375] *mannent*：mènent（「帶」、「領」）。*mannent* 是動詞 *mener* 直陳式現在時 p6 的形式。

[376] *Estrousement*：（adv.）vivement（「迅速地」、「立即地」）。

[377] *pris*：fait prisonnier（「變成戰俘」）。*pris* 此處為動詞 *prendre* 之過去分詞形式。

[378] *porparlant*：discutant（「討論」）。*porparlant* 是動詞 *porparler* 的現在分詞形式。古法文中常會用動詞 aler + participe présent 組成動詞的迂迴（périphrase verbale）用法，此處的 *aloient* 語意在此迂迴用法中被削弱成語助詞，主要的意思由後面的現在分詞 *porparlant* 來承擔。

[379] *il*：Hermann Suchier（1906, 12）與 Francis William Bourdillon（1919, 11）將手稿中的 *il* 修改成 *il le*，但是 Mario Roques（1982, 43）認為無需更改，因為古法文中 *il* 中的 *i* 可以等同於 *il*，*l* 等於 *le*。

[380] *morir*：mourir（「死亡」）。

[381] *Douce creature*：chère créature（「親愛的上帝之子」）。此處的 *creature* 原本意思是「創造物」，是 *Dieu*「主耶穌」的同位語，因為耶穌是三位一體中的聖子，以肉身的形式降世為人，所以此處筆者將其翻譯為「上帝之子」。

[382] *çou*：（<*lat*. ecce *hōc*）ce（「這」、「那」）。çou 是中性指示代名詞（pronom démonstratif neutre），原本法蘭西島方言的通用形式是 *ce*，此處的拼寫法（la graphie）是保留拉丁文中的母音 *hōc* 中的[ō]，到了第二世紀時變成[o]，第六世紀時[o]二合元音化成[ou]，到了十二世紀時在法國東部或西部的方言中，[ou]會繼續縮小成[u]，在拼寫法中會將[u]拼寫成 *ou*。自十三世紀中葉起，古皮卡第方言中越來越常遇到 ç（h）ou 的拼寫方式。

[383] *mi anemi mortel*：mes ennemis mortels（「我的致命敵人」）。此處的 *mi anemi mortel* 是位於動詞 sont 後的真主詞（sujet réel），*çou* 只是假主詞（sujet apparent），所以名詞詞組 *mi anemi mortel* 為陽性正格複數（CS pl.）的變格形式。

| 古法文原文 | 現代法文譯文 | 中文譯文 |
|---|---|---|
| qui ci me mainent et qui ja[384] me cauperont[385] | qui ici m'emmènent et qui vont bientôt me couper | 要砍我腦袋的致命 |
| le teste? Et puis que j'arai la teste | la tête? Quand j'aurai la tête | 敵人嗎？當我腦袋 |
| caupee, ja mais ne parlerai a Nicolete | coupée, je ne parlerai plus jamais à Nicolette | 落地時，我就再也無法 和我如此 |
| 30 me douce amie que tant aim. | ma douce amie que j'aime tant. | 傾心的溫柔情人妮可蕾 特說話了。 |
| Encor ai-je ci une bone espee | J'ai encore ici une bonne épée | 趁我這裡還有一把寶 劍， |
| et siec[386] sor bon destrier sejorné[387]! Se | et suis monté sur un bon destrier tout frais et dispos. Si | 而且我還騎在一匹精力 充沛的駿馬上。假若 |
| or ne me deffent por li, onques Dix | maintenant je ne me défends pas pour elle, que Dieu ne | 現在我還不為了妮可蕾 特抵抗的話，但願主耶 穌不 |
| ne li aït se ja mais m'aime!» Li | lui vienne plus jamais en aide, si elle m'aime encore.» | 再來幫助我，假如她還 愛著我的話。」 |
| 35 vallés fu grans et fors, et li cevax | Le jeune homme était grand et fort, et le cheval | 這位年輕的公子長得高 大又強壯，他所騎 |
| so quoi[388] il sist fu remuans[389]. Et il mist | qu'il montait était ardent. Il saisit | 的坐騎又矯捷如飛。他 一手 |

---

[384] *Ja*：(adv.) maintenant, dorénavant（「現在」、「今後」）。*ja* 用在肯定句中強調肯定語氣。

[385] *cauperont*：couperont（「切」、「砍」）。*cauperont* 是動詞 *cauper* 直陳式未來時 p6 的形式。

[386] *siec*：est assis（「坐在」）。*siec* 是動詞 *seoir* 直陳式現在時 p3 的形式。*siec* 的拼寫法中的-c 結尾是古皮卡第方言中直陳式現在時（présent de l'indicatif）動詞變化第一人稱單數的類推詞尾（désinence analogique）。法蘭西島方言的正常直陳式現在時 p1 的動詞變化形式為 *sié*。

[387] *sejorné*：(adj.) reposé, vigoureux（「休息過的」、「精力充沛的」）。

[388] *so quoi*：( so = sor) sur lequel（「在……之上」）。*quoi* 是中性關係代名詞（le neutre du pronom relatif），此處被用來代替動物 *li cevax*，在古法文中動物被視為是事物（chose）。

[389] *remuans*：(adj.) ardent, impétueux（「矯捷」、「駿駿」）。*remuans* 是動詞 *remuer* 的現在分詞（participe présent）形式，此處當形容詞用。

| 古法文原文 | 現代法文譯文 | 中文譯文 |
| --- | --- | --- |
| le main a l'espee, si comence a〔ferir a〕[390] | son épée et commence à frapper | 拿起寶劍開始四處 |
| 〔73a〕destre[391] et a senestre et caupe hiaumes | à droite et à gauche; il coupe heaumes, | 揮斬起來。他切穿了敵人的頭盔、 |
| et naseus[392] et puins[393] et bras et fait | nasals, poings et bras, et fait | 護鼻、手掌和胳膊，並且 |
| 40　un caple[394] entor li, autresi[395] con li | un massacre autour de lui, comme le | 像一頭在森林中 |
| senglers[396] quant li cien[397] l'asalent[398] en le | sanglier quand les chiens l'assaillent dans la | 被獵犬攻擊的野豬般 |
| forest, et qu[399]'il lor abat[400] dis cevaliers et | forêt, tant et si bien qu'il abat dix chevaliers et | 在四周展開廝殺鏖戰。結果他將十名騎士擊落下馬， |

---

[390] 所有的編注者在此處皆在 *comence a* 之後添加 *ferir a*，因為在第三十二章中有相同的句型。

[391] *destre*：droite（「右邊」）。

[392] *naseus*：(n.m. pl.) nasals du heaume（「頭盔的護鼻」）。*naseus* 是第一類陽性名詞偏格複數形式。

[393] *puins*：(n.m. pl.) poings（「拳頭」、「手」）。

[394] *caple*：(n.m.) massacre, mêlée, fracas de bataille（「屠殺」、「混戰」、「鏖戰」）。*caple* 原意是戰場上兵刃交接發出的鏗鏘巨大聲響，之後引申為激烈的爭戰。

[395] *autresi*：(adv.) de même（「同樣地」）。*autresi* 和 con 連用組成連接詞詞組 *autresi con*，意即「如同」(de même que)。

[396] *senglers*：(n.m.) sanglier（「野豬」）。*senglers* 此處是第一類陽性名詞正格單數形式。*sengler* 源自拉丁文 *porcum singularem*，意思是「離群索居的豬」，之後由於形容詞 *singularem* 承載了這個詞的意義所以變為名詞，原本歷經正常的語音流變後會變為 *sengler*，之後再用詞綴（suffixe）-ier 代替原來的-er 成為現代法文的 *sanglier*。

[397] *cien*：(n.m. pl.) chiens（「狗」）。*cien* 此處是第一類陽性名詞正格複數形式。*cien* 源自拉丁文 *canem*，古皮卡第方言中，當[k]+[a]時，子音[k]並不像法蘭西島方言顎音化為 [ʃ]，而是保留[k]之發音，拼寫法中用 c 謄寫[k]。

[398] *asalent*：donnent l'assaut（「攻擊」、「襲擊」）。*asalent* 是動詞 *asalir* 直陳式現在時 p6 的形式。

[399] *qu'*：tant et si bien que（「以至於」）。

[400] *abat*：jette à terre（「擊落在地」、「推倒」）。*abat* 是動詞 *abatre* 直陳式現在時 p3 的形式。

| 古法文原文 | 現代法文譯文 | 中文譯文 |
|---|---|---|
| navre[401] set et qu'il se jete tot | en blesse sept, et s'esquive | 砍傷了七位騎士，接著手持寶劍 |
| estroseement[402] de le prese[403] et qu'il s'en | à toute vitesse hors de la mêlée et s'en | 殺出重圍， |
| 45 revient les galopiax[404] ariere, | retourne au galop en arrière, | 迅速撤離戰場。 |
| s'espee en sa main. Li quens Bougars de | l'épée à la main. Le comte Bougard de | 瓦朗斯的布加爾 |
| Valence oï dire c'on penderoit[405] | Valence avait entendu dire qu'on allait pendre | 伯爵聽說他的敵人 |
| Aucassin son anemi, si venoit cele | Aucassin son ennemi, arrivait de ce | 歐卡森將要被處以絞刑，便朝著這個 |
| part; et Aucassins ne le mescoisi[406] mie: | côté, et Aucassin ne manqua pas de l'apercevoir; | 方向奔來，歐卡森也看到了伯爵。 |
| 50 il tint l'espee en la main, se le | il tenait l'épée à la main, et le | 歐卡森手持寶劍朝伯爵 |
| fiert par mi le hiaume[407] si qu[408]'i [409]li | frappa sur le heaume si fort qu'il le lui | 的頭盔中央劈了下去，力道之大將伯爵 |
| enbare[410] el cief. Il fu si estonés[411] | enfonça sur la tête. Le comte en fut si étourdi | 的頂上頭盔打破。伯爵被打得頭冒金星 |

---

[401] *navre*：blesse（「打傷」、「砍傷」）。*navre* 是動詞 *navrer* 直陳式現在時 p3 的形式。

[402] *estroseement*：（adv.）vivement, à toute vitesse（「急速地」、「迅速地」）。

[403] *prese*：（n.f.）mêlée（「混戰」）。

[404] *galopiax*（les）：（n.m. pl.）au galop（「極快地」、「飛速地」）。

[405] *penderoit*：pendrait（「絞死」）。*penderoit* 是動詞 *pendre* 條件式現在時 p3 的形式。

[406] *mescoisi*：ne vit pas, ne reconnut pas（「沒看到」、「沒認出」）。*mescoisi* 是動詞 *mescoisir* 直陳式簡單過去時 p3 的形式。

[407] *hiaume*：（n.m.）heaume（「柱形尖頂頭盔」）。*hiaume* 是第一類陽性名詞偏格單數形式。

[408] *si qu'*：de telle sorte que（「因此」、「以致」）。

[409] *i*：il（「他」）。*i* 是第三人稱單數陽性代詞單數。古法文中尾子音-l 時常會消失不發音，是以拼寫法中 *i* 常會代替 *il*。

[410] *enbare*：enfonce, cabosse（「插入」、「打破」）。*enbare* 是動詞 *enbarer* 直陳式現在時 p3 的形式。

[411] *estonés*：étourdi（「頭昏眼花」、「暈頭轉向」）。

| 古法文原文 | 現代法文譯文 | 中文譯文 |
|---|---|---|
| qu'il caï[412] a terre: et Aucassins tent[413] le main, | qu'il tomba à terre: Aucassin lui tend la main, | 跌倒在地。歐卡森伸出手來 |
| si le prent[414] et l'en mainne pris par le | le saisit et l'emmnène pris par le | 將他擒住，接著拉著伯爵 |
| nasel[415] del hiame[416] et le rent[417] a son | nasal de son heaume et le remet à son | 頭盔的護鼻領著他將其交給他的 |
| pere. «Pere, fait Aucassins, ves ci[418] vostre | père. «Père, dit Aucassin, voici votre | 父親。歐卡森說：「父親大人，這就是 |
| anemi qui tant vous a gerroié[419] et | ennemi qui vous a si longtemps fait la guerre et | 和您交戰已久和 |
| mal fait: vint a 〔ns〕 ja dure cest guerre[420]; | causé tant de mal: cela fait déjà vingt ans que dure cette guerre, | 造成您偌大損失的敵人。這場戰爭已經持續了有二十年之久， |
| onques ne pot iestre acievee par | jamais personne n'avait pu y mettre | 從沒有任何人能將其 |

55

---

[412] *caï*：tomba（「跌倒」、「摔跤」）。*caï* 是動詞 *caïr* 直陳式簡單過去時 p3 的形式。

[413] *tent*：tend（「伸出」）。*tent* 是動詞 *tendre* 直陳式現在時 p3 的形式。

[414] *prent*：empoigne, saisit（「抓住」、「逮住」）。*prent* 是動詞 *prendre* 直陳式現在時 p3 的形式。

[415] *nasel*：(n.m.) nasal du heaume（「頭盔的護鼻」）。*nasel* 是第一類陽性名詞偏格單數形式。

[416] *hiame*：(n.m.) heaume（「（中世紀武士的）柱形尖頂頭盔」）。*hiame* 此處是第一類陽性名詞偏格單數形式。

[417] *rent*：remet（「送交」、「交給」）。*rent* 是動詞 *rendre* 直陳式現在時 p3 的形式。

[418] *ves ci*：voici（「這就是」）。*ves* 是 *veés* 的縮寫形式。*veés* 是動詞 *veir* 直陳式現在時和命令式 p5 的形式，和地方副詞 *ci* 連用，組成介紹詞組，原意是「看這裡」，之後兩個詞合併為 *veci*，再經歷語音流變，演變為現代法文的 *voici*。

[419] *gerroié*：fait la guerre（「交戰」）。*gerroié* 是動詞 *gerroier* 的過去分詞形式。

[420] 在手稿中呈現的原文是 *.xx. a ja dure cest guerre*。Louis Moland 和 Charles d'Héricault（1856, 252-253）的編注版將此句修正為 *.xx. ans ja dure ceste guerre*，而 Hermann Suchier（1906, 13）的版本則是將其修改為 *vint ans a duré ceste guerre*。*ja* 在此處的意思是「已經」。

| 古法文原文 | 現代法文譯文 | 中文譯文 |
|---|---|---|
| 60 home. — Biax fix, fait li pere, tes[421] | un terme. — Cher fils, dit le père, telles sont les premières armes | 結束。」父親答道：「我的好兒子，你就該趁年輕時像這樣 |
| enfances[422] devés vos faire, nient | que vous devez faire, et non pas | 建功立業，不要再想著 |
| baer[423] a folie. — Pere, fait Aucassins, ne | songer à des folies. — Père, fait Aucassin, ne | 那些風花雪月的荒唐事情了。」歐卡森答道：「父親大人，不要 |
| m'alés mie sermonant[424], mais | me sermonnez pas, mais | 再對我說教了，還是 |
| tenés moi mes[425] covens. — Ba[426]! | tenez-moi vos promesses. — Comment? | 實現您對我的承諾吧。」「怎麼了？ |
| 65 quex covens, biax fix? — Avoi[427]! pere, | Quelles promesses, mon cher fils? | 什麼承諾，我親愛的兒子？」「父親大人，少來這套， |
| avés les vos obliees[428]? Par mon cief! | — Allons, père, les avez-vous oubliées? Par ma tête, | 難道您忘了嗎？我以我的項上人頭起誓， |

---

[421] *tes*：（<*lat.* tales）telles（「如此的」）。*tes* 屬於第二類陰性形容詞變格的偏格複數（CR pl.）形式。此類形容詞變格的特色是陰陽性皆為相同形式（formes uniques）。

[422] *enfances*：début（glorieux），coups d'essai, exploits（「初露鋒芒」、「嶄露頭角」、「功勳」）。古法文中，*enfances* 暗喻史詩中的英雄在年少時期修習武藝時所建的功勳。十三世紀保留不少武勳之歌，皆是講述主角在年少時所立的豐功偉業，例如《加蘭的年少功勳》（*Enfances Garin*）、《繼堯母的年少功勳》（*Enfances Guillaume*）、《歐吉葉的年少功勳》（*Enfances Ogier*）等。

[423] *baer*：rêver sottement（「傻傻地做白日夢」）。*baer a folie* 意思是「異想天開」。

[424] *sermonant*：sermonnant（「嘮嘮叨叨地教訓」）。*sermonant* 是動詞 *sermoner* 的現在分詞形式。

[425] *mes*：（adv.）plutôt（「倒不如」、「還是」）。

[426] *ba*：（interjection）comment（「怎麼了」）。*ba* 是表示驚訝的感嘆詞，常用於古皮卡第方言中。

[427] *avoi*：（interjection）allons donc（「少來」、「得了」、「少和我裝蒜」）。*avoi* 是表示抗議的感嘆詞，由感嘆詞 *a* 和動詞 *veoir* 的命令式 p2 的形式 *voi* 所組成。

[428] *obliees*：此處的 *obliees* 被 Hermann Suchier（1906, 13）、Francis William Bourdillon（1919, 12）等校注者修改為 *obliés*，由於位在動詞前的人稱代名詞 *les* 代替的是前面

| 古法文原文 | 現代法文譯文 | 中文譯文 |
| --- | --- | --- |
| qui que les oblit, je nes[429] voil mie oblier, ains[430] me tient molt au cuer[431]. | si quelqu'un les oublie, moi je ne veux pas les oublier, au contraire, cela me tient beaucoup à cœur. | 假如有人忘記了承諾，我卻不想將它遺忘，相反地，我將此承諾銘記於心。 |
| Enne[432] m'eustes vos en covent[433] que, | Ne m'avez-vous pas promis, | 您不是承諾過我， |
| 70 quant je pris les armes et j'alai a | quand je pris les armes et allai | 倘若我拿起武器上 |
| l'estor, que, se Dix me ramenoit | au combat, que si Dieu me ramenait | 戰場，而且上帝又讓我 |

所提及的陽性複數名詞 *covens*，照理來說此處的過去分詞也應該要用陽性複數和名詞性數配合，然而 Mario Roques（1982, 44）應該要保留下此詞的拼寫法，他認為手抄員會用-*iee* 此拼寫法，是因為在手稿中-*ie* 可以謄寫[ie]或[je]或[iə]的發音，然而由於法蘭西島方言過去分詞陰性-*iée*（從拉丁文的 yod + ATA 演變而來）在古皮卡第方言中會刪減為-*ie*，在拼寫法中-*ie* 無法辨別此拼寫方式是標示只有一個音節的二合元音（diphtongue）[je]還是兩個音節的複合元音（diérèse），手抄員此處用拼寫法-*iee* 用以標示複合元音（diérèse），兩個 e 在此處的功能相等於現代法文分音符（tréma）的功能。

[429] *nes*：ne les（「沒有將它們」）。*nes* 是否定複詞 *ne* 和人稱代名詞輕音形式 *les* 的合併形式。

[430] *ains*：au contraire, mais（「相反地」、「然而」）。

[431] *cuer*：（n.m.）*coeur*（「心」）。*cuer*（<*lat.* cor）是第一類陽性名詞偏格單數（CR sing.）形式。

[432] *enne*：est-ce que...ne...pas, n'est-ce pas que （「不是……嗎？」）。根據 Gérard Moignet（1988, 331）的解釋，*enne* 用於疑問否定句中，有時候會寫成兩個詞 *et ne*，寫成一個詞時的拼寫法是 *enne* 或 *ene*。

[433] *covent*：（n.m.）accord, promesse（「協議」、「承諾」）。此處的 *avoir en covent a qqn* 意即「承諾某人」。*covent* 是第一類陽性名詞變格的單數偏格（CR sing.）形式，64 行處的 *covens* 是複數偏格（CR pl.）的形式。

| 古法文原文 | 現代法文譯文 | 中文譯文 |
|---|---|---|
| sain et sauf, que[434] vos me lairiés[435] Nicolete | sain et sauf, vous me laisseriez voir Nicolette | 平安歸來，您會讓我見一見我心愛的 |
| ma douce amie tant veir | ma douce amie assez longtemps | 情人妮可蕾特，時間足以能夠 |
| que j'aroie[436] parlé a li deus paroles | pour que je puisse lui dire deux | 讓我和她說上兩 |
| 75 〔73b〕 ou trois? Et que je l'aroie une fois | ou trois mots? Et que je puisse l'embrasser | 三句話和擁吻她 |
| baisie, m'eustes vos en covent? Et | une fois, ne me l'avez-vous pas promis ? | 一次？這不是您和我做的約定嗎？ |
| ce voil je que[437] vos me tenés. — Jo[438]? | Voilà les promesses que je veux que vous me teniez. — Moi? | 我現在要您兌現諾言。」父親答道：「要我兌現諾言？ |
| fai〔t〕li peres[439]; ja Dix ne m'aït, quant | dit le père, que Dieu ne m'aide | 假如我真兌現了對你的承諾， |

---

[434] *que*：古法文中當主句 *Enne m'eustes vos en covent que* 後加入 *quant je pris les armes et j'alais a l'estor* 插句時，後面的 *que* 已經重複出現一次，然而之後又加入另一個插句 *se Dix me ramenoit sain et sauf*，這時 *que* 又再度重複出現，Mario Roques（1982, 44）認為這一連串連接詞 *que* 的重複出現是作者為了要呈現歐卡森面對父親對之前的承諾不認帳時遲疑又驚訝的態度，甚至還帶有詼諧的成分存在，所以並不是作者的文章出錯。然而 Hermann Suchier（1906, 13）卻在其校注版中把 *Enne m'eustes vos en covent* 後的 *que* 刪除，Mario Roques 認為不需要刪除 *que*。

[435] *lairiés*：laisseriez（「讓」）。*lairiés* 是動詞 *laissier* 的條件式現在時（conditionnel présent）p5 形式。

[436] 手稿中的原文是 *que laroi ie*，Hermann Suchier（1906, 13）將此處修正為 *que j'aroie*，Mario Roques( 1982, 11）則修改為 *que je l'aroie*，然而 Louis Moland et Charles d'Héricault（1856, 253）的編注版將此句謄寫為 *que l'aroi je*。

[437] 手稿中的原文是 *et je voil je*，Hermann Suchier（1906, 13）和 Mario Roques（1982, 11）在校注版中皆將此處修訂為 *et ce voil je*。

[438] *Jo*：(<*lat.* ego) moi（「我」)。在古法文中，*Jo* 是第一人稱代名詞的單數正格形式，具有謂詞身分，可以不用依附於動詞之下，自己單獨存在時就能造成一個句子。但是在現代法文中 *jo*（=*je*）已不具備謂詞功能，必須用謂詞形式（forme prédicative）*moi* 來取代。

[439] 手稿中的原文是 *fai li peres*，Hermann Suchier（1906, 13）和 Mario Roques（1982, 11）皆將 *fai* 修訂為 *fait*。

| 古法文原文 | 現代法文譯文 | 中文譯文 |
|---|---|---|
| ja covens vos en tenrai; et s'ele | jamais si je vous tiens parole. Et si elle | 但願上帝不再幫助我。假如她 |
| 80 estoit ja ci, je l'arderoie en un | était ici, je la brûlerai sur un | 在這裡的話，我會把她放在火刑場上 |
| fu, et vos meismes porriés | bûcher, et vous-même pourriez | 燒死，你自己也會 |
| avoir tote paor[440]. — Est ce tote | craindre pour votre vie. — Est-ce vraiment votre | 惴惴難安。」歐卡森答道： |
| la fins[441]? fait Aucassins. — Si m'aït Dix, | dernier mot? fait Aucassin. — Que Dieu m'aide, | 「您真的不肯讓步嗎」父親說： |
| fait li peres, oïl[442]. — Certes, fait | fait le père, oui. — Vraiment, dit | 「但願上帝幫助我，是的。」歐卡森說： |
| 85 Aucassins, je sui[443] molt dolans quant | Aucassin, je suis très affligé | 「說真的，看著一個像您這樣 |
| hom de vostre eage ment. Quens | de voir mentir un homme de votre âge. Comte | 年紀的人說謊我很難過。」歐卡森說： |
| de Valence, fait Aucassins, je vos ai pris? | de Valence, dit Aucassin, je vous ai bien fait prisonnier? | 「瓦倫斯的伯爵，是我將你擒住的吧？」 |
| — Sire, voire fait[444]. Aioire[445]? fait li | — Seigneur, c'est vrai. Eh bien? demande le | 伯爵答道：「大人，的確是的。怎麼了 ？」 |

---

[440] *paor*：(<*lat.* pavorem) peur (「害怕」)。*paor* 是第二類陰性名詞偏格單數 (CR sing.) 形式。

[441] *fins* (*tote la*)：le dernier mot (「心意已決」、「最終的決定」)。

[442] *oïl*：oui (「是的」)。古法文中，當在對話中的回答是肯定語氣時，會習慣將 o+人稱代名詞主詞 *je*, *tu*，*oïl* 就是 *o+il* 的合併形式。*o* 是從拉丁文中性代名詞 *hoc* (= *ce*) 而來，用以重新提起前一句的內容。，*oïl* 在現代法文中演變成 *oui*。

[443] 手稿中的原文是 *ce sui*，Hermann Suchier (1906, 13) 和 Mario Roques (1982, 11) 皆 *ce* 修改為 *je*。

[444] *voire fait*：c'est vrai (「的確是的」)。*voire* 是副詞，意即「對」、「的確」。*voire fait* 是 *voire avez fait* 的縮寫。

[445] *aioire*：eh bien? (「怎麼了 ？」)。*aioire* 是帶有疑問語氣的感嘆詞。

| 古法文原文 | 現代法文譯文 | 中文譯文 |
|---|---|---|
| quens. — Bailiés[446] ça[447] vostre main, fait[448] Aucassins. | comte. — Donnez-moi ici votre main, dit Aucassin. | 歐卡森說：「伸出你的手來給我。」 |
| 90　— Sire, volentiers.» Il li met se main | — Seigneur, volentiers.» Il met sa main | 「樂意之至，大人。」伯爵把他的手 |
| en la siue. «Ce m'afiés[449] vos, fait | dans la sienne. «Promettez-moi, fait | 放在歐卡森的手裡。歐卡森說： |
| Aucassins, que a nul jor que vos aiés a vivre, | Aucassin, que tous les jours que vous aurez à vivre, | 「承諾我，在你每一個有生之日， |
| ne porrés men[450] pere faire honte[451] | vous ne laisserez échapper aucune occasion de causer à mon père toute avanie | 你不要錯過任何一個讓我父親個人 |
| ne destorbier[452] de sen cors ne de | et tout ennui, dans sa personne | 當眾蒙羞以及在財產 |
| 95　sen[453] avoir que vos ne li faciés. | comme dans ses biens. | 上損失的機會。」 |
| — Sire, par Diu, fait il, ne me gabés[454] | — Seigneur, au nom de Dieu, dit-il, ne vous moquez pas | 伯爵答道：大人，天主在上，不要揶揄 |

---

[446] *bailiés*：donnez（「給」）。*bailiés* 是動詞 *baillier* 的命令式現在時 p5 形式。

[447] *ça*：ici（「這兒」）。

[448] 手稿中的原文是 *fiat*。

[449] *afiés*：promettez, jurez（「允諾」、「保證」）。*afiés* 是動詞 *afier* 命令式現在時的 p5 形式。

[450] *men*：（<*lat.* meum）mon（「我的」）。*men* 是古皮卡第方言中的主有詞輕音形式（forme faible），做形容詞用，此處為第一人稱陽性偏格單數的形式。法蘭西島方言的相對應形式為 *mon*。

[451] *honte*：（<*francique* *haunita）outrage, honte（「凌辱」、「恥辱」）。*honte* 是第一類陰性名詞偏格單數（CR sing.）形式。

[452] *destorbier*：（n.m.）difficulté, ennui（「困難」、「紛擾」）。

[453] *sen*：（<*lat.* suum）son（「他的」）。*sen* 和 *men* 一樣，皆是古皮卡第方言中的主有詞輕音形式，在法蘭西島方言的相對應形式為 *son*。

[454] *gabés*：vous moquez de（「揶揄」、「嘲笑」）。*gabés* 是動詞 *gaber* 的命令式現在時 p5 形式。

| 古法文原文 | 現代法文譯文 | 中文譯文 |
|---|---|---|
| mie; mais metés moi a raençon[455]: | de moi, fixez-moi plutôt une rançon: | 我，不如給我訂個贖金價吧。 |
| vos ne me sarés ja demander or ni | vous ne sauriez me demander or ni | 您可以向我要求黃金、 |
| argent, cevaus ne palefrois[456], ne | argent, chevaux ni palefrois, | 白銀、馬匹、駿馬、 |
| 100 vair ne gris, ciens ne oisiax, que | ni fourrures de vair ou de petit gris, chiens ni oiseaux, que | 灰白雙色或灰色松鼠毛皮、狗或鳥， |
| je ne vos doinse. — Coment? fait | je ne vous les donne. — Comment? dit Aucassin, | 我都給您。」歐卡森說：「怎麼了？ |
| Aucassins, ene[457] connisiés vos que je vos ai pris? | ne reconnaissez-vous pas que je vous ai fait prisonnier? | 難道你不承認你是我的戰俘嗎？」 |
| — Sire, oie[458], fait li quens Borgars. — Ja Dix | — Seigneur, oui, dit le comte Bougard. — Que Dieu | 布加爾伯爵答道：「大人，我承認我是。」歐卡森說： |
| ne m'aït[459], fait Aucassins, se vos ne | ne m'aide plus jamais, fait Aucassin, se vous ne | 「但願上帝不再來幫助我，假如你不 |
| 105 le m'afiés, se je ne vous fac[460] ja | me le promettez, que je ne vous fasse pas | 答應我的要求的話，看我不現在就 |
| cele teste voler. — Enondu [461]! | voler la tête. — Au nom de Dieu, | 砍飛你的腦袋。」伯爵答道： |

---

[455] *raençon*：（n.f.）rançon（「贖金」）。*raençon*（<*lat.* redemptionem）是第二類陰性名詞偏格單數（CR sing.）形式。

[456] *palefrois*：（n.m. pl.）chevaux de marche, palefrois, chevaux que montent les dames（「駿馬」、「坐騎」、「貴婦乘的坐騎」）。*palefrois* 第一類陽性名詞偏格複數（CR pl.）形式。

[457] *ene*：（= et ne）est-ce que...ne...pas, n'est-ce pas que（「不是⋯嗎？」）。副詞 *ene* 用於疑問否定句中，說話者期待對方答案是肯定的，是 *enne* 的異體字。

[458] *oie*：oui（「是的」）。*oie* 就是 *o* + *je* 的合併形式。

[459] *aït*：aide（「幫助」）。*aït* 是動詞 *aidier* 的虛擬式現在時 p3 形式。

[460] *fac*：fais（「讓」）。*fac* 是從拉丁文 *facio* 而來，古皮卡第方言中在直陳式現在時第一人稱單數時保留-c 的動詞變化詞尾。

[461] *enondu*：（=en non Diu）au nom de Dieu。（「以上帝之名」、「老天在上」）。

| 古法文原文 | 現代法文譯文 | 中文譯文 |
|---|---|---|
| fait il, je vous afie quanque il | dit-il, je vous promets tout ce qu'il | 「老天在上，我答應所有 |
| vous plaist.» Il li afie, et Aucassins | vous plaît.» Il lui promet, et Aucassin | 您想要的事。」伯爵答應了他，歐卡森 |
| le fait monter sor un ceval, et | le fait monter sur un cheval, et | 讓布加爾伯爵騎上了馬，而 |
| 110 il monte sor un autre, si le conduist462 | lui, monte sur un autre et l'accompagne | 他自己也騎上了另一匹馬，一直護送他 |
| tant qu'il fu a sauveté463. | jusqu'à ce qu'il soit en sûreté. | 到安全無虞的地方。 |

---

462 *conduist*：conduisit, accompagna, escorta（「引領」、「伴隨」、「護送」）。*conduist* 是動詞 *conduire* 直陳式簡單過去時 p3 的形式。

463 *sauveté*：（n.f.）sûreté, sécurité（「安全」、「保險」）。*sauveté* 是第二類陰性名詞偏格單數（CR sing.）形式。

| 古法文原文 | 現代法文譯文 | 中文譯文 |
|---|---|---|
| XI | XI | XI |
| Or se cante | Chanté | 〔唱〕 |
| 1　〔**73c**〕**Q**ant[464] or voit li quens Garins | Quand le comte Garin voit maintenant | 當加蘭伯爵了解到 |
| de son enfant Aucassin | qu'il ne pourra séparer | 既然他無法拆散他的孩子 |
| qu'il ne pora departir[465] | Aucassin son enfant | 歐卡森和有著白皙明亮 |
| de Nicolete au cler vis, | de Nicolette au lumineux visage, | 臉龐的妮可蕾特， |
| 5　en une prison l'a mis | il l'a emprisonné | 便將歐卡森監禁 |
| en un celier[466] sosterin[467] | dans un cachot souterrain | 在一間用灰色大理石 |
| qui fu fais de marbre bis[468]. | qui était fait de marbre gris. | 製造的地牢裡。 |
| Quant or i vint Aucassins, | Quand Aucassin y arriva, | 當歐卡森被囚禁在這座地牢時， |
| dolans fu, ainc[469] ne fu si[470]; | il en fut affligé, jamais il ne l'avait été à ce point; | 他因身陷牢獄而苦惱，他從來沒有如此苦惱過， |
| 10　a dementer[471] si se prist | il se mit à se lamenter | 於是他開始自怨自艾起來， |
| si con vos porrés oïr: | ainsi que vous pourrez l'entendre: | 就像你們以下聽到的一樣： |
| «Nicolette, flors de lis, | «Nicolette, fleur de lis, | 「如同百合花般的妮可蕾特， |
| douce amie o le cler vis, | douce amie au lumineux visage, | 有著明亮臉龐的溫柔情人， |

---

[464] *qant*：quand（「當……時」）。

[465] *departir*：séparer（「使分離」）。

[466] *celier*：（n.m.）aveau, cachot（「小地下室」、「單人囚室」）。

[467] *sosterin*：（adj.）souterrain（「地下的」）。

[468] *bis*：（adj.）gris（「灰色的」）。此形容詞專門運用在修飾石頭上，灰的石頭還含有堅硬的意思，和較為柔軟的白色石頭相對，例如花崗岩。

[469] *ainc*：（adv.）jamais（「從未」）。

[470] *si*：（adv.）ainsi, tellement（「如此」、「這樣地」）。

[471] *dementer*：se désoler, se lamenter（「憂傷」、「感到懊惱」、「哀嘆」）。

| 古法文原文 | 現代法文譯文 | 中文譯文 |
|---|---|---|
| plus es douce que roisins[472] | tu es plus douce que le raisin, | 妳比葡萄還要香甜可口， |
| 15 ne que soupe[473] en maserin[474]. | ou qu'une tranche de pain trempée dans un hanap de bois, | 比在有木紋的高腳杯裡浸泡著醇酒的麵包片更加美味， |
| L'autr'ier[475] vi un pelerin, | L'autre jour, je vis un pèlerin, | 有一天我看見一位出生 |
| nés[476] estoit de Limosin, | qui était natif du Limousin, | 在利穆贊的朝聖者， |
| malades de l'esvertin[477], | atteint de folie, | 生患瘋病， |
| si gisoit ens[478] en un lit, | et qui gisait dans un lit, | 躺在床上， |
| 20 mout par[479] estoit entrepris[480] | il était fort mal au point, | 情況十分糟糕， |
| de grant mal amaladis[481]. | malade d'un mal cruel, | 病得非常嚴重， |
| Tu passes devant son lit, | tu passas devant son lit, | 妳來到他的床前， |
| si soulevas ton traïn[482] | et soulevas ta traîne, | 掀起妳的長裙拖尾、 |
| et ton peliçon[483] ermin[484], | ta tunique fourrée d'hermine, | 妳的飾有白鼬毛皮的大衣、 |

---

[472] *roisins*：(n.m.) raisin（「葡萄」）。*roisins* 是第一類陽性名詞正格單數（CS sing.）形式。

[473] *soupe*：(n.f.) tranche de pain trempés dans le vin（「浸泡在酒中的麵包片」）。

[474] *maserin*：(n.m.) hanap de bois madré（「有木紋的高腳杯」）。*maserin* 是第一類陽性名詞偏格單數（CR sing.）形式。

[475] *l'autr'ier*：l'autre jour（「有一天」）。

[476] *nés*：(participe passé) natif（「出生於」）。*nés* 是動詞 *naistre* 的過去分詞陽性正格單數（CS sing.）形式。

[477] *esvertin*：(n.m.) avertin, folie（「瘋狂」、「會產生暴躁易怒的精神疾病」）。

[478] *ens*：(<*lat.* intus) dedans（「在……裡面」）。*ens* 和介係詞 en 連用，用以加強 en。

[479] *mout par*：(adv.) fort（「十分」、「很」）。*par* 為加強詞意的副詞，和 *mout* 連用意即「非常」。

[480] *entrepris*：(participe passé) mal au point（「情況不好」、「狀況不佳」）。

[481] *amaladis*：(participe passé) malade（「患…病的」）。

[482] *traïn*：(n.m.) traîne（「（長裙的）拖尾」、「拖擺」）。

[483] *peliçon*：(n.m.) tunique fourrée（「飾有毛皮的大衣」）。

[484] *ermin*：(adj.) d'hermine（「白鼬皮的」）。

| 古法文原文 | 現代法文譯文 | 中文譯文 |
|---|---|---|
| 25 la cemisse[485] de blanc lin, | ta chemise de lin blanc, | 妳的白色亞麻襯衫， |
| tant que ta ganbete[486] vit: | si bien qu'il vit ta mignonne jambe. | 讓他看見了妳的美腿， |
| garis[487] fu li pelerins | Le pèlerin fut guéri, | 這名朝聖者立刻痊癒， |
| et tos sains[488], ainc ne fu si. | et plein de santé comme jamais. | 恢復到原來的健康狀態。 |
| Si se leva de son lit, | Il se leva de son lit, | 他從床上起來， |
| 30 si rala[489] en son païs | et retourna dans son pays, | 全然康復並且安然無恙 |
| sains et saus et tos garis. | sain et sauf et complètement guéri. | 地回到了他的故鄉。 |
| Doce[490] amie, flors de lis, | Ma douce amie, fleur de lis, | 我的溫柔愛人，我的百合花。 |
| biax alers et biax venirs, | si belle quand vous allez et venez, | 當妳來來回回走著時，妳是如此的美麗， |
| 〔73d〕 biax jouers et biax bordirs, | si belle quand vous jouez et badinez, | 當妳玩耍打趣時，妳是如此的美麗， |
| 35 biax parlers et biax delis[491], | si belle quand vous parlez et riez, | 當妳說說笑笑時，妳是如此的美麗， |
| dox baisiers et dox sentirs, | si douce dans vos baisers et vos étreintes! | 當妳親吻我，深情繾綣時，妳是多麼的溫柔！ |
| nus ne vous poroit haïr. | Personne ne pourrait vous haïr, | 沒有人會怨恨妳， |

---

[485] *cemisse*：（n.f.）chemise（「襯衫」）。

[486] *ganbete*：（n.f.）jolie jambe, mignonne jambe（「美腿」、「可愛的腿」）。*ganbe* 為帶有情感的指小詞，意即「美腿」。

[487] *garis*：（participe passé）guéri「痊癒」。*garis* 是動詞 *garir* 的過去分詞陽性正格單數（CS sing.）形式。

[488] *sains*：（adj.）en santé（「健康的」、「安然無恙的」）。*sains* 是從拉丁文 *sanus* 而來，此處為第一類陽性形容詞正格單數形式。

[489] *rala*：retourna（「返回」）。*rala* 是動詞 *raler* 直陳式簡單過去時的 p3 形式。

[490] *doce*：（adj.）douce（「溫柔的」）。在古法文尚未規範化的拼寫法中，*o* 與 *ou* 交替出現用以謄寫[u]，所以在此章的第十三行與十四行處也遇到異體字 *douce*。

[491] *delis*：（n.m.）plaisir, joie（「愉悅」、「歡快」）。

| 古法文原文 | 現代法文譯文 | 中文譯文 |
|---|---|---|
| Por vos sui en prison mis | c'est pour vous que je suis emprisonné | 都是因為妳我才被囚禁 |
| en ce celier sousterin | dans ce cachot souterrain | 在這間地牢裡， |
| 40 u je fac mout male fin[492]; | où je mène grand tapage; | 痛苦地大喊大叫； |
| or m'i[493] convenra[494] morir | il m'y faudra maintenant mourir | 現在我為了妳要死在 |
| por vos, amie.» | pour vous, mon amie.» | 這裡了，我的愛人。」 |

---

[492] *fac male fin*：fais du bruit, mène grand tapage（「製造噪音」、「大吵大鬧」）。

[493] 手稿中的原文是 *or ni*。

[494] *convenra*：faudra（「應該」）。*convenra* 是動詞 *convenir* 直陳式未來時的 p3 形式。在古皮卡第方言、瓦隆方言（wallon）或洛林方言（lorrain）中，在兩個子音 *n'r* 的中央並沒有如同法蘭西方言一樣發展出一個連結功能的子音 *d*。

| 古法文原文 | 現代法文譯文 | 中文譯文 |
|---|---|---|
| XII | XII | XII |
| Or dient et content et fabloient[495] | Parlé: récit et dialogue | 〔說白：敘述和對話〕 |
| 1 Aucasins[496] fu mis en prison, si com[497] | Aucassin a été mis en prison, comme | 誠如你們所聞， |
| vos avés oï et entendu, et | vous l'avez entendu, et | 歐卡森身繫牢獄之中， |
| Nicolete fu d'autre part[498] en le canbre. Ce fu | Nicolette, de son côté, était 〔enfermée〕 dans la chambre. C'était | 至於妮可蕾特這邊，她也正被囚禁在那間房間裡。 |
| el tans d'esté, el mois de mai que li jor[499] | en été, au mois de mai, quand les jours | 那時正值夏天，五月時分，白晝 |
| 5 sont caut[500], lonc[501] et cler[502], et les nuis | sont chauds, longs et clairs, et les nuits | 熾熱，且長又亮，夜晚 |

---

[495] *fabloient*：parlent, dialoguent（「說話」、「對話」）。*fabloient* 是動詞 *fabloier* 直陳式現在時 p6 的形式。

[496] 手稿中的原文是 Aaucasins。

[497] *si com*：comme, ainsi que（「如同」、「就像」）。

[498] *part*：(n.f.) côté（「邊」、「側」）。*part*（<lat. partem）是第二類陰性名詞偏格單數（CR sing.）形式。

[499] *jor*：(n.m. pl.) jours（「白晝」、「白天」）。*jor* 是從拉丁文 *diúrni* 而來，此處為第一類陽性名詞正格複數（CS pl.）的形式。*diúrni* 的首音節中的[di]在西元前一世紀時演變成[dj]，至十三世紀時變為質變為[ʒ]，而古典拉丁文中的[ū]在第四世紀時變為通俗拉丁文的[o]，非重音節的[ni]，尾母音[i]在七至八世紀時便已不再發音，[n]則在十二世紀時也被刪除。當重音[ʒor]由子音結尾時，[o]會在十二至十三世紀時繼續閉口成為[u]。

[500] *caut*：(adj. pl.) chauds（「熱的」）。*caut* 是從拉丁文 calidi 而來，此處為第一類陽性形容詞正格複數（CS pl.）的形式。

[501] *lonc*：(adj. pl.) longs（「長的」）。*lonc* 源自於拉丁文的 *longi*，由於 *longi* 中的尾母音[i]在七至八世紀時消失，[g] 變為尾子音，這時濁音[g]會演變成相對應的清音[k]，在拼寫法中會用 c 謄寫[k]。*lonc* 為第一類陽性形容詞正格複數形式。

[502] *cler*：(adj. pl.) clairs（「明亮的」）。*cler* 源自於拉丁文 clari [klari]，重音節的母音[a]二合元音化為[aɛ]，第七世紀時又刪減為單母音[ɛ]，十一世紀時[ɛ]持續縮小為閉口的[e]，直到十八世紀時，當位於重音節中的母音後的子音發音時[r]，[e]會開口為[ɛ]。

| 古法文原文 | 現代法文譯文 | 中文譯文 |
|---|---|---|
| coies[503] et series[504]. Nicolete jut[505] une nuit | calmes et sereines. Une nuit où Nicolette était couchée | 則寧靜且安詳。一天夜裡，妮可蕾特躺在 |
| en son lit, si vit la lune luire[506] cler[507] | dans son lit, elle vit par une fenêtre | 床上，透過一扇窗戶望著 |
| par une fenestre et si oï le | la lune qui brillait et entendit le | 一輪皎潔的明月，聆聽著 |
| lorseilnol[508] center[509] en garding[510], se li souvint | rossignol chanter dans le jardin; elle se souvint | 夜鶯在花園中啼唱。此情此景不由得使她想起 |
| 10   d'Aucassin sen ami qu'ele tant amoit. | d'Aucassin son ami qu'elle aimait tant. | 了她如此傾心的情人歐卡森。 |
| Ele se comença a porpenser[511] del conte[512] | Elle se mit à songer au comte | 隨即她又想起了博凱爾 |
| Garin de Biaucaire qui de mort le haoit, | Garin de Beaucaire qui la haïssait à mort, | 的加蘭伯爵，他對她恨之入骨，想殺之而後快， |

---

[503] *coies*：（adj. pl.）calmes, silencieuses（「寧靜的」、「安詳的」）。*coies* 為第一類陰性形容詞正格複數形式。

[504] *series*：（adj. pl.）sereines, paisibles, harmonieuses（「祥和的」、「泰然的」）。

[505] *jut*：fut couché（e）（「躺」）。*jut* 是動詞 *gesir* 直陳式簡單過去時的 p3 形式。

[506] *luire*：briller（「發亮」、「閃耀」）。

[507] *cler*：（adv.）d'une manière brillante（「明亮地」）。

[508] *lorseilnol*：（n.m.）rossignol（「夜鶯」）。*lorseilnol* 此處為第一類陽性名詞偏格單數（CR sing.）形式。

[509] *center*：chanter（「啼唱」）。

[510] *garding*：（n.m.）jardin, parc（「花園」）。

[511] *porpenser*：réfléchir（「思索」、「考慮」）。

[512] 手稿中的原文是 *des conte*。

| 古法文原文 | 現代法文譯文 | 中文譯文 |
|---|---|---|
| si se pensa[513] qu'ele ne remanroit[514] plus ilec[515], | et elle se dit qu'elle ne devait plus rester en ce lieu; | 所以她思忖著此地不宜久留， |
| que, s'ele estoit acusee[516] et li quens Garins le | car si elle était dénoncée, et que le comte le | 因為萬一有人告發了她，之後 |
| savoit, il le feroit de male[517] mort | sût, il la ferait mourir d'une mort | 被伯爵知道了她的藏身之處，她必定會被伯爵以屈辱的方式 |
| morir. Ele senti[518] que li vielle | honteuse. Elle s'aperçut que la vieille femme, | 處死。她察覺到陪伴在側的 |
| dormoit qui aveuc li estoit, ele se leva, | qui était avec elle, dormait; elle se leva | 老婦人已入睡，她隨即起身 |
| si vesti[519] un bliaut[520] de drap de soie | et revêtit une tunique de soie d'excellente qualité | 穿上一件她所擁有的非常華麗之絲綢 |
| que ele avoit molt bon, si prist dras de | qu'elle possédait, puis elle prit les draps de | 長袍。之後，她拿起 |

（第 15 行：savoit, il le feroit de male[517] mort）

---

[513] *se pensa*：pensa, se dit（「思考」、「思忖」）。

[514] *remanroit*：resterait（「停留」、「帶」）。*remanroit* 是動詞 *remanoir* 條件式現在時的 p3 形式，表示動作發生在過去的未來。按照中世紀法蘭西島方言的語音規則，在子音 *n* 與 *r* 之間會出現 *d* 添加子音（*d épenthétique*），然而古皮卡第方言中 *n'r* 之間卻不會有任何添加子音出現。

[515] *ilec*：（adv.）（<*lat.* illuc）là, en ce lieu（「這裡」、「此處」）。

[516] *acusee*：dénoncée（「被告發」、「被檢舉」）。

[517] *male*：（adj）mauvaise（「壞的」、「不好的」）。*male*（<*lat.* malam）是第一類陰性形容詞偏格單數形式。

[518] *senti*：vit, s'aperçut（「察覺」、「發現」）。*senti* 是動詞 *sentir* 直陳式簡單過去時的 p3 形式。簡單過去時第三人稱單數的動詞變化原本就有尾子音-*t*，但是由於在十三至十六世紀期間，所有的尾子音（consonnes finales）已不發音，所以 -*t* 只在拼寫法中可以保留或將其省略。

[519] *vesti*：revêtit（「穿上」）。*vesti* 是動詞 *vestir* 直陳式簡單過去時的 p3 形式。

[520] *bliaut*：（n.m.）tunique ou robe de riche étoffe（「華貴的布料製成的長袍」）。*bliaut* 通常是指貴族女性所穿的絲綢長袍，古代騎士也穿 *bliaut*，多飾有白鼬皮的男性長袍，可以穿在鎖子甲內或是單在鎖子甲外。

| 古法文原文 | 現代法文譯文 | 中文譯文 |
| --- | --- | --- |
| 20 lit et touailes[521], si noua l'un a l'autre, | lit et des serviettes, les noua ensemble, | 床單和毛巾將它們綁在一起， |
| si fist une corde si longe[522] conme ele | et en fit une corde aussi longue qu'elle | 做成一條繩子，長度是 |
| pot, si le noua au piler de le fenestre; | put, et l'attacha au pilier de la fenêtre. | 盡其所能的長。接著她將繩子繫在窗柱上， |
| si s'avala[523] contreval[524] le gardin, et | Elle descendit dans le jardin; et | 順勢滑下進入花園。之後 |
| prist se vesture[525] a l'une main devant | prit son vêtement, d'une main par-devant, | 她用一隻手抓著前面的衣服， |
| 25 et a l'autre deriere, si s'escorça[526] por | et de l'autre par-derrière, se retroussa à cause de | 另一隻手抓住後面的衣服，她之所以將衣服撩起是因為 |
| le rousee[527] qu'ele vit grande sor l'erbe[528], | la rosée qu'elle voyait abondante sur l'herbe, | 看到草上露水深重， |
| si s'en ala aval[529] le gardin. Ele | et s'en alla vers le bas du jardin. Elle | 就這樣她朝著花園深處走去。她 |
| 〔74a〕avoit les caviaus[530] blons et menus | avait les cheveux blonds et délicatement | 有著細捲的金黃色頭髮， |
| recercelés, et les ex vairs et rians, | bouclés, les yeux vifs et riants, | 明亮有神的雙眸，眼神中流露著笑意； |

---

[521] *touailes*：（n.f.）serviettes（「毛巾」）。*touailes* 源自於法蘭克語（francique）的 *\*thwahlja*，意即「毛巾」。

[522] *longe*：（adj.）longue（「長的」）。*longe*（<*lat.* longam）是第一類陰性形容詞偏格單數形式。

[523] *s'avala*：descendit（「下來」、「降下」）。

[524] *contreval*：（prép.）：dans, en bas（「（降下到）裡面」、「下端」）。

[525] *vesture*：（n.f.）vêtement（「衣服」）。

[526] *s'escorça*：se retroussa（「撩起」、「捲起」）。*s'escorça* 是動詞 *s'escorcier* 直陳式簡單過去時的 p3 形式。

[527] *rousee*：（n.f.）rosée（「露水」）。

[528] *erbe*：（n.f.）herbe（「草」）*erbe* 源自於拉丁文的 *herba*，噓音 h 在第一世紀時已不再發音，所以在古法文中手抄員通常不會在拼寫法中謄寫已不發音的詞源字根字母 h。

[529] *aval*：（prép.）en bas de, au bout de（「在……下部」、「在……盡頭」）。

[530] *caviaus*：（n.m. pl.）cheveux（「頭髮」）。

| 古法文原文 | 現代法文譯文 | 中文譯文 |
|---|---|---|
| 30　et le face traitice, et le nés haut et bien | le visage allongé, le nez haut et bien | 她長著一張鵝蛋臉，高又挺的 |
| assis, et lé levretes[531] vremelletes[532] plus | planté, les lèvres fines et plus vermeilles | 鼻子，小巧的薄唇比 |
| que n'est cerisse[533] ne rose el tans d'esté, | que la cerise ou la rose en saison d'été, | 櫻桃和盛夏的玫瑰還要鮮紅欲滴； |
| et les dens[534] blancs et menus; et avoit les | les dents blanches et menues, et elle avait ses | 她有著皓齒編貝，她 |
| mameletes[535] dures qui li souslevoient[536] | petits seins durs qui soulevaient | 嬌小堅挺的酥胸就像 |
| 35　sa vesture aussi con ce fuissent deus | son vêtement semblables à deux | 兩顆大核桃般將衣服 |
| nois[537] gauges[538]; et estoit graille[539] par | grosses noix; sa taille était si | 微微隆起；她的腰肢 |
| mi les flans[540] qu'en vos dex mains le | fine que de vos deux mains | 纖細到只消兩隻手 |

---

[531] *lé levretes*：（n.f. pl.）les petites lèvres（「小巧的嘴唇」）。*levretes* 是 *levres* 的指小詞（diminutif）。*lé* 此處是定冠詞複數形式，等於現代法文的 *les*，由於尾子音-*s* 在十二世紀末十三世紀時開始不再發音，手抄員便在抄寫手稿時省略尾子音-*s*，編著者為了將定冠詞單數和複數加以區分，所以在母音 *e* 上加上尖音符（*é*）用以標示此處的 *e* [e]並不是[ə]（*ę* central）。

[532] *vremelletes*：（adj.）rouge（「紅色的」）。*vremelletes* 是 *vermeil* 的指小詞。

[533] *cerisse*：（n.f.）cerise（「櫻桃」）。

[534] *dens*：（n.m. pl.）dents（「牙齒」）。*dens* 在此處為陽性名詞偏格複數（CR pl.）形式。

[535] *mameletes*：（n.f. pl.）seins（「胸」）。*mameletes* 是 *mamele* 的指小詞。

[536] *souslevoient*：soulevaient（「略為隆起」）。*souslevoient* 是動詞 *souslever* 直陳式未完成過去時 p6 的形式。

[537] *nois*：（n.f. pl.）（<*lat.* nuces）noix（「核桃」）。

[538] *gauges*：noix gogues（「核桃」）。和小核桃（petites noix）與榛子（noisettes）不同，*gauges* 是一種大核桃的種類，和 *nois* 連用意即「核桃」。根據 Louis Morland 和 Charles d'Héricault（1856, 259）的校注版解釋，*noix gogues* 此詞在十九世紀時皮卡第地區仍被使用。十二世紀的作家多半不會直接描述人體部位，大多如此處一樣採用委婉的方式形容，尤其是女性的胸部，直到十三世紀時中世紀的藝術品中才開始呈現女性裸體。

[539] *graille*：（adj.）grêle, mince（「纖細的」、「苗條的」）。

[540] *flans*：（n.m. pl.）（<francique *hlanka）flancs（「腰肢」）。

| 古法文原文 | 現代法文譯文 | 中文譯文 |
|---|---|---|
| peusciés[541] enclorre[542]; et les flors des | vous auriez pu l'entourer; les fleurs de | 便可將其環繞住；那些 |
| margerites qu'ele ronpoit[543] as ortex[544] | marguerites qu'elle brisaient avec ses orteils | 被她的腳趾踩過 |
| 40 de ses piés, qui li gissoient sor le | et qui retombaient sur le | 又掉落在 |
| menuisse[545] du pié par deseure[546], estoient | dessus de ses pieds, paraissaient | 她腳背上的雛菊， |
| droites[547] noires avers[548] ses piés et | tout à fait noires en comparaison de ses pieds et | 和她的腿腳相形之下 |
| ses ganbes[549], tant par estoit blance | de ses jambes, tant était entièrement blanche | 顯得根本與黑色無異，這位小姑娘的肌膚 |
| la mescinete[550]. Ele vint au postic[551], | la fillette. Elle arriva à la poterne du jardin, | 真的是十分白皙[552]。她來到花園的暗門前， |

---

[541] *peusciés*：pussiez（「能夠」、「可以」）。*peusciés* 是動詞 *pooir* 虛擬式未完成過去時（imparfait du subjonctif）p5 的形式。

[542] *enclorre*：enfermer, tenir（「攬住」、「圍住」）。

[543] *ronpoit*：（<*lat.* rumpere）brisait（「踩碎」）。

[544] *ortex*：（n.m. pl.）orteils（「腳趾」）。

[545] *menuisse*：（n.f.）cou-de-pied（「足背」、「跗」）。*menuisse* 是第一類陰性名詞偏格單數形式。由於古皮卡第方言中定冠詞偏格單數陰陽性皆為 *le*，所以此處的 *le* 是陰性定冠詞偏格單數形式。

[546] *deseure*：（prép）sur（「在……之上」）。

[547] *droites*：（adv.）tout à fait, véritablement（「完全地」、「千真萬確地」）。

[548] *avers*：（prép.）：en comparaison de, à côté de（「和……相比」、「在……旁邊」）。

[549] 手稿中的原文是 *sans ganbes*。

[550] *mescinete*：（n.f.）jeune fille, fillette（「年輕姑娘」、「小女孩」）。*mescinete* 是 *mescine* 的指小詞。

[551] *postic*：（n.m.）poterne（「暗門」、「後門」）。

[552] 中世紀對女性的審美標準是女性必須要膚色非常白皙。

| 古法文原文 | 現代法文譯文 | 中文譯文 |
|---|---|---|
| 45 si le deffrema[553], si s'en isci[554] par mi les | l'ouvrit et sortit dans les | 打開了門，走出花園來到 |
| rues de Biaucaire par devers[555] l'onbre, | rues de Beaucaire en marchant du côté de l'ombre, | 博凱爾的街道上，由於朗月當空 |
| car la lune luisoit molt clere, et | car la lune brillait très claire. | 高照之故，她得就著陰暗處走著。 |
| erra[556] tant qu'ele vint a le tor u ses amis | Nicolette marcha tant qu'elle arriva à la tour où se trouvait | 妮可蕾特走了許久最後走到了她的情人 |
| estoit. Li tors[557] estoit faele〔e〕[558] de lius[559] | son ami. La tour était fendue en plusieurs | 所在的塔前。這座塔在好幾處皆有 |
| 50 en lius; et ele se quatist[560] delés[561] l'un des | endroits. Nicolette se blottit contre un des | 裂縫[562]。妮可蕾特蜷縮在一根長柱 |
| pilers, si s'estraint[563] en son mantel[564], | piliers et s'enveloppa dans son manteau | 的後面，將身體緊裹在大衣裏， |

[553] *deffrema*：ouvrit（「打開」）。*deffrema* 是動詞 *deffremer* 直陳式簡單過去時的 p3 形式。

[554] *isci*：sortit（「走出」、「出來」）。*isci* 是動詞 *issir* 直陳式簡單過去時的 p3 形式。

[555] *devers*：（prép.）du côté de（「在……旁邊」）。

[556] *erra*：alla, chemina, marcha（「行走」）。

[557] *Li tors*：（n.f.）（<*lat.* turris）la tour（「城樓」、「塔」）。*tors* 是第二類陰性名詞正格單數（CS sing.）形式。在古皮卡第方言中定冠詞正格單數陰陽性皆為 *li*。

[558] *faelee*：（participe passé）lézardée（「有裂縫的」）。手稿中的原文為 *faele*。

[559] *lius*：（n.m.pl.）（<*lat.* locos）*lieux*（「地方」）。

[560] *se quatist*：se blottit（「蜷縮」）。*quatist* 是動詞 *quatir* 直陳式簡單過去時的 p3 形式。

[561] *delés*：（prép.）à côté de（「在……旁邊」）。

[562] 此處所提及的牆縫也出現在奧維德（Ovide）所著的《變形記》（*Métamorphoses*）第四冊第五十五行至一百六十六行詩中。此段的文字講述關於《比拉姆斯與蒂絲蓓》（*Pyramus et Thisbé*）的傳奇故事，故事中的男女主角也是透過牆縫隙對話。

[563] *s'estraint*：s'enveloppe（「包裹」、「蓋住」）。*estraint* 是動詞 *estraindre* 直陳式現在時的 p3 形式。此處之所以會使用直陳式簡單過去時 *s'enveloppa* 翻譯直陳式現在時 *s'estraint*，是為了要配合前面的動詞 *se quatist*。

[564] *mantel*：（n.m.）manteau（「大衣」）。古法文中 *mantel* 是用高級華貴的布料所製成的外套，是整套禮服中不可或缺的部分，和 *cape* 相反。*cape* 則是平常日用的外套，用來禦寒遮雨，此處妮可蕾特穿的是華麗的大衣（mantel），和第六章中乞丐穿的外套（capes）

| 古法文原文 | 現代法文譯文 | 中文譯文 |
|---|---|---|
| si mist sen cief par mi une creveure[565] | et passa la tête dans une crevasse de la tour, | 然後將頭伸進塔的 |
| de la tor qui vielle estoit et anciienne, | qui était très vieille: | 老舊裂縫中， |
| si oï Aucassin qui la dedens plouroit et | elle entendit Aucassin qui à l'intérieur pleurait, | 就這樣她聽到了在塔內的歐卡森正在哭泣， |
| 55 faisoit mot[566] grant dol et regretoit | se lamentait beaucoup et se plaignait du sort de | 悲嘆不已，之後他也哀嘆著 |
| se douce amie que tant amoit. Et quant ele | sa douce amie qu'il aimait tant. Quand elle | 她如此深愛著的溫柔情人之不幸遭遇。 |
| l'ot assés escouté, si comença a dire. | l'eut bien écouté, elle commença à parler. | 聽完後她開始說話。 |

大相逕庭。

[565] *creveure*：(n.f.) crevasse (「裂縫」)。

[566] *mot*：(adv.) très (「很」、「非常」)。*mot* 為 *molt* 的異體字。

| 古法文原文 | 現代法文譯文 | 中文譯文 |
|---|---|---|
| XIII | XIII | XIII |
| Or se cante | Chanté | 〔唱〕 |
| 1　Nicolete o le vis cler | Nicolette au visage lumineux | 有著白皙明亮臉龐的妮可蕾特 |
| s'apoia[567] a un piler[568], | s'appuya à un pilier; | 倚靠在一根柱子上， |
| 〔74b〕s'oï Aucassin plorer | elle entendit Aucassin pleurer | 聽見歐卡森哭泣 |
| et s'amie a regreter[569] | et se lamenter sur le sort de son amie, | 和哀嘆著他的情人時運不濟， |
| 5　or parla, dist son penser[570]: | alors elle parla, et dit sa pensée: | 接著她開始說話和吐露心聲： |
| «Aucassins, gentix[571] et ber[572], | «Aucassin, noble et valeureux seigneur, | 「歐卡森，高貴又英勇的大人， |
| frans[573] damoisiax honorés[574], | jeune homme riche de noblesse et de terres, | 出身高貴又擁有土地的年輕富公子， |

---

[567] *s'apoia*：s'appuya（「倚靠」）。

[568] *piler*：（n.m.）pilier（「柱」）。

[569] 原本按照上下文來看，此處我們期待的應該是 *regreter* 而非手稿中呈現的 *a regreter*，Mario Roques（1982, 45）認為很有可能手抄員抄到此處時想到第七章第十一行 *et s'amie a regreter*。

[570] *penser*：（infinitif substantivé）pensée（「想法」）。*penser* 此處是原形動詞名詞化。

[571] *gentix*：（adj.）noble, généreux（「高貴的」、「勇敢的」）。*gentix*（＝gentius）源自於拉丁文 *gentilis*，此處是第二類形容詞正格單數形式，拉丁文字尾 *-ilis* 在古皮卡方言中會演變成 *-ius*，詞尾 *-us* 在手稿中的拼寫法中常會縮寫為 *-x*，此處的拼寫法 *gentix* 由此而來。

[572] *ber*：（n.m. ou adj.）homme noble, vaillant（「出身貴族的人」、「英勇的」）。

[573] *frans*：（adj.）noble（「高貴的」）。*frans* 源自於法蘭克語 *frank*，隨後此字拉丁文化成 *francus*，原意是「法蘭克人」，第六世紀起 *franc* 開始有「自由的」之意。在古法文中，*franc* 當名詞時，從「自由」的詞義中轉義為不附屬於任何人的「貴族」，當形容詞用時意即「高貴的」。*fran* 此處是第一類陽性形容詞正格單數（CS sing.）形式。當子音 *c* [k] 後遇上正格詞型變化詞尾 *-s* 時，*c* 在拼寫法中會消失，所以此處的拼寫法為 *frans*。

[574] *honorés*：（adj.）pourvu d'honneurs, avantages matériels qui en résultent（「有錢又有地位的」）。

| 古法文原文 | 現代法文譯文 | 中文譯文 |
|---|---|---|
| que vos vaut[575] li dementer[576], | à quoi sert de vous lamenter, | 既然您永遠不可能娶我進門， |
| li plaindres[577] ne li plurers[578], | de vous plaindre et de pleurer, | 您又何苦要自哀自嘆， |
| 10 quant ja de moi ne gorés[579]? | puisque jamais je ne serai à vous? | 自怨自憐和啼泣呢？ |
| car vostre peres me het | Car votre père me hait, | 您的父親和所有的親戚都怨恨我， |
| et trestos[580] vos parentés[581]. | ainsi que tous vos parents. | |
| Por vous passerai le mer, | A cause de vous, je passerai la mer, | 因為您的緣故，我將要飄洋過海 |
| s'irai en autres regnés[582].» | et j'irai en d'autres royaumes.» | 去到別的的國度了。」 |
| 15 De ses caviax a caupés[583], | Elle a coupé une mèche de ses cheveux, | 接著她剪下一撮頭髮， |
| la dedens les a rüés[584]. | et l'a jetée à l'intérieur. | 將其扔進塔內。 |

---

[575] *vaut*：sert à, est utile à（「對…有用處的」）。*vaut* 是動詞 *valoir* 直陳式現在時的 p3 形式。

[576] *dementer*：（infinitif substantivé）lamentation（「自哀自嘆」）。*dementer* 是原形動詞名詞化。

[577] *plaindres*：（infinitif substantivé）plainte（「抱怨」、「牢騷」）。

[578] *plurers*：（infinitif substantivé）pleur（「哭泣」）。*dementer*、*plaindres*、*plurers* 皆是原形動詞名詞化，在古法文中，原形動詞很常當名詞用，然而自十六世紀起，原形動詞當名詞用的情形越來越少。

[579] *gorés*：jouirez de, goûterez, savourerez（「享有」）。*gorés* 是動詞 *goïr* 直陳式未來時的 p5 形式。

[580] *trestos*：tous（「所有的」）。

[581] *parentés*：（n.m. pl.）parents（「親戚」）。*parentés* 此處和現代法文不同，並非陰性名詞，而是陽性名詞。

[582] *regnés*：（n.m. pl.）royaumes, pays, fiefs（「王國」、「國度」、「采邑」）。手稿中的原文是 *autre regnes*，Mario Roques（1982, 15）與 Hermann Sucher（1906, 17）將 *regnes* 改為單數 *regné*，然而 Jean Dufournet（1984, 82）的版本則是將 *autre* 改為複數 *autres*。

[583] *caupés*：（<*lat.* colpus + suffixe -er）coupés（「剪下」）。在古皮卡第方言中[ɔ]+[l]+子音時，[ɔ]會持續變大成為[a]，[l]則母音化為[u]，在拼寫法中便是 *au*，法蘭西島方言則會演變成[u]，拼寫法為 *ou*。

[584] *rüés*：lancés（「投」、「扔」）。

| 古法文原文 | 現代法文譯文 | 中文譯文 |
|---|---|---|
| Aucassins les prist, li ber, | Aucassin les a pris, le valeureux seigneur, | 高貴的歐卡森大人接住了頭髮， |
| si les a molt honerés[585] | et les a recueillis avec adoration, | 小心翼翼地呵護著它們， |
| et baisiés et acolés; | et baisés et serrés dans ses bras, | 親吻著它們，將它們緊揣在懷中， |
| 20   en sen sain[586] les a boutés[587]; | contre son cœur les a mis, | 並且把它們置於胸口[588]上， |
| si recommence a plorer | et il recommence à pleurer | 接著他又為了他的情人 |
| tout por s'amie. | toujours pour son amie. | 開始哭泣了起來。 |

---

[585] *honerés*：（participe passé）traité avec honneur, avec respect（「小心呵護」）。*honerés* 是動詞 *honerer* 過去分詞形式。

[586] *sain*：（n.m.）sein（「胸口」、「心口」）。

[587] *boutés*：mis（「放」、「置」）。

[588] 此處歐卡森將女主角的頭髮置於胸口的情節在克雷蒂安‧德‧特魯瓦（Chrétien de Troyes）所著的《坐在囚車上的騎士》（*Le Chevalier de la Charrette*）中的情景有幾分類似，在此小說中男主人公藍斯洛（Lancelot）在泉水邊發現妮薇兒（Guenièvre）所遺留的髮梳，髮梳上還掛著皇后的幾根髮絲。就如同歐卡森一樣，藍斯洛將髮梳上的頭髮取下，輕撫著皇后的髮絲，將其攬入懷中並放在心口上小心呵護。

| 古法文原文 | 現代法文譯文 | 中文譯文 |
|---|---|---|
| XIV | XIV | XIV |
| Or dient et content et fabloient | Parlé: récit et dialogue | 〔說白：敘述和對話〕 |
| 1　Qant Aucassins oï dire Nicolete qu'ele s'en | Lorsqu'Aucassin entendit Nicolette dire qu'elle | 當歐卡森聽到妮可蕾特 |
| voloit aller en autre païs, en lui | voulait s'en aller dans un autre pays, | 想要離開博凱爾去到其他國度時， |
| n'ot que courecier[589]. «Bele douce amie, | un violent chagrin s'empara de lui. «Ma très douce amie, | 他悲憤交加。他說道：「我最溫柔 |
| fait il, vos n'en irés mie, car dont | fait-il, vous ne vous en irez pas, car de la sorte | 的愛人，妳不要走，因為這樣的話 |
| 5　m'arris[590] vos mort[591]. Et li premiers | vous me tueriez. Le premier | 妳等於殺了我。只要第一位 |
| qui vos verroit ne qui vous porroit, | qui vous verrait et qui le pourrait, | 見到妳的男人，如果他可以的話， |
| il vos prenderoit lués[592], et vos | vous enlèverait aussitôt et vous | 一定會馬上擄走妳，將妳 |
| meteroit a son lit, si vos | mettrait dans son lit et | 放到他的床上， |
| asoignenteroit. Et puis que vos ariiés jut[593] | ferait de vous sa maîtresse. Une fois que vous auriez couché | 把妳變成他的情人。一旦妳上了 |

---

[589] *courecier*：（infinitif substantivé）chagrin violent, colère（「劇烈悲傷」、「氣憤」）。*courecier* 此處是原形動詞名詞化，源自於晚期拉丁文 *corruptiare*，意思是「摧毀」、「消滅」。古法文中 *courecier* 同時有「悲傷」和「氣憤」之意，所以此處譯為「悲憤交加」。根據 Jean Dufournet（1984, 176）的注解，*en lui n'ot que courecier* 是史詩類型的詞組，意即「氣憤填膺」。例如十二世紀武勳之歌系列中的《尼姆大車隊》（*Le charroi de Nîmes*）一文中第 669 行詩 *Molt fu dolant, n'i ot que corrocier*（意即「他很傷心、氣憤不已」）。

[590] *arris*：auriez。*arris* 為 *arriés* 古皮卡第方言形式，因為古皮卡第方言中會習慣將二合元音 *ié* 簡化為單元音 *i*。

[591] *mort*：（participe passé）tué（「殺」）。*mort* 為 *morir* 的過去分詞。

[592] *lués*：（adv.）aussitôt, sur-le-champ（「馬上」、「立刻」）。

[593] *jut*：（participe passé）couché（「躺」、「睡」）。*jut* 是動詞 *gesir* 的過去分詞形式。

| | 古法文原文 | 現代法文譯文 | 中文譯文 |
|---|---|---|---|
| 10 | en lit a home, s'el mien non, or | dans le lit d'un autre homme que moi, | 除了我以外另一個男人的床上， |
| | ne quidiés mie que j'atendisse tant | ne croyez pas que j'attendrais | 不要以為我會遲遲等到 |
| | que je trouvasse coutel[594] dont je me | de trouver un couteau pour me | 找到一把刀子時才把 |
| | peusce ferir el cuer et ocirre. | frapper au cœur et me tuer. | 它刺進胸膛自盡。 |
| | Naie voir[595], tant n'atenderoie je | Non vraiment, je n'attendrais pas tant, | 絕對不會，我不會等那麼久的， |
| 15 | mie; ains m'esquelderoie[596] de si | mais d'aussi loin que je verrais | 相反地，只要我老遠地看見 |
| | lonc que[597] je verroie une maisiere[598] | une muraille | 一片牆 |
| | 〔74c〕u une bisse[599] pierre, s'i hurteroie[600] si | ou une pierre de granit, je m'élancerais et m'y heurterais si | 或一塊灰褐色岩石，我便會衝上前去 |
| | durement me teste que j'en feroie les | violemment la tête que j'en ferais | 一頭撞上，力道之大會讓 |
| | ex voler[601] et que je m'escerveleroie[602] tos. | sauter les yeux et je fracasserais la cervelle. | 我的眼珠和腦漿一併迸出。 |

---

[594] *coutel*：（n.m.）couteau（「刀子」）。

[595] *Naie voir*：non vraiment（「絕對不會」）。

[596] *m'esquelderoie*：m'élancerais（「我衝上前去」）。*esquelderoie* 為 *escoillir* 條件式現在時第一人稱單數形式。

[597] *de si lonc que*：d'aussi loin que（「從……那麼遠的地方」）。

[598] *maisiere*：（n.f.）muraille, mur（「牆」）。*maisiere* 源自於拉丁文的 *maceria*，此處是第一類陰性名詞偏格單數形式。

[599] *bisse*：（adj.）grise, bise（「灰褐色的」）。灰色在此處形容岩石的顏色，和材質較鬆軟白色的岩石相對比，此顏色形容詞含有堅硬之意，因為花崗岩即是灰色。

[600] *hurteroie*：cognerais, heurterais（「撞」）。*hurteroie* 為 *hurter* 條件式現在時第一人稱單數（p1）形式。

[601] *voler*：sauter violemment（「猛烈迸出」）。

[602] *m'escerveleroie*：me ferais sortir la cervelle du crâne（「我讓我的腦漿迸出來」）。*escerveleroie* 為 *escerveler* 條件式現在時第一人稱單數形式。

| 古法文原文 | 現代法文譯文 | 中文譯文 |
|---|---|---|
| 20 Encor ameroie je mix a morir de | J'aimerais encore mieux mourir de | 我寧可這樣可怕地 |
| si faite mort[603] que je seusce que vos eusciés | cette horrible mort que de savoir que vous ayez | 死去也不要知道妳 |
| jut en lit a home, s'el mien non. — A! | couché dans le lit d'un autre homme que moi. — Ah! | 進了除了我以外別的男子的床。」妮可蕾特說： |
| fait ele, je ne quit mie que vous m'amés | fait-elle, je ne crois pas que vous m'aimiez | 「哎呀！我才不相信你會 |
| tant con vos dites; mais je vos aim plus | autant que vous le dites; mais je vous aime plus | 像你所說的一樣愛我。但是，我卻愛你更勝過 |
| 25 que vous ne faciés mi. — Avoi! fait | que vous ne le faites de moi. — Allons donc! dit | 你愛我。」歐卡森說： |
| Aucassins, bele douce amie, ce ne | Aucassin, ma très douce amie, | 「得了吧！我最溫柔的愛人， |
| porroit estre que vos m'amissiés tant | il est impossible que vous m'aimiez autant | 妳是不可能愛我像 |
| que je fac vos. Fenme ne puet tant | que je vous aime. La femme ne peut | 我愛妳一樣深的。女人是不可能 |
| amer l'oume[604] con li hom fait le fenme; | aimer l'homme autant que l'homme aime la femme; | 會愛男人像男人愛女人一樣深的， |
| 30 car li amors[605] de le fenme est en son oeul[606] | car l'amour de la femme réside dans son œil | 因為女人對愛情的見識僅止於眼皮子底下、 |

---

[603] *de si faite mort*：de telle mort（「這樣的死法」）。

[604] *oume*：（n.m.）homme（「男人」）。

[605] *li amors*：（n.f.）l'amour（「愛情」）。*amors* 為第二類陰性名詞正格單數變格形式。在法蘭西島方言中，位於陰性名詞前的定冠詞應該是 *la*，此處的 *li* 為古皮卡第方言中定冠詞陰性正格單數變格形式。

[606] *oeul*：（n.m.）œil（「眼睛」）。oeul（＜ *lat.* oculum）為第一類陽性名詞偏格單數形式，其正格單數的形式為 *ieuz*（＜ *lat.* oculus）。

| 古法文原文 | 現代法文譯文 | 中文譯文 |
|---|---|---|
| et en son[607] le cateron[608] de sa mamele[609] | et au bout de son sein | 乳尖上、 |
| et en son l'orteil del pié, mais li | et au bout de l'orteil de son pied, mais | 和腳趾尖上，而 |
| amors de l'oume est ens el[610] cué[611] plantee[612], | l'amour de l'homme est planté dans le cœur | 男人的愛情卻深植於心， |
| dont[613] ele ne peut iscir. La u[614] Aucassins | d'où il ne peut sortir. Pendant qu'Aucassin | 無法自拔。」正當歐卡森 |
| 35 et Nicolete parloient ensanble, et les | et Nicolette parlaient ensemble, les | 和妮可蕾特相互敘談之際， |
| escargaites[615] de le vile venoient tote[616] | gardes de la ville arrivaient tout | 城裡的巡邏兵正沿著 |
| une rue, s'avoient les espees traites[617] | le long d'une rue, ils avaient les épées nues | 街道向前走來，在他們的大斗篷下 |
| desos[618] les capes[619], car li quens Garins lor | sous leurs pèlerines, car le comte Garin leur | 各個手持著已拔出鞘的長劍，因為加蘭伯爵 |

---

[607] *en son*：au bout de, en haut de（「在……末端」、「在……頂端」）。*son* 是陽性名詞，意即「末端」、「頂端」。作者在此處用 *son* 玩文字遊戲，上一行 *en son oeul*，*son* 是主有格形容詞，而此行 *en son* 則是介係詞詞組。

[608] *cateron*：（n.m.）bout, bouton（「（乳房）末端」、「乳頭」）。

[609] *mamele*：（n.f.）sein, mamelle（「胸部」、「乳房」）。*mamele*（<*lat.* mamilla）是第一類陰性名詞，此處為偏格單數形式。

[610] *ens el*：dans le（「在……之中」）。*ens* 源自於拉丁文的 *intus*，意即「在……之中」，和 *en* 連用，用以強調介係詞 *en*。*el* 為介係詞 *en* 與定冠詞 *le* 的省略形式。

[611] *cué*：（n.m.）cœur（「心」）。手稿中偶而會遇見字詞尾子音消失的例子，是以 *cué* 的拼寫法等同於 *cuer*。

[612] *plantee*：fixée comme une plante（「如同植物般固定生根」）。

[613] *dont*：（adv. relatif）d'où（「從那裡」）。此處的 *dont* 為關係副詞。

[614] *La u*：pendant que（「當……時候」）。

[615] *escargaites*：（n.f.）guet, gardes（「夜間巡邏隊」、「夜間哨兵」、「侍衛」）。

[616] *tote*：tout le long de（「沿著……」）。

[617] *traites*：（participe passé）tirés（「拔出」）。

[618] *desos*：（prép.）sous（「在……之下」）。

[619] *capes*：（n.f. pl.）manteaux amples（「斗篷」）。

| 古法文原文 | 現代法文譯文 | 中文譯文 |
|---|---|---|
| avoit conmandé que, se il le pooient | avait ordonné que, s'ils pouvaient la | 下令一旦他們 |
| 40 prendre, qu'i l'ocesissent. Et li gaite[620] qui estoit | prendre, ils la tuassent. Le guetteur qui était | 逮捕到妮可蕾特就要將其殺之。塔樓頂上的 |
| sur le tor les vit venir, et oï qu'il aloient | sur la tour les vit venir, et les entendit | 偵察哨兵看見巡邏兵們向前走來,聽見他們 |
| de Nicolete parlant et qu'il le maneçoient[621] a | parler de Nicolette et de menacer de | 正在談論妮可蕾特以及他們極有可能 |
| occirre. «Dix! fait il, con grans | la tuer. «Mon Dieu, fait-il, quel | 會殺了她。哨兵說: 「我的老天!倘若 |
| damages[622] de si bele mescinete, s'il | malheur s'ils tuent une si belle jeune fille! | 他們殺了一位如此年輕貌美的 |
| 45 l'ocient! Et molt seroit grans | Ce serait bien une grande | 姑娘,這真是太可惜了!假使 |
| aumosne[623], se je li pooie dire par quoi[624] il ne | charité si je pouvais lui dire quelque chose | 我可以在他們不知情的狀況下向妮可蕾特 |
| s'aperceuscent, et qu[625]'elle s'en gardast[626]; | à leur insu, afin qu'elle se garde d'eux | 透露一點風聲,讓她避開巡邏兵,也 |
| car s'i l'ocient, dont[627] iert[628] Aucassins | car s'ils la tuent, Aucassin | 算是做了一件大功德。因為要是他們殺死了妮可蕾特, |
| mes damoisiax mors, dont grans | mon jeune seigneur en mourra et ce sera | 那麼我的少主歐卡森也會因此而死,這 |
| 50 damages ert.» | une grande perte.» | 將會是一大損失。」 |

---

[620] *gaite*:(n.f., quelquefois n.m.)gueteur, veilleur(「偵查哨兵」)。

[621] *maneçoient*:menaçaient(「威脅」、「很有可能」)。*maneçoient* 為 *manecier* 的直陳式未完成過去時第三人稱複數(p6)的形式。

[622] *damages*:(n.m.)dommage, perte(「可惜」、「損失」)。

[623] *aumosne*:(n.f.)action charitable(「功德」、「善事」)。

[624] *quoi*:(pronom relatif)quelque chose(「某事」)。*quoi* 此處是關係代名詞。

[625] *que*:(+ subj.)afin que(「為了」)。

[626] *s'en gardast*:se gardât de(「警惕」、「提防」)。*gardast* 為動詞 *garder* 的虛擬式未完成過去時第三人稱單數(p3)形式。

[627] *dont*:(adv. temporel)alors(「那麼」、「那時」)。此處的 *dont* 為時間副詞。

[628] *iert*:sera(「將是」)。*iert* 為 *estre* 的直陳式未來時第三人稱單數(p3)形式。

| 古法文原文 | 現代法文譯文 | 中文譯文 |
|---|---|---|
| XV | XV | XV |
| Or se cante | Chanté | 〔唱〕 |
| 1　Li gaite fu mout vaillans[629], | Le guetteur avait toutes ses qualités, | 偵察哨兵是一位富有才德之人， |
| 〔74d〕preus[630] et cortois et saçans[631]. | brave, courtois et habile. | 他十分果敢、謙恭有禮又機智聰慧。 |
| Il a comencié uns cans[632] | Il étonne une chanson | 他開始唱起一首 |
| ki biax fu et avenans[633]. | qui était beau et agréable: | 優美又悅耳動聽的歌曲： |
| 5　«Mescinete o le cuer franc[634], | «Jeune fille au cœur noble, | 「擁有高貴心靈的年輕少女， |
| cors as gent et avenant, | tu as le corps élégant et charmant, | 妳的身姿優雅曼妙， |

---

[629] *vaillans*：（participe présent, adj.） de grande valeur, doué de grandes qualités（「有才德的」）。*vaillans* 在十一世紀時即出現在文獻中，源自於動詞 *valoir* 的現在分詞，*valoir* 則來自於拉丁文的 *valere*，意即「強壯的」、「貴重的」、「身體健康的」。古法文中，*vaillans* 的主要意思為 「有價值的」，用來形容物品的珍貴價值和堅固的特質。當 *vaillans* 用以形容人時，意思是「有才德的」、「位高權重的」、「備受尊崇的」、「驍勇善戰的」。此處筆者遵從恩師 Claude Buridant 對本人現代法文翻譯之建議，選擇將 *vaillans* 翻譯為「有才德的」，而非 Jean Dufournet（1984, 89）與 Philippe Walter（1999, 83）兩位在其古法文與現代法文對譯版中皆將 *vaillans* 翻譯為 *valeureux*「英勇的」。

[630] *preus*：（adj.） brave, Vaillant（「勇敢的」、「勇猛的」）。*preus* 源自於晚期拉丁文的 *prodis*，其中性（neutre）的形式為 *prode*。當 *preus* 做名詞用時，意即「利益」、「好處」；然而當 *preus* 做形容詞用時，意即「有利的」、「有用的」。古法文中，*preus* 常用以形容戰士的特點，所以此處的意思為「英勇的」、「勇敢的」。

[631] *saçans*：（participe présent, adj.） habile, bien instruit, intelligent（「機智的」、「聰慧的」）。*saçans* 為 *savoir* 的現在分詞，做形容詞用。

[632] *uns cans*：（n.m.） un chant, une chanson（「一首歌曲」）。手稿中此處的 *uns cans* 為正格陽性單數的變格形式，然而此處由於 *uns cans* 是動詞 *a commencié* 的直接受詞，我們原本期待的名詞變格應該是偏格陽性單數 *un cant*，所以 Mario Roques（1982, 16）和 Hermann Suchier（1906, 19）的校注版皆將 *uns cans* 修正為 *un cant*；然而 Jean Dufournet 與 Philippe Walter 的譯注版則是保有手稿中的 *uns cans* 形式。

[633] *avenans*：（participe présent, adj.） agréable, séduisant, charmant（「悅耳的」、「迷人的」）。所有的結尾為-ant 的品質形容詞皆屬於第二類形容詞變格。

[634] *franc*：（adj.） noble（「高貴的」）。*franc* 為第一類陽性形容詞偏格單數的形式。

| 古法文原文 | 現代法文譯文 | 中文譯文 |
|---|---|---|
| le poil[635] blont et reluisant[636], | les cheveux blonds et ravissants, | 妳有著閃閃發亮的金黃色髮絲， |
| vairs les ex, ciere riant. | les yeux vifs, et le visage riant. | 明眸善睞，面帶笑容， |
| Bien le voi a ton sanblant[637]: | Je vois bien à ton aspect que | 我以妳的角度看到： |
| 10　parlés as a ton amant[638] | tu as parlé à ton ami | 妳和會因愛情而 |
| qui por toi se va morant. | qui se meurt d'amour pour toi, | 為妳死的情人談了話， |
| Jel te di[639] et tu l'entens: | Je te le dis, tu l'entends bien: | 我和妳說的話，妳要凝神諦聽： |
| garde toi des souduians[640] | prends garde aux traîtres, | 要當心叛徒 |
| ki par ci te vont querant, | qui par ici te cherchent, | 正往這裡來尋覓妳， |
| 15　Sous les capes les nus brans[641]; | sous leurs amples manteaux les épées nues; | 他們在寬敞的斗篷下手持著已拔出鞘的劍， |

---

[635] *poil*：（n.m.）cheveux（「頭髮」）。

[636] *reluisant*：（participe présent, adj.）brillant, éclatant（「閃亮的」、「光彩奪目的」）。原本手稿中是和第六行詩一樣 *avenant*，為了避免單詞重複使用，Mario Roques（1982, 17）和 Hermann Suchier（1906, 19）的校注版將 *avenant* 修改為古法文中常修飾頭髮的形容詞，即 *reluisant*。

[637] *sanblant*：（n.m.）aspect（「視野」、「角度」）。

[638] *amant*：（n.m.）celui qui aime（「愛人」）。

[639] *Jel te di*：je te le dis（「我和妳說」）。古法文常將人稱代名詞主詞（je）與第三人稱輕音形式（formes atones）的人稱代名詞（le）合併成 *jel* 的省略形式。此外，詞序（ordre des mots）部分，和現代法文不同，古法文習慣將直接受詞輕音形式（le）位於間接受詞輕音形式（te）前。

[640] *souduians*：（n.m.pl.）traîtres（「叛徒」）。Louis Moralnd 與 Charles d'Héricault（1856, 265）的校注版則將 *souduians* 理解為 *soldoiers*（「士兵」）。而大多數的校注本皆將此詞理解為動詞 *soduire*（<*lat.* subducere）的現代分詞，意思是「欺騙」。此處的現代分詞作名詞用，意即「騙子」、「叛徒」。

[641] *brans*：（n.m. pl.）épées（「劍」）。*brans*（<*germ.* brand）是第一類陽性名詞偏格格複數（CR pl.）形式。

| 古法文原文 | 現代法文譯文 | 中文譯文 |
|---|---|---|
| forment[642] te vont maneçant, | ils te menacent gravement | 他們嚴重地威脅到妳， |
| tost[643] te feront messeant[644] | et te causeront bientôt des tourments | 並且馬上會給妳帶來痛苦， |
| s'or ne t'i gardes.» | si maintenant tu n'y prends pas garde.» | 假如妳現在不小心提防的話[645]。」 |

---

[642] *forment*：（adv.）fortement, beaucoup, gravement（「嚴重地」）。以-*ment* 結尾的副詞是源自於拉丁文的奪格（ablatif）*mente*（意即「精神狀態」），然後在其前面加上陰性形容詞奪格所組成。由於古法文的 *fort*（<*lat.* forti）屬於第二類陰陽性同形的形容詞，所以其陰性的形式也 *fort*，其後加上詞綴-*ment*（<*lat.* mente）組成 *fortment*。然而，當一個詞中含有連續有三個子音如-*rtm*-時，中間的子音最微弱，所以-*t*-會消失縮減成只有兩個子音的組合，所以此處的 *forment* 拼寫法由此而來。

[643] *tost*：（adv.）bientôt, vite（「很快」、「馬上」）。

[644] *te feront messeant*：te feront des désagréments（「對妳造成麻煩」）。*messeant* 為動詞 *messeir* 的現在分詞，本意為（「事情的情況不妙」），此處當名詞用，意思為「不好的事情」。

[645] 此書的作者運用了盛行於中世紀十二至十三世紀的抒情詩《晨曦之歌》（*chansons d'aube*）中的常出現的情節（motif）。在《晨曦之歌》之中，主題往往是一對情侶藉由深夜相會，但感嘆白晝降臨得太快，兩人不得不分開，這時往往都會有一位身於塔樓上的偵查哨兵向情侶通報白晝已至。《晨曦之歌》在奧克語（occitan）中稱之為 *alba*。

| 古法文原文 | 現代法文譯文 | 中文譯文 |
|---|---|---|
| XVI | XVI | XVI |
| Or dient et content et fabloient | Parlé: récit et dialogue | 〔說白：敘述和對話〕 |
| 1 «Hé[646]! fait Nicolete, l'ame de ten pere et | «Ah! dit Nicolette, que l'âme de | 妮可蕾特說：「啊！既然你現在這麼 |
| de te mere soit en benooit[647] | ton père et celle de ta mère reposent | 好心又禮貌地通知我， |
| repos, quant si belement[648] et si | dans la paix de Dieu, puisque | 但願你父母親的在天之靈 |
| cortoisement[649] le m'as ore dit. Se Diu[650] plaist, | tu m'as si gentiment et si courtoisement avertie à présent. S'il plaît à Dieu, | 能蒙受祝福得以安息。假如老天願意的話， |
| 5 je m'en garderai bien, et Dix m'en | je me garderai bien d'eux, et que Dieu me | 我將能避開他們，也願主 |
| gart[651]!» Elle s'estraint[652] en son mantel | garde d'eux aussi!» Elle s'enveloppa dans son manteau, | 庇祐我！」她將自己裹身在大衣裏， |
| en l'onbre[653] del piler, tant que cil furent | à l'ombre du pilier, jusqu'à ce que les gardes soient | 藏身在柱子的陰影下，直至巡邏兵 |

---

[646] 手稿中 He 中的 e 沒有出現，大部分的校注版皆修正為 He。Hermann Suchier（1906, 19）認為很有可能是章節大寫字母（initiale）H 的顏色遮蓋了 e。

[647] benooit：（participe passé）béni（「被賜福過的」）。benooit 是動詞 beneïr 的過去分詞形式。

[648] belement：（adv.）gentiment（「親切地」、「好心地」）。

[649] cortoisement：（adv.）avec courtoisie（「有禮貌地」、「謙恭地」）。

[650] Diu：（n.m.）Dieu（「上帝」）。Diu 來自於拉丁文的 déum，古典拉丁文的重音節母音[ĕ]，至通俗拉丁文時演變為[ę]，在三到四世紀時[ę]二合元音化為[iɛ]，第七世紀則所將二合元音中第二個元音[ɛ]縮小一個階級，變為[íe]，在古法文的法蘭西島方言中，dieu [díeu]在拼寫法中仍保有三合元音，而古皮卡第方言則將[ieu]刪減為[iu]，所以此處的拼寫法符合當時的發音狀態。Diu 在此是陽性性名詞偏格單數（CR sing.）形式，第五行的 Dix 為正格單數（CS sing.）形式。

[651] gart：protège（「保佑」、「庇祐」）。gart 是動詞 garder 虛擬式現在時的 p3 形式。

[652] s'estraint：s'enveloppe（「把自己裹在」）。estraint 是動詞 estraindre 直陳式現在時的 p3 形式。

[653] onbre：（n.f.）ombre（「陰影」、「陰暗處」）。

| 古法文原文 | 現代法文譯文 | 中文譯文 |
|---|---|---|
| passé outre[654]; et ele prent congié a[655] Aucassin, | passés; puis elle prit congé d'Aucassin, | 離去。之後她在和歐卡森道別後 |
| si s'en va tant qu'ele vint au mur del castel[656]. | et s'avança jusqu'à ce qu'elle parvint au mur du château. | 便逕自走到城堡的牆邊。 |
| 10 Li murs fu depeciés[657], s'estoit rehordés[658], | Le mur était démoli et on avait élevé un échafaudage | 城堡的牆垣已頹壞，有人已搭起腳手架， |
| et ele monta deseure[659], si fist tant | sur lequel elle monta. Elle fit tant | 妮可蕾特爬上腳手架，一直 |
| qu'ele fu entre le mur et le fossé; et ele | qu'elle se retrouva entre le mur et le fossé. Elle | 爬到牆和壕溝之間。她 |
| garda[660] contreval[661], si vit le fossé molt | regarda vers le bas, et vit le fossé très | 往下看去發現壕溝很 |
| parfont[662] et molt roide[663], s'ot molt grant | profond et très escarpé, et eut bien grande | 深又很陡，她感到非常 |
| 15 paor. «Hé! Dix, fait ele[664], douce | peur. «Ah! mon Dieu! fait-elle, douce | 害怕。她說道：「啊！我的主耶穌！親愛的 |

---

[654] *outre*：（adv.）plus loin（「再遠一點」）。

[655] *prent congié* a：dit adieu à, prend congé de（「向……道別」）。

[656] 手稿中的原文是 *au mur des castel*。校注版皆將 *des* 修正為 *del*。

[657] *depeciés*：（participe passé）rompu, dégradé（「頹壞」、「毀壞」）。*depeciés* 為動詞 *depecier* 的過去分詞形式。

[658] *rehordés*：（participe passé）réparé avec un hourdis（「用腳手架修復」）。

[659] *deseure*：（adv.）dessus（「在上面」）。

[660] *garda*：regarda（「看」、「瞧」）。*garda* 為動詞 *garder* 直陳式簡單過去時的 p3 形式。

[661] *contreval*：（adv）en bas（「往下」、「朝下」）。

[662] *parfont*：（adj.）profond（「深的」）。

[663] *roide*：（adj.）escarpé（「陡的」）。

[664] 手稿中原文為 *fait il*。

| 古法文原文 | 現代法文譯文 | 中文譯文 |
|---|---|---|
| creature⁶⁶⁵! se je me lais⁶⁶⁶ caïr⁶⁶⁷, je briserai | créature, si je me laisse tomber (dans le fossé), je me romprai | 上帝之子，倘若我掉下壕溝的話，我會摔斷 |
| le col, et se je remain⁶⁶⁸ ci, on me | le cou, mais si je reste ici, on me | 脖子，可是假使我在此逗留， |
| prendera demain, si m'arde (ra)⁶⁶⁹ on en un | prendra demain et on me brûlera sur un | 明天就會有人來抓我，把我放在 |
| fu. Encor ainme je mix que je muire | bûcher. J'aime encore mieux que je meure | 火刑台上燒死。我還是寧可死在 |
| 20 〔75a〕ci que tos li pules⁶⁷⁰ me regardast | ici plutôt que le peuple me regarde | 這裡也不願意明天成為任由群眾 |
| demain a merveilles⁶⁷¹.» Ele segna⁶⁷² | demain avec curiosité.» Elle fit le signe de la croix | 好奇觀看的對象。妮可蕾特在頭上 |
| son cief, si se laissa glacier⁶⁷³ aval le | sur sa figure et se laissa glisser en bas | 畫了十字後便順著壕溝 |
| fossé, et quant ele vint u fons⁶⁷⁴, si | du fossé, et quand elle arriva au fond, | 往下滑，當她到達壕溝底時， |
| bel pié⁶⁷⁵ et ses beles mains qui | ses beaux pieds et ses belles mains, qui | 她那沒有慣於受傷的 |

---

[665] *douce creature*：chère créature（「親愛的上帝之子」）。這個稱呼指的是主耶穌。

[666] *lais*：laisse（「讓」、「任憑」）。*lais* 是動詞 *laissier* 直陳式現在時的 p1 形式。

[667] *caïr*：tomber（「墜下」、「掉下」）。

[668] *remain*：reste（「待在」、「停留」）。*remain* 是動詞 *remanoir* 直陳式現在時的 p1 形式。

[669] 手稿中原文本是 *arde*，大部分的校注版建議修正為 *ardera*。Mario Roques 認為如果此處的虛擬式現在時 *arde* 在文法中有表示假設子句中的結果之意，如果保有手稿原文 *arde* 也是正確的。

[670] *pules*：（n.m.）peuple, foule（「人民」、「群眾」）。

[671] *a merveilles*：avec curiosité（「出自好奇心」）。

[672] *segna*：fit le signe de croix（「劃十字」）。*segna* 是動詞 *segnier* 直陳式簡單過去時的 p3 形式。

[673] *glacier*：glisser（「滑」）。

[674] *fons*：（n.m.）fond（「底部」）。

[675] *si bel pié*：ses beaux pieds（「她美麗的雙腳」）。*si* 為主有詞 p3 陽性正格複數輕音形式；*bel* 為陽性形容詞正格複數形式；*pié* 則是第一類陽性名詞正格複數形式。

| | 古法文原文 | 現代法文譯文 | 中文譯文 |
|---|---|---|---|
| 25 | n'avoient mie apris[676] c'on les bleçast, furent | n'avaient pas l'habitude qu'on les blessât, étaient | 玉足玉手都 |
| | quaissies[677] et escorcies[678] et li sans[679] en | meurtris et écorchés. Le sang en | 碰傷瘀青和擦傷了。血 |
| | sali[680] bien en dose lius, et ne por | jaillissait en bien douze places et | 從身上的十二處湧了出來， |
| | quant[681] ele ne santi ne mal ne dolor | pourtant elle ne ressentit ni mal ni douleur | 但是她卻由於巨大的恐懼 |
| | por le grant paor qu'ele avoit. Et se | à cause de la grande peur qu'elle avait. Si | 而感受不到痛楚。要是說 |
| 30 | ele fu en paine de l'entrer, encor fu | elle avait de la peine à entrer dans le fossé, elle en eut | 她花了很大的功夫爬進壕溝來，那麼她得 |
| | ele en forceur[682] de l'iscir. Ele se | une plus grande pour en sortir. Elle | 花更大的功夫才能爬出去。她 |
| | pensa qu'ileuc ne faisoit mie bon | pensa qu'il n'était pas bon | 覺得留在此處對 |
| | demorer, e trova un pel[683] aguisié[684] | de rester là, et trouva un pieu pointu | 她不利，便找了一根城中人民 |

---

[676] *avoient apris*：s'étaient accoutumés（「習慣於」）。

[677] *quaissies*：（participe passé）meurtries, cassées, blessées（「碰傷」）。*quaissies* 和 *escorcies* 皆是過去分詞陰性複數形式，做形容詞用。根據 Philippe Ménard（1994, 120）的解釋，當形容詞修飾的名詞超過一個以上，並且用連接詞 *et* 連結的並列名詞，古法文的用法會偏向於對最接近的名詞性數配合，所以此處 *quaissies* 是對 *ses beles mains* 做性數配合，而非 *si bel pié et ses beles mains*。

[678] *escorcies*：（participe passé）écorchées（「擦傷」）。

[679] *sans*：（n.m.）sang（「血」）。*sans* 是第一類陽性名詞正格單數（CS sing）形式。

[680] *sali*：jaillit（「湧出」）。*sali* 是動詞 *salir* 直陳式簡單過去時的 p3 形式。

[681] *ne por quant*：pourtant, cependant（「然而」）。

[682] *forceur*：（adj.）plus grand（「更大的」）。*forceur* 是 *fort* 的綜合比較級形容詞形式（comparatif synthétique），源自於拉丁文 *fortiorem*。

[683] *pel*：（n.m.）pieu（「木樁」）。*pel*（<*lat.* pālum）是第一類陽性名詞偏格單數（CR sing）形式。

[684] *aguisié*：（participe passé）aiguisé, pointu（「削尖的」、「尖的」）。

| 古法文原文 | 現代法文譯文 | 中文譯文 |
|---|---|---|
| que cil dedens avoient jeté por le | que ceux du dedans avaient jeté pour | 為了防禦城堡扔出來 |
| 35 castel deffendre, si fist pas un | défendre le château, elle avança tant pas | 的削尖木樁，她倚著木樁 |
| avant l'autre tant[685], si monta | à pas, elle monta | 一步一步地往前走， |
| tant a grans painnes qu'ele vint | tant au prix de gros efforts qu'elle arriva | 費了好大的勁終於爬到了 |
| deseure. Or estoit li forés[686] pres[687] | au-dessus. Or à deux portées d'arbalète | 頂端。現在，就在旁邊兩箭之 |
| a deus[688] arbalestees[689], qui bien duroit[690] | était la forêt qui s'étendait bien | 遙處，有一座 |
| 40 trente liues[691] de lonc[692] et de lé[693], si i | sur trente lieues de long et de large, | 長寬三十法里的森林， |
| avoit bestes sauvages et | il y avait des bêtes sauvages et | 裡面住著野獸和 |
| serpentine[694]. Ele ot paor que, s'ele i | des serpents. Nicolette eut peur qu'ils | 蛇類。假使妮可蕾特進入了森林， |
| entroit, qu'eles ne l'ocesiscent, si | la tuassent, si elle y pénétrait, mais | 她怕會被牠們吃掉：但是 |
| se repensa[695] que, s'on le trovoit | elle pensa aussi que, si on la trouvait | 她又想到，假使被人發現她在這裡， |

---

[685] 手稿中 *avant l'autre tant* 後面本來有 q̃le，之後被手抄員劃掉。

[686] *forés*：(n.f.) forêt（「森林」）。

[687] *pres*：(adv.) tout près（「旁邊」）。

[688] *deus*：(adj.) deux（「兩」）。*deus* 是基數形容詞（adjectif numéral cardinal）陰性偏格複數形式。

[689] *arbalestees*：(n.f.) portée d'arbalète（「一箭所及的範圍」）。

[690] *duroit*：s'étendait（「延伸」）。

[691] *liues*：(n.f. pl.) lieues（「法里」）。一法里等於大約四公里左右。

[692] *lonc*：(n.m.) longueur（「長」）。

[693] *lé*：(n.m.) largeur（「寬」）。

[694] *serpentine*：(n.f.) serpents（「蛇類」）。*serpentine* 此處為集合名詞。

[695] *se repensa*：pensa en opposition avec une pensée antérieure（「但是她又想到」）。

| 古法文原文 | 現代法文譯文 | 中文譯文 |
|---|---|---|
| 45 ileuc[696], c'on le remenroit[697] en le vile por ardoir. | là, on la ramènerait dans la ville pour la brûler. | 她會被帶回 城裡燒死。 |

---

[696] *ileuc*：（adv.）là（「這裡」）。

[697] *remenroit*：ramènerait（「帶回」）。*remenroit* 是動詞 *remener* 條件式現在時的 p3 形式。

| 古法文原文 | 現代法文譯文 | 中文譯文 |
|---|---|---|
| XVII | XVII | XVII |
| Or se cante | Chanté | 〔唱〕 |
| 1 Nicolete o le vis cler | Nicolette au visage lumineux | 有著白皙明亮臉龐的妮可蕾特 |
| fu montee le fossé, | était montée au sommet du fossé,. | 爬上了壕溝的頂端。 |
| si se prent a[698] dementer | elle se met à se lamenter | 她開始傷心了起來 |
| et Jhesum[699] a reclamer[700]: | et à invoquer Jésus: | 並開始向耶穌祈禱： |
| 5 «Peres, rois de maïsté[701], | «Père, roi de majesté, | 「聖父，萬王之王， |
| or ne sai quel part aler: | à présent je ne sais pas de quel côté me diriger. | 現在我不知該往哪個方向走。 |
| 〔75b〕 se je vois u gaut[702] ramé[703], | Si je vais dans la forêt épaisse, | 假如我往茂密的森林走去， |
| ja[704] me mengeront li lé[705], | les loups me mangeront à coup sûr, | 那裡有大量的狼， |
| li lïon et[706] li sengler | ainsi que les lions et les sangliers, | 獅子和野豬， |
| 10 dont il a a plenté[707]; | qui y sont en grande quantité; | 牠們一定會吞噬我。 |

---

[698] *se prent a*：se met à（「開始」）。

[699] *Jhesum*：Jésus（「耶穌」）。古法文中人名也會隨著在句子中扮演的功能而變格，此處 *Jhesum* 是動詞 *reclamer* 的直接受詞，所以此處需要用偏格形式。

[700] *reclamer*：invoquer（「祈求」）。

[701] *maïsté*：（n.f.）majesté（「君主」、「陛下」）。*maïsté*（<*lat.* majestatem.）是第二類陰性名詞偏格單數（CR sing.）形式。

[702] *gaut*：（n.m.）forêt, bois（「森林」、「樹林」）。

[703] *ramé*：（adj.）touffu, épais, branchu, feuillu（「茂密的」、「繁茂的」）。

[704] *Ja*：（adv）à coup sûr（「一定」）。*Ja* 在此處表示接下來的動作確定會發生。

[705] *lé*：（n.m. pl.）loups（「狼」）。*lé*（<*lat.* lupi）是第一類陽性名詞正格複數形式。

[706] 手稿中的原文是 *li lïon et li lïon*，第二次的 *li lïon* 隨後被手抄員劃掉。

[707] *a plenté*：en grande quantité, en abondance（「大量地」）。手稿中並沒有 a，Hermann Suchier（1906, 21）和 Francis William Bourdillon（1919, 22）皆將其修正為 *a plenté*，因為如果沒有加上 *a* 的話，此行詩只有六個音節，而非七音節，所以此處需要修正。

| 古法文原文 | 現代法文譯文 | 中文譯文 |
|---|---|---|
| et se j'atent le jor cler | et si j'attends la clarté du jour, | 但是，假如我待到天亮， |
| que[708] on me puist ci trover, | si bien qu'on puisse me trouver ici, | 很有可能會被人發現我在這裡， |
| li fus sera alumés | le bûcher sera allumé, | 屆時火堆將會燃起 |
| dont mes cors iert enbrasés[709]. | dont mon corps sera embrasé. | 我的身體也將會被焚燒， |
| 15 Mais, par Diu de maïsté, | Mais, par le Dieu de majesté, | 我以至聖天主之名起誓， |
| encor aim jou mix[710] assés[711] | je préfère encore de beaucoup | 我還是寧願 |
| que me mengucent[712] li lé, | que les loups, les lions | 被狼、獅子、 |
| li lïon et li sengler, | et les sangliers me mangent, | 野豬吞噬 |
| que[713] je voisse[714] en la cité: | plutôt que de retourner dans la cité: | 也不願回到城裡： |
| 20 je n'irai mie.» | je n'irai pas.» | 我決不回去。」 |

---

[708] *que*：si bien que（「結果是」、「以至於」）。

[709] *enbrasés*：（participe passé）embrasé（「被燃燒」）。

[710] 手稿中的原文是 *nix*。

[711] *assés*：（adv.）beaucoup（「很」、「非常」）。

[712] *mengucent*：mangent, dévorent（「吞噬」）。*mengucent* 是動詞 *mengier* 虛擬式現在時的 p6 形式。

[713] *que*：plutôt que（「也不願意」、「與其」）。

[714] *voisse*：aille（「去」）。*voisse* 是動詞 *aller* 虛擬式現在時的 p1 形式。

| 古法文原文 | 現代法文譯文 | 中文譯文 |
|---|---|---|
| XVIII | XVIII | XVIII |
| Or dient et content et fabloient | Parlé: récit et dialogue | 〔說白：敘述和對話〕 |
| 1   Nicolete se dementa molt, si con vos avés oï. Ele se conmanda a[715] Diu, si erra tant qu'ele vint en le forest. | Nicolette se désolait fort, comme vous l'avez entendu. Elle se recommanda à Dieu et marcha tant qu'elle arriva à la forêt. | 誠如你們所聞，妮可蕾特悲傷萬分。她向上帝尋求協助，之後走了許久終於抵達森林。 |
| Ele n'osa mie parfont entrer por | Elle n'osa pas y pénétrer trop profondément à cause des | 由於野獸和蛇類之故， |
| 5   les bestes sauvaces[716] et por le | bêtes sauvages et des | 她不敢再往前深入。 |
| serpentine[717], si se quatist en un espés[718] | serpents. Elle se blottit dans un épais | 她蜷縮在一個茂密 |
| buisson[719]; et soumax[720] li prist, si | buisson, et le sommeil le prit. | 的灌木叢裡，睡意侵襲了她。 |
| s'endormi dusqu'au demain a haute | Elle s'endormit jusqu'au lendemain, à six heures déjà bien sonnées, | 於是她睡至隔天，此時六點已過， |

---

[715] *se conmanda a*：se recommanda à（「求……保護」、「求……照顧」）。

[716] *sauvaces*：(adj.) sauvage（「野生的」、「未馴化的」）。

[717] *serpentine*：根據 Philippe Walter（1999, 194）在譯注版中的解釋，博凱爾市（Beaucaire）在十三世紀由熱爾韋・得・底爾布里（Gervais de Thilbury）撰寫給英國王子類似百科全書，名叫《皇家趣談》（*Otia imperialia*）的民間通俗故事集，作者在第三部第八十五章中提及在博凱爾市附近存在著一隻巨大的龍。

[718] *espés*：(adj.) épais（「茂密的」、「濃密的」）。

[719] *buisson*：(n.m.) buisson（「灌木叢」、「荊棘叢」）。

[720] *soumax*：(n.m.) sommeil（「睡意」、「困倦」）。*soumax* 是第一類陽性名詞 *sommeil* 的正格單數形式。

| 古法文原文 | 現代法文譯文 | 中文譯文 |
|---|---|---|
| prime[721] que li pastorel[722] iscirent de la | à l'heure où les petits bergers sortaient de la | 正是牧童出 |
| 10 vile et jeterent lor bestes entre | ville et envoyaient leurs bêtes entre | 城時分，他們通常會在此時把牲畜趕 |
| le bos[723] et la riviere, si se traien[724] | le bois et la rivière. Ils se dirigeaient | 到森林和河流之間。接著他們朝著 |
| d'une part a une molt bele fontaine[725] qui | vers une très belle source, qui | 一處位在森林邊緣 |
| estoit au cief[726] de la forest, si | était à l'orée de la forêt, | 非常美麗的泉水走去， |
| estendirent[727] une cape, se[728] missent lor pain | étendirent un large manteau, et mirent leur pain | 然後攤開一件大外套，將麵包 |
| 15 sus[729]. Entreusque[730] il mengeoient, et Nicolete | dessus. Pendant qu'ils mangeaient, Nicolette | 放在上面。當他們正在吃著麵包時，妮可蕾特 |
| s'esveille au cri des oisiax et des | s'éveilla aux cris des oiseaux et des | 在鳥鳴聲和 |

---

[721] *haute prime*：six heures déjà sonnées（「早上六點已過」）。教會使用的時辰要追朔至羅馬人所運用的時間分割法，羅馬人將白晝從日出至日落分成十二個時辰。*prime* 是一天的第一個時辰，大約早上六點鐘左右；*tierce* 是早晨九點左右；*none* 則是下午三點左右。現代法文的 *sieste* 是向西班牙文 *siesta* 借入的詞，此詞是從拉丁文的 *sexta* 而來，意思是白晝的第六個時辰，也就是說中午時分。Mario Roques 認為此處的 *haute prime* 意即早上六點已過，但又尚未到九點，所以研判是約在早上七點半至八點之間。

[722] *pastorel*：(n.m. pl.) petits bergers（「牧童」）。*pastorel* 是第一類陽性名詞的正格複數（CS pl.）形式。

[723] *bos*：(n.m.) bois（「樹林」）。

[724] *se traien*：se dirigent（「走向」）。*traien* 是動詞 *traire* 直陳式現在時的 p6 形式。

[725] *fontaine*：(n.f.) source（「泉水」）。

[726] *au cief*：au bord, à l'orée（「在……邊緣」）。

[727] *estendirent*：étendirent（「攤開」、「鋪開」）。

[728] *se*：(adv.)（= et）（「然後」）。

[729] *sus*：(adv.) dessus（「在……上面」）。

[730] 手稿中的原文是 *entreusqui*。

| 古法文原文 | 現代法文譯文 | 中文譯文 |
|---|---|---|
| pastoriax[731], si s'enbati[732] sor aus. «Bel | petits bergers, et se précipita à leur rencontre. «Chers | 牧童的喧嘩聲中醒來，接著他朝向牧童奔去。她對牧童們說： |
| enfant, fait ele[733], Damedix[734] vos i aït! | enfants, dit-elle, Dieu vous bénisse! | 「親愛的孩子們，願天主賜福於你們！」 |
| — Dix vos benie[735]! fait li uns qui plus fu | — Que Dieu vous bénisse! répondit l'un d'eux qui parlait mieux | 其中一位比其他人更能言善道的 |
| 20 enparlés[736] des autres. — Bel anfant, fait ele[737], | que les autres. — Chers enfants, dit-elle, | 牧童答道：「願主保佑您！」她對牧童們說：「親愛的孩子們， |
| conissiés vos Aucassin, le fil le conte Garin | connaissez-vous Aucassin, le fils du comte Garin | 你們是否認識博凱爾的加蘭伯爵之子 |
| 〔75c〕 de Biaucaire? — Oïl, bien le counisçons[738] | de Beaucaire? — Oui, nous le connaissons | 歐卡森？」「認識啊，我們是認識他的。」 |
| nos. —  Se Dix vos aït, bel enfant, fait | bien. — Que Dieu vous vienne en aide, chers enfants, dit | 她說道：「願主幫助你們，親愛的孩子們，告訴 |

---

731 *pastoriax*：（n.m. pl.）petits bergers（「牧童」）。*pastoriax* 是第一類陽性名詞的偏格複數（CR pl.）形式。

732 *s'enbati*：tomba à l'improviste sur, se précipita（「向……猛撲」）。*enbati* 是動詞 *enbatre* 直陳式簡單過去時的 p3 形式。

733 手稿中的原文是 *enfait ele*。

734 *Damedix*：（n.m.）seigneur Dieu, Dieu（「天主」）。*Damedix* 是由 *Dame* 與 *dix* 所組成的複合詞。*Dame* 是由拉丁文的 *dominus* 而來，意即「主人」；*dix* 是 *Diu* 的正格單數形式，意即「上帝」。

735 *benie*：bénisse（「祝福」、「賜福」）。*benie* 是動詞 *beneïr* 虛擬式現在時的 p3 形式。

736 *enparlés*：（adj.）parleur, qui a la langue bien pendue（「話多的」、「能言善道的」）。

737 手稿中並沒有 *ele*，Hermann Suchier（1906, 22）以及 Mario Roques（1982, 19）的校注版皆將其修正補上 *ele*。

738 *counisçons*：connaissons（「認識」）。*counisçons* 是動詞 *counoistre* 直陳式現在時的 p4 形式。

| 古法文原文 | 現代法文譯文 | 中文譯文 |
|---|---|---|
| ele, dites li qu'il a[739] une beste en ceste | elle, dites-lui qu'il y a une bête dans cette | 他在這座森林裡有一隻 |
| 25 forest et qu'i viegne cacier[740], et s'il l'i puet | forêt et qu'il vienne la chasser. S'il peut la | 走獸，讓他前來捕獵。假如他能 |
| prendre, il n'en donroit mie un menbre | prendre, il n'en donnerait pas un seul de ses membres | 捕捉到牠的話，就算用一百馬克金幣、五百馬克金幣亦或 |
| por .c. mars[741] d'or, non por .V[c]. cens, ne por nul avoir.» | pour cent marcs d'or, ni pour cinq cents, ni pour aucune somme.» | 是任何的財富作為代價，他也不願意將牠身體的任何一部分拿去販賣。」 |
| Et cil le regardent, se le virent si bele qu'il | Les bergers la regardent et la voient si belle qu'ils | 牧童們注視著她，見她如此的美若天仙， |
| en furent tot esmari[742]. «Je li dirai? | en sont tout ébahis. «Moi je le lui dirai? | 全都驚呆了。那位比其他人 |
| 30 fait cil qui plus fu enparlé des autres; | fait celui qui parlait mieux que les autres; | 更能言善道的牧童答道：「要我和他說這個？任何一位 |
| dehait ait[743] qui ja en parlera, ne qui ja li dira! | au diable qui jamais en parlera, et qui jamais le lui dira! | 提起此事或和歐卡森覆述此事的人都會下地獄！ |

[739] 手稿中的原文是縮寫形式的 q̃la（= quela）。

[740] cacier：chasser（「捕獵」、「捕捉」）。女主人翁在此處將自己暗喻成獵物體現了女主人翁的自尊心和矜持。因為女主人翁了解到要將自己交給她心愛的人，所以她希望她的情人能夠因為愛她來找尋她。在中世紀文學中，女孩變母鹿（fille-biche）或是女孩變神獸（fille-animal féerique）是在布列塔尼傳奇小說中常出現的情節（motif）。故事中往往會有一個擁有法力的壞人將年輕的女主角變成母鹿，或是女主角被比喻為一頭野獸；男主角是一位獵人，他可以是女主角的丈夫、未婚夫或兄弟，在不知情的狀況下去追捕那頭母鹿，獵人在三天內將母鹿殺死或打傷，當獵人發現母鹿或神獸的真實身分時最後以自殺告終。參見：Harry V. Velten, 282-288。

[741] mars：（n.m. pl.）marcs（「馬克幣」）。古時的金、銀的記帳貨幣，大約等於八盎司重量。

[742] esmari：（participe passé pl.）surpris（「驚訝」）。

[743] dehait ait：au diable, malheir ait（「該死」、「見鬼去」）。dehait ait 是詛咒時的慣用語，可以將此慣用語拆成 de hait（或 hé）與 ait，直譯的意思是「但願他得到上帝的憎恨」。此慣用語亦可在 dehait 前加上 mal 用來強調語氣，然而當 mal 的尾子音 -l 遇上位在其後詞首開始為子音的 dehait 時，-l 會消失；此外，動詞 ait 也會不再使用，故而形成

| 古法文原文 | 現代法文譯文 | 中文譯文 |
| --- | --- | --- |
| C'est fantosmes[744] que vos dites, qu'il n'a | Vous dites des chimères, car il n'y a pas | 聽您在說夢話,因為在這座森林裡 |
| si ciere beste en ceste forest, ne cerf, | dans cette forêt de bête si précieuse, ni cerf, | 沒有那麼珍貴的野獸,一頭鹿、 |
| ne lion, ne sengler, dont uns des | ni lion, ni sanglier, dont un de ses | 一頭獅子和一頭野豬身體的 |
| 35 menbres vaille plus de dex deniers | membres vaille plus de deux deniers | 一部分最多能也只能值不超過兩 |
| u de trois au plus, et vos parlés de si grant | ou de trois au plus, vous parlez d'une si grande | 或三個德尼耶,然而卻被您說成那麼大一筆 |
| avoir[745]! Ma dehait qui vos en croit, ne | somme. Malheur à qui vous croit et | 數目。相信您鬼話的人 |
| qui ja li dira! Vos estes fee[746], si n'avons cure[747] | qui jamais le lui dira. Vous êtes une fée, nous n'avons pas besoin | 和會告訴歐卡森這鬼話的人會遭遇不幸的!您是仙女,我們不需要 |
| de vo conpaignie, mais tenés vostre voie[748]. | de votre compagnie, passez plutôt votre chemin. | 您的陪伴,您還是走您的路吧。」 |
| 40 — Ha! bel enfant, fait ele, si ferés. Le | — Ah! chers enfants, dit-elle, si, vous le ferez. La | 妮可蕾特答道:「啊!親愛的孩子們,會的,你們會照我的話去做的! |

---

在第 37 行的慣用句型 *Ma dehait qui*。

[744] *fantosmes*:(n.m.) rêverie, chose imaginaire(「幻想」、「空想」)。

[745] *avoir*:(n.m.) richesse, bien, argent(「財富」)。

[746] *fee*:(n.f.) fée(「仙女」)。根據 Jean Dufourmet(1984, 179)和 Philippe Walter(1999, 194-195)的譯注版分析,此處牧童透露出對仙女的畏懼,因為仙女具有超自然的力量,在中世紀的信仰中,仙女和精靈常常會出沒在山林泉水間。此章節集結了民間傳說的幾個重要元素:仙女、牧人、泉水。此處牧童對仙女不尊敬的言行可以被詮釋為牧童對仙女和精靈的造訪早已習以為常,所以免去了那些客套的繁文縟節。牧羊女(pastourelles)在中世紀的詩歌裡對騎士也不友善。

[747] *cure*:(n.f.) désir, envie(「意願」、「需要」)。

[748] *voie*:(n.f.) chemin(「道路」)。*voie*(<*lat.* via)是第一類陰性名詞偏格單數(CR sing)形式。

| 古法文原文 | 現代法文譯文 | 中文譯文 |
|---|---|---|
| beste a tel mecine[749] que Aucassins ert garis de | bête a une telle vertu qu'Aucassin sera guéri de | 這頭野獸有個功效就是能夠治癒歐卡森 |
| son mehaing[750]; et j'ai ci cinc sous[751] en me | sa blessure. J'ai ici cinq sous dans ma | 的傷口。我錢包這裡有 |
| borse[752]: tenés, se li dites; et dedens[753] trois | bourse, tenez-les, et dites-le-lui. Il lui faut | 五個蘇，你們拿著，並把我說的話轉告他。他要 |
| jors li covient[754] cacier, et se il dens[755] trois | chasser la bête avant trois jours, et s'il ne la trouve | 在三天之期限內來獵捕這頭野獸，假如他在三天期限後 |
| jors ne le trove, ja mais n'iert garis | pas dans ces trois jours, jamais il ne sera guéri | 還找不到牠的話，他的病就永遠 |
| de son mehaig. — Par foi, fait il, les deniers | de sa maladie. — Ma foi, dit-il, nous prendrons | 好不了了。」他說道：「好的，我們收下 |
| prenderons nos, et s'il vient ci, nos li | les deniers et, s'il vient par ici, nous le lui | 您的錢，假如他來到這裡，我們會告訴 |
| dirons[756], mais nos ne l'irons ja quere. — De | dirons, mais nous n'irons jamais à sa recherche. — A la | 他您說的這番話，但是我們決不會去找尋他的。」 |

749 *mecine*：(n.f.) remède, vertu guérissante（「藥方」、「治癒功效」）。

750 *mehaing*：(n.m.) blessure, maladie（「傷口」、「病」）。

751 *sous*：(n.m. pl.) sous（「蘇」）。十二個德尼耶等於一個蘇。

752 *borse*：(n.f.) bourse（「錢包」）。

753 *dedens*：(prép.) dans le délai de（「在……期間」）。

754 *covient*：faut（「需要」）。*covient* 是動詞 *covenir* 直陳式現在時的 p3 形式。

755 *dens*：(prép.) dans le délai de（「在……後」）。根據 Jean Dufournet 的解釋（1984, 180），古法文中並不常使用 *dans*，一直要等到十六世紀七星詩人之一比埃爾・德・龍沙（Pierre de Ronsard）時才開始將 *dans* 廣泛運用。

756 *nos li dirons*：nous le lui dirons（「我們會告訴他這件事」）。當句首（place 1）已由人稱代名詞重音形式（pronoms sujets）*nos* 佔據時，第三人稱單數代名詞 *li* 位於變位動詞 *dirons* 前面，這時 *li* 只能依附著動詞 *dirons*，在此句中功能是間接受詞（COI），所以此處用的是代名詞輕音形式（formes atones）。在古法文文法中，當第三人稱中性單數直接受詞（COD）*le* 與第三人稱單數間接受詞 *li* 並列在變位動詞前時，直接受詞 *le* 會被省略而不出現。

| 古法文原文 | 現代法文譯文 | 中文譯文 |
|---|---|---|
| par Diu!» fait ele. Lors prent congié | grâce de Dieu!» dit-elle. Alors elle prend congé | 妮可蕾特答道：「任憑上帝的安排吧！」之後她告別了 |
| 50 | as pastoriaus, si s'en va. | des petits bergers et s'éloigne. | 牧童隨即離去。 |

| 古法文原文 | 現代法文譯文 | 中文譯文 |
|---|---|---|
| XIX | XIX | XIX |
| Or se cante | Chanté | 〔唱〕 |
| 1　Nicolete o le cler vis | Nicolette au visage lumineux | 有著白皙明亮臉龐的妮可蕾特 |
| des pastoriaus se parti[757], | se sépara des petits bergers, | 離別了牧童， |
| si acoilli[758] son cemin[759] | et prit son chemin | 踏上了路程， |
| tres[760] par mi[761] le gaut foilli[762] | à travers la forêt feuillue | 穿越了林葉繁茂的森林， |
| 5　〔75d〕tout[763] .i. viés[764] sentier[765] anti[766], | tout au long d'un vieux sentier | 沿著一條舊時的古徑， |
| tant qu'a une voie[767] vint | jusqu'à ce qu'elle arrivât à un carrefour | 一直來到了一個交叉路口， |

---

[757] *se parti*：se sépara, quitta（「離開」、「和……分開」）。*se parti* 是自反動詞 *soi partir* 直陳式簡單過去時的 p3 形式。

[758] *acoilli*：prit, commença（「踏上」、「開始」）。*acoilli* 是動詞 *acoillir* 直陳式簡單過去時的 p3 形式。

[759] *cemin*：（n.m.）chemin（「道路」）。手稿中的原文是 *cenin*。

[760] *tres*：（adv.）tout。副詞 *tres* 此處是為了強調介係詞 *par mi* 的意思。

[761] *par mi*：à travers, au milieu de（「穿過」、「在……中間」）。

[762] *foilli*：（adj.）feuillu（「葉子茂盛的」）。

[763] *tout*：tout le long de（「沿著……」）。

[764] *viés*：（adj.）vieux（「古老的」、「陳舊的」）。

[765] *sentier*：（n.m.）sentier, chemin（「小路」、「小道」）。

[766] *anti*：（adj.）de l'ancien temps（「舊時的」）。*anti* 是 *antif* 的異體字，由於古皮卡第方言中尾子音常會消失不出現，所以此處 *anti* 拼寫法可以和 *antif* 交替出現。

[767] *voie*：（n.f.）chemin, carrefour（「道路」、「交叉路口」）。根據 Philppe Walter（1999, 195）譯注版的解釋，交叉路口（voie）在中世紀的民風與民俗裡，是一個富有神奇信仰色彩的場所。由於位於道路匯集處，交叉路口在傳統上是一個介於人道和另一個世界的通道，因為此處人可以和靈魂、精靈、仙女們交談。在女巫之前，交叉路口常是仙女們頻繁出現的地方。因為交叉路口處常出現超自然與魔法現象，人們會習慣在交叉路口處安放十字架和耶穌受難雕像用以保平安。

| 古法文原文 | 現代法文譯文 | 中文譯文 |
|---|---|---|
| u aforkent[768] set[769] cemin | d'où fourchaient sept chemins | 從那裏延伸出通向整個地區的 |
| qui s'en vont par le païs. | qui s'en vont par le pays. | 七條道路。 |
| A porpenser[770] or se prist | Elle prit la décision alors | 這時她決定 |
| 10 qu'esprovera[771] son ami | de mettre son ami à l'épreuve | 要考驗一下她的情人 |
| s'i l'aime si com il dist. | 〔pour voir〕s'il l'aime autant qu'il le dit. | 是否真的如同他所說的一樣愛她。 |
| Ele prist des flors de lis[772] | Elle prit des fleurs de lis, | 她揀選了百合花、 |
| et de l'erbe du garris[773] | de l'herbe de la garrigue, | 荒地上的野草 |
| et de le foille[774] autresi, | et aussi du feuillage. | 以及樹葉， |
| 15 une bele loge[775] en fist: | Elle en fit une belle hutte, | 她用它們蓋了一間美輪美奐的草屋。 |
| ainques[776] tant gente[777] ne vi. | jamais je n'en vis d'aussi jolie. | 我從來沒見過如此美麗的草屋。 |

---

[768] *aforkent*：forment un carrefour, une étoile（「形成了一個多條道路的交匯口」）。*aforkent* 是動詞 *aforkier* 直陳式現在時的 p6 形式。

[769] *set*：(adj.) sept（「七」）。

[770] *porpenser*：réfléchir（「思考」、「思索」）。

[771] *esprovera*：éprouvera（「試驗」、「考驗」）。*esprovera* 是動詞 *esprover* 直陳式未來時的 p3 形式。

[772] *lis*：(n.m.) lis（「百合花」）。

[773] *garris*：(n.m.) garrigue, lande（「荒野」、「荒原」）。根據 Philppe Walter（1999, 195）譯注版的解釋，古法文中 *garris* 亦可拼寫為 *jarris*，冷僻字，很有可能和普羅旺斯方言中（provençal）的 *garriga* 有關。*garriga* 出現於十二世紀的奧克語（langue d'oc）中，意思是「普羅旺斯地區的一片乾燥的土地」。*garris* 亦可意指「在乾燥土壤上長出的多刺植物」。此處文章內容想要呈現出法國南部普羅旺斯省的真實狀態，然而文章的語言狀態卻呈現出北方古皮卡第方言特色。

[774] *foille*：(n.f.) feuille（「樹葉」）。

[775] *loge*：(n.f.) hutte, cabane（「草屋」、「簡陋的小屋」）。*loge*（<*francique* *laubja）是用樹葉搭建的草屋，民間習俗中人們會在春天時搭建此種草屋。*loge* 為第一類陰性名詞偏格單數（CR sing.）的形式。

[776] *ainques*：(adv.) jamais（「從來沒有」）。

[777] *gente*：(adj.) élégante, jolie（「優雅的」、「漂亮的」）。

| 古法文原文 | 現代法文譯文 | 中文譯文 |
|---|---|---|
| Jure Diu qui ne menti, | Elle jure, par le Dieu qui jamais ne mentit, | 她以不打誑語的上帝起誓， |
| se par la vient Aucasins | que, si Aucassin vient par là, | 要是歐卡森經過此地， |
| et li por l'amor de li | et par amour pour elle | 出於對她的愛 |
| 20 ne s'i repose .i. petit[778], | il ne s'y repose pas un peu, | 而他卻沒有在這裡稍作休息的話， |
| ja ne sera[779] ses amis, | jamais il ne sera son ami, | 那麼歐卡森便從未是她的愛人， |
| n'ele s'amie. | ni elle son amie. | 她也從未是歐卡森的愛人。 |

---

[778] *un petit*：un peu, un instant（「一會」）。

[779] 手稿中的原文是 *ja ne ne*。

| 古法文原文 | 現代法文譯文 | 中文譯文 |
|---|---|---|
| XX | XX | XX |
| Or dient et content et fabloient | Parlé: récit et dialogue | 〔說白：敘述和對話〕 |

|   | 古法文原文 | 現代法文譯文 | 中文譯文 |
|---|---|---|---|
| 1 | Nicolete eut faite le loge, si con vos avés | Nicolette avait fait une hutte, comme vous l'avez | 誠如你們所聞，妮可蕾特搭建了 |
|   | oï et entendu, molt bele et mout | entendu, très belle et très | 一座十分美麗又 |
|   | gente, si l'ot bien forree[780] dehors et | gracieuse, et l'avait bien garnie au dehors et | 精緻的草屋，她用花朵和樹葉將草屋 |
|   | dedens de flors et de foilles, si se repost[781] | au dedans de fleurs et de feuilles. Ensuite elle se cacha | 裏裏外外加以精心裝飾布置。之後她為了想知道 |
| 5 | delés le loge en .i. espés buison[782] por | à côté de la hutte, dans un épais buisson pour | 歐卡森的反應，便將自己藏身在草屋 |
|   | savoir que[783] Aucassins feroit. Et li cris | voir ce que ferait Aucassin. Cependant le bruit | 附近的一株茂密的灌木叢中。 |
|   | et li noise ala[784] par tote le tere et par tot | et la rumeur se répandaient par toute la contrée et tout | 妮可蕾特失蹤的流言謠傳在整個 |
|   | le païs que Nicolete estoit perdue: li | le pays que Nicolette était perdue; | 博凱爾境內散播開來。 |

---

[780] *forree*：（participe passé）tapissée, garnie, fourrée（「鋪滿」、「覆蓋」、「飾以」）。*forree* 是動詞 *forrer* 過去分詞的陰性單數形式。

[781] *se repost*：se cacha（「躲藏」）。*se repost* 是自反動詞 *soi repon（d）re* 的直陳式簡單過去時 p3 形式。

[782] *buison*：（n.m.）buisson（「灌木叢」、「荊棘叢」）。此處的[s]在古皮卡第方言中常會用拼寫字母（graphème）s 和 ss 交替使用，所以在十八章第七行文中出現 *buisson* 的拼寫方式和此處的 *buison* 是同一個詞，只是拼寫方式略有不同。

[783] *que*：（pronom interrogatif）ce que（「什麼」）。

[784] *ala*：se répanda, courut（「散佈」、「流傳」）。此處的主詞是 *li cris et li noise*，本來應該用 p6 的動詞變化形式，然而此處的主詞是兩個近義詞並列組成，由於意義上的雷同可以將此處的主詞視為單數。*ala* 是動詞 *aler* 直陳式簡單過去時 p3 的形式。

| 古法文原文 | 現代法文譯文 | 中文譯文 |
|---|---|---|
| auquant dient qu'ele en estoit fuie[785], et li | les uns disaient qu'elle s'était enfuie, et les | 有些人說她已經逃離博凱爾， |
| 10 autre[786] dient que li quens Garins l'a faite | autres disaient que le comte Garin l'avait fait | 另一些人則說博凱爾的加蘭伯爵已經派人 |
| mordrir. Qui qu'en eust joie, Aucassins n'en fu | tuer. Si quelqu'un s'en réjouit, Aucassin n'en fut | 將其殺害。假使有人為此而感到高興，然而歐卡森卻一點也不 |
| mie[787] liés. Et li quens Garins ses peres le | pas heureux. Le comte Garin son père le | 感到開心。他的父親加蘭伯爵命人 |
| fist metre hors de prison, si manda[788] | fit sortir de prison, et convoqua | 將他從監獄中釋放出來，然後召集了 |
| les cevaliers de le tere et les damoiseles, | les chevaliers et les demoiselles | 本城的騎士和年輕未婚的 |
| 15 si fist faire une mot[789] rice[790] | du pays, et fit faire une très magnifique | 貴族小姐，並且舉辦了一場很盛大的 |
| feste, por çou qu[791]'il cuida[792] Aucassins son fil | fête dans l'espoir de consoler son fils | 宴會，希望能夠安慰他的兒子 |

---

[785] *fuie*：（participe passé）fuie（「逃跑」、「逃走」）。*fuie* 是動詞 *fuir* 的過去分詞陰性單數形式。

[786] *li auquant...li autre*：les uns...les autres（「一些人……另一些人」）。

[787] *ne...mie*：ne...pas（「不」、「一點也不」）。非謂詞（non prédicatif）的否定副詞 *ne* 常和表示具體意義和少量的名詞連用，這些名詞用以強調否定之意。*mie* 源自於拉丁文的 *mica*，意思是「小塊」、「小片」，和 *ne* 連用時意思為「沒有一丁點」。十二世紀開始，*mie* 的字根詞意逐漸消失，最後只剩下用以強調否定的輔助詞。此處的 *ne...mie* 可以翻譯為「不」，也可以將字根的原意「一點」加入，譯為「一點也不」，用以強調否定之意。

[788] *manda*：convoqua, fit venir（「召集」、「召喚」）。

[789] *mot*：（adv.）très（「很」、「非常」）。

[790] *rice*：（adj.）（<*francique* rîki）magnifique（「豪華的」、「盛大的」）。在手稿中，當[k]來自於日耳曼語，後加上[e] 或[i]並不會像法蘭西島方言一樣拼寫法文 *ch* [tʃ]，而是保有拼寫字母 *c*。

[791] *por çou que*：parce que（「因為」）。

[792] *cuida*：pensa（「認為」）。*cuida* 是動詞 *cuidier* 直陳式簡單過去時的 p3 形式。*cuidier* 在古法文中強調說話者自己的想法並不可靠，很多時候是出於自己一廂情願的想像。

| 古法文原文 | 現代法文譯文 | 中文譯文 |
|---|---|---|
| conforter[793]. Quoi que[794] li feste estoit plus | Aucassin. Alors que la fête battait | 歐卡森。但是正當宴會進行 |
| plaine[795], et Aucassins fu apoiiés a une | son plein, Aucassin était appuyé à une | 到最高潮時，歐卡森卻十分傷心沮喪地 |
| 〔**76a**〕puie[796] tos dolans et tos souples[797]. Qui | balustrade, tout affligé et abattu. | 倚靠在欄杆上。 |
| 20  que demenast[798] joie, Aucassins n'en ot talent, | Si quelqu'un s'abandonnait à la joie, Aucassin lui n'en avait pas envie, | 假如有人正沉浸於歡樂中，歐卡森卻不想如此， |
| qu[799]'il n'i veoit rien de çou qu'il amoit. | car il n'y voyait rien de ce qu'il aimait. | 因為他沒有看到任何他所歡喜的事物。 |
| Uns cevaliers le regarda, si vint a lui, | Un chevalier le regarda, vint vers lui, | 一位騎士看到了他，接著走向他 |
| si l'apela. «Aucassins, fait il, d'ausi fait | et l'interpella: «Aucassin, fait-il, j'ai été | 與他攀談，他說道：「歐卡森，我以前 |
| mal con[800] vos avés ai je esté malades. Je | malade du même mal que vous souffrez. Je | 也和您現在害著一樣的病，我 |
| 25  vos donrai[801] bon consel, se vos me volés | vous donnerai un bon conseil, si vous voulez me | 給您一個忠告，假如您願意 |

---

[793] *conforter*：consoler, réconforter（「安慰」、「鼓舞」）。

[794] *Quoi que*：au moment où, tandis que（「當……的時候」）。

[795] *plaine*：（adj.）complète, dan son plein（「高潮」、「如火如荼」）。

[796] *puie*：（n.f.）balustrade, rampe, balcon（「欄杆」、「樓梯欄杆」、「陽台」）。

[797] *souples*：（adj.）triste, abattu（「傷心」、「沮喪」）。

[798] *demenast*：menât（「進行」、「過得」）。*demenast* 是動詞 *demener* 虛擬式未完成過去時（imparfait du subjonctif）的 p3 形式。

[799] *que*：car（「因為」）。

[800] *ausi fait... con*：même... que（「和……相同的」）。

[801] *donrai*：donnerai（「給」）。手稿中 *donrai* 的拼寫為法蘭西島方言的拼寫法，因為在古法文中當一個詞有三個或超過三個音節時，位在重音節前的音節（syllabe prétonique interne）中的母音比起首音節（syllabe initale）的母音還要更弱，更容易消失不見，是故此處的 *donrai* 拼寫法是由於原本第一類直陳式未來時的動詞變化應該為 *do-ne-rái*，位在重音節 *-rái* 前的非重音節 *-ne-* 的母音 *e* 最弱，法蘭西島方言當 *e* [ə]位在[n]與[r]之

| 古法文原文 | 現代法文譯文 | 中文譯文 |
|---|---|---|
| croire. — Sire, fait Aucassins, grans mercis; bon consel aroie je cier[802]. | croire. — Seigneur, fait Aucassin, merci beaucoup, j'accorderais grand prix à un bon conseil. | 相信我的話。」歐卡森答道：「大人，多謝，我很需要金玉良言。」 |
| — Montés sor .i. ceval, fait il, s'alez selonc[803] cele forest esbanoiier[804], si verrés | — Montez à cheval, fait il, et allez vous ébattre le long de la forêt, vous y verrez | 騎士說道：「騎上馬，沿著森林散散心，看看 |
| 30 ces flors et ces herbes, s'orrés ces | des fleurs et des herbes, vous y entendrez | 花花草草，聽聽 |
| oisellons[805] canter[806]; par aventure[807] orrés tel | chanter les petits oiseaux; peut-être entendrez-vous aussi | 小鳥的鳴囀，也許您也會聽到 |
| parole dont mix vos iert. — Sire, | telle parole qui vous fera du bien. — Seigneur, | 有益於您的話語。」歐卡森回答： |
| fait Aucassin, grans mercis; si ferai jou. | fait Aucassin, grand merci! je le ferai.» | 「大人，非常感謝，我會照做。」 |
| Il s'enble[808] de la sale[809], s'avale les degrés, | Il s'esquive de la salle, descend l'escalier, | 他從宴會大廳溜走，走下階梯， |

間時，e [ə] 會消失不再發音，拼寫法通常為 *donrai*。在法國西部方言與盎格魯諾曼語（anglo-normand）中，當 *nr* 雙子音組合在一起，子音 *n* 會被其後的 *r* 同化成 *rr* 形成 *dorrai* 的形式。

[802] *cier*：（adj.）qui a du prix, de la valeur（「珍貴的」、「有價值的」）。

[803] *selonc*：（prép.）au long de（「沿著……」）。

[804] *esbanoiier*：s'amuser, s'ébattre（「散心」、「玩耍」）。

[805] *oisellons*：（n.m. pl.）petits oiseaux（「小鳥」）。*oisellons* 是 *oisel* 的指小詞（diminutif）。

[806] *canter*：（<lat. *cantare*）chanter（「唱歌」）。首音節 [k] + [a] 時，法蘭西島方言在第五世紀顎音化為 [tʃ]，到了十三世紀時將塞擦音 [tʃ] 減化為擦音 [ʃ]，拼寫法為 *ch*；然而古皮卡第方言卻未出現顎音化現象，所以保持著 [k] 的發音，相對應的拼寫法是 *c*，所以此處的拼寫法反應出古皮卡第方言的特色。

[807] *par aventure*：peut-être（「可能」）。

[808] *s'enble*：se sauve, s'esquive（「逃離」、「逃走」）。*s'enble* 是自反動詞 *soi enbler* 直陳式現在時的 p3 形式。

[809] *sale*：（n.f.）grande salle（「大廳」）。此處的 *sale* 意指博凱爾伯爵議事或接待客人或與客人共進餐點的地方。

| 古法文原文 | 現代法文譯文 | 中文譯文 |
|---|---|---|
| 35 si vient[810] en l'estable[811] ou ses cevaus[812] | arriva à l'écurie où était son | 來到了拴著他的馬 |
| estoit. Il fait metre le sele[813] et le frain[814]; | cheval. Il lui fait mettre la selle et le mors; | 的馬廄裡。他讓人裝上馬鞍和馬銜； |
| il met pié en estrier, si monte, et ist[815] | il met le pied à l'étrier, le monte et sort | 他將腳套進馬鐙裡，騎上馬出了 |
| del castel; et erra tant qu[816]'il vint a | du château. Il alla jusqu'à ce qu'il parvînt à | 城堡。他任馬奔馳許久直到來到了 |
| le forest, et cevauca[817] tant qu'il vint | la forêt, chevaucha jusqu'à ce qu'il arrivât | 森林，之後又騎著馬前進良久才到達 |
| 40 a le fontaine, et trove les pastoriax | à la source et y trouva les petits bergers | 泉水處。就在下午三點時分 |
| au point de[818] none[819]; s'avoient une | à trois heures juste. Ils avaient | 他找到了牧童們，他們 |
| cape estendue sor l'erbe, si | étendu un ample manteau sur l'herbe et | 將一件斗篷攤開在草地上，並且 |
| mangeoient lor pain et faisoient mout | mangeaient leur pain | 很愉悅地 |
| tresgrant joie. | dans une grande gaieté. | 吃著麵包。 |

---

[810] 手稿中的原文是 *si vent*。

[811] *estable*：（n.f.）écurie（「馬廄」、「馬房」）。

[812] *cevaus*：（n.m.）cheval（「馬」）。*cevaus*（<*lat.* caballus）是第一類陽性名詞正格單數（CS sing.）形式。

[813] *sele*：（n.f.）（<*lat.* sella）selle（「馬鞍」）。

[814] *frain*：（n.m.）bride, mors（「嚼子」、「馬銜」）。

[815] *ist*：sort（「出去」）。*ist* 是動詞 *iscir* 直陳式現在時的 p3 形式。

[816] *tant que*：jusqu'à ce que（「直到」）。

[817] *cevauca*：chevaucha, ala à cheval（「騎行」）。*cevauca* 是動詞 *cevaucier* 直陳式簡單過去時的 p3 形式。

[818] *au point de*：au moment de（「在⋯時候」）。

[819] *none*：（n.f.）la neuvième heure, trois heures de l'après-midi（「下午三點」）。

| 古法文原文 | 現代法文譯文 | 中文譯文 |
|---|---|---|
| XXI | XXI | XXI |
| Or se cante | Chanté | 〔唱〕 |
| 1　Or s'asanlent pastouret[820], | Voici que s'assemblent les pastoureaux, | 此時牧童們聚集在一起 |
| Esmerés et Martinés, | Emeret et Martinet, | 艾莫黑和馬丁內、 |
| Früêlins et Johanés, | Fruelin et Jeannot, | 費律霖和偌案內、 |
| Robeçons et Aubriés. | Robichon et Aubriet. | 羅比松和奧比立葉。 |
| 5　Li uns dist: «Bel conpaignet[821], | L'un d'eux dit: «Chers compagnons, | 他們其中一位說道：「親愛的夥伴們， |
| Dix aït Aucasinet[822], | Que Dieu aide le jeune Aucassin, | 願主幫助我們的年輕歐卡森， |
| voire[823] a foi[824], le bel vallet[825]; | oui ma foi, le beau jeune homme, | 的確，他是位英俊的青春少年郎， |
| 〔76b〕et le mescine au corset[826] | et la jeune fille au corsage, | 還有那位身穿短上衣的年輕姑娘， |
| qui avoit le poil blondet[827] | qui avait les cheveux blonds, | 她有著金黃色的頭髮， |

---

[820] *pastouret*：（n.m.pl.）petits bergers, pastoueaux（「牧童」、「年輕的牧人」）。

[821] *conpaignet*：（n.m. pl.）diminutif de «conpaing»（「夥伴」、「同伴」）。*conpaignet* 是牧童用來稱呼自己同伴 *conpaing* 的小稱。

[822] *Aucasinet*：（「小歐卡森」、「年輕的歐卡森」）。*Aucasinet* 在此處是牧童對少主歐卡森帶有情感的暱稱。

[823] *voire*：（adv.）oui, vraiment（「是的」、「真的」）。

[824] *a foi*：sur ma foi（「的確」、「確實」）。

[825] *vallet*：（n.m.）jeune homme（「年輕人」、「少年郎」）。

[826] *corset*：（n.m.）corsage（「女短上衣」、「女服的上身部分」）。*corset* 在此處是牧童用字，是 *cors* 的指小詞，根據 Mario Roques（1982, 63）的生難字詞表解釋，*corset* 是古代貴族女性所穿的絲綢長袍 *bliaut* 的緊身的上半身部分。然而 Jean Dufournet（1984, 181）在其譯注版中的注釋提及 *corset* 可以指三種不同的衣服，所以很難定義此處屬於哪一種衣服。第一種 *corset* 是一種胸前有繫帶的短袖長袍，裡面可以穿襯衫。第二種 *corset* 是一種穿在長袍（cotte）之上和上衣（surcot）之下的長衫，其袖可以是寬的亦可是短的，其目的是要讓其下長袍（cotte）的袖子顯現出來。第三種 *corset* 則是有挖空設計穿在長袍（cotte）之上的衣服（surcot）之上身部分，所用的布料要和下身的布料有所不同。此外，手稿中的原文是 *aucors corset*，Hermann Suchier（1906, 25）將其修正為 *au corset*。

[827] *blondet*：（adj.）blond（「金黃色的」）。*blondet* 在此處是牧童用字，為 *blond* 的指小詞。

| | 古法文原文 | 現代法文譯文 | 中文譯文 |
|---|---|---|---|
| 10 | cler le vis et l'oeul vairet[828], | le visage lumineux et l'œil vif, | 白皙明亮的臉龐和靈動有神的眼睛， |
| | ki nos dona denerés[829], | qui nous donna des deniers, | 她給了我們幾個德尼耶， |
| | dont acatrons[830] gastelés[831], | avec lesquels nous achèterons des gâteaux, | 我們將會用這些錢來買些小糕餅、 |
| | gaïnes[832] et coutelés[833], | des couteaux avec leurs gaines, | 配著刀鞘的小刀子、 |
| | flaüsteles[834] et cornés[835], | des flûtes et des cornets, | 小笛子和和小號角、 |
| 15 | maçüeles[836] et pipés[837], | petites massues et des pipeaux. | 小棒子和小蘆笛， |

---

[828] *vairet*：（adj.）vif（「炯炯有神的」、「靈動的」）。*vairet* 在此處是牧童用字，為 *vair* 之指小詞。

[829] *denerés*：（n.m. pl.）deniers（「德尼耶」）。*denerés* 為牧童用字，為 *denier* 之指小詞。

[830] *acatrons*：achèterons（「買」）。*acatrons* 是第一類動詞 *acater* 直陳式未來時的 p4 形式。古皮卡第方言在直陳式未來時（futur de l'indicatif）的動詞變化中會將詞根 *acater* 中的 e 刪去，其後再加上相對應的人稱詞尾變化，此處的 *acatrons* 即是詞根 *acatr-* 與 *-ons* 組合而成的形式。

[831] *gastelés*：（n.m. pl.）gâteaux（「糕餅」）。牧童用字，*gastelés* 為 *gastel* 之指小詞。

[832] *gaïnes*：（n.f. pl.）gaines de couteaux（「刀鞘」）。

[833] *coutelés*：（n.m. pl.）couteaux, coutelets（「刀子」、「小刀」）。牧童用字，*coutelés* 為 *coutel* 之指小詞。

[834] *flaüsteles*：（n.f. pl.）flûtes（「笛子」、「小笛子」）。牧童用字，*flaüsteles* 為 *flaüste* 之指小詞。

[835] *cornés*：（n.m. pl.）cornets（「小號角」）。牧童用字，*cornés* 為 cor（n）之指小詞。

[836] *maçüeles*：（n.f. pl.）massues（「大頭棒」）。牧童用字，*maçüeles* 為 *maçue* 之指小詞。

[837] *pipés*：（n.m. pl.）pipeaux（「蘆笛」）。牧童用字，*pipés* 為 *pipes* 之指小詞。

| 古法文原文 | 現代法文譯文 | 中文譯文 |
|---|---|---|
| Dix le garisse[838]!» | Que Dieu la protège!» | 願主保佑她！」 |

---

[838] *garisse*：protège, sauve（「保佑」、「救護」）。根據 Jean Dufournet（1984, 181）在其譯注版中的注釋解釋，*garisse* 是動詞 *garir* 虛擬式現在時的 p3 形式。*garir* 源自於法蘭克語*warjan，意即「保護」、在古法文中亦保留「保護」之意，當 *garir* 傾向「保護」某人免於死亡或監禁時，此時衍生出「防禦」、「救助」之意；當 *garir* 意味著「保護」某人免於饑饉時，則延伸出「供應食物」之意；當 *garir* 表示「保護」某人免於病痛之苦時，則引伸出「治癒」之意。本文的 *garir* 除了此處的「保佑」之意，大多時候都是「治癒」之意，例如第一章第十二行、第十一章第二十五行、第十八章第四十五行等等。以語音學的角度來說，起首子音[w]源自於日耳曼語系的法蘭克語，自第二世紀起借入法語發音系統中，第五世紀時為了加強軟顎部位的發音而加入另一個軟顎塞子音[g]形成雙子音[gw]，十一世紀時簡化為[g]。儘管非重音節的起首母音[a]為詞源母音，十六世紀時由於[a]位於[r]前的發音被視為粗俗，所以演變為[e]，即現代法文的 *guérir*。

| 古法文原文 | 現代法文譯文 | 中文譯文 |
|---|---|---|
| XXII | XXII | XXII |
| Or dient et content et fabloient | Parlé: récit et dialogue | 〔說白：敘述和對話〕 |
| 1 Quant Aucassins oï les pastoriax, si li | Quand Aucassin entendit les pastoureaux, il | 當歐卡森聽見牧童們說的話時，他 |
| sovint de Nicolete se tresdouce amie | se souvint de Nicolette sa très douce amie | 想起了他如此傾心又十分溫柔的情人 |
| qu'il tant amoit, et si se pensa[839] qu'ele avoit | qu'il aimait tant, et il pensa qu'elle était | 妮可蕾特，便認定妮可蕾特曾 |
| la esté. Et il hurte[840] le ceval[841] des eperons, | passée par là. Il éperonne le cheval, | 經過此處。他用馬刺刺了他的馬， |
| 5 si vint as pastoriax. «Bel enfant[842], | et rejoint les pastoureaux. «Chers enfants, | 來到了牧童們的身旁。「好孩子， |
| Dix vos i[843] aït! — Dix vos benie! fait | que Dieu vous aide! — Que Dieu vous bénisse, dit | 願主幫助你們！」那位比其他人更能言 |
| cil qui fu plus enparlés[844] des autres. — Bel | celui qui parlait mieux que les autres. — Chers | 善道的牧童回答：「願主賜福於您！」歐卡森說： |
| enfant, fait il, redites le cançon[845] | enfants, fait-il, répétez la chanson | 「好孩子，將你們剛才唱的歌曲 |

---

[839] *se pensa*：pensa（「認為」、「料想」）。

[840] *hurte*：frappe, cogne, heurte（「敲」、「打」、「拍」）。*hurte* 是動詞 *hurter* 的直陳式現在時第三人稱單數的動詞變化形式。

[841] *ceval*：（n.m.）cheval（「馬」）。*ceval* 是第一類陽性名詞偏格單數（CR sing.）的形式。

[842] *Bel enfant*：（pl.）*beaux enfants*（「好孩子」）。*enfant* 是第三類陽性名詞正格複數（CS pl.）的形式。形容詞 *Bel* 則是為了和名詞 *enfant* 性數配合，所以此處是第一類形容詞陽性正格複數（CS pl.）的變格形式。

[843] *i*：此處的 *i* 可以為贅詞（explétif），抑或在牧童用語中當作直接受詞代名詞（pronom régime direct）使用。同樣的用法亦出現在第九行的 *Nous n'i dirons*。*Nous n'i dirons* 中的 *i*，也是一樣扮演直接受詞代名詞的功能，都是表示前一句中的某一個已知的元素，此處的 *i* 代表前一句的 *cançon*。

[844] *enparlés*：（adj.）habile à s'exprimer, bavard, disert（「能言善道的」、「健談的」、「有口才的」）。

[845] *cançon*：（n.f.）chanson（「歌曲」、「歌謠」）。*cançon* 是第二類陰性名詞偏格單數（CR

| 古法文原文 | 現代法文譯文 | 中文譯文 |
|---|---|---|
| que vos disiés ore[846]! <br>— Nous n'i dirons, | que vous disiez il y a un instant. — Non, nous ne la répéterons pas, | 再唱一遍。」那位比其他人更能言善道 |
| 10 fait cil qui plus fu enparlés des autres. | dit celui qui parlait mieux que les autres. | 的牧童回答：「才不要，我們才不要再唱一遍。 |
| Dehait ore[847] qui por vous i cantera, | Au diable qui chantera pour vous, | 大人在上，會為您唱這首歌曲的人會 |
| biax sire! — Bel enfant, fait Aucassins, | cher seigneur! — Chers enfants, dit Aucassin, | 下地獄的！」歐卡森說：「好孩子， |
| enne me conissiés vos? — Oïl, nos savions | est-ce que vous me connaissez? — Oui, nous savions | 你們可認識我？」「認識，我們早就知道 |
| bien que vos estes Aucassins nos | bien que vous êtes Aucassin, notre | 您是歐卡森，我們的 |
| 15 damoisiax, mais nos ne somes mie a vos, | jeune seigneur, mais nous ne sommes pas à vous, | 少主，然而我們不是您的子民， |
| ains somes au conte. — Bel enfant, | nous appartenons au comte. — Chers enfants, | 而是伯爵的子民。「好孩子， |
| si ferés, je vos en pri. — Os[848], por le cuerbé[849]! | vous chanterez, je vous en prie! — Non mais Corbleu! | 再唱一次吧，我求求你們。」另外一位 |

---

sing.）的形式。

[846] *ore*：（adv.）tout à l'heure, il y a un instant（「剛才」、「方才」）。

[847] 手稿中的原文是 *dehait a ore*。

[848] *Os*：écoute, entends（「聽啊」、「唉呦」）。*Os* 是動詞 *oïr* 的直陳式現在時第二人稱單數的動詞變化形式，此處用作表示驚訝的感嘆語氣。

[849] *por le cuerbé*：cordieu, corbieu, corbleu（「該死」、「見鬼」）。根據 Jean Dufournet（1984, 181）在其譯注版中的解釋，*cuerbé* 原本是由 *cuer* 與 *Diu* 所組成，*por le cuerbé* 的直譯是「以上帝之心的名義起誓」。*Cuerbé* 中的 *bé* 是因為在詛咒或咒罵他人時，刻意回避使用上帝（Dieu）的名譯，所以將 *Dé*、*Dieu* 改為 *bé*。現代法文仍在使用的瀆神詞 *corbleu*（par le corps de Dieu「以上帝本人名義起誓」）、*morbleu*（par la mort de Dieu「以上帝之死的名義起誓」）、*palsambleu*（par le sang de Dieu「以上帝之血名義起誓」）與此處的 *cuerbé* 的組成相似，皆是用另一個詞 *bleu* 取代 *dieu*，再加上運用相同或相似發音的拼寫法拼寫敏感字眼（*cor* 和 *corps* 發音相同；*mor* 和 *mort* 發音相同；*pal* 和 *par* 發

| 古法文原文 | 現代法文譯文 | 中文譯文 |
|---|---|---|
| fait cil; por quoi canteroie je por vos, s'il | répondit l'autre, pourquoi chanterais-je pour vous, si cela | 牧童答道：「唉呦！真是見鬼了！假如小爺我不樂意的話， |
| ne me seoit[850], quant il n'a si rice | ne me plaisait pas, alors qu'il n'y a en ce pays, | 憑什麼我要為您歌唱呢？直至今時在這個地區裡， |
| 20　home en cest païs, sans[851] le cors | à l'exception du comte Garin lui-même, | 除了加蘭伯爵他本人之外， |
| le conte Garin[852], s'il trovoit mé[853] bués ne | homme si important qui, s'il trouvait mes bœufs ou | 沒有任何一號如此位高權重的人物，假使他發現了我的公牛、 |
| mes vaces ne mes brebis en ses | mes vaches ou mes brebis dans ses | 母牛或雌羊在他 |
| prés n'en sen forment[854], qu'il fust mie | prés ou dans ses blés, fût | 的牧場或麥田中， |
| tant herdis[855] por les ex a crever qu'il[856] | assez hardi pour oser les en chasser, | 膽敢冒著被戳瞎雙眼的危險 |
| 25　les en ossast cacier? Et por quoi | dût-on lui crever les yeux? Pourquoi donc | 將牠們驅逐的？所以說 |

---

音相似；*sam* 和 *sang* 發音相同），藉以規避直稱神明和用神明的名義詛咒他人的禁忌。

[850] *seoit*：convenait, plaisait（「樂意」、「答應」）。*seoit* 是動詞 *seoir* 直陳式未完成過去時的 p3 形式。

[851] *sans*：（prép.）excepté（「除了」）。

[852] *le cors le conte Garin*：le comte Garin lui-même（「加蘭伯爵本人」）。根據 Jean Dufournet（1984, 181）譯注版的解釋，*cors* 和其他名詞或重音形式的人稱代名詞連用所組成的詞組可以代替人稱代名詞，例如 *le cors de moi* 意即「我本人」（moi），而 *le cors le conte* 則是「伯爵本人」之意。

[853] *mé*：（adj. possesif）mes（「我的」）。*mé* 為主有格形容詞陽性偏格複數形式。此手稿偶而會將尾子音-s 在拼寫法中刪去，因為尾子音[s]在十二世紀末至十三世紀初時不再發音，手抄員可以將自由選擇將其拼寫出來或是隱去不拼寫出來。

[854] *forment*：（n.m.）froment, blé（「麥子」）。*forment* 是第一類陽性名詞偏格單數（CR sing.）的形式。

[855] *herdis*：（adj.）hardi, audacieux（「大膽的」、「勇敢的」）。

[856] 手稿中呈現出來的是縮寫形式 *q̄l*，將其還原本應該是 *quel*，所以 Hermann Suchier（1906, 26）與 Mario Roques（1982, 23）皆將 *quel* 更正為 *qu'il*。

| 古法文原文 | 現代法文譯文 | 中文譯文 |
|---|---|---|
| canteroie je por vos, s'il ne me seoit? — Se | chanterais-je pour vous, si cela ne ma plaisait pas. — Que | 如果小爺我不樂意的話，我憑什麼要為您歌唱？」「好 |
| Dix vos aït, bel enfant, si ferés; et tenés | Dieu vous aide, chers enfants, vous le ferez, et prenez donc | 孩子，願主幫助你們，你們唱吧，你們拿著 |
| 〔76c〕.x.[857] sous que j'ai ci en une borse[858]. — Sire, les | dix sous que j'ai dans ma bourse. — Seigneur, nous | 我錢包裡的十蘇吧。」「大人，我們 |
| deniers prenderons nos, mais ce ne vos | prendrons les deniers, mais je ne vous | 收下您的錢，但是我不會為您 |
| 30 canterai mie, car j'en ai juré. Mais | la chanterai pas, car je l'ai juré, mais | 唱的，因為我已發過誓，不過 |
| je le vos conterai[859], se vos volés. — De par Diu, | je vous la raconterai, si vous voulez. — De par Dieu, | 我可以講述給您聽，如果您願意聽的話。」歐卡森答道：「我以上帝 |
| fait Aucassins, encor aim je mix conter que | fait Aucassin, j'aime encore mieux le récit que | 之名起誓，我寧可聽故事 |
| nient[860]. — Sire, nos estiiens orains[861] ci entre | rien du tout. — Seigneur, nous étions ici, il y a quleques heures, entre | 也好過什麼都沒有。」「大人，就在幾小時之前，介於 |
| prime et tierce, si | six et neuf heures, | 早上六點到九點的時候，我們就在此處， |
| 35 mangiens no pain a ceste fontaine, | nous mangions notre pain auprès de cette source, | 在泉水邊上正吃著麵包， |

---

[857] .x.: dix（「十」）。手稿中的數字常用羅馬數字表示，尤其是當手稿空間不夠時，校注版通常會將其還原成古法文的標準形式，所以 Hermann Suchier（1906, 26）與 Mario Roques（1982, 23）皆將其還原成 *dis*。

[858] *en une borse*: en une bourse（「在一個錢袋裡」）。Hermann Suchier（1906, 26）在其校注版中根據第十八章第 42 至 43 行的 *en me borse* 將 une 修改為 *me*，但是為了尊重原文，況且手稿中原文並沒有明顯的文法錯誤，本版本採取保留原文。

[859] *conterai*: raconterai（「講述」）。

[860] *nient*:（n.m.）rien（「什麼都沒有」）。

[861] *orains*:（adv.）tout à l'heure, il y a quelques heures（「方才」、「幾個小時前」）。

| 古法文原文 | 現代法文譯文 | 中文譯文 |
|---|---|---|
| ausi con nos faisons ore, | comme nous le faisons maintenant. | 就如同我們現在的樣子。 |
| et une pucele vint ci, li plus bele riens du | Et une jeune fille vint ici, la plus belle créature du | 一位少女來到這裡，她是這世上最美麗 |
| monde, si que nos quidames que ce fust | monde, si bien que nous imaginâmes que c'était | 的創造物，所以我們以為簡直就是 |
| une fee, et que tos cis bos[862] en esclarci[863]; | une fée, et tout ce bois en fut illuminé. | 仙女下凡，還有這整座森林都因為她的降臨而熠熠生輝。 |
| **40** si nos dona tant del sien[864] que nos li | Elle nous donna tant de sa bourse que nous lui | 她給了我們許多錢，所以我們 |
| eumes en covent[865], se vos veniés ci, nos | promîmes, si vous veniez ici, que nous | 承諾她假使您經過此處，我們 |
| vos desisiens[866] que vos alissiés[867] cacier en ceste | vous dirions d'aller chasser dans la | 會向您建議前往這座 |
| forest, qu'il a une beste que, se vos le | Forêt: il y a une bête telle que, si vous pouviez | 森林打獵，在那裏有一頭野獸，假如您 |

---

[862] *tos cis bos*：tout ce bois（「這整座森林」）。*tos* 為不定形容詞陽性正格單數（CS sing.）形式，與第四類無法變格之陽性名詞 *bos*（<*lat.* \*boscus）性數格配合；*cis*（<\*ecce iste）是指示形容詞陽性正格單數形式，原本在法蘭西島方言中的形式為 *cist*，此處呈現出來的是尾子音-*t* 隱去的拼寫法。尾子音-*t* 在九至十一世紀時已逐漸不發音，到了十二世紀時在手稿中常常不再拼寫出來，手抄員可以在謄寫手稿時選擇保留尾子音-*t* 或是將其刪去。當然也有可能此處 *cis* 的形式呈現出古皮卡地方言特徵，因為在此方言中陽性正格單數指示詞的變格形式可以為 *cist* 或 *cis*。

[863] *esclarci*：（adj.）illuminé（「熠熠生輝」、「照亮的」）。

[864] 手稿中的原文是 *des sien*。

[865] *eumes en covent*：promîmes（「承諾」、「應承」）。*eumes* 是動詞 *avoir* 直陳式簡單過去時（passé simple de l'indicatif）的 p4 形式。

[866] *desisiens*：dissions（「說」）。*desisiens* 是動詞 *dire* 虛擬式未完成過去時（imparfait du subjonctif）的 p4 形式。古皮卡第方言在虛擬式未完成過去時的動詞變化中仍保留位於兩個母音中間的-*s*-（de-s̱-isiens），而法蘭西島方言則將-*s*-去掉變成 *deïssiens*。

[867] *alissiés*：allassiez（「前往」）。*alissiés* 是動詞 *aler* 虛擬式未完成過去時的（imparfait du subjonctif）p5 形式。

| 古法文原文 | 現代法文譯文 | 中文譯文 |
| --- | --- | --- |
| poiiés[868] prendre, vos n'en donriiés[869] mie | la capturer, vous ne donneriez pas | 可以獵到牠的話，就算用 |
| **45** un des menbres por V<sup>c</sup> [870]mars[871] d'argent | un de ses membres pour cinq cents marcs d'argent | 五百銀馬克幣或任何財富為代價， |
| ne por nul avoir: car li beste[872] a | ni pour aucune somme. Car la bête a | 您也不會將牠的身體的任何一部分拿去販賣。因為這頭野獸擁有 |
| tel mecine que, se vos le poés prendre, | une telle vertu guérissante que, si vous pouvez la prendre, | 治癒疾病的功能，假使您可以抓住牠， |
| vos serés garis de vo mehaig[873]; et | vous serez guéri de votre blessure;et | 您的病就能痊癒，還有， |
| dedens trois jors le vos covien[874] avoir | il vous faut avant trois jours la | 您必須在三天內 |
| **50** prisse[875], et se vos ne l'avés prise, ja mais ne | capturer, si vous ne l'avez pas prise, vous ne | 補捉到牠，假如您三天內抓不到牠的話，您就 |

---

[868] *poiiés*：pouviez（「可以」）。*poiiés* 是動詞 *pooir* 直陳式未完成過去時（imparfait de l'indicatif）的 p5 形式。

[869] *donriiés*：donneriez（「給」）。*donriiés* 是動詞 *doner* 條件式現在時（conditionnel présent）的 p5 形式。

[870] V<sup>c</sup>：cinq cents（「五百」）。手稿中呈現的是羅馬數字，上標的 c 意即「一百」，v 意即「五」，所以五個一百等於五百。校注版將 V<sup>c</sup> 還原成 *cinc cens*。*cens* 是 *cent* 的複數形式。

[871] *mars*：marcs（「馬克幣」）。

[872] *li beste*：(n.f.) la bête（「這頭野獸」）。*beste*（<*lat.* bestia）是第一類陰性名詞正格單數形式。在法蘭西島方言中，*li* 為陽性定冠詞的正格單數形式，陰性定冠詞的正格單數形式則為 *la*。然而，在古皮卡第方言中，定冠詞正格的陰陽性單數形式皆為 *li*，因此，此處的 *li* 為古皮卡第方言中的陰性定冠詞正格單數形式。

[873] *mehaig*：(n.m.) blessure, maladie（「傷口」、「疾病」）。

[874] *covien*：faut（「應該」）。*covien*（t）是動詞 *convenir* 直陳式現在時（présent de l'indicatif）的 p3 形式。尾子音[t]由於十一世紀後已不再發音，所以手抄員常會在拼寫法中省略尾子音-*t*。

[875] *prisse*：(participe passé) prise, capturée（「捕捉」）。*prisse* 是動詞 *prendre* 的過去分詞形式，由於直接受詞為單數陰性名詞 *li beste* 位在動詞前面以人稱代名詞輕音形式 *le*（在古皮卡第方言中 *le* 與 *la* 是不分的）出現，所以過去分詞必須與前置受詞性數配合，也就是說要在 *pris* 後加 e。另外，古皮卡第方言在拼寫法中不用 z 而習慣用單一 *s* 或

| 古法文原文 | 現代法文譯文 | 中文譯文 |
| --- | --- | --- |
| le verrés. Or le caciés se vos volés, et se | la verrez jamais plus. Maintenant chassez-la si vous voulez, et si | 永遠見不著牠了。現在，假如您願意的話，就去獵捕牠吧；假如 |
| vos volés si le laiscié[876], car je m'en sui bien | vous ne voulez pas, laissez-la; moi je me suis bien | 你不想的話，就別管牠了，而我也履行了 |
| acuités[877] vers li. — Bel enfant, fait[878] Aucassins, | acquitté de la promesse que je lui ai faite. — Chers enfants, fait Aucassin, | 對她的承諾。」歐卡森答道：「好孩子， |
| assés en avés dit, et Dix[879] le me laist[880] trover! | vous en avez assez dit. Que Dieu m'accorde de la trouver. | 你們說的已經夠多了。但願上帝保佑我能找到牠。」 |

---

兩個 ss 來標[z]，是故此處的 prisse 呈現出古皮卡第方言[s]與[z]不分的特色。就在同一行我們也遇到單一 s 標[z]的拼寫法（prise）。

[876] laiscié：laissez（「放棄」、「不管」）。laiscié 是動詞 laissier 命令式 p5 形式。由於此手稿常將尾子音-s 省略不拼寫出來，所以此處我們並不像 Hermann Suchier（1906, 26）一樣將 laiscié 修正為 laisciés，而是保留手稿中的原文。

[877] acuités：（participe passé）acquitté（「履行」）。acuités 是動詞 acquitter 的過去分詞形式。

[878] 手稿中的原文是 bel enfait fait。

[879] 手稿中的原文是 et dx。

[880] laist：laisse（「讓」）。laist 是動詞 laissier 虛擬式現在時（subjonctif présent）的 p3 形式。

| 古法文原文 | 現代法文譯文 | 中文譯文 |
|---|---|---|
| XXIII | XXIII | XXIII |
| Or se cante | Chanté | 〔唱〕 |
| 1  Aucassins[881] oï les mos[882] | Aucassin entendit les paroles | 歐卡森聽到了他風姿 |
| de s'amie o le gent cors[883], | de son amie au corps gracieux, | 綽約情人的口信， |
| Mout li entrerent el cors. | elles s'imprimèrent au plus profond de son être. | 便將其銘記在心。 |
| Des pastoriax se part tost[884], | Il quitta aussitôt les pastoureaux, | 隨即他離開了牧童， |
| 5  si entra el parfont bos. | et pénétra dans le bois profond. | 進入到林間深處。 |
| Li destriers li anble[885] tost; | Son destrier va un amble rapide, | 他的戰馬步伐矯健， |
| 〔76d〕 bien l'en porte les galos[886]. | et l'emporte au galop. | 帶著歐卡森疾馳而去。 |
| Or parla, s'a dit trois mos: | Alors Aucassin parla et dit quelques mots: | 這時歐卡森說了幾句話： |
| «Nicolete o le gent cors, | «Nicolette au corps gracieux, | 「風姿綽約的妮可蕾特， |
| 10  por vos sui venus en bos; | c'est pour vous que je suis venu au bois, | 都是為了妳我才來到這森林中， |

---

[881] 手稿中此處的章節大寫字母為 *Q* 而非 *A*，繪畫師後來發現錯誤有更改為 *a* 的痕跡。此處的 *Aucassins* 在手稿中呈現的是 *Auc.*，為主角歐卡森名字的縮寫形式。

[882] *mos*：(n.m. pl.) mots（「隻字片語」、「口信」）。*mo（t）s* 是第一類陽性名詞偏格複數（CR pl.）的形式。

[883] *gent cors*：corps gracieux（「風姿綽約」、「婀娜多姿」）。

[884] *tost*：(adv.) aussitôt, sans tarder（「隨即」、「毫無耽擱」）。

[885] *anble*：va l'amble, conduit rapidement（「步伐矯健」、「同側兩腿同時舉步走」）。*anble* 是動詞 *anbler* 直陳式現在時的 p3 形式，原本 *anbler* 在中世紀時形容戰馬或駿馬在疾馳時的同側兩腿同時舉步走的運步法。

[886] *les galos*：au galop（「疾馳」）。

| 古法文原文 | 現代法文譯文 | 中文譯文 |
|---|---|---|
| je ne cac[887] ne cerf[888] ne porc[889], | je ne chasse ni cerf ni sanglier, | 我不為獵捕公鹿和野豬， |
| mais por vos siu[890] les esclos[891]. | mais c'est vous dont je suis les traces. | 而是為了追尋妳的蹤跡而來。 |
| Vo vair oiel[892] et vos gens cors, | Vos yeux vifs et votre corps gracieux, | 妳明亮有神的眼眸、婀娜多姿的體態、 |
| vos biax ris[893] et vos dox mos | votre beau sourire et votre doux parler | 妳的嫣然巧笑和溫柔軟語 |
| 15　ont men cuer navré a mort. | ont blessé mon cœur à mort. | 深深地傷了我的心。 |
| Se Diu[894] plaist le pere fort[895], | S'il plaît à Dieu, le père tout-puissant, | 但願上帝，萬能的天父保佑， |
| je vous reverai[896] encor, | je vous reverrai encore, | 讓我可以再見到妳， |
| suer, douce amie.» | ma sœur, ma douce amie.» | 我的妹妹，我溫柔的愛人。」 |

---

[887] *cac*：chasse（「獵捕」）。*cac* 是動詞 *cacier* 直陳式現在時的 p1 形式。

[888] *cerf*：（n.m.） cerf（「公鹿」）。*cerf*（<*lat.* cervum）是第一類陽性名詞偏格單數（CR sing.）的形式。

[889] *porc*：（n.m.）sanglier（「野豬」）。*porc*（<*lat.* porcum）為第一類陽性名詞偏格單數的形式。

[890] *siu*：suis（「追隨」）。*siu* 是動詞 *suir* 直陳式現在時的 p1 形式。

[891] *esclos*：（n.m. pl.）traces, pistes（「蹤跡」）。*esclo*（*t*）*s* 是第一類陽性名詞偏格複數（CR pl.）的形式。

[892] *Vo vair oiel*：（pl.）vos yeux vifs（「明亮有神的眼眸」）。*oiel* 是第一類陽性名詞正格複數（CS pl.）的形式。為了要和名詞 *oiel* 性數格配合，此處的主有格形容詞 *Vo* 為古皮卡第方言中的陽性正格複數（CS pl.）形式。形容詞 *vair* 亦是陽性正格複數（CS pl.）形式。

[893] *vos biax ris*：votre beau sourire（「妳的巧笑」）。*ris* 是陽性名詞正格單數（CS sing.）形式，所以此處的主有格形容詞 *vos* 為古皮卡第方言中陽性正格單數形式，形容詞 *biax*（= biaus）也是陽性正格單數的變格形式。

[894] 手稿中的原文為正格單數形式（CS sing.）*Dix*，然而根據上下文來看，此處需要的是 *Dix* 的偏格單數形式（CR sing.）*Diu*，所以將此處的 *Dix* 修正為 *Diu*。

[895] *fort*：（adj.）puissant（「強的」）。*fort* 為第二類陰陽性同型態的形容詞，此處是陽性偏格單數形式，與前置名詞 *le pere* 性數配合。

[896] *reverai*：reverrai（「再見」）。*reverai* 是動詞 *reveoir* 直陳式未來時的 p1 形式。

| 古法文原文 | 現代法文譯文 | 中文譯文 |
|---|---|---|
| XXIV | XXIV | XXIV |
| Or dient et content et fabloient | Parlé: récit et dialogue | 〔說白：敘述和對話〕 |
| 1 Aucassins ala par le forest de voie en voie[897] | Aucassin allait par la forêt de chemin en chemin, | 歐卡森穿梭在森林中一條接著一條的小路上， |
| et li destriers[898] l'en porta grant | et son destrier l'emportait à vive | 他的戰馬背負著他快速 |
| aleure[899]. Ne quidiés mie que les ronces[900] et | allure. Ne croyez pas que les ronces et | 奔馳。別以為荊棘 |
| les espines[901] l'esparnaiscent[902]. Nenil | les épines l'épargnassent. Pas | 會輕易饒過他。完全 |
| 5 nient! ains li desronpent[903] ses dras[904] qu'a | du tout! Bien au contraire, elles lui déchirent ses vêtements au point qu'on | 不會，恰恰相反，荊棘將他的衣服撕破，碎裂的程度 |
| painnes peust on nouer desu[905] el plus | aurait eu beaucoup de peine à faire un nœud avec le morceau le moins | 可以到很難用最完整的一塊布拿來 |

---

[897] *de voie en voie*：de chemin en chemin, d'un chemin à l'autre（「從一條路走向另一條路」）。

[898] *destriers*：（n.m.）*destrier, cheval de combat*（「戰馬」）。*destriers* 是第一類陽性名詞正格單數（CS sing.）的形式。

[899] *grant aleure*：à vive allure, au galop（「疾馳」）。*aleure* 是第一類陰性名詞偏格單數（CR sing.）的形式。*grant* 則屬於第二類陰陽性同型態的形容詞，為了和其後的名詞 *aleure* 性數配合，此處是陰性偏格單數形式。

[900] *les ronces*：（n.f. pl.）ronces（「荊棘」）。*ronces* 是第一類陰性名詞正格複數（CS pl.）的形式。定冠詞 *les* 亦是陰性正格複數的變格形式。

[901] *espines*：（n.f. pl.）épines（「有刺的小樹」、「荊棘」）。

[902] *esparnaiscent*：épargnassent（「放過」）。*esparnaiscent* 是動詞 *espargnier* 虛擬式未完成過去時的 p6 形式。

[903] *desronpent*：déchirent（「扯破」、「撕裂」）。*desronpent* 是動詞 *desronpre* 直陳式現在時的 p6 形式。

[904] *dras*：（n.m. pl.）vêtements（「衣服」）。*dras* 此處是第一類陽性名詞偏格複數（CR pl.）的形式。

[905] *desu*：（adv.）dessus（「在上面」）。

| 古法文原文 | 現代法文譯文 | 中文譯文 |
|---|---|---|
| entier, et que li sans[906] li isci des bras | déchiré, et que le sang lui sortait des bras, | 打結。鮮血從他的臂膀、 |
| et des costés[907] et des ganbes[908] en quarante lius u | des côtés, des jambes, en trente ou | 身體兩側和大腿的三十或 |
| en trente, qu'aprés le vallet peust on | quarante endroits, si bien que, derrière le jeune homme, on aurait pu | 四十處湧出，所以人們可以在這位年輕公子的身後 |
| 10 suir[909] le trace de sanc qui caoit[910] sor l'erbe. | suivre la trace du sang qui tombait sur l'herbe. | 追尋到他滴落在草地上的血跡。 |
| Mais il pensa tant a Nicolete sa douce | Mais il pensa tellement à Nicolette, sa douce | 但是他一心只想著他溫柔的情人 |
| amie, qu'i ne sentoit ne mal ne dolor[911]; | amie, qu'il ne ressentait ni mal ni douleur; | 妮可蕾特，所以他並不感到痛楚。 |
| et ala tote jor[912] par mi le forest[913] si | et alla par la forêt toute la journée | 他在森林裡奔波了一整天 |
| faitement que[914] onques n'oï noveles de li; et quant | sans qu'il apprît aucune nouvelle d'elle. Et quand | 卻沒有探得她一點的消息。當他 |

---

[906] *li sans*：（n.m.）le sang（「血」）。*sans*（<*lat.* sanguis）是第一類陽性名詞正格單數（CS sing.）的形式，其偏格單數形式 *sanc* 出現在本章的第十行。*li* 則為定冠詞陽性正格單數之變格形式。

[907] *costés*：（n.m. pl.）côtés, flancs（「胸側」、「體側」）。

[908] *ganbes*：（n.f. pl.）jambes（「大腿」）。手稿中的原文為 *des gans*。

[909] *suir*：suivre（「追隨」）。

[910] *caoit*：tombait（「掉落」）。*caoit* 是動詞 *caïr* 直陳式未完成過去時的 p3 形式。

[911] *dolor*：（n.f.）douleur physique（「身體的痛楚」）。*dolor*（<*lat.* \*doloris）為第二類陰性名詞偏格單數（CR sing.）的形式。

[912] *tote jor*：（adv.）toute la journée（「一整天」）。

[913] *forest*：（n.f.）forêt（「森林」、「樹林」）。由於 *forest*（<*lat. pop.* forestis）的詞跟結尾為子音-*t*，是故屬於第二類陰性名詞變格，此處為偏格單數的形式。古皮卡第方言中定冠詞陰性偏格單數的形式為 *le*，而非 *la*。另一個例子 *le trace* 也出現在此章節的第 10 行。

[914] *si faitement que*：de telle sorte que（「以至於」）。

| | 古法文原文 | 現代法文譯文 | 中文譯文 |
|---|---|---|---|
| 15 | il vit que li vespres[915] aproçoit, si comença | il vit que le soir approchait, il commença | 發現夜幕即將來臨時，因為 |
| | a plorer por çou qu'il ne le trovoit. Tote[916] | à pleurer, parce qu'il ne la trouvait pas. Il | 遍尋不著妮可蕾特，便開始哭了起來。他 |
| | une viés voie herbeuse[917] cevaucoit, | chevauchait le long d'un vieux sentier herbeux, | 沿著一條野草叢生的古老小徑一路騎馬前行， |
| | s'esgarda[918] devant lui en mi[919] le voie, si vit | il regarda devant lui au milieu du chemin, et vit | 在路的正中央，他的前方，望見了 |
| | un vallet tel con je vos dirai. Grans | un jeune homme tel que je vais vous décrire. Il était | 我即將和您描述的一位年輕人。他生得 |
| 20 | estoit et mervellex[920] et lais[921] et hidex[922]; il | grand et monstrueusement laid et hideux. Il | 高頭大馬，相貌奇醜無比，又面目猙獰。 |
| | avoit une grande hure[923] plus noire | avait une hure énorme, plus noire | 他有著比黑黴菌還要黝黑又毛茸茸的 |
| | qu'une carbouclee[924], et avoit plus de | que le charbon des blés, et avait plus d'une | 肥碩腦袋，兩眼間的眼距 |

---

[915] *li vespres*：(n.m.) le soir (「夜晚」)。*vespres* 源自於拉丁文 *vesper*，屬於第二類陽性名詞正格單數 (CS sing.) 的變格形式，由於在拉丁文中的主格 (nominatif) 就沒有如第一類陽性名詞字尾有-*s*，所以 *vespres* 此處的-*s* 是被第一類陽性名詞變格同化的結果，此字母-*s* 稱之為類推字母 (s analogique)。

[916] *Tote*：tout le long de (「一路沿著」)。

[917] *une viés voie herbeuse*：un vieux chemin herbeux (「一條雜草叢生的古老小徑」)。*voie* 為陰性名詞，後置形容詞 *herbeuse* 也與名詞性數配合。然而 *viés* 此處卻是陽性形容詞的形式，因為 *viés* 源自於拉丁文陰陽性同形的形容詞 *vetus*，所以在古法文中亦和 *grant* 一樣皆屬於第二類陰陽性同形的形容詞。

[918] *s'esgarda*：regarda (「望見」)。

[919] *en mi*：(prép.) au milieu de (「在……中央」)。

[920] *mervellex*：(adj.) extraordinaire (「特別的」、「異常的」)。

[921] *lais*：(adj.) laid (「醜的」)。

[922] *hidex*：(adj.) épouvantable, affreux (「可怕的」)。

[923] *hure*：(n.f.) tête poilue (「毛髮茂密的腦袋」、「毛茸茸的腦袋」)。

[924] *carbouclee*：(n.f.) charbon des moissons, nielle (「黑黴菌」、「黑粉菌」)。

| 古法文原文 | 現代法文譯文 | 中文譯文 |
|---|---|---|
| planne[925] paume[926] entre deus ex, et avoit unes | pleine paume entre les yeux, et il avait de | 寬過一個巴掌的距離， |
| 〔77a〕 grandes joes[927] et un grandisme[928] nes[929] plat | grosses joues, un immense nez plat, | 雙頰豐碩肥滿，極塌扁的闊鼻， |
| 25 et unes grans narines lees[930] et unes | d'énormes et larges narines, | 寬大的鼻孔， |
| grosses levres plus rouges | de grosses lèvres plus rouges | 肥厚的雙唇比炭火上烤的肉 |
| d'une carbounee[931] et uns grans dens[932] | qu'une grillade, de longues dents | 還要鮮紅，一口又 |
| gaunes[933] et lais; et estoit cauciés[934] | jaunes et affreuses. Il était chaussé | 黃又醜得可怕的大長牙齒。他腳穿 |
| d'uns housiax[935] et d'uns sollers[936] de | de jambières et de souliers | 牛皮製的護脛和鞋子， |

---

[925] *planne*：（adj.）complète（「完全的」）。

[926] *paume*：（n.f.）main（「手」）。

[927] *joes*：（n.f. pl.）joues（「面頰」）。

[928] *grandisme*：（adj.）énorme（「很大的」）。*grandisme* 為形容詞 *grant* 的最高級形式。

[929] *nes*：（n.m.）nez（「鼻子」）。*nes* 源自於拉丁文 *nasus*，屬於第四類無格變化之陽性名詞變格，此處為偏格單數的形式。

[930] *lees*：（adj.）larges（「寬的」、「大的」）。

[931] *carbounee*：charbonnée, grillade（「炭火上烤的肉」、「烤肉」）。

[932] *uns grans dens*：de grandes dents（「一排大長牙」）。古法文中不定冠詞複數 *uns, unes* 通常用在表示一對物品，例如第 25 至 26 行的 *unes grosses levres*（意即 「雙脣」）；或是意指一系列相同的物品，例如此處的 *uns grans dens*，意即「一整排大牙」。

[933] *gaunes*：（adj.）jaunes（「黃色的」）。

[934] *cauciés*：（participe passé）chaussé（「腳穿……的」）。*cauciés* 是動詞 *caucier* 的過去分詞形式。

[935] *housiax*：（n.m. pl.）houseaux, jambières（「綁腿」、「護脛」）。

[936] *sollers*：（n.m. pl.）souliers（「鞋子」）。

| 古法文原文 | 現代法文譯文 | 中文譯文 |
|---|---|---|
| 30 buef fretés[937] de tille[938] dusque[939] deseure[940] | en cuir de bœuf, maintenus par des cordes en écorce de tilleul jusqu'au-dessus | 兩者由緞樹皮製成的鞋帶固定住，一直綁到 |
| le genol[941], et estoit afulés[942] d'une cape | du genou. Il était vêtu d'un large manteau | 膝蓋上方。他穿著一件不分正反面的 |
| a deus envers[943], si estoit apoiiés sor | sans envers ni endroit, et il était appuyé sur | 寬大外套，倚身 |
| une grande maçue[944]. Aucassins | une longue massue. Aucassin | 在一根大頭長棍上。歐卡森 |
| s'enbati sor lui, s'eut grant paor quant il le | se précipita sur lui et prit peur quand il | 策馬奔向這位年輕人，當他湊近一看， |
| 35 sorvit[945]. — Biax frere, Dix t'i aït! — Dix | l'aperçut. «Cher frère, que Dieu t'aide! — Que Dieu | 著實嚇了一大跳。「好兄弟，願主幫助你！」那個人回答： |
| vos benie! fait cil. — Se Dix t'aït, que fais | vous bénisse! dit l'autre. — Par la grâce de Dieu, que fais | 「願主賜福於您！」「願主幫助你，你在 |

---

[937] *fretés*：（participe passé）maintenus par des cordes ou tresses（「用帶子繫住」）。

[938] *tille*：（n.f.）（corde d'）écorce de tilleul（「椴樹皮（做成的繩子）」）。

[939] *dusque*：（adv.）jusque（「直到」）。

[940] *deseure*：（prép.）sur, dessus（「在……上面」）。

[941] *genol*：（n.m.）genou（「膝蓋」）。*genol* 此處是第一類陽性名詞偏格單數（CR sing.）的形式。

[942] *afulés*：（participe passé）couvert, revêtu（「穿……的」）。*afulés* 是動詞 *afubler*（<*lat.* \*affibulare）的過去分詞形式。在古皮卡第方言中，子音群[bl]位在母音[u]之後時，子音[b]會消失不見，是故此處 *afulés* 的拼寫法呈現出古皮卡第方言特徵。

[943] *a deus envers*：à deux faces sans envers（「不分正反面的」）。

[944] *maçue*：（n.f.）massue（「大頭棒」、「大長棍」）。在中世紀，「大頭棒」常常是農民、瘋子或是巨人的代表物。

[945] *sorvit*：examina de plus près, détailla（「湊近瞧」、「仔細瞧」）。*sorvit* 是動詞 *sorveir* 直陳式簡單過去時的 p3 形式。

| 古法文原文 | 現代法文譯文 | 中文譯文 |
|---|---|---|
| tu ilec? — A vos que monte[946]? fait cil[947]. | -tu ici? — Que vous importe? répliqua l'autre. | 這裡做什麼呢？」那個人回答：「干卿何事？」 |
| — Nient, fait Aucassins; je nel vos demant se por bien non. — Mais por quoi plourés vos, fait | — Rien, dit Aucassin, je ne vous le demande qu'avec de bonnes intentions. — Mais pourquoi pleurez-vous? reprit | 歐卡森回答：「沒什麼，我只是出自善意地詢問一下而已。」那個人回答：「您為何 |
| 40 cil, et faites si fait[948] duel[949]? Certes, se | l'autre, et pourquoi êtes-vous si triste? En vérité, si | 哭泣？為何如此憂傷？說真格的，假如 |
| j'estoie ausi rices hom que vos estes, | j'étais aussi riche que vous l'êtes, | 我像您一樣富有， |
| tos li mons[950] ne me feroit mie | le monde entier ne me ferait pas | 這世上沒有任何東西能讓我 |
| plorer. — Ba! me conissiés vos? fait Aucassins. | pleurer. — Eh bien, vous me connaissez donc? dit Aucassin. | 哭泣。」歐卡森說：「怎麼著，你認得我？」 |
| — Oie[951], je sai bien que vos estes Aucassins, li fix | — Oui, je sais bien que vous êtes Aucassin, le fils | 「認得，我知道您是伯爵之子 |
| 45 le conte, et se vos me dites por quoi vos | du comte, et si vous me dites pourquoi vous | 歐卡森。假如您告訴我您為何 |
| plorés, je vos dirai que je fac ci. — Certes, | pleurez, je vous dirai ce que je fais ici. — En vérité, | 哭泣的話，我就告訴您我在此處做甚麼。」歐卡森回答： |

---

[946] *monte*：concerne, importe（「與……關」）。

[947] 手稿中的原文是 *fiat cil*。

[948] *si fait*：si, tel（「如此的」）。

[949] *duel*：(n.m.) chagrin（「悲傷」）。片語 *faire duel/dol* 在此處的意思為「哀嘆」。*dol faire* 在此章的 59 行處出現一例。

[950] *li mons*：(n.m.) le monde（「世界」）。*mons* 是第一類陽性名詞正格單數（CS sing.）的形式。

[951] *Oie*：oui（「認得」）。

| 古法文原文 | 現代法文譯文 | 中文譯文 |
|---|---|---|
| fait Aucassins, je le vos dirai molt | fait Aucassin, je vous le dirai très | 「的確，我很樂意 |
| volentiers: je vig[952] hui[953] matin cacier en | volontiers. Je suis venu chasser ce matin | 告訴你。我今早來到這座森林 |
| ceste forest, s'avoie un blanc | dans cette forêt, j'avais un lévrier | 狩獵，本來我有一隻全世界 |
| 50　levrer[954], le plus bel del siecle, si l'ai | blanc, le plus beau du monde, et je l'ai | 最漂亮的白色獵兔犬，然而我卻 |
| perdu: por ce pleur[955] jou. — Os! fait cil, por | perdu: c'est pour cela que je pleure. — Non mais, fait l'autre, par | 丟失了牠，這是我哭泣的原因。那個人回答：「不會吧！ |
| le cuer que cil Sires eut en sen ventre[956]! | le cœur que le Seigneur porta en sa poitrine! | 我以天主胸口之心起誓， |
| que vos plorastes[957] por un cien[958] puant[959]? | Vous pleurez pour un sale chien! | 您就為了一隻臭狗而哭泣？ |
| Mal dehait ait qui ja mais vos prisera[960], | Au diable celui qui jamais vous estimera, | 但願會欣賞你的人都下地獄！ |
| 55　quant il n'a si rice home en ceste terre, | alors qu'il n'y a en ce pays homme si puissant qui, | 這個地方還沒有任何一位如此有權有勢的人， |
| se vos peres l'en mandoit .x. u .xv. | si votre père lui demandait dix ou quinze | 只要您的父親開口向他要上十隻、十五隻 |

---

952 *vig*：vins（「來到」）。*vig* 是動詞 *venir* 的直陳式簡單過去時 p1 的形式。

953 *hui*：（adv.）aujourd'hui（「今天」）。

954 *levrer*：（n.m.）lévrier（「獵兔狗」）。

955 *pleur*：pleure（「哭泣」）。*pleur* 是動詞 *plorer* 直陳式現在時 p1 的形式。

956 *ventre*：（n.m.）ventre（「腹部」、「肚子」）。*ventre*（<lat. ventrem）此處如 *pere* 一樣，屬於第二類陽性名詞偏格單數（CR sing.）的形式。

957 *plorastes*：pleurâtes（「哭泣」）。*plorastes* 是動詞 *plorer* 的直陳式簡單過去時 p5 的形式。

958 *cien*：（n.m.）chien（「狗」）。*cien* 是第一類陽性名詞偏格單數（CR sing.）的形式。

959 *puant*：puant, sale（「臭的」、「髒的」）。*puant* 是動詞 *puir* 的現在分詞形式。

960 *prisera*：estimera（「欣賞」）。

| 古法文原文 | 現代法文譯文 | 中文譯文 |
|---|---|---|
| u .xx., qu'il ne les eust trop⁹⁶¹ volentiers⁹⁶², | ou vingt chiens, il les obtînt sans difficulté, | 或二十隻狗，這些對您父親來說都是唾手可得之物， |
| et s'en esteroit⁹⁶³ trop liés. Mais je | et il serait très heureux de les lui donner. Mais c'est moi | 而這位權貴卻十分樂地將其奉上給您的父親。應該是我 |
| doi plorer et dol faire. — Et tu de quoi, | qui dois pleurer et me lamenter. — Et pourquoi, | 才要哭泣和哀傷。」「為什麼呢？ |
| 60 〔77b〕frere? — Sire, je le vous dirai. | mon frère? — Seigneur, je vais vous le dire. | 我的兄弟？」「少主大人，我正要告訴您此事。 |
| J'estoie luiés⁹⁶⁴ a .i. rice vilain⁹⁶⁵, si caçoie⁹⁶⁶ | Je m'étais engagé chez un riche paysan, et je conduisais | 我受雇於一位富農，我用 |
| se carue⁹⁶⁷, .iiii. bués i avoit. Or | sa charrue avec quatre bœufs. Mais | 四頭牛趕他的犁車。但是 |
| a .iii. jors qu'il m'avint⁹⁶⁸ une grande | il y a trois jours, il m'est arrivé un grand | 就在三天前，大難突然降臨在 |
| malaventure⁹⁶⁹, que je perdi le mellor⁹⁷⁰ de | malheur, car j'ai perdu le meilleur de | 我頭上，因為我丟失了我四頭牛中 |

---

⁹⁶¹ *trop*：（adv.）très（「很」、「非常」）。

⁹⁶² *volentiers*：（adv.）facilement, sans difficulté（「輕易地」、「毫無困難地」）。

⁹⁶³ *esteroit*：serait（「是」）。*esteroit* 是動詞 *estre* 條件式現在時 p3 的形式。

⁹⁶⁴ *luiés*：（participe passé）loué, engagé（「受雇於」）。*luiés* 是動詞 *luier* 的過去分詞形式。

⁹⁶⁵ *vilain*：（n.m.）paysan（「農夫」）。

⁹⁶⁶ *caçoie*：conduisait（「趕」、「駕駛」）。*caçoie* 是動詞 *cacier* 直陳式未完成過去時 p3 的形式。

⁹⁶⁷ *carue*：（n.f.）charrue, attelage（「犁車」、「套車」）。

⁹⁶⁸ *avint*：advint, arriva（「突然發生」）。*avint* 是動詞 *avenir* 直陳式簡單過去時 p3 的形式。

⁹⁶⁹ *malaventure*：（n.f.）malheur, mésaventure（「不幸」、「災難」）。

⁹⁷⁰ *le mellor*：le meilleur（「最好的」）。手稿中的原文是 *li mellor*。*mellor* 屬於第三類形容詞變格，此處為偏格單數形式，所以 *mellor* 從拉丁文 *meliōrem* 而來。西元前一世紀時，拉丁文已將分音雙母音（hiatus）[iō]中非重音的母音[i]子音化為半子音[j]，第二世紀時當[l] + [j]時，子音[l]顎音化為[ʎ]，法蘭西島方言中對[ʎ]的拼寫法為-ill-或-il-，而古皮卡第方言則常用-ll-或-l-來拼寫[ʎ]。

| | 古法文原文 | 現代法文譯文 | 中文譯文 |
|---|---|---|---|
| 65 | mes bués, Roget, le mellor de me | mes bœufs, Rouget, le meilleur de mon | 最好的一頭，羅傑，他是我套車裡 |
| | carue; si le vois querant, si ne | attelage; depuis je le cherche partout, et | 最好的一頭牲畜，從那天起，我就一直到處在找尋牠， |
| | mangai ne ne buc[971] trois jors a | je n'ai ni mangé ni bu depuis trois jours. | 我已經三天沒吃沒喝了， |
| | passés; si n'os aler a le vile, c'on me | Je n'ose pas retourner à la ville, car on me | 我不敢回到城中， |
| | metroit en prison, que je ne l'ai de quoi | mettrait en prison, vu que je n'ai pas de quoi | 因為會被關進監牢裡，就因我沒有可以償還 |
| 70 | saure[972]: de tot l'avoir du monde n'ai je | le payer: de tous les biens de ce monde je | 那頭牛的錢。在這世上我所擁有值錢的 |
| | plus vaillant que vos veés sor le cors | n'ai pour toute fortune que ce que vous voyez sur | 財產就是您現在看到我的這一身 |
| | de mi. Une lasse[973] mere avoie, si | moi. J'avais une pauvre mère qui | 行頭。我有一個可憐的母親， |
| | n'avoit plus vaillant que[974] une | n'avait pour toute fortune qu'un | 她所有的家當就只剩下一個 |
| | keutisele[975], si li a on sacie[976] de desou le dos, | mauvais petit matelas, et on le lui a tiré de dessous le dos, | 劣質的小床墊，但是卻被人從她背底下抽走了， |

---

[971] *buc*：bus（「喝」）。*buc* 是動詞 *boire* 直陳式簡單過去時 p1 的形式。

[972] *saure*：payer, acquitter（「付」、「償還」）。

[973] *lasse*：(adj.) malheureuse, pauvre（「可憐的」、「不幸的」）。

[974] *plus vaillant que*：rien de plus que（「沒有比……更值錢的東西了」）。

[975] *keutisele*：(n.f.) mauvais petit matelas（「劣質的小床墊」）。

[976] *sacie*：(participe passé) tirée, arrachée（「抽走」、「拿走」）。*sacie* 是動詞 *sacier* 過去分詞的陰性單數形式，由於在古法文中直接受詞 *la*（＝keutisele）遇上間接受詞第三人稱單數 *lui* 時通常省略不出現，然而過去分詞卻仍然呈現與省略的前置直接受詞性數配合的形式。

| | 古法文原文 | 現代法文譯文 | 中文譯文 |
|---|---|---|---|
| 75 | si gist a pur[977] l'estrain[978], si m'en | et elle couche à même la paille, et son sort m'afflige | 她現在只能就地睡在乾草上，她的處境 |
| | poise assés[979] plus que de mi; car avoirs va | bien plus que le mien, car la richesse va | 比我自己的狀況還要令我難過，因為財來 |
| | et vient: se j'ai or perdu, je | et vient: si maintenant j'ai perdu, je | 又財去，假使我現在失去了錢財，我 |
| | gaaignerai une autre fois, si sorrai[980] mon | gagnerai une autre fois, et je paierai mon | 下次又可以賺回來，等我有能力時， |
| | buef[981] quant je porrai, ne ja por çou | bœuf quand je le pourrai. Je ne pleurerai | 我會償還我那頭牛的錢。但是我不會 |
| 80 | n'en plouerai. Et vos plorastes | pas pour ça. Et vous, vous pleuriez | 因此而哭泣，而您居然 |
| | por un cien de longaigne[982]? Mal | pour un chien de latrines! Au | 為了一隻臭狗而哭泣。但願 |
| | dehait ait qui ja mais vos prisera! | diable celui qui jamais vous estimera! | 會欣賞你的人下地獄！」 |
| | — Certes, tu es de bon confort[983], biax frere; | — A coup sûr, tu es réconfortant, mon cher frère; | 「真的，我的好兄弟，你真的很會安慰人， |
| | que benois[984] soies tu! Et que valoit | Béni sois-tu! Que valait | 願主祝福你，你的牛值 |
| 85 | tes bués? — Sire, vint sous m'en | ton bœuf? — Seigneur, vingt sous on m'en | 多少錢呢？」「少主，他們向我要二十蘇， |

---

[977] *a pur*：à même, seulement（「直接」、「就地」）。

[978] *estrain*：（n.m.）paille（「稻草」）。

[979] *assés*：（adv.）beaucoup（「很」、「非常」）。

[980] *sorrai*：paierai（「付」、「償還」）。*sorrai* 是動詞 *saure* 直陳式未來時 p1 的形式。

[981] *buef*：（n.m.）bœuf（「牛」）。*buef* 屬於第一類陽性名詞偏格單數（CR sing.）的變格形式。

[982] *longaigne*：（n.f.）latrine, égoût, chose sale（「茅坑」、「下水道」、「髒東西」）。*cien de longaigne* 意即「又髒又臭的狗」。

[983] *confort*：（n.m.）réconfort（「安慰」、「鼓舞」）。

[984] *benois*：（participe passé）béni（「祝福」）。*benois* 是動詞 *beneir* 的過去分詞陽性單數形式。

| 古法文原文 | 現代法文譯文 | 中文譯文 |
|---|---|---|
| demande on; je n'en puis mie abatre[985] une seule maaille[986]. — Or tien, fait Aucassins, | demande, je n'en puis rabattre d'une seule maille. — Tiens donc, fait Aucassin, | 我不能再減一個銅子了。」歐卡森說：「拿著， |
| xx. que j'ai ci en me borse, si sol[987] ten | voici vingt sous que j'ai dans ma bourse, et paie ton | 這裡是我錢包裡的二十蘇，拿去付了你 |
| buef. — Sire, fait il, grans mercis, | bœuf. — Seigneur, fait-il, grand merci | 牛的錢吧。」牧牛人說：「少主，多謝， |
| 90 et Dix vos laist[988] trover ce que vos querés[989]!» | et que Dieu vous fasse trouver ce que vous cherchez !» | 願主讓您找到您正在找尋之物。」 |
| Il se part de lui; Aucassins si cevauce. | Il le quitte; et Aucassin chevauche. | 牧牛人離別了歐卡森。歐卡森也繼續策馬前行。 |
| La nuis fu bele et quoie[990], et il erra tant | La nuit était belle et paisible, à force de cheminer, | 夜晚清澈明亮又寧靜安詳，歐卡森跋涉驅馳良久， |
| qu'il vin〔t pres de la u li set cemin aforkent〕 | il parvint près de l'endroit d'où rayonnent les sept chemins | 終於來到了延伸出七條路的交叉口附近， |
| si v〔it devant lui le loge que vos savés que〕 | et il vit devant lui la hutte, vous le savez, | 就在前面他望見了那座你們知道 |

---

[985] *abatre*：faire rabattre（「減低」、「壓低」）。

[986] *maaille*：（n.f.）maille, demi-denier（「小銅錢」、「半個德尼耶」）。中世紀的貨幣中，一古斤（livre）等於二十個蘇（sous），一個蘇（sou）等於十二個德尼耶（deniers），而 maille 則等於半個德尼耶（demi-denier）。此處歐卡森行善布施給放牛人二十蘇的情節在神話與傳奇故事中也時常出現類似情節：通常來說，故事中都會有一位人物幫助一位身分神秘的乞丐，其後得到神的特別恩典。歐卡森行善布施的這個情節讓人想起聖瑪爾定（saint Martin）割一半的袍子贈與假扮成乞丐的耶穌，當晚耶穌託夢給聖瑪爾定，在夢中耶穌便是穿著聖瑪爾定送給乞丐的一半袍子。此處由於歐卡森的行善布施，他才得以被神引導到妮可蕾特所在之處。

[987] *sol*：paie（「付」）。sol 是動詞 saure 的命令式 p2 的形式。

[988] *laist*：laisse（「讓」）。laist 是動詞 laissier 的虛擬式現在時 p3 形式。

[989] *querés*：cherchez（「找尋」）。querés 是動詞 querre 的直陳式現在時 p5 形式。

[990] *quoie*：（adj.）calme, paisible, sereine（「寧靜的」、「祥和的」）。

| 古法文原文 | 現代法文譯文 | 中文譯文 |
|---|---|---|
| 95 Nicolete〔avoit fete, et le loge estoit forree〕[991] | que Nicolette avait faite, et qu'elle était tapissée | 是妮可蕾特所搭建的草屋。這座草屋 |
| 〔77c〕defors[992] et dedens et par deseure et | de fleurs, dedans et dehors, par-dessus et | 裡裡外外前前後後 |
| devant de flors, et estoit si bele | devant. La hutte était si belle | 都裝飾著花朵，美的 |
| que plus ne pooit[993] estre. Quant Aucassins | qu'elle ne pouvait l'être davantage. Quand Aucassin | 不可方物。當歐卡森 |
| le perçut, si s'aresta tot a un | l'aperçut, il s'arrêta tout à | 瞥見了這座草屋，他驀地停了 |
| 100 fais[994], et li rais[995] de le lune feroit | coup. Un rayon de lune tombait | 下來。月光灑進了 |
| ens[996]. «E! Dix, fait Aucassins, ci fu | à l'intérieur de la hutte. «Ah! mon Dieu, fait Aucassin, Nicolette, | 草屋裡。歐卡森說：「啊！我的上帝，我那溫柔的情人 |
| Nicolete me douce amie, et ce fist | ma douce amie a été ici, et elle l'a faite | 妮可蕾特來過這裡，她用她的纖纖玉手 |
| ele a ses beles mains; por le | de ses belles mains. Parce qu'elle est | 搭建了這座草屋。為了她的 |
| douçour de li et por s'amor me descenderai | douce et que je l'aime, je vais descendre | 溫柔以及不負她的深情，我現在會在這裡 |
| 105 je ore ci et m'i reposerai anuit | ici à présent et m'y reposer toute la nuit.» | 下榻，今夜我將在此留宿。」 |
| mais[997].» Il mist le pié fors de | Il sortit le pied de | 他將腳從 |

---

[991] 手稿中 93 至 95 行之文字位於手稿的右下角，由於頁面損毀導致原文只有每行的開頭文字保存下來。括號中還原的文字皆出自於 Hermann Suchier（1906, 29）之手。

[992] *defors*：（adv.）dehors（「在外面」）。

[993] *pooit*：pouvait（「能夠」）。*pooit* 是動詞 *pooir* 的是直陳式未完成過去時 p3 形式。

[994] *a un fais*：d'un seul coup（「一下子」、「突然」）。

[995] *rais*：（n.m.）rayon（「光線」）。*rais mais* 是第一類陽性名詞正格單數（CS sing.）的變格形式。

[996] *ens*：（adv.）dedans（「裡面」）。

[997] *anuit mais*：pendant toute cette nuit（「今天整個晚上」）。副詞 *mais*（<*lat.* magis）是強

| 古法文原文 | 現代法文譯文 | 中文譯文 |
|---|---|---|
| l'estrier por descendre, et li cevaus | l'étrier pour descendre, mais son cheval | 馬鐙中褪出下馬，但是他的戰馬 |
| fu grans et haus; il pensa tant | était grand et haut, et Aucassin pensait tant | 又壯又高，歐卡森一心想著 |
| a Nicolete se tresdouce amie qu'il | à Nicolette sa très douce amie qu'il | 他最溫柔的情人妮可蕾特，結果他 |
| 110 caï[998] si durement[999] sor une piere[1000] | tomba si lourdement sur une pierre | 重重地摔在一塊石頭上， |
| que l'espaulle[1001] li vola[1002] hors du liu. | qu'il se démit l'épaule. | 導致肩膀脫臼。 |
| Il se senti molt blecié, mais il | Il se sentit profondément blessé, mais il | 他感到自己身受重傷，然而他 |
| s'efforça tant au mix qu'il peut | fit tous les efforts qu'il put | 還是盡其所能地 |
| et ataca[1003] son ceval a l'autre main | et parvint à attacher son cheval avec l'autre main | 用另一隻手將他的馬拴在 |
| 115 a une espine, si se torna sor | à un arbrisseau épineux et se tourna sur | 帶有荊棘的小灌木上，側身 |
| costé tant qu'il vint tos | le côté en sorte qu'il réussit à pénétrer | 轉回，最後終於進入 |

化詞（intensif），原意是「更」、「更多」、「更加」（plus, davantage）。此處的 mais 用以強調時間副詞 anuit。

[998] caï：tomba（「跌倒」）。caï 是動詞 caïr 直陳式簡單過去時 p3 的形式。

[999] durement：（adv.）rudement, sérieusement（「猛烈地」、「重重地」）。

[1000] piere：（n.f.）pierre（「石頭」）。根據 Philippe Walter（1999, 197）譯注版的解釋，此章歐卡森跌落在石頭上和隨後與妮可蕾特在森林中重逢兩者之間的情節有著非常緊密的關聯。因為在法國東北部的民間傳統中，欲求婚姻的待嫁女子會在每年的六月初前往供奉聖尼古拉的教堂祈禱，在教堂中有一扁平的石頭讓那些女子跪在其上祈願，此一石頭具有幫助女子尋覓夫婿，締結良緣之神奇能力。所以此處歐卡森要先觸碰姻緣石，之後才能見到他的心儀之人妮可蕾特。

[1001] espaulle：（n.f.）épaule（「肩膀」）。espaulle 源自於晚期拉丁文 spathlua，後者又來自於古典拉丁文 spatha 的指小詞，意即「劍」。

[1002] vola：sauter violemment（「猛烈脫開」）。vola 是動詞 voler 直陳式簡單過去時 p3 的形式。

[1003] ataca：attacha（「拴」、「綁」）。ataca 是動詞 atacier 直陳式簡單過去時 p3 的形式。

| 古法文原文 | 現代法文譯文 | 中文譯文 |
|---|---|---|
| souvins[1004] en le loge. Et il garda[1005] par mi | sur le dos dans la hutte. Il regarda par | 草屋之中，仰天躺著。他透過 |
| un trau[1006] de le loge, si vit les | un trou de cette hutte et vit les | 草屋的一個小洞向外瞭望，看見 |
| estoiles el ciel, s'en i vit une plus | étoiles dans le ciel: il en vit une plus | 天空中的星星，接著他觀察到一顆 |
| 120　clere[1007] des autres, si conmença a dire: | brillante que les autres et se mit à dire: | 星星比其他的星星都還要閃亮，便開始訴說衷曲： |

---

[1004]*souvins*：（adv.）sur le dos（「仰著天」）。

[1005]*garda*：regarda（「望」）。*garda* 是動詞 *garder* 直陳式簡單過去時 p3 的形式。

[1006]*trau*：（n.m.）trou（「洞」）。*trau* 源自於民間拉丁文 *\*traucum*，是第一類陽性名詞偏格單數的形式。

[1007]*clere*：（adj.）brillante（「閃亮的」）。*clere* 是第一類形容詞陰性偏格單數的形式。

| 古法文原文 | 現代法文譯文 | 中文譯文 |
|---|---|---|
| XXV | XXV | XXV |
| Or se cante | Chanté | 〔唱〕 |
| 1 «Estoilete[1008], je te voi, | «Petite étoile, je te vois, | 「小星星,我正注視著妳, |
| que la lune trait[1009] a soi; | toi que la lune attire vers elle. | 月亮把妳吸引到她身旁, |
| Nicolete est aveuc toi, | Nicolette est avec toi, | 有著一頭金黃髮絲的我的寶貝愛人 |
| m'amïete[1010] o le blont[1011] poil. | ma petite amie à la chevelure blonde. | 妮可蕾特正和妳在一起, |
| 5 Je quid Dix[1012] le veut avoir | Je crois que Dieu veut l'avoir avec lui | 我相信上帝會想要她伴隨在側, |
| por la lu〔mier〕e de s〔oir〕 | pour que la lumière du soir, | 目的是希望能拜她所賜 |
| 〔que par li plus bele soit. | grâce à elle, soit plus belle. | 讓夜晚的光亮更加清朗。 |
| Douce suer, com me plairoit[1013] | Douce sœur, comme je serais heureux | 溫柔的妹妹,假如我能直衝雲霄, |
| se monter pooie droit,〕[1014] | Si je pouvais monter tout droit, | 我會很高興的, |

---

[1008]*estoilete*:(n.f.) petite étoile (「小星星」)。*estoilete* 是 *estoile* 的指小詞。根據 Philippe Walter(1999, 197)與 Jean Dufournet(1984, 183)譯注版的解釋,此處的最大最閃亮的星星應該是意指金星(Vénus),金星的西方名稱源自於羅馬神話的維納斯,她同時為愛神與美神,所以金星也是愛之星,專門撮合有情人。由於金星的亮度在夜空中僅次於月亮,所以金星與月亮兩顆行星常如影隨形地組合在一起。金星也可被稱之為「月亮之情人」或是「月亮之妻」。

[1009]*trait*:tire vers(「拉」、「引」)。*trait* 是動 *traire* 直陳式現在時 p3 的形式。

[1010]*amïete*:(n.f.) petite amie(「寶貝愛人」)。*amïete* 是 *amïe* 的指小詞。

[1011]*le blont*:le blond(「金黃色的」)。手稿中的原文是 *les blont* 或 *leb blont*。

[1012]手稿中的原文是 *Je quid que Dix*,但是如果保留下來文中的 *que*,此行詩則變為八個音節,而非七音節詩。所以校注版此處選擇刪去 *que*。

[1013]*plairoit*:plairait(「使高興」)。

[1014]此處括號中的文字是採用 Hermann Suchier(1906, 30)的建議還原版本。由於手稿此處為上頁損毀部分的背面,也就是此頁第六行至第九行的部份,所以一直以來有諸多不同的還原文字建議。

| 古法文原文 | 現代法文譯文 | 中文譯文 |
|---|---|---|
| 10 〔**77d**〕que que[1015] fust du recaoir[1016] | même si je devrais ensuite tomber, | 就算之後還是會墜落也罷, |
| que[1017] fuisse[1018] lassus[1019] o[1020] toi! | pourvu que je sois là-haut près de toi! | 只希望我能在天上伴妳左右 |
| Ja[1021] te baiseroie[1022] estroit[1023]. | Comme je t'embrasserais! | 我一定會熱烈地親吻妳！ |
| Se j'estoie fix a roi, | Même si j'étais fils de roi, | 即使我貴為國王之子， |
| s'afferriés[1024] vos bien a moi, | vous seriez bien digne de moi, | 妳也絕對配得上我， |
| 15 suer, douce amie.» | ma sœur, ma douce amie.» | 我的妹妹，我溫柔的愛人。」 |

---

[1015] *que que*：quoique（「儘管」、「就算」）。

[1016] *recaoir*：retomber, tomber de nouveau（「重新掉落」）。

[1017] *que*：pourvu que（「只要」）。

[1018] *fuisse*：fusse（「是」）。*fuisse* 是動詞 *estre* 虛擬式未完成過去時 p1 的形式。

[1019] *lassus*：（adv. de lieu）là-haut（「在上面」）。

[1020] *o*：（prép.）avec（「和」）。

[1021] *Ja*：à coup sûr「一定」。此處的副詞是強調肯定之意。

[1022] *baiseroie*：embrasserait（sur la bouche）（「親吻（嘴唇）」）。*baiseroie* 是動詞 *baisier* 條件式現在時 p1 的形式。

[1023] *estroit*：（adv.）étroitement（「緊緊地」、「親密地」）。

[1024] *afferriés*：conviendriez（「適合」）。*afferriés* 是動詞 *afferrir* 條件式現在時 p5 的形式。

| 古法文原文 | 現代法文譯文 | 中文譯文 |
|---|---|---|
| XXVI | XXVI | XXVI |
| Or dient et content et fabloient | Parlé: récit et dialogue | 〔說白：敘述和對話〕 |
| 1　Quant Nicolete oï Aucassin, ele vint | Quand Nicolette entendit Aucassin, elle vint | 當妮可蕾特聽見歐卡森說的話時， |
| a lui, car ele n'estoit mie | à lui, car elle n'était pas | 便朝他這邊走來，因為她就位在 |
| lonc[1025]. Ele entra en la loge, si | loin. Elle entra dans la hutte, | 不遠處。她進入草屋， |
| li jeta ses bras au col, si le | elle lui jeta les bras autour du cou d'Aucassin, | 用手臂摟住歐卡森的脖子， |
| 5　baisa[1026] et acola[1027]. «Biax doux amis, | l'embrassa, et le serra contre elle. «Mon cher doux ami, | 親吻了他，緊擁著他。「我親愛的溫柔愛人， |
| bien soiiés vos trovés! — Et vos, bele | soyez le bien retrouvé! — Et vous, ma chère | 很開心終於盼到你來了！」「是妳，我親愛 |
| douce amie, soiés li bien trovee!» | et douce amie, soyez la bien retrouvée!» | 的溫柔愛人，我也很開心和妳重逢了！」 |
| Il s'entrebaissent[1028] et acolent, | Ils s'embrassent et se prennent dans les bras | 他們互相親吻擁抱， |
| si fu la joie bele. « Ha! douce | et leur joie fut délicieuse. «Ah! ma chère | 十分歡欣喜樂。歐卡森說：「啊！我溫柔的 |
| 10　amie, fait Aucassins, j'estoie ore[1029] | amie, dit Aucassin, j'étais à l'instant | 情人，方才我 |

---

[1025]*lonc*：（adv.）loin（「遠」）。

[1026]*baisa*：embrassa（「親吻（嘴唇）」）。*baisa* 是動詞 *baisier* 直陳式簡單過去時 p3 的形式。

[1027]*acola*：prit dans les bras（「擁入懷中」）。*acola* 是動詞 *acoler* 直陳式簡單過去時 p3 的形式。

[1028]*s'entrebaissent*：s'embrassent l'un l'autre（「相互親吻（嘴唇）」）。*entrebaissent* 是動詞 *entrebaissier* 直陳式現在時 p6 的形式。

[1029]*ore*：（adv.）à l'instant（「剛才」、「方才」）。

| 古法文原文 | 現代法文譯文 | 中文譯文 |
|---|---|---|
| molt[1030] blecieś[1031] en m'[1032]espaulle, et | grièvement blessé à l'épaule, et | 肩膀受了重傷，但是 |
| or ne senc[1033] ne mal ne dolor, | maintenant je ne sens ni mal ni douleur, | 現在我並不感到痛楚， |
| pui que[1034] je vos ai.» Ele le portasta[1035] | du moment que je vous ai avec moi.» Elle le tâta | 因為我有妳相伴。」她從各個角度觸摸歐卡森的肩膀， |
| et trova qu'il avoit l'espaulle | et trouva qu'il avait l'épaule | 發現他的肩膀 |
| 15 hors du liu[1036]. Ele le mania[1037] | déboîtée. Elle la massa | 脫臼了，她用素手 |
| tant a ses blances[1038] mains et | tant de ses blanches mains, et | 推揉歐卡森的肩膀， |
| porsaca[1039], si con Dix le vaut[1040] qui les | la tira en tous sens que, selon la volonté de Dieu qui | 四處拉提牽引，最後按照對天下有情人 |

---

[1030]*molt*：（adv.）très, grièvement（「嚴重地」）。

[1031]*blecieś*：（participe passé）blessé（「受傷的」）。*blecieś* 是動詞 *blecier* 的過去分詞陽性正格單數形式。過去分詞不論陰陽性皆屬於第一類形容詞變格法。

[1032]*m'*：（adj. possessif）（＝ma, me）ma（「我的」）。*m'* 此處由於其後的陰性名詞起首為母音，所以是 *ma*（法蘭西島方言拼寫形式）或 *me*（古皮卡第方言拼寫形式）的元音省略形式，*m'* 等同於主有詞輕音形式的陰性偏格單數，作形容詞使用。

[1033]*senc*：sens, ressens（「感到」、「覺得」）。*senc* 是動詞 *sentir* 直陳式現在時 p1 的形式。

[1034]*pui que*：puisque, du moment que（「因為」、「既然」）。

[1035]*portasta*：tâta en tous sens（「四處觸摸」）。*portasta* 是動詞 *portaster* 直陳式簡單過去時 p3 的形式。*Portaster* 是由前綴詞（préfixe）*por-* 與詞幹（radical）*taster* 所組成。前綴詞 *por-* 此處表示「全部」之意。

[1036]*liu*：（n.m.）place, lieu（「位置」）。

[1037]*mania*：palpa, massa（「觸摸」、「推拿」）。*mania* 是動詞 *manier* 直陳式簡單過去時 p3 的形式。

[1038]*blances*：（adj.）blanches（「白色的」）。*blances* 源自法蘭克語（francique）*\*blank*。

[1039]*porsaca*：tira en tous sens（「四處拉提」）。*porsaca* 是動詞 *porsacier* 直陳式簡單過去時 p3 的形式。

[1040]*vaut*：voulut（「希望」）。*vaut* 是動詞 *voloir* 直陳式簡單過去時 p3 的形式。*vaut* 的拼寫法反映出古皮卡第方言的特徵，*au* 的拼寫法源自於拉丁文[ɔ]＋[l]＋子音（consonne）在古皮卡第方言中的語音流變結果，由於尾子音[t]在十一世紀時不再發音，子音[l]隨

| 古法文原文 | 現代法文譯文 | 中文譯文 |
|---|---|---|
| amans ainme[1041], qu'ele revint a liu. | aime les amants, elle la remit à sa place. | 心懷同情之神的旨意，妮可蕾特將他脫臼的肩膀回歸原位。 |
| Et puis si prist des flors et de l'erbe | Puis elle prit des fleurs, de l'herbe | 然後她採摘了些許花朵、鮮草 |
| 20 fresce[1042] et des fuelles verdes[1043], si le | fraîche et des feuilles vertes et les | 和綠葉[1044]，隨後將其 |
| loia[1045] sus a pan[1046] de sa cemisse[1047], et | appliqua dessus avec un pan de sa chemise. | 敷在歐卡森的肩膀上，並用她襯衫的一角布料將敷料包紮固定， |
| il fu tox garis. «Aucassins, fait ele, | Ainsi fut-il complètement guéri. «Aucassin, fait-elle, | 就這樣歐卡森完全康復了。妮可蕾特說：「歐卡森， |
| biaus dox amis, prendés consel[1048] | cher doux ami, réfléchissez | 我親愛的溫柔愛人，你得思考 |
| que[1049] vous ferés: se vos peres fait | à ce que vous ferez: si votre père fait | 下一步該怎麼走了，因為假如你的父親 |
| 25 demain cerquier[1050] ceste forest et | fouiller demain cette forêt et | 明天派人來搜尋這座森林，而 |

即元音化為[u]與母音[ɔ]結合為二合元音[uɔ]，然而古皮卡第方言將[ɔ]繼續開口至[a]，和已元音化的[u]形成[au]，是故古皮卡第方言拼寫法為 au 而非法蘭西島方言的 ou。

[1041]ainme：aime（「喜歡」）。ainme 是動詞 amer 直陳式現在時 p3 的形式。

[1042]fresce：（adj.）fraîche（「新鮮的」）。

[1043]verdes：（adj.）vertes（「綠色的」）。

[1044]妮可蕾特在此處展現出如同其他眾多中世紀仙女擁有使用草藥治病的天賦。

[1045]loia：banda, attacha, lia（「包紮」、「綁」、「捆」）。loia 是動詞 loier（<lat. ligare）直陳式簡單過去時 p3 的形式。

[1046]pan：（n.m.）pan（de vêtement）（「衣角」）。pan 源自於拉丁文 pannum，意即「布塊」（morceau d'étoffe）。

[1047]cemisse：（n.f.）chemise（「襯衫」）。

[1048]consel：（n.m.）（<lat. consilium）réflexion（「思考」）。在古皮卡第方言中，當[l]＋位在詞尾的半母音[j]時，拼寫法為-l，而非法蘭西島方言通常使用的-il。

[1049]que：ce que（「什麼」）。此處的 que 用於間接疑問句中功能為疑問代名詞。

[1050]cerquier：fouiller, chercher（「搜尋」、「搜索」）。

| 古法文原文 | 現代法文譯文 | 中文譯文 |
|---|---|---|
| on me trouve, que que[1051] de vous | qu'on me trouve, quoi qu'il vous | 我又被找到的話，無論你的 |
| aviegne[1052], on m'ocira. — Certes, bele | arrive, on me tuera. — En vérité, chère | 下場如何，我都會被處死。」「這是真的，我親愛的 |
| douce amie, j'en esteroie molt | et douce amie, j'en serais très | 溫柔愛人，妳死了我會很 |
| dolans; mais, se je puis, il ne vos | affligé; mais si je le peux, ils ne vous | 難過的，但是倘若我能夠的話，我是絕不會讓他們 |

| | 古法文原文 | 現代法文譯文 | 中文譯文 |
|---|---|---|---|
| 30 | tenront[1053] ja.» Il monta sor son | prendront jamais.» Il monte sur son | 抓到妳的。」他騎上 |
| | 〔78a〕 ceval et prent s'amie devant | cheval et prend son amie devant | 馬，將他的情人帶在他 |
| | lui, baisant et acolant, si se | lui en l'embrassant et en la serrant contre lui, et | 身前，一路上邊吻著她邊摟著她入懷。 |
| | metent as plains[1054] cans[1055]. | ils gagnent la pleine campagne. | 他們就這樣到達了原野間。 |

---

[1051]*que que*：quoi que, quel…que（「無論……」、「不管……」）。

[1052]*aviegne*：arrive, se produise（「發生」）。*aviegne* 是動詞 *avenir* 虛擬式現在時 p3 的形式。

[1053]*tenront*：tiendront（「抓住」）。*tenront* 是古皮卡第方言動詞 *tenir* 直陳式未來時 p6 的形式，法蘭西島方言的形式為 *tendront*。

[1054]*plains*：（adj. pl.）plats（「平的」）。

[1055]*cans*：（n.m. pl.）champs（「田野」）。*cans* 來自於拉丁文 *campos*，此處屬於第一類陽性名詞的偏格複數形式。

| 古法文原文 | 現代法文譯文 | 中文譯文 |
|---|---|---|
| XXVII | XXVII | XXVII |
| Or se cante[1056] | Chanté | 〔唱〕 |
| 1 Aucassins li biax, li blons, | Aucassin, le beau, le blond, | 歐卡森長得一表人才、有著一頭金髮、 |
| li gentix, li amorous[1057], | le noble, l'amoureux, | 出身高貴又多情, |
| est issus[1058] del gaut[1059] parfont, | est sorti du bois profond, | 他從深幽的樹林裡出來, |
| entre ses bras ses amors[1060] | entre ses bras son amour | 他的愛人被他擁在懷中, |
| 5 devant lui sor son arçon[1061]; | devant lui sur l'arçon de sa selle. | 坐在他前方的馬鞍架上, |
| les ex li baise et le front[1062] | Il lui baise les yeux et le front | 他親吻著妮可蕾特的眼睛、前額、 |
| et le bouce[1063] et le menton. | et la bouche et le menton. | 嘴巴與下巴。 |
| Ele l'a mis a raison[1064]: | Elle l'a interpelé: | 妮可蕾特問歐卡森: |
| «Aucassins, biax amis dox, | «Aucassin, cher doux ami, | 「歐卡森,我親愛的溫柔情人, |
| 10 en quel tere[1065] en irons nous? | en quelle contrée irons-nous? | 我們要去哪個地方呢?」 |
| — Douce amie, que sai jou? | — Douce amie, que sais-je? | 「我溫柔的情人,我怎麼會知道呢? |

---

[1056] 手稿中的原文是 *Or se can*。

[1057] *amorous*:(adj.) amoureux(「多情的」)。

[1058] *issus*:(participe passé) sorti(「出來」)。*issus* 是動詞 *issir* 的過去分詞陽性正格單數形式。

[1059] *gaut*:(n.m.)(<*germ.* wald)forêt, bois(「森林」、「樹林」)。

[1060] *amors*:(n.f.)personne aimée(「心愛之人」)。

[1061] *arçon*:(n.m.)arçon de selle(「馬鞍架」)。

[1062] *front*:(n.m.)front(「前額」)。

[1063] *bouce*:(n.f.)bouche(「嘴巴」)。

[1064] *l'a mis a raison*:l'a interpellé, l'a questionné, lui a adressé la parole(「向他詢問」、「和他說」)。

[1065] *tere*:(n.f.)terre, contrée(「地方」、「地區」)。

| 古法文原文 | 現代法文譯文 | 中文譯文 |
|---|---|---|
| Moi ne caut[1066] u nous aillons[1067], | Peu m'importe où nous allions, | 不論我們去哪裡我都沒有關係, |
| en forest u en destor[1068], | dans la forêt ou en un lieu écarté, | 去到森林或是遐方絕域都無妨, |
| mais que[1069] je soie aveuc vous.» | pourvu que je sois avec vous.» | 只要我能和妳在一起就好。」 |
| 15 Passant les vaus[1070] et les mons[1071] | Ils passent les vallées et les montagnes, | 他們一路翻山越嶺, |
| et les viles et les bors[1072]; | les villes et les bourgs; | 經過城市和鄉鎮, |
| a la mer vinrent au jor, | au jour, ils arrivent à la mer, | 黎明時分他們到達了海邊, |
| si descendent u sablon[1073] | et descendent sur le sable | 接著他們在沿岸邊的 |
| les[1074] le rivage[1075]. | le long du rivage. | 沙灘上下了馬。 |

---

[1066]*caut*：importe(「對……有關係」)。*caut* 是動詞 *caloir* 直陳式現在時 p3 的形式。

[1067]*aillons*：allions(「去」、「走」)。*aillon* 是動詞 *aler* 虛擬式現在時 p4 的形式。

[1068]*destor*：(n.m.) lieu écarté(「偏僻的地方」、「荒遠的地方」)。

[1069]*que*：pourvu que(「只要」)。

[1070]*vaus*：(n.m. pl.) vallées(「山谷」、「河谷」)。

[1071]*mons*：(n.m. pl.) montagnes, monts(「山」、「山岳」)。

[1072]*bors*：(n.m. pl.) bourgs(「鎮」、「鄉鎮」)。

[1073]*sablon*：(n.m.) sable(「沙」、「沙地」)。

[1074]*les*：(prép.) près de(「靠近」)。

[1075]*rivage*：(n.m.) rivage(「岸」、「海岸」)。*rivage* 此處為第一類陽性名詞偏格單數的變格形式。

| 古法文原文 | 現代法文譯文 | 中文譯文 |
|---|---|---|
| XXVIII | XXVIII | XXVIII |
| Or dient et content et fabloient | Parlé: récit et dialogue | 〔說白：敘述和對話〕 |
| 1　**A**ucassins fu descendus entre lui et | Aucassin était descendu sur la plage en compagnie | 誠如你們所聞，歐卡森 |
| s'amie[1076], si con vous avés oï et | de son amie, comme vous l'avez | 和他的情人在沙灘上下了馬。 |
| entendu. Il tint son ceval par | entendu. Il tenait son cheval par | 他一隻手拉著韁繩牽著 |
| le resne[1077] et s'amie par le main, si | la bride et son amie par la main. | 馬，另一隻手則牽著他愛人的手。 |
| 5　conmencent aler selonc[1078] le rive. | Ils commencent à marcher le long du rivage. | 接著他們開始沿著海岸走去。 |
| 〔Et Aucassins vit passer une nef[1079], | Aucassin vit passer un navire | 歐卡森看見一艘船經過， |
| s'i aperçut les marceans[1080] qui | et aperçut les marchands qui | 並且察覺船上的商人 |
| sigloient[1081] tot pres de le rive[1082].〕 | faisoient voile près de la côte. | 正朝著岸邊行駛過來。 |

---

[1076] *entre lui et s'amie* : lui en compagnie de son amie (「他和他的愛人」)。*entre*（*qulequ'un*）*et*（*qulequ'un*）這個詞組常出現在古法文中，在句子中扮演著主詞、主詞的同位語亦或是表達故事中主要人物與他的同伴在一起。

[1077] *resne* :（n.f.）rêne, bride (「韁繩」)。

[1078] *selonc* :（prép.）le long de, au long de (「沿著……」)。

[1079] *nef* :（n.f.）bateau, navire (「船」)。

[1080] *marceans* :（n.m. pl.）marchands (「商人」)。*marceans* 此處為第一類陽性名詞偏格複數（CR pl.）的變格形式。

[1081] *sigloient* : faisaient voile, naviguaient (「行駛」、「航行」)。

[1082] 括弧中的文字是由 Hermann Suchier 所建議的還原增添的文字，對 Hermann Suchier（1906, 32）而言，手抄員很有可能在謄抄時不小心漏抄幾行，因為原文第五行行末與被還原的文字第八行行末皆是 *rive*，很有可能因此導致手抄員的漏抄。Francis William Bourdillon（1919, 37）則建議還原為 *rive. [Et Aucassins esgarda par devers la mer, si vit une nef de marceans qui nageoient pres de le rive.] Il [...]*.然而，Mario Roques（1982, 47）卻認為依照文章上下文來看，此處並未有明顯的缺文，因為從第九行 *Il les acena et il vinrent a lui* 和第二十二至二十三行 *Il prent congié as/ marceans* 的文意中即可研判作者

| 古法文原文 | 現代法文譯文 | 中文譯文 |
|---|---|---|
| Il les acena[1083] et il vinrent a lui, | Il les appela, et ils vinrent à lui. | 歐卡森向他們呼喊示意，因此他們朝著他這邊駛了過來。 |
| 10　si fist tant vers aus qu'i[1084] lé[1085] | Il les pria tant qu'ils les | 在歐卡森懇切的請求下，他們最終將他和妮可蕾特 |
| missen[1086] en lor nef. Et quant il furent | embarquèrent. Lorsqu'ils furent | 一起帶上船。當他們 |
| en haute mer, une tormente[1087] | en haute mer, une tempête | 航行在大海上時，狂風暴雨 |
| leva, grande et mervelleuse[1088], qui les | s'éleva, violente et formidable, qui les | 大作，聲勢猛烈，威力驚人， |
| mena de tere en tere[1089], tant qu'il | mena de terre en terre, si bien qu'ils | 暴風雨將他們帶到一個又一個陸地，最後 |
| 15　ariverent en une tere estragne[1090] et | arrivèrent dans un pays étranger et | 到達了一個遙遠陌生的國度， |
| 〔**78b**〕entrerent el port[1091] du castel de | entrèrent dans le port du château | 進入到多樂羅樂城堡的 |

---

說的是商人。

[1083]*acena*：fit signe pour appeler, attira par signe（「呼喊示意」）。*acena* 是動詞 *acener* 直陳式簡單過去時 p3 的形式。

[1084]*qu'i*：qu'ils（「他們」）。*i* 此處是陽性第三人稱代名詞複數 *il* 的縮減形式。

[1085]*lé*：les（「他們」）。陽性第三人稱代名詞複數輕音形式 *lé*，在此處由於尾子音[s]在十二世紀末和十三世紀初時已不再發音，是故此處的拼寫法中即省去-*s*。

[1086]*missen*：mirent（「放」）。*missen* 是動詞 *metre* 直陳式簡單過去時 p6 的形式。手稿中手抄員常將不再發音的尾子音-*t* 省略不拼寫出來。

[1087]*tormente*：（n.f.）tempête, orage（「暴風雨」）。

[1088]*mervelleuse*：（adj.）extraordinaire, prodigieux（「威力驚人的」）。

[1089]*tere*：（n.f.）terre（「陸地」）。

[1090]*estragne*：（adj.）étranger, lointaine（「陌生的」、「遙遠的」）。*estragne* 源自於拉丁文 *estráněum*，位在非重音節的分音雙母音（hiatus）[ɛu]在西元前一世紀時[ɛ]即子音化為[j]。當[n] + [j]時通常會演變為滑音[ɲ]，對應的拼寫法為-*gn*-，但是[ɲ]亦可以演變為[ʒ]，相對應的拼寫法為-*ge*-。在古皮卡第方言中 *estra（i）gne* 和 *estrange* 兩個的拼寫法皆可以互相交替出現。

[1091]*port*：（n.m.）port（de mer）（「港口」、「海港」）。

| 古法文原文 | 現代法文譯文 | 中文譯文 |
| --- | --- | --- |
| Torelore[1092]. Puis demanderent | de Torelore. Ils demandèrent | 港口。他們詢問 |
| ques[1093] terre c'estoit, et on lor dist | quel pays c'était, et on leur répondit | 這裡是何處，人們回答他們 |
| que c'estoit le tere[1094] le roi de | que c'était le pays du roi de | 這裡是多樂羅樂國王的 |
| 20 Torelore. Puis demanda quex hon[1095] c'estoit[1096], | Torelore; puis Aucassin demana quel homme c'était, | 領土。隨後歐卡森問到國王是何許人， |
| ne s'il avoit gerre[1097], et en li dist: | et s'il était en guerre: on lui répondit: | 他是否正在爭戰中。人們回答他說： |
| «Oïl, grande.» Il prent congié as | «Oui, il y a une grande guerre.» Il prit congé des | 「是的，他正捲入一場很激烈的爭戰中。」他告別 |
| marceans et cil le | marchands et ceux-ci le | 了商人，商人也 |
| conmanderent a Diu; il monte sor | recommandèrent à Dieu. Il monta sur | 祝願上帝保佑他。他上了 |
| 25 son ceval, s'espee çainte[1098], s'amie | son cheval, son épée au côté, son amie | 馬，腰間長劍緊束在側，愛人 |

---

[1092] *Torelore*：Torelore（「多樂羅樂」）。根據 Philippe Walter（1999, 198）的譯注版解釋，*Torelore* 和另一詞 *Turelure* 形似，原意指歌曲中的副歌（refrain）。*Torelore* 也和另一個詞 *turluete*（意即「風笛」）有關。此外，另一個詞 *lure* 直至十六世紀時仍然意指「風笛」或「豎笛」，也就是說是一個藉以管為共鳴體，由吹奏者吹氣產生震動的發聲樂器（instrument à vent）。*Torelore* 這個國度的詞義的特徵包含著「風」，可以與「瘋」（folie）的詞源相對應。「瘋子」（fou）源自於拉丁文 *follis*，原意是「充滿了空氣的球」，所以瘋子在拉丁文中被比喻為「頭腦注滿了空氣的人」。在此書中多樂羅樂國不僅是「風之國」還是「瘋人國」，是故在此處所發生的事情，看到的事物皆不能作真。

[1093] *ques*：（adj. interrogatif）quelle（「哪個」）。*Ques*（<*lat.* qualis）在拉丁文字源中是以–*ālis* 結尾，是故這個字屬於第二類陰陽性同型態的形容詞（adjectifs épicènes）。

[1094] *tere*：（n.f.）pays, terre d'un seigneur（「地方」、「（莊園主的）領土」）。

[1095] *hon*：（n.m.）homme（「人」）。

[1096] 手稿中的原文 *estot* 位於行末，手抄員由於此行的空間不夠，騰寫至 *est* 時已經位於行末，所以將最後兩個字母 *ot* 上標。

[1097] *gerre*：（n.f.）guerre（「戰爭」）。

[1098] *çainte*：（participe passé）ceinte（「緊束腰間」）。*çainte* 是動詞 *çaindre* 的過去分詞陰性

| 古法文原文 | 現代法文譯文 | 中文譯文 |
|---|---|---|
| devant lui, et erra tant qu'il vint | devant lui, et chevaucha jusqu'à ce qu'il arriva | 在前，策馬前行直至 |
| el castel; il demande u li rois | au château. Il demande où le roi | 城堡。他向人詢問國王身在 |
| estoit, et on li dist qu'il gissoit[1099] | était, on lui dit qu'il était couché | 何處，人們告訴他國王正躺在床上 |
| d'enfent. — Et u est dont[1100] se femme ? | en mal d'enfant. «Et où est donc sa femme?» | 坐月子。「那麼他的妻子又在何處？」 |
| 30 Et on li dist qu'ele est en l'ost[1101] et si i | On lui dit qu'elle était à l'armée, et y | 人們回答他說王后在軍隊中 |
| avoit mené tox ciax[1102] du païs; | avait mené tous ceux du pays. | 統率全國人民。 |
| et Aucassins l'oï, si li vint a grant | Aucassin l'entendit et en eut grande | 歐卡森聽到後非常 |
| mervelle; et vint au palais et | surprise. Il vint au palais | 驚訝。接著他來到皇宮， |
| descendi entre lui et s'amie; et ele tint | et descendit de cheval en compagnie de son amie. Elle tint | 和他的愛人一同下了馬。妮可蕾特牽著 |
| 35 son ceval et il monta u palais, | son cheval et il monta au palais, | 歐卡森的馬，而歐卡森則腰間佩劍 |

---

單數形式。

[1099] *gissoit*：était couché, était en couches (「躺在」、「在坐月子」)。*gissoit* 是動詞 *gesir* 直陳式未完成過去時 p3 的形式。根據 Philippe Walter（1999, 198）的解釋，希臘作家史特拉逤（Strabon）在其名叫《地理》(*Géographie*) 的著作中提及位在西班牙北部的一個叫做坎塔布里人（Cantabres）部落那兒的習俗，那裏的女性生產後會讓其配偶臥床，如同男性生產一般。另一位叫做西西里的迪奧多羅斯（Diodore de Sicile）也在其歷史著作中記載到科西嘉島（Corse）以及薩丁尼亞島（Sardaigne）兩處皆有相同的風俗民情，也就是說丈夫在妻子生產之後如同病人一般臥床一段時間。此處並未有明確提到多樂羅樂王后剛生產完。

[1100] *dont*：(adv.) donc, alors (「那麼」)。

[1101] *ost*：(n.f.) armée (「軍隊」)。

[1102] *ciax*：(démonstratif) (= ciaus) ceux- (ci) (「這些人」)。*ciax* 為指示代名詞陽性偏格複數形式。*ciax* 源自於拉丁文的 *ECCE*+*ĬLLOS*，在古皮卡第方言中通常演變為 c (h) iaus。在古文手稿中手抄員習慣將-us 謄寫為-x，所以此處 *ciax* 的拼寫法呈現出古皮卡第方言特色。

| 古法文原文 | 現代法文譯文 | 中文譯文 |
|---|---|---|
| l'espee çainte, et erra tant qu'il | l'épée au côté, et à force de marcher, il | 走上皇宮，走了許久 |
| vint en le[1103] canbre[1104] u li rois | arriva dans la chambre où le roi | 終於到達了國王所在 |
| gissoit. | était couché. | 的臥室。 |

---

[1103] 手稿中的原文為 *vint e le*。

[1104] *canbre*：（n.f.）（<*lat.* camera）chambre（「臥室」、「房間」）。

| 古法文原文 | 現代法文譯文 | 中文譯文 |
|---|---|---|
| XXIX | XXIX | XXIX |
| Or se cante | Chanté | 〔唱〕 |
| 1  En le canbre entre Aucassins, | Aucassin, le courtois et le noble, | 文質彬彬又高貴不凡的歐卡森 |
| li cortois[1105] et li gentis; | entre dans la chambre. | 進入臥房， |
| il est venus dusque[1106] au lit, | Il est parvenu jusqu'au lit, | 一直到達了國王的臥榻處。 |
| alec[1107] u li rois se gist[1108]; | à l'endroit où le roi est couché; | 國王正在此處坐月子； |
| 5  par devant lui s'arestit[1109], | il s'arrête devant lui, | 歐卡森停留在國王面前， |
| si parla; oés[1110] que[1111] dist: | et lui parle; écoutez ce qu'il lui dit: | 開口和他說話，你們就聽聽歐卡森和他說的話吧。 |
| «Di va! fau, que fais tu ci?» | «Allons, espèce de fou, que fais-tu ici? | 「得了吧，你這個瘋子，你在這裡做什麼？」 |
| Dist li rois: «Je gis d'un fil; | Le roi lui répondit: «J'ai accouché d'un fils. | 國王回答他：「朕生了個兒子，正在坐月子中。 |
| quant mes mois[1112] sera conplis[1113], | Quand mon mois sera accompli, | 待朕坐月子期滿， |

---

[1105]*cortois*：（adj.）courtois, de bon ton, de bonnes manières（「彬彬有禮的」、「有教養的」、「有風度的」）。

[1106]*dusque*：（adv.）jusque（「直到」、「直至」）。

[1107]*alec*：（adv.）à l'endroit, ici, là, maintenant（「此處」、「此時」）。

[1108]*se gist*：est couché, est en couches（「躺著」、「坐月子」）。gist 是動詞 gesir 直陳式現在時 p3 的形式。

[1109]*s'arestit*：s'arrêta（「停」）。arestit 是動詞 arester 直陳式簡單過去時 p3 的形式。

[1110]*oés*：écoutez（「聽」）。oés 是動詞 oïr 命令式現在時 p5 的形式。

[1111]*que*：ce que（「事情」）。

[1112]*mois*：（n.m.）mois（「一個月的時間」）。mois 屬於第四類無法變格陽性名詞，此處為陽性正格單數的變格形式。現代法文很多陽性單數結尾有 -s 的名詞在古法文中皆屬於第四類名詞變格，例 bois、temps、corps、dos、pays、repos。

[1113]*conplis*：（participe passé）achevé, accompli（「結束」、「完成」）。

| 古法文原文 | 現代法文譯文 | 中文譯文 |
|---|---|---|
| 10 et je sarai[1114] bien garis, | et que je serai complètement rétabli, | 身體完全康復後， |
| dont[1115] irai le messe[1116] oïr, | alors j'irai entendre la messe, | 屆時朕會像朕的祖先一樣 |
| si com mes ancestre fist[1117], | comme le fit mon ancêtre, | 去望安產感恩彌撒， |
| 〔78c〕et me[1118] grant guerre esbaudir[1119] | et mener avec ardeur ma grande guerre, | 然後生龍活虎地率兵打這場硬仗， |
| encontre mes anemis[1120]: | contre mes ennemis. | 對抗敵人， |
| 15 nel[1121] lairai[1122] mie.» | Je ne l'abandonnerai pas.» | 朕並沒有荒廢戰事。」 |

---

[1114]*sarai*：(<*esserayo*) serai（「將來」）。*sarai* 是動詞 *estre* 而非 *savoir* 的直陳式未來時 p1 的形式。

[1115]*dont*：(adv.) alors（「那時」、「屆時」）。

[1116]*messe*：(n.f.) messe de relevailles（「安產感恩彌撒」）。

[1117]*si com mes ancestre fist*：mon ancêtre le fit（「如同我的祖先所做的一般」）。此行詩為此頁面之最後一行，然而此頁的頁角被撕裂，在 *ancestre* 詞 ances 之後的文字接無從得知內容，此處引用的還原文字為 Francis William Bourdillon（1919, 39）所提議的。Hermann Suchier（1906, 33）則建議將此行詩還原成 *si com mes ancestre ains tint*。*ancestre*（<*lat.* antecéssor）為第三類陽性名詞正格單數的變格形式，*ancestre* 的偏格單數變格形式則為 *ancessor*。

[1118]*me*：(adjectif possessif) ma（「我的」）。*me* 是古皮卡第方言中主有格形容詞第一人稱陰性偏格單數（CR sing.）的形式。

[1119]*esbaudir*：mener avec ardeur（「生龍活虎地率領」）。

[1120]*anemis*：(n.m. pl.) ennemis（「敵人」）。

[1121]*nel*：ne le（「不……這件事」）。*nel* 是 *ne* 與 *le* 結合的省略形式。

[1122]*lairai*：abandonnera, renoncera à（「荒廢」、「怠忽」）。*lairai* 是動詞 *laissier* 直陳式未來時 p1 的形式。

| 古法文原文 | 現代法文譯文 | 中文譯文 |
|---|---|---|
| XXX | XXX | XXX |
| Or dient et conten et fabloient[1123] | Parlé: récit et dialogue | 〔說白：敘述和對話〕 |

| | 古法文原文 | 現代法文譯文 | 中文譯文 |
|---|---|---|---|
| 1 | Quant Aucassins oï[1124] ensi[1125] le roi parler, | Quand Aucassin entendit le roi parler ainsi, | 當歐卡森聽完國王如此說之後， |
| | il prist[1126] tox le dras[1127] qui sor lui | il prit tous les draps qui étaient | 便抓起蓋在國王身上的所有被褥， |
| | estoient, si les houla[1128] aval[1129] le | sur lui, et les lança à travers la | 然後將其扔落在 |
| | canbre; il vit deriere lui un | chambre. Il aperçut derrière lui un | 房間之中。接著他看見身後有一 |
| 5 | baston[1130], il le prist, si torne[1131], si fiert, | bâton, il le prit, s'en revient, l'en frappa | 根棍子，便拿了起來，轉身回到床邊棒打 |
| | si le bati[1132] tant que mort[1133] le dut | et le battit si fort qu'il aurait dû | 國王，力道之大險些將 |
| | avoir. — Ha! biax sire, fait li | le tuer. «Ah! cher seigneur, dit le | 國王亂棍打死。國王說道：「啊！親愛的 |
| | rois, que me demandés vos? Avés vos | roi, que voulez-vous de moi? Avez-vous | 大人，您到底要朕做什麼呢？您的 |
| | le sens dervé[1134], qui en me maison | l'esprit dérangé pour me battre | 腦子燒壞了吧，居然膽敢在朕的屋子裡 |

---

[1123] 手稿中的原文是 *faboient*。

[1124]*oï*：entendit（「聽到」）。*oï* 為動詞 *oïr* 直陳式簡單過去時 p3 的形式。

[1125]*ensi*：(adv.) ainsi（「如此」、「這樣」）。

[1126]*prist*：prit, empoigna（「抓起」）。*prist* 為動詞 *prendre* 直陳式簡單過去時 p3 的形式。

[1127]*dras*：(n.m. pl.) draps de lit（「被單」）。

[1128]*houla*：lança, jeta（「丟」、「拋」）。

[1129]*aval*：(adv.) en bas de, à travers（「在⋯⋯下面」、「穿過」）。

[1130]*baston*：(n.m.) bâton（「棍」、「棒」）。

[1131]*torne*：revient（「回來」）。

[1132]*bati*：battit（「毆打」、「揍」）。*bati* 為動詞 *batre* 直陳式簡單過去時 p3 的形式。

[1133]*mort*：(participe passé) tué（「殺死」）。*mort* 此處為動詞 *morir* 的過去分詞形式。

[1134]*dervé*：devenu fou（「瘋了」、「失去理智」）。*dervé* 為 desvé 的古皮卡第方言形式，因為在古皮卡第方言中，當詞中的[s]位在另一個子音之前，常常會演變為[r]。

| | 古法文原文 | 現代法文譯文 | 中文譯文 |
|---|---|---|---|
| 10 | me batés? — Par le cuer Diu! fait | en ma propre maison? — Par le coeur de Dieu! fait | 毆打我？」歐卡森答道：「我以上帝 |
| | Aucassins, malvais[1135] fix a putain[1136], je | Aucassin, misérable fils de putain, je | 之聖心起誓，你這婊子養的， |
| | vos ocirai, se vos ne m'afiés que ja | vous tuerai, si vous ne me promettez pas que, | 假如你不承諾我從今往後貴國 |
| | mais hom en vo tere d'enfant | jamais plus homme de votre terre ne restera | 男性不再做月子的話，我就 |
| | ne gerra[1137]. Il li afie, et quant | en couches. Le roi le lui promit, et après | 殺了你。」國王答應了他的要求。在應允 |
| 15 | il li ot afié[1138]. — Sire, fait Aucassins, | qu'il lui eut promis. «Seigneur, fait Aucassin, | 歐卡森的請求後，歐卡森說道「國王陛下， |
| | or me menés la u vostre fenme | menez-moi donc là où votre femme | 現在帶我去你的妻子 |
| | est en l'ost. — Sire, volentiers, | commande l'armée. — Bien volontiers, seigneur», | 指揮軍隊的地方吧。」國王答道：「大人， |
| | fait li rois. Il monte sor un | lui répondit le roi. Il monte sur un | 樂意之至。」國王騎上了 |
| | ceval, et Aucassins monte sor le | cheval, et Aucassin sur le | 馬，歐卡森也跨上了 |
| 20 | sien, et Nicolete remest[1139] es | sien, tandis que Nicolette reste dans | 他的馬，然而妮可蕾特卻留在 |
| | canbres[1140] la roine. Et li rois et | les appartements de la reine. Le roi et | 王后的內宅寢宮中。國王和 |
| | Aucassins cevaucierent tant | Aucassin chevauchèrent jusqu'à ce | 歐卡森騎行良久終於 |

---

[1135]*malvais*：（adj.）misérable, mauvais（「可悲的」、「壞的」）。

[1136]*putain*：（n.f.）prostituée（「婊子」、「妓女」）。*putain* 是第三類陰性名詞的偏格單數形式。

[1137]*gerra*：sera en couches（「坐月子」）。*gerra* 為動詞 *gesir* 的直陳式未來時 p3 形式。

[1138]*afié*：（participe passé）promis（「承諾」）。*afié* 為動詞 *afier* 的過去分詞形式。

[1139]*remest*：resta（「待」、「停留」）。*remest* 為動詞 *remanoir* 的直陳式簡單過去時 p3 形式。

[1140]*canbres*：（n.f. pl.）chambres, appartements（「內宅」、「寢宮」）。

| 古法文原文 | 現代法文譯文 | 中文譯文 |
|---|---|---|
| qu'il vinrent la u la roine | qu'ils arrivèrent là où était la | 來到王后所在 |
| estoit, et troverent[1141] la | reine et tombent sur la | 之處。他們正好遇上 |
| 25   bataille de poms[1142] de bos | bataille engagée à coup de pommes des bois | 人們正在用熟透的野生 |
| waumonnés[1143] et d'ueus[1144] et de | blettes, d'oeufs et des | 蘋果、雞蛋和 |
| fres[1145] fromages; et Aucassins les | fromages frais. Aucassin | 新鮮乳酪[1146]進行打 仗。歐卡森開始 |
| conmença a regarder, se s'en | commença à les regarder et s'en | 看著他們打仗，不由得 |
| esmevella[1147] molt durement[1148]. | étonna très fortement. | 驚訝萬分。 |

---

[1141] *troverent*：trouvèrent, tombèrent sur（「遇見」）。*troverent* 為動詞 *trouver* 的直陳式簡單過去時 p6 形式。

[1142] *poms*：(n.m. pl.) pommes（「蘋果」）。

[1143] *waumonnés*：(adj.) blets, pourris, mous（「過熟的」、「腐爛的」、「軟的」）。*waumonnés* 為罕用詞，只出現在法國東部的方言中。

[1144] *ueus*：(n.m. pl.) œufs（「蛋」）。

[1145] *fres*：(adj.) frais（「新鮮的」）。

[1146] 根據 Philippe Walter（1999, 199）的注解中解釋，互相投擲食物大戰常常會在嘉年華會中出現。歐洲的民間習俗保存了此項滑稽仗的傳統。在歐洲南部，每年八月的最後一個星期三，位於西班牙瓦倫西亞省的（Valence）布尼奧爾（Bunol）村民會舉行互相投擲番茄大戰。

[1147] *s'en esmevella*：s'étonna（「訝異」）。

[1148] *durement*：(adv.) fort（「非常」）。

| 古法文原文 | 現代法文譯文 | 中文譯文 |
|---|---|---|
| XXXI | XXXI | XXXI |
| Or se cante[1149] | Chanté | 〔唱〕 |
| 1　Aucassins est arestés[1150], | Aucassin s'est arrêté, | 歐卡森停下馬兒， |
| sor son arçon[1151] acoutés[1152], | appuyé sur l'arçon de sa selle, | 身體倚靠在馬鞍架上， |
| 〔78d〕si coumence a regarder | et commence à regarder | 接著開始觀看 |
| ce plenier[1153] estor canpel[1154]. | cette violente bataille rangée. | 這場激烈的兩軍平原對陣戰。 |
| 5　Il avoient aportés | Ils avaient apporté | 兩軍帶來了 |
| des fromages[1155] fres assés[1156] | beaucoup de fromages frais, | 大量的鮮乳酪、 |
| et puns[1157] de bos waumonés | de pommes des bois blettes | 野生過熟的蘋果、 |

---

[1149]手稿中的原文為 cant。

[1150]arestés：（participe passé）arrêté（「停下」）。arestés 為動詞 arester 的過去分詞形式。

[1151]sor son arçon：sur son arçon（「在他的馬鞍架上」）。此處由於左下角的頁面有缺損，自 sor 後由於部分字母下半部被撕毀，所以文字無法完整辨識，大多校注版皆將此行詩空白，Hermann Suchier（1906, 34）將其還原為 sor son arçon，之後的校注版皆遵從之。

[1152]acoutés：（participe passé）appuyé（「倚靠」）。acoutés 為動詞 acouter 的過去分詞形式。

[1153]plenier：（adj.）violent, vaste（「激烈的」、「規模大的」）。plenier 為第一類陽性形容詞偏格單數的變格形式。

[1154]canpel：（adj.）en rase campagne, en champ（「在平原上的」）。根據 Jean Dufournet（1984, 186）的解釋，作者此處用 canpel 這個詞，很有可能是故意玩的文字遊戲。因為在史詩中常會出現 bataille campel 或 estor campel 等的固定詞組，意思是「在平原上的激烈戰爭」。形容詞 canpel 保存著「平原的」、「田野的」之意。之後在第八行出現的 canpegneus（「蘑菇」）一詞，其詞源的意思亦和「平原」、「田野」有關。canpegneus 來自於晚期拉丁文 campionem（意即「成長在田間的」），而 campionem 又源自於拉丁文 campania（意即「田間的產品」）。跟隨在 canpegneus 的形容詞 canpés 亦是（「田野間的」）之意。

[1155]手稿中的原文為 fromage。

[1156]assés：（adv.）beaucoup（「很多」）。

[1157]puns：（n.m. pl.）pommes（「蘋果」）。

| 古法文原文 | 現代法文譯文 | 中文譯文 |
|---|---|---|
| et grans canpegneus[1158] canpés[1159]. | et de grands champignons des champs. | 以及野生大蘑菇。 |
| Cil qui mix torble[1160] les gués[1161] | Celui qui trouble le plus l'eau des gués | 能夠將淺灘之水[1162]弄得最混濁的人 |
| 10 est li plus sire[1163] clamés[1164]. | est proclamé vainqueur. | 就能被宣布成為競賽優勝者。 |
| Aucassins, li prex[1165], li ber[1166], | Aucassin le vaillant et le noble | 英勇神武又高貴的歐卡森 |
| les coumence a regarder, | commence à les regarder | 開始注視著他們, |
| s' en prist a[1167] rire. | et se met à rire. | 接著不禁啞然失笑。 |

---

[1158] *canpegneus* : (n.m. pl.) champignons (「蘑菇」)。

[1159] *canpés* : (adj. pl. de champ, champêtre (「田野間的」)。

[1160] *torble* : trouble (「攪混」)。*torble* 為動詞 *torbler* 直陳式現在時 p3 的形式。

[1161] *gués* : (n.m. pl.) gués (「淺灘」)。

[1162] 根據 Philippe Walter（1999, 199）的解釋,淺灘常常被象徵為進入到另一個世界的邊界處,此處的淺灘之水是對史詩主題的嘲諷（parodie）。在史詩中,騎士們常會在淺灘處進行戰鬥。

[1163] *li plus sire* : le plus fort, le plus vaillant, seigneur, vainqueur（「優勝者」、「勝出者」）。

[1164] *clamés* : (participe passé) déclaré, proclamé, nommé, appelé（「宣布成為」）。*clamés* 為動詞 *clamer* 的過去分詞形式。

[1165] *prex* : (adj.) vaillant（「英勇神武的」）。

[1166] *ber* : (adj.) noble, vaillant, brave（「出生高貴的」、「勇敢的」）。

[1167] *s' (en) prist a* : se mit à（「開始」）。*prist* 為動詞 *prendre* 的直陳式簡單過去時 p3 形式。

| 古法文原文 | 現代法文譯文 | 中文譯文 |
|---|---|---|
| XXXII | XXXII | XXXII |
| Or dient et content et flabent[1168] | Parlé: récit et dialogue | 〔說白：敘述和對話〕 |
| 1　Quant Aucassins vit cele mervelle[1169], | Quand Aucassin vit cette scène étonnante, | 當歐卡森看到這令人瞠目結舌的一幕時， |
| si vint au roi, si l'apele[1170]. « Sire, | il vint au roi et l'interpella. «Seigneur, | 便來到國王身邊，上前和他打招呼。歐卡森說道： |
| fait Aucassins, sont ce ci vostre | fait Aucassin, sont-ce là vos | 「國王陛下，在那裏的是您的 |
| anemi[1171]? — Oïl, sire, fait li rois. — Et | ennemis? — Oui, seigneur, répond le roi. | 敵人嗎？」國王答道「是的，大人。」 |
| 5　vouriiés[1172] vos que je vos en venjasse[1173]? | — Voudriez-vous que je vous en venge? | 「您想要我為您復仇嗎？」 |
| — Oie, fait il, volentiers[1174]. Et Aucassins | — Oui, dit-il, bien volontiers.» Aucassin | 國王答道：「想，樂意之至。」歐卡森 |
| met le main a l'espee, si se lance | saisit son épée, se lance | 拿起寶劍，衝進 |
| en mi ax, si conmence a ferir a destre | au milieu d'eux, commence à frapper à droite | 敵人陣營中，並且開始四處 |

---

[1168]*flabent* : racontent, bavardent（「敘述」、「閒聊」）。*flabent* 為動詞 *flaber* 直陳式現在時 p6 的形式，與 *fabler* 同義。

[1169]*mervelle* :（n.f.）objet d'étonnement, prodige, scène étonnante（「令人驚訝的事物」、「奇事」、「驚人的場面」）。

[1170]*apele* : interpelle, aborde「招呼」、「上前攀談」）。*apele* 為動詞 *apeler* 直陳式現在時 p3 的形式。

[1171]*anemi* :（n.m. pl.）ennemis（「敵人」）。此處的 *anemi*（<*lat.* inimici）為第一類陽性名詞正格複數的形式。

[1172]*vouriiés* : voudriez（「想要」）。*vouriiés* 為動詞 *voloir* 條件式現在時 p5 的形式。

[1173]*venjasse* : vengeasse（「復仇」、「報仇」）。*venjasse* 為動詞 *vengier* 虛擬式未完成過去時 p1 的形式。

[1174]*volentiers* :（adv.）volontiers（「樂意之至」、「非常樂意」）。

| 古法文原文 | 現代法文譯文 | 中文譯文 |
|---|---|---|
| et a senestre, et s'en ocit[1175] molt. Et | et à gauche, et tue beaucoup de gens. Mais | 揮舞打鬥，殺死了眾多人。然而 |
| 10 quant li rois vit qu'i les ocioit, il | quand le roi vit qu'il les tue, il | 當國王發現歐卡森殺了人時， |
| le prent par le frain[1176] et dist: « Ha! | le prend par la bride de son cheval et dit: | 便抓住了歐卡森馬的韁繩，說道： |
| biax sire, ne les ociés[1177] mi〔e〕[1178] si | «Ah! cher seigneur, ne les tuez pas | 「哎呀，親愛的大人，不要用這樣的方式 |
| faitement[1179]. — Comment? fait Aucassins, en[1180] | de cette manière! — Comment? dit Aucassin, ne | 殺害他們。」歐卡森說道：「怎麼了？ |
| volés vos que je vos venge[1181]? — Sire, dist | voulez-vous pas que je vous en venge? — Seigneur, dit | 不是您要我為您報仇的嗎？」國王說道： |
| 15 li rois, trop en avés vos fait: | le roi, vous en avez trop fait. | 「大人，您做的太過了， |
| il n'est mie costume[1182] que nos | Nous n'avons pas l'habitude de nous | 我們並沒有互相殘殺 |
| entrocions[1183] li uns l'autre[1184].» Cil tornent[1185] | entre-tuer les uns les autres.» Les ennemis prennent | 的習慣。」剩下的敵人紛紛 |

---

[1175]*ocit*：tue（「殺死」）。*ocit* 為動詞 *ocire* 直陳式現在時 p3 的形式。

[1176]*frain*：(n.m.) bride（「韁繩」）。

[1177]*ociés*：tuez（「殺死」）。*ociés* 為動詞 *ocire* 命令式現在時 p5 的形式。

[1178]手稿中的原文為 *mi*。

[1179]*si faitement*：de telle sorte（「如此」，「這樣」）。

[1180]*en*：(adv.) est-ce que...ne...pas（「不是……嗎？」）。*en* 為 et 與 ne 的省略形式，和 *enne* 或 *ene* 相同，皆用於疑問否定句中，此疑問句期待受話者給予肯定的回答。

[1181]*venge*：venge（「復仇」）。*venge* 為動詞 *vengier* 虛擬式現在時 p1 的形式。

[1182]*costume*：(n.f.) coutume（「習慣」、「習俗」）。

[1183]*nos entrocions*：se tuent les uns les autres（「互相殘殺」、「互相廝殺」）。*nos entrocions* 為自反動 *soi entrocire* 直陳式現在時 p4 的形式。

[1184]*li uns l'autre*：les uns les autres（「互相」）。

[1185]*tornent*：s'en vont（「走開」、「離開」）。

| 古法文原文 | 現代法文譯文 | 中文譯文 |
|---|---|---|
| en fuies[1186]; et li rois et Aucassins s'en | en fuite, le roi et Aucassin s'en | 逃之夭夭，而國王和歐卡森 |
| repairent[1187] au castel de Torelore. | retournent au château de Torelore. | 則回到了多樂羅樂城堡。 |
| 20 Et les gens del païs dient au roi qu'il | Et les gens du pays conseillent au roi | 多樂羅樂國的人民向國王提議 |
| cast[1188] Aucassin[1189] fors de[1190] sa tere, et si | de chasser Aucassin de sa terre et | 將歐卡森驅逐出國，並且 |
| detiegne[1191] Nicolete aveuc son fil, qu[1192]'ele | de retenir Nicolette auprès de son fils, car elle | 把妮可蕾特留下給國王的兒子作伴，因為她 |
| sanbloit bien fenme de haut | semblait bien être femme de haut | 看來是位出身名門 |
| lignage. Et Nicolete l'oï, si n'en fu mie lie[1193], | lignage. Nicolette entendit ces propos, elle n'en fut pas contente, | 之女子。妮可蕾特聽了這番言論很不高興， |
| 25 si conmença a dire. | et elle commença à dire. | 接著開始說話。 |

---

[1186]*fuies*：（n.f. pl.）fuites（「逃跑」、「逃走」）。

[1187]*s'en repairent*：reviennent, retournent（「回到」）。*s'en repairent* 為自反動詞 *soi en repairier* 直陳式現在時 p6 的形式。

[1188]*cast*：renvoie, chasse（「驅逐」、「驅趕」）。*cast* 為動詞 *cacier* 虛擬式現在時 p3 的形式。

[1189]手稿中的原文為正格單數 *Aucassins*，然而此處我們期待的為偏格單數形式，所以將其改為 *Aucassin*。

[1190]*fors de*：hors de（「在……外面」）。

[1191]*detiegne*：retienne（「留下」）。*detiegne* 為動詞 *detenir* 虛擬式現在時 p3 的形式。

[1192]*qu'*：car（「因為」）。

[1193]*lie*：（adj.）contente, joyeuse（「高興的」）。*lie*（<*lat.* laeta）為陽性形容詞 *lié* 的陰性形式，在古皮卡第方言中三合元音（triphotongue）-*iée* 會被削減為 -*ie*。

| 古法文原文 | 現代法文譯文 | 中文譯文 |
|---|---|---|
| XXXIII | XXXIII | XXXIII |
| Or se cante | Chanté | 〔唱〕 |
| 1　〔**79a**〕«Sire rois de Torelore, | «Seigneur, roi de Torelore, | 美麗的妮可蕾說道： |
| ce dist la bele Nichole, | dit la belle Nicole, | 「多樂羅樂的國王陛下， |
| vostre gens[1194] me tient por fole： | vos gens me prennent pour folle; | 您的子民一定認為我瘋癲了， |
| quant mes dox amis m'acole[1195] | quand mon doux ami me tient dans ses bras, | 當我的溫柔愛人將我擁入懷中時， |
| 5　et il me sent grasse[1196] et mole[1197], | et qu'il me sent toute dodue et bien en chair, | 當他感受到我豐潤柔膩的身軀時， |
| dont sui jou a tele escole[1198], | et je suis dans un tel état | 我感受到如此的幸福， |
| baus[1199] ne tresce[1200] ne carole[1201], | que ni danse, ni farandole, ni ronde, | 幸福到任何舞蹈、法蘭多拉舞或輪舞帶來的歡愉； |

---

[1194]*gens*：（n.f.）peuple（「人民」）。*gens*（<*lat.* \*gentis）為第二類陰性名詞正格單數的變格形式。

[1195]*acole*：prend dans les bras, embrasse（「擁入懷中」、「擁抱」）。*acole* 為動詞 *acoler* 直陳式現在時 p3 的形式。

[1196]*grasse*：（adj.）grasse, potelée（「豐潤的」）。

[1197]*mole*：（adj.）tendre（de chair）（（肌膚）柔軟的」）。

[1198]*escole*：（n.f.）état（「狀態」）。

[1199]*baus*：（n.m.）danse（「舞蹈」）。*baus* 為陽性名詞 *bal* 的正格單數的形式。

[1200]*tresce*：（n.f.）sorte de danse, farandole（「法蘭多拉舞」）。根據 Jean Dufournet（1984, 187）的解釋，*tresce* 一詞在《羅班與瑪莉詠的故事》（*Jeu de Robin et Marion*）中出現過好幾次，亦或在一種稱為 *partourelles* 的以牧羊女與騎士之間對話體詩歌文體中也經常出現此詞，通常是指一種由牧羊女或男牧羊人領舞的一種舞蹈。

[1201]*carole*：（n.f.）ronde（「輪舞」）。

| 古法文原文 | 現代法文譯文 | 中文譯文 |
|---|---|---|
| harpe[1202], gigle[1203] ne viole[1204], | ni musique de harpe, de violon ou de viole, | 豎琴、小提琴或古提琴發出來的悅耳樂音; |
| ne deduis[1205] de la nimpole[1206] | ni le plaisir du jeu de tables | 亦或是任何桌上遊戲所產生的歡樂 |
| 10　n'i vauroit[1207] mie.» | n'aurait plus d'intérêt pour moi. | 在我眼裡都顯得一文不值。」 |

[1202]*harpe*：(n.f.) harpe（「豎琴」）。根據 Philippe Walter（1999, 199）的譯注本解釋，古提琴（vielle）與豎琴皆是中世紀吟遊詩人最喜愛使用的樂器，然而為了攜帶方便，中世紀的豎琴大約有三十多根弦，體積要比現今的豎琴要小很多。

[1203]*gigle*：(n.f.) sorte de violon, petit violon（「小提琴」）。Philippe Walter（1999, 199）在其譯注本解釋道，*gigle* 為 *gigue* 的異體字，為一種古代三弦低音琴，*gigue* 一詞源自於古德文 *giga*，意思為「弦樂器」。

[1204]*viole*：(n.f.) sorte de grand violon à 5, 6 ou 7 cordes（「一種有五根、六根、或七根弦的大提琴」）。根據 Philippe Walter（1999, 199）的譯注本解釋，此樂器源自於法國南部普羅旺斯省，然而 *viole* 一詞卻只於十二世紀末出現在法國北方文學中，作者選擇此詞很可能是因為故事中提及的博凱爾市（Beaucaire）與瓦朗斯城（Valence）皆位在法國南方。

[1205]*deduis*：(n.m.) plaisir（「歡樂」、「歡愉」）。

[1206]*nimpole*：(n.f.) sorte de jeu de tables, équivalent du jeu de dames ou du trictrac（「類似像跳棋或西洋棋的一種桌上遊戲」）。

[1207]*vauroit*：vaudrait（「值得」）。*vauroit* 為動詞 *valoir* 條件式現在時 p3 的形式。

| 古法文原文 | 現代法文譯文 | 中文譯文 |
|---|---|---|
| XXXIV | XXXIV | XXXIV |
| Or dient et content et flaboient | Parlé: récit et dialogue | 〔說白：敘述和對話〕 |
| 1 Aucassins fu el castel de Torelore, | Aucassin vivait au château de Torelore, en compagnie de | 歐卡森和他的愛人妮可蕾特 |
| et Nicolete s'amie, a grant aise[1208] | son amie Nicolette, il y avait grand agrément | 在多樂羅樂城堡中過著幸福 |
| et a grant deduit, car il avoit | et plaisir, car il avait | 快樂的日子，因為他有 |
| aveuc lui Nicolete sa douce amie | près de lui Nicolette sa douce amie | 他傾心不已的溫柔情人妮可蕾特 |
| 5 que tant amoit. En ço qu'il[1209] estoit | qu'il aimait tant. Mais pendant qu'il était | 相伴在側。然而就在他 |
| en tel aisse[1210] et en tel deduit, | en plein bonheur, | 幸福快樂洋溢之時， |
| et uns estores[1211] des Sarrasins | voici qu'une flotte de Sarrasins | 撒拉遜人的海軍艦隊 |
| vinrent par mer, s'asalirent[1212] au | survint de la mer; ils attaquèrent le | 突然出現在海上，並且對城堡 |
| castel, si le prissent[1213] par force; | château et le prirent de vive force, | 發動攻擊，之後以武力取得了城堡。 |
| 10 il prissent l'avoir[1214], s'en menerent | ils s'emparèrent de tous les biens, et emmenèrent | 撒拉遜人掠奪了財物，並且帶走了 |

---

[1208]*aise*：（n.f.）situation agréable, aise（「適意的狀態」）。

[1209]*En ço que*：pendant que（「當……的時候」）。

[1210]*aisse*：（n.f.）état agréable（「安樂的狀態」）。古皮卡第方言中常常在拼寫法中-ss-與-s-不分，皆用來謄寫[z]。

[1211]*estores*：（n.m.）flotte, armée navale（「船隊」、「海軍」）。通常來說，根據 Georges Gougenheim（1970, 311-315）的解釋，*estores* 一詞不只意指「船隻」，還包含船上的所有配備和人員，是故此詞的詞意比古法文中的另一詞 *navie* 要更為抽象。

[1212]*asalirent*：donnèrent l'assaut（「發動攻擊」）。*asalirent* 為動詞 *asalir* 的直陳式簡單過去時 p6 形式。

[1213]*prissent*：prirent（「取得」、「攻下」）。*prissent* 為古皮卡第方言的動詞 *prendre* 之直陳式簡單過去時 p6 形式，法蘭西島方言的形式為 *prisdrent*、*priremt*。

[1214]*avoir*：（n.m.）richesse, fortune, biens（「財物」、「錢財」）。

| 古法文原文 | 現代法文譯文 | 中文譯文 |
|---|---|---|
| caitis et kaitives[1215]; il prissent | des prisonniers et des prisonnières, parmi lesquels | 淪為戰俘的國中男女，他們也抓走了 |
| Nicolete et Aucassin, et si loierent[1216] Aucassin | Nicolette et Aucassin; ils lièrent Aucassin | 歐卡森和妮可蕾特。他們縛住歐卡森的 |
| les mains et les piés[1217] et si le | par les mains et les pieds; ils | 手腳，然後將歐卡森 |
| jeterent en une nef[1218] et Nicolete[1219] en | jetèrent Aucassin dans un navire et Nicolette dans | 扔上一艘船上，而妮可蕾特則被 |
| 15 une autre; si leva une | un autre. Sur mer s'éleva une | 安置在另一艘船上。海上狂風 |
| tormente[1220] par mer que[1221] les espartist[1222]. Li | tempête qui les sépara. Le | 暴雨大作[1223]，將兩艘船吹散了。 |

---

[1215] *kaitives*：（n.f. pl.）captives（「女戰俘」）。

[1216] *loierent*：lièrent, attachèrent（「縛」、「綁」）。*loierent* 為動詞 *loier* 的直陳式簡單過去時 p6 形式。

[1217] *piés*：（n.m. pl.）pieds（「腳」）。

[1218] *nef*：（n.f.）navire, bateau（「船」、「軍艦」）。*nef* 為第二類陰性名詞偏格單數的變格形式。

[1219] 手稿中的原文為 *Aucassin*。Hermann Suchier（1906, 36）與 Mario Roques（1982, 33）的校注版認為前文的 *le jeterent* 中的第三人稱單數陽性人稱代名詞輕音形式 *le* 意指 *Aucassin*，若此處又再次出現 *Aucassin*，上下文的句意邏輯明顯不合，所以此處皆用 *Nicolete* 取代 *Aucassin*。然而，Jean Dufournet（1984, 188）卻認為此處不需要修正手稿，應該保留原文 *Aucassin*，因為古皮卡第方言中的第三人稱代名詞單數陰陽性賓語形式皆是 *le*，也就是說前文的 *le* 可以意指 *Nicolete*，是故無須更動原文。兩種版本的詮釋皆有其道理，然而念及讀者並非皆熟捻古皮卡第方言文法，本版本採用 Hermann Suchier 與 Mario Roques 校注版的更正。

[1220] *tormente*：（n.f.）tempête（「暴風雨」）。

[1221] *que*：en sorte que（「以至於」）。

[1222] *espartist*：sépara（「分開」）。*espartist* 為動詞 *espartir* 的直陳式簡單過去時 p3 形式。

[1223] 傳統天主教家庭在小孩出生時會讓教父（parrain）用自己的名字（prénom）為男嬰取名，而女嬰則用教母（marraine）的名字取名，當父母難以決定時，也可以請教會為其選一位聖人的名字來為嬰兒取名，用意是讓此聖人（saint）來守護此兒童順利長大成人。妮可蕾特（Nicolette）為聖人聖尼古拉（saint Nicolas）的陰性相對應名字，所以

| 古法文原文 | 現代法文譯文 | 中文譯文 |
|---|---|---|
| nes[1224] u Aucassins estoit ala tant | navire où était Aucassin dériva tant | 歐卡森所在的船隻在海上漂流許久， |
| par mer waucrant[1225] qu'ele ariva | sur la mer qu'il arriva | 最後終於擱淺在 |
| au castel de Biaucaire; et les | au château de Beaucaire; et les | 博凱爾城堡的岸邊 1226。 |
| 20 gens du païs cururent au | gens du pays accoururent pour | 博凱爾的居民為了洗劫沈船所帶來的 |
| lagan[1227], si troverent Aucassin, si | piller l'épave, trouvèrent Aucassin et | 物品而跑來，發現了歐卡森，並且 |
| le reconurent. Quant cil de | le reconnurent. Lorsque les habitants | 認出他來。當博凱爾的 |
| Biaucaire virent lor | de Beaucaire virent leur | 居民看到了他們的 |
| damoisel[1228], s'en fisent[1229] grant | jeune seigneur, ils furent transportés | 少主時，都欣喜 |
| 25 〔79b〕 joie, car Aucassins avoit bien | de joie, car Aucassin était bien | 萬分，因為歐卡森在 |
| mes[1230] u castel de Torelore | resté trois ans au château | 多樂羅樂城堡足足待了 |

---

妮可蕾特的守護者為聖尼古拉。根據 Philippe Walter（1999, 200）的譯注本解釋，聖尼古拉為航海者和水手的守護者，所以此處可以預測到就算妮可蕾特遇上暴風雨，她的處境也會轉危為安。

[1224]*nes*：(n.f.) bateau, vaisseau（「船」、「軍艦」）。此處的 *nes* 為 *nef* 的正格單數變格形式。

[1225]（*ala*）*waucrant*：dériva（「漂流」）。*waucrant* 為動詞 *waucrer* 的現在分詞形式。

[1226]博凱爾市附近的地區以中世紀的地理環境來看，是可以讓船隻從地中海海口沿著隆河（Rhône）往上到達博凱爾市。

[1227]*lagan*：(n.m.) débris d'un vaisseau, épave（「沉船」、「漂流物」）。根據 Jean Dufournet（1984, 188）的解釋，在中世紀的習俗中，沿海地區的居民享有拿取擱淺在海邊的所有物品權利，直至西元 1191 年腓力二世·奧古斯都（philippe Auguste）才下令廢除掠奪海灘沈船漂流物的權利。

[1228]*damoisel*：(n.m.) jeune seigneur（「少主」）。

[1229]*fisent*：firent（「引起」、「產生」）。*fisent* 為古皮卡第方言中動詞 *faire* 的直陳式簡單過去時 p6 形式，法蘭西島方言的形式為 *firent*。

[1230]*mes*：(participe passé) resté（「停留」）。*mes* 為動詞 *manoir* 的過去分詞形式。

| 古法文原文 | 現代法文譯文 | 中文譯文 |
|---|---|---|
| trois ans, et ses peres et se mere | de Torelore, et son père et sa mère | 三年之久，他的父母 |
| estoient mort. Il le menerent | étaient morts. Ils le menèrent | 已經離世。他們把他 |
| u castel de Biaucaire, si | au château de Beaucaire, et | 帶回博凱爾城堡，並且 |
| 30 | devinrent tot si home[1231], si | ils devinrent tous ses sujets, | 全體宣誓成為他的臣子。 |
| tint se tere en pais[1232]. | dès lors il gouverna en paix son pays. | 自此以後他便平和安穩地統治著他的國家。 |

---

[1231] *si home*：ses sujets, ses vassaux（「他的子民」、「他的附庸」）。此處的主有格形容詞 *si* 與名詞 *home* 皆為陽性正格複數（CS pl.）的形式。

[1232] *en pais*：en paix, paisiblement（「平和地」、「安穩地」）。此處的 *pais* 屬於第四類無法變格的陰性名詞。

| 古法文原文 | 現代法文譯文 | 中文譯文 |
|---|---|---|
| XXXV | XXXV | XXXV |
| Or se cante | Chanté | 〔唱〕 |
| 1 **Aucassins** s'en est alés a Biaucaire sa cité. | Aucassin s'en est allé à Beaucaire sa cité. | 歐卡森回到了他的故城博凱爾， |
| Le païs et le regné[1233] | Il gouverne très bien le pays et le comté | 非常平和順利地接管統治 |
| tint trestout[1234] en quiteé[1235]. | sans rencontrer d'obstacle. | 博凱爾地區和伯爵領地。 |
| 5 Jure Diu de maïsté[1236] | Mais il jure par le Dieu de majesté | 他以至尊上帝的名義起誓， |
| qu'il[1237] li poise[1238] plus assés[1239] | qu'il lui pèse bien plus | 就算他失去了他所有的親戚， |
| de Nicholete au vis cler | d'avoir perdu Nicolette au lumineux visage | 但是他失去白皙明亮臉龐的妮可蕾特時 |
| que de tot sen parenté[1240] | que tous ses parents, | 所感受到的悲傷遠勝於 |
| s'il estoit a fin alés. | même s'il les avait tous perdus. | 失去他所有親戚時所感受到的哀傷。 |
| 10 «Douce amie o le vis cler, | «Ma douce amie au lumineux visage, | 「有著白皙明亮臉龐的溫柔愛人， |
| or ne vous sai[1241] u quester[1242]; | à présent je ne sais où vous chercher, | 現在我不知道要去何處去尋妳， |
| ainc Diu ne fist ce regné | mais Dieu ne fit de royaume, | 然而上帝不論在陸地上或海上 |

---

[1233]*regné* :（n.m.）royaume, fief, comté（「王國」、「采邑」、「伯爵領地」）。

[1234]*trestout* :（adv.）（= tres + tout）entièrement, entier, tout（「完全」、「全部」）。

[1235]*en quiteé* : en toute propriété, sans contestation, en paix, en tranquillité（「實有地」、「毫無反對地」、「平靜地」、「安穩地」）。*quiteé* 屬於第二類陰性名詞偏格單數的變格形式。

[1236]*maïsté* :（n.f.）majesté（「至尊」、「陛下」）。

[1237]手稿中的原文為 *qui il*。

[1238]*poise* : fait de la peine（「使感到痛苦」）。*poise* 為動詞 *peser* 的直陳式現在時 p3 形式。

[1239]*assés* :（adv.）beaucoup, bien（「很多」、「非常」）。

[1240]*parenté* :（n.m.）ensemble des parents（「親戚」）。

[1241]手稿中的原文為 *vousai*。

[1242]*quester* : chercher, rechercher（「找尋」）。

| 古法文原文 | 現代法文譯文 | 中文譯文 |
|---|---|---|
| ne par terre ne par mer, | où par terre ou par mer, | 都未曾創造出這個國家， |
| se t'i quidoie[1243] trover, | si je pensais t'y trouver, | 只要我認為能夠在那個國度找得到妳， |
| 15 ne t'i quesisce[1244].» | je t'y chercherais.» | 我必會動身前往去那裏尋找妳[1245]。」 |

---

[1243] *quidoie*：croyais, pensais（「認為」）。*quidoie* 為動詞 *cuidier* 的直陳式未完成過去時 p1 形式。

[1244] *quesisce*：cherchasse（「尋找」）。*quesisce* 為動詞 *querre* 的虛擬式未完成過去時 p1 形式。

[1245] Jean Dufournet（1984, 188）在其譯注版的注解中解釋道，歐卡森在此處並沒有像以前一樣可以為了愛情不顧一切地去找尋妮可蕾特，根據 Francis William Bourdillon 的見解，歐卡森在歷經許多事情之後，變為成熟又有責任感的男人，他繼承父親的領地成為博凱爾伯爵，所以他不可能像以前一樣不顧及城中子民的死活和放下博凱爾伯爵領地內的事物去找他的愛人。按照 Myrrha Lot-Borodine（1913, 119）的說法，一位身處在激情狀態的男子三年後激情便會褪去，轉變成不那麼熱烈的情感。事實上，作者在作品中想要突出妮可蕾特在此份感情中佔據主導地位，而歐卡森繼續扮演著被動反傳統的男主角角色。

| 古法文原文 | 現代法文譯文 | 中文譯文 |
|---|---|---|
| XXXVI | XXXVI | XXXVI |
| Or dient et content et fabloien[1246] | Parlé: récit et dialogue | 〔說白：敘述和對話〕 |
| 1　Or lairons[1247] d'Aucassin, si dirons de | Maintenant, laissons Aucassin et parlons de | 現在我們暫且不提歐卡森，讓我們來說說 |
| Nicolete. La nes u Nicolete estoit | Nicolette. La nef où se trouvait Nicolette, | 妮可蕾特吧。妮可蕾特身處的船隻 |
| 〔estoit〕[1248] le roi de Cartage, et cil estoit | appartenait au roi de Carthagène, et celui-ci était | 為卡塔赫納城國王所擁有，這位國王實乃 |
| ses peres, et si avoit dose[1249] freres[1250], | son père, et elle avait douze frères, | 妮可蕾特的生父[1251]，她還有十二位兄弟， |
| 5　tox princes u rois. Quant il | tous princes ou rois. Quand ils | 皆為親王或國王。當他們 |
| virent Nicolete si bele, se li | virent Nicolette si belle, ils lui | 看見妮可蕾特如此美麗時，便對她 |
| porterent molt grant honor[1252] et | firent de très grands honneurs et | 極為尊敬禮遇並且 |
| fisent feste de li, et molt li | lui firent fête et lui | 熱烈款待她。他們 |
| demanderent qui ele estoit, car | demandèrent avec insistance qui elle était, car | 再三向她詢問她是何許人也，因為 |

---

[1246]*fabloien*：parlent, dialoguent（「說話」、「對話」）。*fabloien* 為動詞 *fabloier* 的直陳式現在時 p6 形式。此處第三人稱複數的動詞變化拼寫法省去已不發音的尾子音 -*t*。

[1247]*lairons*：laisserons（「不管」、「擱下」）。*lairons* 為動詞 *laissier* 的直陳式未來時 p4 形式。

[1248]手稿中原本並沒有 *estoit*，Hermann Suchier（1906, 37）與 Francis William Bourdillon（1919, 44）依照上下文的意思，建議加上 *estoit* 以修正之。

[1249]*dose*：(adj.) douze（「十二」）。手稿中的原文為羅馬數字 *xii*。

[1250]手稿中的原文為 *frere*，此處我們期待的為第二類陽性名詞偏格複數的變格形式 *freres*，是故此處所以的校注版皆將 *frere* 修正為 *freres*。

[1251]妮可蕾特為卡塔赫納城國王之女的真實身分一直到故事近尾聲時才被作者揭露出來，女主角的高貴身分讓之前歐卡森父母介意的男女主角門第差距問題隨之迎刃而解。

[1252]*honor*：(n.m.) honneurs faits à quelqu'un（「尊敬」、「禮遇」）。

| | 古法文原文 | 現代法文譯文 | 中文譯文 |
|---|---|---|---|
| 10 | molt sanbloit bien gentix[1253] | elle leur semblait bien dame | 對他們來說她似乎是一位出身名門 |
| | fenme et de haut〔lignage〕[1254]. Mais ele ne | noble et de grande famille. Mais elle ne | 貴族的女子。但是妮可蕾特無從 |
| | lor sot[1255] a dire qui ele estoit, | sut leur dire qui elle était, | 告知他們自己的身世, |
| | 〔79c〕car ele fu pree[1256] petis enfes[1257]. Il | car elle avait été enlevée dans sa petite enfance. Après avoir | 因為她在很小的時候就被人擄走了。他們 |
| | nagierent[1258] tant qu'il ariverent desox[1259] | navigué longtemps, ils arrivèrent sous | 航行良久終於來到了 |
| 15 | le cité de Cartage, et quant Nicolete vit | les murs de la cité de Carthagène. Quand Nicolette vit | 卡塔赫那城的城牆下。當妮可蕾特望見 |
| | les murs del castel et le païs, ele se | les murs du château et le pays, elle se | 城堡的城牆和這個地方時,她 |

---

[1253] *gentix*:(adj.)noble, de bonne race(「出身名門的」、「高貴的」)。*gentix* 為第二類陰陽性同型的形容詞,此處為正格單數的變格形式。

[1254] 手稿中的原文並沒有 *lignage*,Francis William Bourdillon(1919, 44)根據此版本中的第三十二章第 23-24 行的 *fenme de haut lignage* 修改之。然而 Hermann Suchier(1906, 37)則是根據此版本中的第三章第 12 行 *femme de haut parage* 將其改為 *parage*。本版本考量 *lignage* 出現處比較接近此章節,所以採用 Francis William Bourdillon 的提議。Mario Roques(1982, 48)則質疑前兩個版本增添文字的必要性,他認為形容詞 *haut* 可以名詞化,這時 *li haut* 便有「出身名門的人」(li haut hom)之意,無需再添加任何文字進去。

[1255] *sot*:sut(「知道」)。*sot* 為動詞 *savoir* 的直陳式簡單過去時 p3 形式。

[1256] *pree*:(participe passé)enlevée, ravie(「擄走」、「劫持」)。*pree* 為動詞 *preer*(<lat. pop. \*predare)的過去分詞陰性形式。此處的拼寫法反映出手抄員有時將-eée 中的第三個非重音的母音-e 省略,只拼寫出-ee。

[1257] *petis enfes*:petite enfant(「孩童」)。此處的 *petis enfes* 皆為陽性正格單數變格的形式,*enfes* 屬於第三類陽性名詞變格。

[1258] *nagierent*:naviguèrent(「航行」)。*nagierent* 為動詞 *nagier* 的直陳式簡單過去時 p6 形式。

[1259] *desox*:(prép.)sous(「在……之下」)。

| 古法文原文 | 現代法文譯文 | 中文譯文 |
|---|---|---|
| reconut[1260], qu'[1261]ele i avoit esté norie[1262] | reconnut, car elle y avait été élevée | 認出了這裡，因為她在這裡曾經被養育過， |
| et pree petis enfes, mais ele ne fu | et enlevée dans sa petite enfance, mais elle n'était | 儘管她在很小的時候就被擄走了，但是她 |
| mie si petis enfes que ne seust[1263] bien | pas si petite qu'elle ne sût bien | 還沒有小到不記得 |
| 20 qu'ele avoit esté fille au roi de | qu'elle avait été fille du roi de | 她是卡塔赫那城國王的 |
| Cartage et qu'ele avoit esté norie en | Carthagène et qu'elle avait été élevée dans | 女兒，以及她曾在這座城市中 |
| le cité. | cette cité. | 被撫養過。 |

---

[1260]*reconut*：reconnut（「認出」）。*reconut* 為動詞 *reconoistre* 的直陳式簡單過去時 p3 形式。

[1261]*qu'*：car（「因為」）。

[1262]*norie*：（participe passé）élevée（「撫養」）。*norie* 為動詞 *norir* 的過去分詞陰性形式。

[1263]*seust*：sût（「知道」）。*seust* 為動詞 *savoir* 的虛擬式未完成過去時 p3 形式。

| 古法文原文 | 現代法文譯文 | 中文譯文 |
|---|---|---|
| XXXVII | XXXVII | XXXVII |
| Or se cante | Chanté | 〔唱〕 |

|  | 古法文原文 | 現代法文譯文 | 中文譯文 |
|---|---|---|---|
| 1 | Nichole li preus[1264], li sage[1265], | Nicole, la vaillante et la sage, | 智勇雙全的妮可蕾， |
|  | est arivee a rivage[1266], | est arrivée au rivage, | 來到了海岸邊， |
|  | voit les murs et les astages[1267] | elle voit les murs et les demeures, | 她看見了城牆與住宅， |
|  | et les palais[1268] et les sales[1269]; | et les palais et les salles; | 宮殿與廳房， |
| 5 | dont si s'est clamee[1270] lasse[1271]: | alors elle se déclare malheureuse: | 然後她自嘆命運多舛： |
|  | «Tant mar[1272] fui[1273] de haut parage, | « C'est bien pour mon malheur que je fus de haute naissance, | 「對我而言出身名門， |
|  | ne fille au roi de Cartage, | et fille du roi de Carthagène | 身為卡塔赫納城國王之女， |
|  | ne cousine l'amuaffle[1274]! | et la cousine de l'émir. | 還有是蘇丹王的堂妹是多麼的不幸啊！ |

---

[1264]*preus*：（adj.）vaillante, brave（「勇敢的」、「堅強的」）。

[1265]*sage*：（adj.）sage（「機智的」、「睿智的」）。*sage* 為第一類陰性形容詞正格單數的變格形式。

[1266]*rivage*：（n.m.）rivage（「岸」、「海岸」）。*rivage* 為拉丁文 *ripa* 與後綴詞（suffixe）*-age* 所組成。

[1267]*astages*：（n.m. pl.）habitations, demeures（「住所」、「住宅」）。

[1268]*palais*：（n.m. pl.）palais, château（「宮殿」、「邸宅」）。

[1269]*sales*：（n.f. pl.）salles（「廳」、「室」）。

[1270]*s'est clamee*：s'est déclarée, s'est nommée（「表示」、「自稱」）。*clamee* 為動詞 *clamer* 的過去分詞陰性形式。

[1271]*lasse*：（adj.）malheureuse（「不幸的」、「悲慘的」）。

[1272]*mar*：（adv.）c'est pour mon malheur que...（「……真是我的不幸啊」）。*mar* 之後如果跟隨的是簡單過去時，意思是「……是我的不幸啊」，若是跟隨的是未來時，意思則為「……是錯的」。

[1273]*fui*：fus（「是」）。*fui* 動詞 *estre* 的直陳式簡單過去時 p1 形式。

[1274]*amuaffle*：（n.m.）émir, calife, saultan（「親王」、「哈里發」、「蘇丹王」）。

| 古法文原文 | 現代法文譯文 | 中文譯文 |
|---|---|---|
| Ci me mainnent[1275] gens[1276] sauvages[1277]. | Des gens barbares m'emmènent ici. | 那些蠻族人將我帶至此處。 |
| 10 Aucassin gentix et sages[1278] | Aucassin noble et honnête, | 高貴不凡又正直良善的歐卡森， |
| frans damoisiax honorables, | jeune seigneur plein de gnérosité et d'honneur, | 寬厚又可敬的年輕貴公子， |
| vos douces amors me hastent[1279] | votre doux amour me presse, | 您溫柔的愛折磨著我、 |
| et semonent[1280] et travaillent[1281]. | m'appelle, et me tourmente. | 讓我魂牽夢縈、飽受煎熬。 |
| Ce doinst Dix[1282] l'esperitables[1283] | Que Dieu, le père spirituel, puisse m'accorder | 但願上帝，我們的心靈之父能夠應許 |
| 15 c'oncor[1284] vous tiengne en me brace[1285], | que je vous tienne encore dans mes bras, | 我還能將您擁入我懷中， |

---

[1275]*mainnent*：emmènent（「帶走」）。*mainnent* 動詞 *mener* 的直陳式現在時 p6 形式。

[1276]*gens*：（n.f. pl.）gens（「人們」）。在手稿中的原文為第二類陰性名詞偏格單數形式 *gent*，然而後面跟隨的形容詞為複數形式 *sauvages*，所以本版此處追隨 Hermann Suchier（1906, 38）的修正，將其改為正格複數形式 *gens*。而 Mario Roques（1982, 35）則保留手稿中的 *gent* 形式，但是將其後的複數形容詞 *sauvages* 改為單數形式 *sauvage*。古法文中 *gent* 亦可以是第一類陽性名詞正格複數形式，所以 Jean Dufournet（1984, 148）在譯注版中仍保留原文 *gent*。

[1277]*sauvages*：（adj.）sauvages（「野蠻的」）。

[1278]*sages*：（adj.）honnête, avisé（「善良的」、「正直的」、「謹慎的」）。*sages* 為第一類陽性形容詞正格單數的變格形式。

[1279]*hastent*：pressent（「困擾」、「折磨」）。*hastent* 為動詞 *haster* 的直陳式現在時 p6 形式。

[1280]*semonent*：invitent, poussent, convoquent（「催促」、「促使」、「招喚」）。*semonent* 為動詞 *semonre* 的直陳式現在時 p6 形式。

[1281]*travaillent*：torturent, tourmentent（「糾纏」、「折磨」）。*travaillent* 為動詞 *travaillier* 的直陳式現在時 p6 形式。

[1282]*Dix*：（n.m.）Dieu（「上帝」）。*Dix* 為 *Diu* 的陽性正格單數形式。

[1283]*esperitables*：（adj.）spirituel（「心靈的」、「精神上的」）。

[1284]*c'oncor*：qu'encore（「仍然」）。

[1285]*brace*：（n.f.）les deux bras, les bras（「雙臂」、「臂膀」）。*brace* 為集合名詞，此處為第一類陰性名詞偏格單數的變格形式。

| 古法文原文 | 現代法文譯文 | 中文譯文 |
|---|---|---|
| et que vos baissiés[1286] me face[1287] | et que vous m'embrassiez la face, | 還有讓您親吻我的臉龐， |
| et me bouce et mon visage[1288] | la bouche et le visage, | 我的嘴以及我的面孔， |
| damoisiax sire.» | mon jeune seigneur. | 我年輕的貴公子。」 |

---

[1286]*baissiés*：embrassiez（「親吻」）。*baissiés* 為動詞 *baisier* 的虛擬式現在時 p5 形式。

[1287]*face*：（n.f.）visage（「臉龐」）。

[1288]*visage*：（n.m.）visage, face, figure（「臉」、「面孔」）。

| 古法文原文 | 現代法文譯文 | 中文譯文 |
|---|---|---|
| XXXVIII | XXXVIII | XXXVIII |
| Or dient et content et fabloient | Parlé: récit et dialogue | 〔說白：敘述和對話〕 |

|  | 古法文原文 | 現代法文譯文 | 中文譯文 |
|---|---|---|---|
| 1 | Quant li rois de Cartage oï Nicolete | Lorsque le roi de Carthagène entendit Nicolette | 當卡塔赫納城的國王聽見妮可蕾特 |
|  | ensi parler, il li geta[1289] ses bras | parler ainsi, il lui jeta les bras | 如此說時，便用手臂一把摟住了妮可蕾特 |
|  | au col. «Bele douce amie, fait il, dites | autour du cou. «Chère douce amie, fait-il, dites- | 的頸項。國王說道：「親愛的溫柔朋友，告訴 |
|  | moi qui vos estes; ne vos esmaiiés[1290] mie de | moi qui vous êtes. N'ayez pas peur de | 我您是何人，不要畏懼 |
| 5 | mi. — Sire, fait ele, je sui[1291] fille[1292] au | moi. — Seigneur, fait-elle, je suis la fille du | 我。」妮可蕾特答道：「大人，我是卡塔赫納城 |
|  | roi de Cartage et fui preée[1293] petis | roi de Carthagène et fus enlevée dans ma petite | 國王之女，就在十五年前， |
|  | 〔**79d**〕 enfes, bien a[1294] quinse ans.» Quant il | enfance, il y a bien quinze ans.» Quand ils | 我年幼之時便被人擄走了。」當他們 |
|  | l'oïrent ensi parler, si seurent[1295] bien | l'entendirent parler ainsi, ils surent bien | 聽到妮可蕾特這樣說時，都知曉 |

---

[1289] *geta*：jeta, lança（「摟」、「伸出」）。*geta* 為動詞 *geter* 的直陳式簡單過去時 p3 形式。

[1290] *vos esmaiiés*：ayez peur, vous inquiétez（「害怕」、「憂慮」）。*vos esmaiiés* 為自反動詞 *soi esmaiier* 的命令式現在時 p5 形式。

[1291] *sui*：suis（「是」）。*sui* 為動詞 *estre* 直陳式現在時 p1 的形式。

[1292] 手稿中的原文為 *filla*。

[1293] *fui preée*：je fus enlevée, je fus ravie（「我被擄走」、「我被綁架」）。*preée* 為動詞 *preer* 的過去分詞陰性形式。

[1294] *a*：il y a（「之前」）。

[1295] *seurent*：surent（知曉」）。*seurent* 為動詞 *savoir* 的直陳式簡單過去時 p6 形式。

| 古法文原文 | 現代法文譯文 | 中文譯文 |
|---|---|---|
| qu'ele disoit voir[1296], si fissen[1297] de li molt | qu'elle disait la vérité; ils lui firent très | 她所說的是事實[1298]，便對妮可蕾特 |
| 10 grant feste, si le menerent u | grande fête, la menèrent | 熱情款待，然後以符合 |
| palais a grant honeur, si conme | au palais avec grand honneur, comme | 國王之女的禮儀以及極為尊貴禮遇的方式 |
| fille de roi. Baron[1299] li vourent[1300] | il convenait à une fille de roi. Ils voulurent lui | 將她引進皇宮。他們想要為妮可蕾特 |
| doner un roi de paiiens, mais ele | donner pour époux un roi païen, mais elle | 挑選一位異教徒國王當夫君，但是妮可蕾特 |
| n'avoit cure[1301] de marier[1302]. La fu bien | n'avait pas envie de se marier. Elle resta là | 卻不想出嫁。她在卡塔赫納城 |
| 15 trois jors u quatre. Ele se porpensa[1303] par | bien trois ou quatre jours. Elle réfléchissait au | 停留了三或四天。她尋思 |
| quel engien[1304] ele porroit Aucassin querre[1305]; | moyen de pouvoir retrouver Aucassin. | 要用哪種妙計才能讓能她出發尋找歐卡森。 |

---

[1296]*voir*：（n.m.）vérité（「實情」、「事實」）。

[1297]*fissen*：firent（「舉辦」）。*fissen*（t）為古皮卡第方言動詞 *faire* 的直陳式簡單過去時 p6 形式。尾子音-*t* 由於已不發音，所以在此手稿中手抄員偶而會將其省略不拼寫出來。法蘭西島方言 *faire* 的直陳式簡單過去時 p6 形式為 *firent*。

[1298]根據 Omer Jodogne（1960, 63）的解釋，以傳統田園小說（romans idylliques）的故事情節來說，十二與十三世紀的讀者習慣於當身分不明的主角在身世揭露之時，會出示孩童時期包裹嬰兒的一片布料抑或身上有著方便認親的特殊印記，但是此處作者卻棄傳統的套路不用，而是讓撒拉遜人與卡塔赫納城國王單憑女主角妮可蕾特的片面之詞便直接相信了她所說的話，完全不需要透過任何的認親信物來取信於人。

[1299]*Baron*：（n.m.）époux（「丈夫」）。

[1300]*vourent*：voulurent（「想」）。*vourent* 為動詞 *voloir* 的直陳式簡單過去時 p6 形式。

[1301]*n'avoit cure*：n'avait pas envie（「不想」）。

[1302]*marier*：se marier（「結婚」）。

[1303]*se porpensa*：réfléchit（「尋思」、「思量」）。*se porpensa* 為自反動詞 *soi porpenser* 的直陳式簡單過去時 p3 形式。

[1304]*engien*：（n.m.）stratagème, moyen habile, invention（「巧計」、「計謀」、「發明」）。

[1305]*querre*：chercher（「尋找」）。

| 古法文原文 | 現代法文譯文 | 中文譯文 |
|---|---|---|
| ele quist[1306] une viele[1307], s'aprist a vieler[1308], | Elle cherche une vielle et apprit à en jouer. | 她找來了一把古提琴，開始學習彈奏此樂器， |
| tant c'on le vaut marier[1309] un jor | Mais arriva le jour où on voulut la marier | 直到他們要把她嫁給 |
| a un roi rice paiien[1310]. Et ele s'enbla[1311] | à un puissant roi païen. Elle s'échappa | 一位有錢有勢的異教徒國王那日。她趁夜 |
| 20 la nuit[1312], si vint au port de | de nuit, arriva au port, | 逃走，來到了港口， |
| mer, si se herbega[1313] ciés[1314] une povre | et logea chez une pauvre | 借宿在海岸邊的一位貧寒 |
| fenme sor le rivage; si prist une | femme sur le rivage. Elle prit une | 婦人家中。接著她採了一種 |
| herbe, si en oinst[1315] son cief et son | herbe et s'enduisit la tête et le | 青草，將其塗抹在頭和 |
| visage, si qu[1316]'ele fu tote noire et tainte[1317]. | visage, si bien qu'elle devint toute noire et perdit son éclat. | 臉上，就這樣她變得黝黑失去了原有的明亮光澤[1318]。 |

---

[1306]*quist*：chercha, se procura（「找來」）。*quist* 為動詞 *querre* 的直陳式簡單過去時 p3 形式。

[1307]*viele*：（n.f.）vielle（「古提琴」）。*viele* 為另一種類似於 *viole* 的古代擦弦樂器，通常為了讓詩人在吟詩朗誦時增添鏗鏘節奏而伴隨之。

[1308]*vieler*：jouer de la vielle（「彈奏古提琴」）。

[1309]*marier qqn a qqn*：marier qqn à qqn（「將（某人）嫁給（某人）」）。

[1310]手稿中的原文為 *paiie*。

[1311]*s'enbla*：se sauva, s'enfuit, se déroba（「逃跑」）。*s'enbla* 為自反動詞 *soi enbler* 的直陳式簡單過去時 p3 形式。

[1312]手稿中在 *nuit* 之後原本有 *si se h*'的字串，之後被手抄員劃線刪去。手抄員應該是在謄抄手稿時發現跳行謄寫為下一行的 *si se herbega*，所以及時劃去寫錯的部分。

[1313]*se herbega*：logea（「居住」、「棲息」）。*se herbega* 為自反動詞 *soi herbegier* 的直陳式簡單過去時 p3 形式。

[1314]*ciés*：（prép.）chez（「在……家中」）。

[1315]*oinst*：oignit, enduisit（「塗抹」）。*oinst* 為動詞 *oindre* 的直陳式簡單過去時 p3 形式。

[1316]*si qu'*：si bien qu'（「以至於」）。

[1317]*tainte*：（participe passé）teinte, privée de son éclat（「染黑」、「失去原來的光澤」）。*tainte* 為動詞 *taindre* 的過去分詞陰性形式。

[1318]女主角在披露身世後，得知自己為撒拉遜人，但是卻要用青草來將膚色染黑掩飾其身分，此處為故事中不合理處。

| 古法文原文 | 現代法文譯文 | 中文譯文 |
|---|---|---|
| 25 Et ele fist faire cote[1319] et mantel et | Elle se fit faire une tunique, un manteau, | 她找人幫她做了一件內長袍、一件外套、 |
| cemisse et braies[1320], si s'atorna[1321] a guise[1322] | une chemise et une culotte et se déguisa | 一件襯衫和一條男性齊膝短褲，接著她喬裝成 |
| de jogleor; si prist se viele, si vint a un | en jongleur; elle prit sa vielle, alla trouver | 吟遊詩人的模樣。她拿起了古提琴，找到 |
| marounier[1323], se fist tant vers lui qu'il | un marin et l'entreprit si bien qu'il | 一位水手說服他 |
| le mist en se nef. Il drecierent[1324] lor | la mit en son bateau. Ils hissèrent leur | 讓她搭上他的船。他們揚起 |
| 30 voile[1325], si nagierent tant par haute mer | voile et naviguèrent tant en haute mer | 帆來，在海上航行良久 |
| qu'il ariverent en le terre de Provence. | qu'ils arrivèrent au pays de Provence. | 終於來到了普羅旺斯這個地區。 |
| Et Nicolete issi fors, si prist se viele, si | Et Nicolette descendit du bateau, prit sa vielle et | 妮可蕾特下了船，拿起古提琴， |
| ala vielant par le païs tant qu'ele vint | joua de la vielle à travers tout le pays jusqu'à ce qu'elle arriva | 經過整個地區沿途演奏古提琴，最終來到了 |
| au castel de Biaucaire, la u Aucassins estoit. | au château de Beaucaire, là où était Aucassin. | 歐卡森所在的博凱爾城堡。 |

---

[1319]*cote*：（n.f.）cotte, tunique（「內長袍」）。

[1320]*braies*：（n.f. pl.）culotte, caleçon（「男性齊膝寬短褲」）。

[1321]*s'atorna*：s'habilla（「穿著」）。*s'atorna* 為自反動詞 *soi atorner* 的直陳式簡單過去時 p3 形式。

[1322]*guise*：（n.f.）manière（「方式」）。

[1323]*marounier*：（n.m.）marin（「水手」）。

[1324]*drecierent*：dressèrent, hissèrent（「升起」、「揚起」）。*drecierent* 為動詞 *drecier* 的直陳式簡單過去時 p6 形式。

[1325]*voile*：（n.f.）voile（「帆」）。

| 古法文原文 | 現代法文譯文 | 中文譯文 |
|---|---|---|
| XXXIX | XXXIX | XXXIX |
| Or se cante | Chanté | 〔唱〕 |

1　**A** Biaucaire sous la tor[1326]　　A Beaucaire, sous la tour,　　一天，歐卡森在博凱爾

estoit Aucassins un jor,　　était un jour Aucassin,　　的高塔下，

la se sist[1327] sor un perron[1328],　　il était là assis sur un banc de pierre,　　坐在一張石長椅上，

entor[1329] lui si franc baron[1330];　　et autour de lui ses nobles seigneurs.　　他的王公大臣圍繞在旁。

5　voit les herbes[1331] et les flors[1332]　　Il voit les herbes et les fleurs,　　他看著青草花朵，

s'oit canter les oisellons,　　et entend les petits oiseaux chanter,　　又聽著小鳥啼唱，

menbre[1333] li de ses amors,　　il se souvient de son amour,　　不禁想起了他的愛人，

〔80a〕de Nicholete le prox[1334]　　de la vaillante Nicolette　　他傾心已久的

qu'il ot amee tans[1335] jors;　　qu'il a aimée si longtemps.　　機智勇敢妮可蕾特，

---

[1326]*tor*：（n.f.）tour（「塔」、「城樓」）。

[1327]*se sist* = fut assis（「坐」）。*se sist* 為自反動詞 *soi seir* 的直陳式簡單過去時 p3 形式。

[1328]*perron*：（n.m.）banc, degrés de pierre（「石長椅」、「石階」、「馬凳」）。

[1329]*entor*：（prép.）autour de（「在……旁邊」）。

[1330]*si franc baron*：ses nobles seigneurs, ses hommes nobles（「他的王公大臣」、「他的王公貴族」）。*si franc baron* 皆為正格複數的形式。

[1331]*herbes*：（n.f. pl.）herbes（「草」、「草地」）。

[1332]*flors*：（n.f. pl.）fleurs（「花」）。

[1333]*menbre*：souvient（「想起」）。*menbre* 為動詞 *menbrer* 的直陳式現在時 p3 形式。

[1334]*le prox*：la vaillante, la sage（「勇敢的」、「明智的」）。在古皮卡第方言中，陽性和陰性定冠詞單數的型態是相同的，*prox* 則屬於第二類陰陽性同型態的形容詞變格形式。

[1335]*tans*：（adj. pl.）si nombreux（「許多的」）。

| 古法文原文 | 現代法文譯文 | 中文譯文 |
|---|---|---|
| 10 dont jete[1336] souspirs[1337] et plors[1338]. | Aussi soupire-t-il et pleure-t-il. | 他因此而哀嘆垂淚。 |
| Es vous[1339] Nichole au peron, | Voici Nicole, au banc de pierre, | 這時妮可蕾來到石長椅處, |
| trait[1340] vïele, trait arçon[1341]. | sort sa vielle, sort son archet, | 拿出她的古提琴和琴弓, |
| Or parla, dist sa raison[1342]: | puis elle parla et exposa sa pensée: | 接著開始說話和表露心跡。 |
| «Escoutés moi, franc baron, | «Ecoutez-moi, nobles seigneurs, | 「請聽我道來,尊貴的王公貴族們, |
| 15 cil d'aval et cil d'amont[1343]: | ceux d'en bas et ceux d'en haut, | 無論是住在低處還是高處的人們, |
| plairoit vos oïr un son[1344] | vous plairait-il d'entendre une chanson | 您們會想要聆聽一首內容關於 |
| d'Aucassin, un franc baron, | sur Aucassin, un noble seigneur, | 一位高貴不凡的公子歐卡森 |
| de Nicholete la prous[1345]? | et sur la vaillante Nicolette? | 和機智勇敢的妮可蕾特之歌曲嗎? |
| Tant durerent lor amors | Leurs amours durèrent si longtemps | 他們之間的愛情如此歷久不衰, |
| 20 qu'il le quist u gaut parfont. | qu'il ala la chercher dans le bois profond. | 歐卡森甚至去幽深的森林中找尋她。 |

---

[1336]*jete*:jette(「發出」)。

[1337]*souspirs*:(n.m. pl.) soupirs(「嘆息」、「嘆氣」)。

[1338]*plors*:(n.m. pl.) larmes(「眼淚」)。

[1339]*Es vous*:voici, voilà(「這是」)。*Es* 源自於拉丁文的 *ecce*,為引薦虛詞(particule présentative),其後很常會跟隨著人稱代名詞 *toi* 或 *vous* 用以加強語氣。

[1340]*trait*:tire, sort(「拿出」)。*trait* 為動詞 *traire* 的直陳式現在時 p3 形式。

[1341]*arçon*:(n.m.) archet de musique(「琴弓」)。

[1342]*dist sa raison*:exposa sa pensée(「表露心跡」)。

[1343]*amont*:(adv.) en haut(「在高處」、「在上面」)。

[1344]*son*:(n.m.) chanson, air(「歌曲」、「樂曲」)。

[1345]*la prous*:la vaillante, la sage(「勇敢的」、「謹慎明智的」)。

| 古法文原文 | 現代法文譯文 | 中文譯文 |
|---|---|---|
| A Torelore u dongon[1346] | A Torelore, dans le donjon, | 在多樂羅樂國的主塔中， |
| les prissent paiien[1347] un jor. | les païens les prirent un jour. | 異教徒有一天捉住了他們， |
| D'Aucassin rien ne savons, | D'Aucassin nous ne savons rien, | 我們不知道任何關於歐卡森的下落， |
| mais Nicolete la prous | mais la vaillante Nicolette | 但是機智勇敢的妮可蕾特 |
| 25 est a Cartage el donjon[1348], | est à Carthagène dans le donjon, | 是身在卡塔赫納城的主塔中， |
| car ses pere l'ainme mout | car son père l'aime beaucoup, | 因為她的父親是卡塔赫納城這個地區的君主， |
| qui sire est de cel roion[1349]. | qui est le seigneur de ce pays. | 他十分疼愛妮可蕾特。 |
| Doner li volent baron | On veut lui donner pour époux | 那裏的人們想要為她挑選 |
| un roi de paiiens felon[1350]: | un roi païen et félon. | 一位不忠不義的異教徒國王當丈夫。 |
| 30 Nicolete n'en a soing[1351], | Nicolette n'en a cure, | 妮可蕾特卻對這門婚事不屑一顧， |
| car ele aime un dansellon[1352] | car elle aime un jeune seigneur | 因為她愛的是一位名叫歐卡森 |

---

[1346]*dongon*：（n.m.）donjon（「城堡主塔」）。

[1347]*paiien*：（n.m. pl.）païens（「異教徒」）。*paiien*（<*lat.* pagani）此處為第一類陽性名詞正格複數的形式。

[1348]*donjon*：（n.m.）（< *bas lat.* dominionem）donjon（「城堡主塔」）。

[1349]*roion*：（n.m.）pays, région（「國家」、「地區」）。*roion*（<*lat.* regionem）此處為第一類陽性名詞偏格單數的形式。

[1350]*felon*：（adj. et n.m.）traître, félon（「背信棄義的」、「奸詐的」、「不忠的」）。*felon* 此處為偏格單數的形式。

[1351]*soing*：（n.m.）souci（「關心」、「操心」）。

[1352]*dansellon*：（n.m.）jeune seigneur（「年輕的貴公子」）。*dansellon* 為 *dansel* 或 *danzel* 的指小詞，而 *dansel* 或 *danzel* 為 *damoisiaus/ damoisel* 的縮減形式。陽性名詞 *dansel* 的相對應陰性名詞為 *donzelle*，源自於古普羅旺斯方言（ancien provençal）*donsela*，用於現代法文中帶有輕蔑戲謔之意，意即「不正經的女子」。

| 古法文原文 | 現代法文譯文 | 中文譯文 |
|---|---|---|
| qui Aucassins avoit non. | qui s'appelle Aucassin. | 的年輕貴公子。 |
| Bien jure Diu et son 〔non〕[1353], | Elle jure par Dieu et son nom | 她以上帝和他之名起誓, |
| ja ne prendera baron, | qu'elle ne prendra pas d'autre mari, | 她將終身不嫁, |
| 35    s'ele n'a son ameor[1354] | si elle n'a pas son amoureux | 假如她不能得到她心心念念 |
| que tant desire.» | qu'elle désire tant. | 的愛人的話。」 |

---

[1353] 手稿中的原文並沒有 *non*。

[1354] *ameor*：(n.m.) amant, celui qui aime d'amour（「情人」、「愛人」）。陽性名詞 *ameor* 此處為偏格單數的變格形式。

| 古法文原文 | 現代法文譯文 | 中文譯文 |
|---|---|---|
| XL | XL | XL |
| Or dient et content et fabloient | Parlé: récit et dialogue | 〔說白：敘述和對話〕 |

|   | | | |
|---|---|---|---|
| 1 | Quant Aucassins oï ensi parler Nicolete, il | Quand Aucassin entendit Nicolette parler ainsi, il | 當歐卡森聽見妮可蕾特如此說時，他 |
|   | fu molt liés, si le traist[1355] d'une part, | fut très joyeux et la prit à part | 欣喜萬分，接著把妮可蕾特拉到一旁， |
|   | se li demanda: «Biax dous[1356] amis, fait | et lui demanda: «Cher doux ami, fait | 向她問訊。歐卡森說：「親愛的 |
|   | Aucassins, savés vos nient[1357] de cele Nicolete | Aucassin, savez-vous quelque chose de cette Nicolette | 溫柔朋友，您是否知曉一些您適才所唱的歌中 |
| 5 | dont vos avés ci canté[1358]? — Sire, oie, | dont vous venez de chanter l'histoire? — Seigneur, oui, | 關於妮可蕾特的事情呢？」「大人，是的， |
|   | j'en sai con de le plus france creature et | je sais qu'elle est la plus généreuse créature, | 我知道她是這世上前所未有最寬宏大度、 |
|   | de le plus gentil et de le plus sage | la plus noble, la plus sage | 最高貴典雅、又最善良 |
|   | 〔80b〕qui onques fust nee; si est fille au roi | qui soit jamais née. Elle est la fille du roi | 聰慧的人。她是卡塔赫納國王 |
|   | de Cartage, qui le prist la u Aucassins fu | de Carthagène, qui la captura au moment où Aucassin fut | 的女兒，這位國王就在歐卡森被抓走的當下也 |
| 10 | pris, si le mena en le cité de Cartage | pris, et l'emmena dans la cité de Carthagène, | 逮住了妮可蕾特，然後將她帶至卡塔赫納城， |
|   | tant qu'il seut bien[1359] que c'estoit se fille, | si bien qu'il comprit que c'était sa fille, | 結果國王發現妮可蕾特是他的女兒， |

---

[1355] *traist*：tira vers（「朝……拉」）。*traist* 為動詞 *traire* 的直陳式簡單過去時 p3 形式。

[1356] *dous*：（adj.）doux, tendre（「溫柔的」、「體貼的」）。

[1357] *nient*：quelque chose（「某事」、「什麼事情」）。儘管 *nient* 原本的詞意帶有否定之意，然而當 *nient* 用在肯定句中，意思為「某件事」、「某件東西」。

[1358] *canté*：（participe passé）chanté（「唱」）。*canté* 為動詞 *canter* 的過去分詞形式。

[1359] 手稿中的原文為 *bm̄*。

| 古法文原文 | 現代法文譯文 | 中文譯文 |
|---|---|---|
| si en fist molt grant feste. Si li veut | il la fêta beaucoup. Chaque jour | 便熱烈地歡迎她。接下來那裏的人們每天 |
| on doner cascun jor baron un des | on veut la marier à un des | 都想著要為她從全西班牙[1360]境內 |
| plus haus rois de tote Espaigne; | plus prestigieux rois de toute l'Espagne; | 最有威望的國王之中揀選一位當夫君。 |
| 15 mais ele se lairoit[1361] ançois[1362] pendre[1363] | mais elle se laisserait pendre | 然而妮可蕾特寧可被絞死 |
| u ardoir[1364] qu'ele en presist[1365] nul[1366], tant | ou brûler plutôt que d'en épouser un, si | 或被燒死也不願意嫁給任何一位國王， |
| fust rices. ─ Ha! biax dox[1367] amis[1368], | puissant fût-il. ─ Ah! cher doux ami, | 無論他是多麼有權有勢。」歐卡森伯爵說： |
| fait li quens Aucassins, se vous voliiés[1369] | fait le comte Aucassin, si vous vouliez | 「啊！親愛的溫柔朋友，假如您願意 |
| raler[1370] en cele terre, se li dississçiés[1371] | retourner dans ce pays, et si vous lui disiez | 回到那個國家，您告訴她 |

---

[1360]此處提及地名西班牙更能確定之前的推測，也就是說文章中多次講到的 Cartage 並非位於北非的迦太基城（Carthage），而是位於西班牙的卡塔赫納城（Cartagène）。

[1361]se lairoit：se laisserait（「讓自己（被）」）。lairoit 為動詞 laissier（<lat. laxare）的條件式現在時 p3 的形式。

[1362]ançois：（adv.）plutôt（「寧可」）。

[1363]pendre：pendre（「絞死」）。

[1364]ardoir：brûler（「燒死」）。

[1365]presist：prît（「挑選」）。presist 為動詞 prendre 的虛擬式未完成過去時 p3 的動詞變化形式。十二至十三世紀時，法蘭西島方言中虛擬式未完成過去時受到直陳式簡單過去時將詞幹中位在母音之間的子音（consonne intervocalique）-s-刪去影響，也將 presist 中間的-s-削減去掉，變為 preïst。古皮卡第方言仍保留著母音之間子音-s-的形式。

[1366]nul：（pronom indéfini）quelqu'un, aucun（「某個人」、「任何一個人」）。

[1367]dox：（adj.）doux（「溫柔的」）。由於手稿慣於將-us 縮寫為-x，所以 dox 和 dous 皆為第一類陽性形容詞正格單數的變格形式。

[1368]amis：（n.m.）ami（「朋友」）。amis（<lat. amicus）此處為第一類陽性名詞正格單數的變格形式。

[1369]voliiés：vouliez（「願意」）。voliiés 為動詞 voloir 的直陳式未完成過去時 p5 的動詞變化形式。

[1370]raler：retourner（「回來」）。

[1371]dississçiés：dissiez（「告訴」）。dississçiés 為動詞 dire 的虛擬式未完成過去時 p5 的動

| 古法文原文 | 現代法文譯文 | 中文譯文 |
|---|---|---|
| 20 | qu'ele venist[1372] a mi parler, je vos donroie[1373] | qu'elle vienne me parler, je vous donnerais | 請她來和我說話，我會給您 |
| | de mon avoir tant con[1374] vos en oseriés[1375] | de ma fortune autant que vous oseriez | 我的財產，您要多少 |
| | demander ne prendre. Et saciés que por l'amor | en demander ou en prendre. Sachez que par amour | 就拿多少。要知道我出於對她的愛， |
| | de li ne voul[1376] je prendre fenme, | pour elle, je ne veux pas prendre femme, | 不願娶妻， |
| | tant soit de haut parage, ains | quelle que fût sa noblesse, mais | 就算是出自名門貴族的女子也一樣， |
| 25 | l'atenc[1377], ne ja n'arai fenme se li | je l'attends et n'épouserai qu'elle. | 我只是等著她，非她不娶。 |
| | non. Et se je le seusce[1378] u trover, | Si j'avais su où la trouver, | 假如我早知道在哪裡能找到她， |
| | je ne l'eusce ore mie a[1379] querre. — Sire, | je n'aurais pas maintenant à la chercher. — Seigneur, | 我就不必拖到現在才去找她了。」妮可蕾特 |
| | fait ele, se vos çou[1380] faissiés[1381], je | fait-elle, si vous le faisiez, | 答道：「大人，假如您會兌現承諾的話， |

词變化形式。

[1372] *venist*：vînt（「來到」）。*venist* 為動詞 *venir* 的虛擬式未完成過去時 p3 的動詞變化形式。

[1373] *donroie*：donnerais（「給予」）。*donroie* 為動詞 *doner* 的條件式現在時 p1 的動詞變化形式。

[1374] *tant con*：autant que（「按照……」）。

[1375] *oseriés*：oseriez（「敢」）。*oseriés* 為動詞 *oser* 的條件式現在時 p5 的動詞變化形式。

[1376] *voul*：veux（「想要」）。*voul* 為動詞 *voloir* 的直陳式現在時 p1 的動詞變化形式。

[1377] *atenc*：attends（「等待」）。*atenc* 為動詞 *atendre* 的直陳式現在時 p1 的動詞變化形式。根據 Charles Gossen（1951, 108-110）的解釋，古皮卡第方言中直陳式現在時第一人稱單數的動詞變化結尾常常為-c（h）。

[1378] *seusce*：susse（「早知道」）。*seusce* 為動詞 *savoir* 的虛擬式未完成過去時 p1 的動詞變化形式。

[1379] *eusce a*（+inf.）：eusse besoin de（「需要」）。*eusce* 為動詞 *avoir* 的虛擬式未完成過去時 p1 的動詞變化形式。

[1380] *çou*：（pronom neutre）ce, cela（「這個」）。

[1381] *faissiés*：faisiez（「做」）。*faissiés* 為動詞 *faire* 的直陳式未完成過去時 p5 的動詞變化形

| 古法文原文 | 現代法文譯文 | 中文譯文 |
|---|---|---|
| l'iroie querre por vos et por li que je molt | j'irais la chercher pour vous et pour elle que j'aime | 我這就為您和為我很喜歡的妮可蕾特出發去 |
| 30 aim. Il li afie, et puis se li fait | beaucoup. Il le lui promet et puis lui fait | 尋找她。」他承諾她必會兌現他所說的話，然後讓人 |
| doner vint livres[1382]. Ele se part de lui, | donner vingt livres. Elle le quitte | 給了她二十里弗爾。妮可蕾特正要辭別歐卡森時， |
| et il pleure por le douçor[1383] de Nicolete; | et il pleure au souvenir de la tendre Nicolette. | 歐卡森這時想起了妮可蕾特的溫柔，隨即哭了起來。 |
| et quant ele le voit plorer: «Sire, | Lorsqu'elle le voit pleurer: «Seigneur, | 當她看見歐卡森哭泣時，便說道：「大人， |
| fait ele, ne vos esmaiiés pas, que[1384] | dit-elle, ne vous inquiétez pas, car | 無須擔憂，因為 |
| 35 dusqu'a pou[1385] le vos arai en ceste | avant peu je vous l'aurai ramenée en cette | 我很快就會將她帶回這座 |
| vile amenee, se que[1386] vos le verrés.» | ville, de telle sorte que vous la verrez.» | 城市，到時您就能見到她了。」 |
| Et quant Aucassins l'oï, si en fu molt liés. | Quand Aucassin l'entendit, il en fut très joyeux. | 歐卡森聽了她這番話十分開心。 |
| Et ele se part de lui, si traist en le vile | Et elle s'éloigne de lui et se dirige dans la ville | 她告別了歐卡森便往城中 |

---

式。根據 Charles Gossen（1951, 85-86）的分析，手抄員在拼寫時常常將-ss-與-s-混淆，用-ss-拼寫[z]，或者用-s-標示[s]，*faissiés* 此處便是用-ss-來拼寫[z]。

[1382] *livres*：（n.f. pl.）livres（「里弗爾」）。古代貨幣，相當於二十蘇。手稿中的 *livres* 為拉丁文 *libras* 的縮寫形式 *lib*。值得注意的是，*lib* 的呈現方式是由一條中間的橫線貫穿此三個字母：l̶i̶b̶。

[1383] *douçor*：（n.f.）douceur（「溫柔」）。

[1384] *que*：car（「因為」）。

[1385] *dusqu'a pou*：d'ici peu, avant peu（「馬上」、「不久」）。

[1386] *se que*：de telle sorte que（「因此」、「以致」）。

| 古法文原文 | 現代法文譯文 | 中文譯文 |
|---|---|---|
| a le maison le viscontesse[1387], car li | vers la maison de la vicomtesse, car le | 子爵夫人的住處走去，因為 |
| 40 visquens[1388] ses parrins[1389] estoit mors. | vicomte son parrain était mort. | 她的代父子爵已經離世。 |
| Ele se herbega[1390] la, si parla a li[1391] tant qu'ele | Elle se logea là et parla à elle, tant qu'elle | 妮可蕾特在子爵夫人家住了下來，最後她把她的狀況 |
| li gehi[1392] son afaire[1393] et que le viscontesse | lui réléva sa situation, de sorte que la vicomtesse | 對子爵夫人全盤托出，子爵夫人這才 |
| le recounut et seut bien que c'estoit | la reconnut et comprit bien que c'était | 認出了她，真切了解到這是 |
| Nicholete et qu'ele l'avoit norrie; si le fist | Nicolette qu'elle avait élevée. Elle la fit | 她撫養長大的妮可蕾特。之後她命人將妮可蕾特 |
| 45 〔80c〕laver et baignier[1394] et sejorner[1395] uit | laver et baigner et reposer pendant huit | 淨身沐浴一番，並且讓她休養整整八 |
| jors tous plains[1396]. Si prist une herbe, qui | jours entiers. Alors elle prit une herbe qu'on | 天。隨後妮可蕾特採了一種名叫 |

---

[1387]*viscontesse*：(n.f.) femme de viscomte（「子爵夫人」）。

[1388]*visquens*：(n.m.) viscomte（「子爵」）。*visquens* 為第三類陽性名詞正格單數的變格形式。

[1389]*parrins*：(n.m.) parrain（「代父」）。*parrins* 此處為第一類陽性名詞正格單數的變格形式。

[1390]*se herbega*：se logea（「居住」）。*herbega* 為動詞 *herbegier* 的直陳式簡單過去時 p3 的動詞變化形式。手稿中的原文為 *herga*。

[1391]*li*：(pronom personnel) elle（「她」）。

[1392]*gehi*：révéla, confessa（「揭露」、「坦承」）。*gehi* 為動詞 *gehir* 的直陳式簡單過去時 p3 的動詞變化形式。

[1393]*afaire*：(n.f.) situation（「情況」、「狀況」）。

[1394]*baignier*：prendre un bain（「泡澡」、「沐浴」）。

[1395]*sejorner*：reposer（「休息」、「休養」）。

[1396]*plains*：(adj. pl.) complets, entiers（「整整」）。

| 古法文原文 | 現代法文譯文 | 中文譯文 |
|---|---|---|
| avoit non esclaire[1397], si s'en oinst[1398], | appelle «éclaire» et s'enduisit le visage | 「明亮」的藥草，將其塗敷於臉上， |
| si fu ausi bele qu'ele avoit onques | et redevint aussi belle qu'elle avait jamais | 便又恢復和往昔一般的 |
| esté a nul jor; se se vesti[1399] de rices | été auparavant. Elle s'habilla de riches | 美麗模樣。她穿上華貴的 |
| 50　dras de soie, dont la dame avoit | vêtements de soie, que la dame possédait | 絲綢衣裳，子爵夫人擁有 |
| assés[1400], si s'assist[1401] en le canbre sor | en grand nombre, et s'assit dans la chambre sur | 很多這種衣服，然後安坐在房中的 |
| une cueute pointe[1402] de drap | un coussin | 一個絲綢絎縫坐墊上。 |
| de soie, si apela la dame et li dist | de soie, et appela la dame et lui demanda | 妮可蕾特請夫人前來和她說 |
| qu'ele alast por Aucassin son ami. Et | d'aller chercher Aucassin son ami. | 請她去尋她的情人歐卡森來。 |
| 55　ele si[1403] fist, et quant ele vint u | Elle fist ainsi. Et lorsqu'elle arriva au | 子爵夫人就照著妮可蕾特的話去做。當她來到 |

---

[1397] *esclaire*：（n.f.）éclaire（「明亮（草）」、「白屈菜」）。此處作者安排一味叫 *esclaire* 的藥草能夠讓妮可蕾特的肌膚恢復白皙明亮，所以本版本採用 *esclaire* 此詞的原意「明亮」來翻譯，捨去戴望書版本（1929, 76）中的音譯「艾斯格萊兒」。然而 *éclaire* 為 *chélidoine*「白屈菜」的俗名，「白屈菜」有眾多別名，如「地黃連」、「牛金花」、「斷腸草」、「雄黃草」等等。白屈菜其汁成黃色，觸之皆被其汁染黃，味苦辛，主治黃疸、疣與疥癬，並沒有如文章中所說的美白功效，反而是用汁塗在患處會將皮膚染黃，作者此處只是想借用 *éclaire* 字面上的「明亮」之意而非其相對應之藥草及其功效。

[1398] *s'en oinst*：s'en frotta, s'enduisit（「塗抹」、「敷」）。*oinst* 為動詞 *oindre* 直陳式簡單過去時 p3 的動詞變化形式。

[1399] *se vesti*：se vêtit, s'habilla（「穿衣」）。*se vesti* 為自反動詞 *soi vestir* 的直陳式簡單過去時 p3 的動詞變化形式。

[1400] *assés*：（adv.）beaucoup（「很多」）。

[1401] *s'assist*：s'assit（「坐」）。*s'assist* 為自反動詞 *soi asseoir* 的直陳式簡單過去時 p3 的動詞變化形式。

[1402] *cueute pointe*：（n.f.）coussin, matelas piqué（「有絎縫的坐墊」、「有絎縫的被褥」）。

[1403] *si*：（adv.）ainsi（「如此」）。

| 古法文原文 | 現代法文譯文 | 中文譯文 |
|---|---|---|
| palais, si trova Aucassin qui ploroit et | palais, elle trouva Aucassin qui pleurait et | 皇宮，看見歐卡森正在哭泣並且 |
| regretoit Nicolete s'amie, por çou | se lamentait sur le sort de Nicolette son amie, parce | 哀嘆著她的情人妮可蕾特的命運多舛，因為 |
| qu'ele demouroit[1404] tant; et la dame | qu'elle tardait tant à venir, et la dame | 她遲遲不來，子爵夫人 |
| l'apela, si li dist: « Aucassins, or ne vos | l'appela et lui dit: «Aucassins, ne vous | 招呼他並且和他說道：「歐卡森，別再 |
| 60 dementés[1405] plus, mais venés ent[1406] | désolez plus, mais venez | 感傷了，跟我 |
| aveuques mi et je vos mosterai[1407] la | avec moi et je vous montrerai | 來，我會把您在這世界上 |
| riens[1408] el mont que vos amés plus, | l'être au monde que vous aimez le plus, | 最珍愛的人展現給您看， |
| car c'est Nicolete vo[1409] duce[1410] amie, qui | car c'est Nicolette votre douce amie, qui | 因為您的溫柔情人妮可蕾特 |
| de longes[1411] terres vos est venue querre.» | de lointaine contrée est venue vous chercher.» | 從遙遠的國度來找您了。」 |
| 65 Et Aucassins fu liés. | Et Aucassin fut content. | 歐卡森歡喜不已。 |

---

[1404]*demouroit*：tardait, s'attardait（「耽擱」、「延遲」）。*demouroit* 為動詞 *demorer* 的直陳式未完成過去時 p3 的動詞變化形式。

[1405]*vos dementés*：vous désolez（「難過」、「憂傷」）。*vos dementés* 為動詞 *soi dementer* 的命令式現在時 p5 的動詞變化形式。

[1406]*ent*：（adv.）en。*ent* 位在動詞後為誇張或贅詞用法，此處的 *ent* 無法翻譯。

[1407]*mosterai*：montrerai（「給……看」、「顯示」）。*mosterai* 為動詞 *moster* 直陳式未來時 p1 的動詞變化形式。

[1408]*riens*：（n.f.）chose, être（「事」、「人」）。

[1409]*vo*：（adj. possessif）votre（「您的」）。*vo* 為古皮卡第方言中主有格形容詞 p5 的陰性主格單數（CS fém. sing.）變格形式。參見 Charles Gossen, 134-104。

[1410]*duce*：（adj.）douce（「溫柔的」）。

[1411]*longes*：（adj.）lointaines（「遙遠的」）。*longes*（<*lat.* longas）為第一類陰性形容詞偏格複數（CR fém. pl.）的變格形式。

| 古法文原文 | 現代法文譯文 | 中文譯文 |
|---|---|---|
| XLI | XLI | XLI |
| Or se cante | Chanté | 〔唱〕 |

|  | 古法文原文 | 現代法文譯文 | 中文譯文 |
|---|---|---|---|
| 1 | Quant or entent Aucassins | Lorsqu'Aucassin entend dire | 當歐卡森聽聞 |
|  | de s'amie o le cler vis | que son amie au lumineux visage | 他那有著白皙明亮臉龐的情人 |
|  | qu'ele est venue el païs, | est arrivée dans le pays, | 已經來到本地， |
|  | or[1412] fu liés[1413], ainc[1414] ne fu si[1415]. | il fut joyeux, comme il ne l'avait jamais été. | 他感到前所未有的快樂。 |
| 5 | Aveuc[1416] la dame s'est mis, | Il s'est mis en route avec la dame | 他和子爵夫人一同動身前往， |
|  | dusqu'a l'ostel[1417] ne prist fin[1418]; | sans s'arrêter jusqu'à son hôtel, | 中途未作停歇，直至她的府邸。 |
|  | en le cambre se sont mis, | puis ils sont entrés dans la chambre | 然後他們進到妮可蕾特 |
|  | la u Nicholete sist[1419]. | où Nicolette était assise. | 所在的房間。 |
|  | Quant ele voit son ami, | Quand elle voit son ami, | 當妮可蕾特看見了她的情人， |

---

[1412] 手稿中原本手抄員寫的是 a，其後被更正為 or。由於古法文手稿中的 i 往往未加上一點用以和其他字母分別，所以在閱讀手稿時有時很難分辨到底是 m、ni 還是 in；還有古文 u 與 v 不分；再者，有時因為字型的關係，n 和 u/v 在手稿中極為相似，是故遇上手稿中的 m、n、u/v、i 一起出現在同一個詞語時，訓詁學者只能從上下文去判斷不同的可能性。手稿中 a 之後的文字可能是 vec 或 inc，但被手抄員自行劃去，手抄員似乎在謄寫手稿時發現跳行抄寫，因為下一行的文字為 aveuc，和上一行被修正以及劃去的文字 avec 相符合；然而也有可能手抄員想要謄寫的是 ainc，其後發現與上下文意思不符合，故修正之。

[1413] liés：（adj.）content, joyeux（「高興的」、「喜悅的」）。

[1414] ainc：（adv.）jamais（「從未」、「從來沒有」）。

[1415] si：（adv.）tellement, autant（「如此地」、「同樣多」）。

[1416] Aveuc：（prép.）avec（「和⋯⋯一起」）。

[1417] ostel：（n.m.）maison（「府邸」、「府宅」）。ostel 此處為第一類陽性名詞偏格單數的變格形式。

[1418] prist fin：s'arrêta（「停留」）。prist 為動詞 prendre 直陳式簡單過去時 p3 的動詞變化形式。

[1419] sist：fut assis, fut placé（「安坐」、「位在」）。sist 為動詞 seoir 直陳式簡單過去時 p3 的動詞變化形式。

| 古法文原文 | 現代法文譯文 | 中文譯文 |
|---|---|---|
| 10  or fu lie, ainc ne fu si; | elle fut joyeuse, comme jamais elle ne l'avait été. | 感到前所未有的開心。 |
| contre[1420] lui en piés sali[1421]. | Elle sauta au-devant de lui. | 她起身迎接他， |
| Quant or le voit Aucassins, | Quand Aucassin la voit, | 當歐卡森看見了她， |
| andex[1422] ses bras li tendi[1423], | il lui tendit les deux bras, | 便向她伸出雙臂 |
| 〔80d〕doucement[1424] le recoulli[1425], | il la reçut tendrement, | 柔情地迎接她， |
| 15  les eus[1426] li baisse[1427] et le vis. | lui embrasse les yeux et le visage. | 親吻她的眼睛和臉龐。 |
| La nuit le[1428] laissent[1429] ensi, | La nuit ils la quittèrent | 夜晚時分歐卡森和子爵夫人告別了妮可蕾特， |
| tresqu[1430]'au demain par matin | jusqu'au lendemain matin | 直到隔天早上 |
| que l'espousa Aucassins: | où Aucassin l'épousa et | 歐卡森迎娶了妮可蕾特， |
| dame de Biaucaire en fist; | fit d'elle la dame de Beaucaire. | 讓她變成了博凱爾的伯爵夫人。 |

---

[1420]*contre*：（prép.）vers（「朝」、「向」）。

[1421]*en piés sali*：se leva（「起身迎接」、「起身撲向」）。*sali* 為動詞 *salir* 直陳式簡單過去時 p3 的動詞變化形式，意即「撲過去」、「（突然）出現」。*en piés* 意即「站著」。

[1422]*andex*：（adj.）les deux ensemble（「兩個一起」）。

[1423]*tendi*：tendit（「伸出」）。*tendi* 動詞 *tendre* 直陳式簡單過去時 p3 的動詞變化形式。

[1424]*doucement*：（adv.）tendrement（「溫柔地」、「柔情地」）。

[1425]*recoulli*：prit, reçut（「迎接」、「接待」）。*recoulli* 為動詞 *recoillir* 直陳式簡單過去時 p3 的動詞變化形式。

[1426]*eus*：（n.m. pl.）yeux（「眼睛」）。

[1427]*baisse*：embrasse（「親吻」）。*baisse* 為動詞 *baisier* 直陳式現在時 p3 的動詞變化形式。

[1428]*le*：（pronom personnel）la（「她」）。由於古皮卡第方言中人稱代詞第三人稱陰性和陽性偏格單數輕音形式皆是 *le*，所以依照上下文來看，*le* 此處意指的是妮可蕾特而非歐卡森，因為歐卡森是在子爵夫人地陪同下來看望妮可蕾特，之後必須離去。

[1429]*laissent*：quittent, laissent（「離開」、「告別」）。*laissent* 為動詞 *laissier* 直陳式現在時 p6 的動詞變化形式。

[1430]*tresque*：（adv.）jusque（「直到」）。

| | 古法文原文 | 現代法文譯文 | 中文譯文 |
|---|---|---|---|
| 20 | puis vesquirent[1431] il mains dis[1432] | Puis ils vécurent de longs jours | 隨後他們就長長久久地過著 |
| | et menerent lor delis[1433]. | une vie heureuse. | 幸福的生活。 |
| | Or a sa joie Aucassins | Maintenant Aucassin connaît le bonheur et | 現在歐卡森找到了他的幸福， |
| | et Nicholete autresi[1434]: | Nicolette de même, | 妮可蕾特亦然。 |
| | no cantefable[1435] prent fin[1436], | notre chantefable se termine, | 我們散韻講唱交織的《歐卡森與妮可蕾特》話本就此告終， |
| 25 | n' en sai plus dire. | et je n'ai plus rien à dire. | 我再也沒有什麼可說的了。 |

---

[1431] *vesquirent*：vécurent（「過……生活」）。*vesquirent* 動詞 *vivre* 直陳式簡單過去時 p6 的動詞變化形式。

[1432] *mains dis*：de nombreux jours, longtemps（「長久地」）。*mains* 為不定形容詞偏格複數形式，意即「許多」（nombreux）；*dis*（<*lat.* dies）則是第一類陽性名詞偏格複數的形式，意即「日子」（jours）。

[1433] *delis*：（n.m.）plaisir, joie（「快樂」、「快活」）。

[1434] *autresi*：（adv.）aussi, de même（「和……一樣」、「亦然」）。

[1435] *no cantefable*：（n.f.）notre chantefable（「我們散韻唱白交錯的話本」）。作者在此處將此作品稱之為 *chantefable* 的文體形式。*Chantefable* 此一文體是由散韻與唱白交織而成，唱的部分還保留著樂譜曲調。戴望舒（1929, 79）在其中譯本中將 *no cantefable* 譯為「我（們）的彈詞」。一般推測，「彈詞」出現在元末或明朝，和 *chantefable* 有不少相似之處，兩者皆是韻文和散文、說白和唱詞交錯運用，唱詞部分亦多用七言句式，是故戴望書選擇「彈詞」來翻譯 *chantefable* 一詞。Ch'en Li-Li 在 1971 年的比較文學論文中將中國唐代出現的「變文」（pien-wen）文體與法國十二至十三世紀左右的中世紀文學品《歐卡森與妮可蕾特》文體 *chantefable* 做一對照，Ch'en Li-Li 選擇將 *chantefable*《歐卡森與妮可蕾特》與敦煌石窟發現的《伍子胥變文》做一比較分析，發現兩種文體皆是和「彈詞」一樣有說白和唱詞兩部分，韻文和散文輪流交替出現。「變文」、「彈詞」與 *chantefable* 三者的結構往往皆包含有開場白、故事本身與結語。事實上，「變文」出現並流行於八至十世紀，「彈詞」則出現在十四世紀末，《歐卡森與妮可蕾特》為十二世紀晚期或十三世紀前半葉之作品，相對於中國南宋時期，是以本版本不採用這兩個類似的文學文體來翻譯為中文，而是採用自宋朝開始流行被稱之為「話本」的說唱文學形式來翻譯，「話本」意即「說話」的底本。參見：本書導論，27-30。

[1436] *prent fin*：se termine（「終了」、「結束」）。

# 中世紀大事年表

| | |
|---|---|
| 476 年 | 西羅馬帝國滅亡，法蘭克人（Les Francs）大舉侵略高盧。 |
| 481 年 | 克洛維斯（Clovis）繼任法蘭克國王（rois des Francs），隨後統一了高盧的領土，並創建了墨洛溫王朝（dynastie des Mérovingiens）。496 年在漢斯（Reims）皈依天主教。 |
| 732 年 | 查理·馬特（Charles Martel）在普瓦捷（Poitiers）擊退阿拉伯軍隊。 |
| 754 年 | 查理·馬特之子丕平（Pépin）在巴黎附近的聖但尼皇家教堂（abbaye royale de saint Denis）第二次由羅馬教皇斯德旺二世（Étienne II）親自加冕成為世俗保護者，意味著自此以後奠定世俗的政權需要由神權批准和認可。 |
| 第八世紀以及第九世紀 | 卡洛林文藝復興（Renaissance carolingienne）。查理曼（Charlemagne）延攬了歐洲如英國的阿爾坤（Alcuin）、德國的愛聖哈德（Éginhard）、奧爾良的德歐杜爾夫（Théodulf d'Orléans）等的優秀學者至首都埃克斯·拉·夏貝爾（Aix-la-Chapelle），創立了宮廷學校（École du Palais）專門教授貴族及神職人員識字和七藝（les arts libéraux）。查理曼認為神職人員的職責是將基督教教義傳給幾乎不識字的人民，所以他們應該要會讀書識字，因此要求廣設學校教育神職人員。此外查理曼在修道院內設置藝術工坊（ateliers d'art）讓修士們謄抄古文手稿，內容為了確保準確性，統一使用卡洛林小寫字體（minuscule caroline）。查理曼也下令將已隨時間改變的晚期拉丁文（latin tardif）恢復成接近古典時期的拉丁文（latin classique），自此古典拉丁文變成書面文字，學者和教會人士的通用語言。 |
| 第八世紀末 | 黑審瑙諾的拉丁文聖經中的生難詞彙編（*Gloses de Reichenau*）。此詞彙表中用羅曼語（lingua romana）來注解已經不被當地僧侶所理解的聖經拉丁文單字，可見拉丁文在第八世紀時已不被理解。 |
| 第九世紀 | 諾曼人（les Normands）佔領了現今的法國北部諾曼第地區（La Normandie）。 |
| 800 年 | 查理曼大帝（Charlemagne）在羅馬被教皇利奧三世（Léo III）加冕為羅馬人的皇帝。 |
| 813 年 | 查理曼大帝召集主教在圖爾開主教會議（concile de Tours），為了讓信徒更明瞭講道內容，明定可以使用當地的通俗羅曼語（langue romane rustique）或通俗日耳曼語（langue tudesque）佈道。 |
| 842 年 | 禿頭查理（Charles le Chauve）和日耳曼人路易（Louis le Germanique）兄弟簽署了「史特拉斯堡誓言」（*Serments de Strasbourg*），宣示聯合反對其兄長洛泰爾（Lothaire），法語史中第一份用羅曼語（roman）寫成的歷史文獻。 |
| 843 年 | 法蘭克王國國王虔誠的路易（Louis le Pieux）的三個兒子，禿頭查理、日耳曼人路易和洛泰爾簽署了凡爾登條約（Traité de Verdun），結束了卡洛林王朝內戰。長子洛泰爾仍繼承帝號，擁有中法蘭克王國（Francie médiane），日耳曼人路易則分得東法蘭克王國（Francie orientale）。至於禿頭查理，他則獲得西法蘭克王國（Francie occidentale），十三世紀起稱之為法蘭西（France）。 |

| | |
|---|---|
| 880 年 | 《聖娥拉莉的讚美詩》（*La Cantilène de Sainte Eulalie*）為第一篇由早期的法文羅曼語（roman）所寫成具有文學價值的 29 行只有重諧節母音押韻的半諧音十音節詩（décasyllabes assonancés）。 |
| 910 年 | 由阿基坦公爵威廉一世（Guillaume d'Aquitaine）創建的天主教克呂尼（Cluny）修道院會規，此會規以遵循聖本篤（règle de saint Benoît）所訂下的隱修士生活規則為圭臬。 |
| 987 年 | 于格·卡佩（Hugues Capet）被推選為法蘭西國王，開啓了卡佩王朝（dynastie des Capétiens）。 |
| 第十世紀末 | 《聖雷傑傳》（*La vie de saint Léger*）。 |
| 第十一世紀 | 《聖阿雷克西傳》（*La Vie de saint Alexis*）。 |
| 1014 年 | 阿雷佐的圭多（Gui d'Arrezo）發明了新的四線譜音樂記譜法。 |
| 1066 年 | 征服者威廉（Guillaume le Conquérant）攻占英國。 |
| 1095 年 | 第一次十字軍東征（première croisade）。 |
| 1099 年 | 十字軍攻下耶路撒冷，第一次十字軍東征結束。 |
| 約莫 1100 年 | 《羅蘭之歌》（*La chanson de Roland*）的創作年代。 |
| 1115 年 | 聖伯爾納德（saint Bernard）創建了明谷修道院（abbaye de Clairvaux）。 |
| 1118 年 | 愛洛伊絲（Héloïse）和他的教授阿伯拉（Abélard）在轟動一時的的師生戀和密婚生子事件後雙雙出家修道。 |
| 1135-1180 年 | 《魯西隆的傑哈爾之歌》（La chanson de Girart de Roussillon）。 |
| 1137 年 | 《紀堯姆之歌》（*La chanson de Guillaume*）。 |
| 1140 年 | 《熙德之歌》（Cantar del moi Cid），古西班牙文所寫的武勳之歌，和古法文寫的《羅蘭之歌》齊名，文中描述熙德對抗攻佔西班牙的摩爾人之英勇事蹟。 |
| 1147 年 | 開始第二次十字軍東征（deuxième croisade）。 |
| 1149 年 | 第二次十字軍東征結束，十字軍攻佔大馬士革以失敗告終。 |
| 1150-1170 年 | 《崔斯坦和伊索德》（*Tristan et Yseut*）。<br>《亞當的戲劇》（*le Jeu d'Adam*）。 |
| 1152 年 | 阿基坦的阿莉埃諾（Aliénor d'Aquitaine）在和法蘭西國王路易七世（Louis VII）的婚姻宣告無效後嫁給諾曼第公爵金雀花的亨利（Henri Plantagenêt），1154 年受加冕成英格蘭國王亨利二世（Henri II）。 |
| 1155 年 | 盎格魯諾曼第詩人瓦司（Wace）撰寫了《聖尼古拉傳》（*La vie de saint Nicolas*）。第一批以希臘羅馬神話或拉丁文學作品中的人物為題材編寫出的八音節韻文敘事故事，例如《特洛伊的故事》（*Le roman de Troie*），《德貝城的故事》（*Le roman de Thèbes*），《艾內阿斯的故事》（*Le roman d'Énéas*）等等。 |
| 1160 年 | 由法文韻文體所寫成的《福樓瓦與白花》（Floire et Blancheflor）故事最初版本，此故事內容和《歐卡森與妮可蕾特》部分內容雷同。 |

| | |
|---|---|
| 1160-1195 年 | 克雷蒂安‧德‧特魯瓦（Chrétien de Troyes）在這段期間寫出他一生主要的作品：《艾黑克與艾妮德》（*Érec et Énide*）；《克里傑》（*Cligès*）；《蘭斯洛》或《坐在囚車上的騎士》（*Lancelot ou le chevalier à la charrette*）；《伊凡》或《獅子騎士》（*Yvain ou le chevalier au lion*）；《貝瑟華》或《聖杯的故事》（*Perceval* ou le conte du Graal）。 |
| 1170 年 | 法國的瑪莉創作八音節的短篇敘事詩歌（Les *lais* de Marie de France）。 |
| 1174-1250 年 | 根據 Lucien Foulet（1914）的研究指出，《狐狸的故事》（*Roman de Renart*）由大約二十八位作家合作寫成，之後再集結成 27 部分（branches）出版。學者一致認為最早期的章節故事是由一位叫做聖克魯的皮埃爾（Pierre de saint Cloud）所寫成。 |
| 1176 年 | 小亞細亞落入土耳其人手中。 |
| 1180 年 | 菲力浦‧奧古斯都（Philippe Auguste）即位為法蘭西國王。 |
| 1186 年 | 安德烈‧勒‧夏波蘭（André le Chapelin）在他的《論愛情》（*De amore*）著作中有條理地闡述宮廷風雅愛情的藝術。 |
| 1187 年 | 未來方濟會（ordre franciscain）創始人亞西西的聖方濟各（François d'Assise）誕生。埃及和敘利亞蘇丹王薩拉丁（Saladin）在哈丁戰役（bataille de Hattin）中從十字軍手中重新奪回聖城耶路薩冷。 |
| 1189-1192 年 | 第三次十字軍東征（troisième croisade）。 |
| 1189-1199 年 | 獅子心理查（Richard Cœur de Lion）統治英國。 |
| 1191 年 | 第三次十字軍東征期間，獅子心理查（Richard Cœur de Lion）奪回賽普勒斯島。飛利浦‧奧古斯都（Phillippe Auguste）和十字軍攻下阿卡城（Saint-Jean-d'Acre）。 |
| 1200 年 | 讓‧波戴勒（Jean Bodel）撰寫了《聖尼古拉的顯奇蹟劇》（*Le Jeu de saint Nicolas*）。 |
| 第十三世紀以及第十四世紀 | 八音節韻文短篇故事（Les *fabliaux*）。 |
| 1202 年 | 開始第四次十字軍東征（quatrième croisade）。 |
| 1204 年 | 第四次十字軍東征結束。此次的遠征十字軍背離了原本要攻打穆斯林的初衷，洗劫並血洗了天主教城市君士坦丁堡。 |
| 1206 年 | 鐵木真統一蒙古各部落，被尊稱為「成吉思汗」，登基為蒙古帝國大汗。 |
| 1208 年 | 出現以散文體寫作的敘事作品。維拉杜安的傑歐弗洛瓦以參與第四次十字軍東征目擊者身分（Geoffroy de Villehardouin）出版了《攻陷君士坦丁堡》（*La Conquête de Constantinople*），為此次歷史事件做辯解。 |
| 1209 年 | 教會發起十字軍討伐阿爾比純潔派（cathares）異端份子（les hérétiques albigeois）。 |
| 1213 年 | 西蒙‧德‧孟佛爾（Simon de Montfort）戰勝阿爾比純潔派信徒。 |

| 1214 年 | 布汶戰役（bataille de Bouvines）。菲力浦·奧古斯（Philippe Auguste）戰勝了神聖羅馬帝國皇帝奧托四世（Othon）和英格蘭，並鞏固集中君主權力。 |
|---|---|
| 1214-1230 年 | 散文體版的《蘭斯洛》（Lancelot en prose）。 |
| 1215 年 | 英國大主教起草和大憲章（la Grande Charte）。第四次拉特朗會議（quatrième concile de Latran）決定信徒每年必須告解和領聖體，承認聖方濟會的成立，並且要求猶太人要穿戴和基督徒不一樣的服裝和配帶用以識別的不同標記。 |
| 1219-1221 年 | 第五次十字軍東征（cinquième croisade）。 |
| 1226 年 | 聖路易（saint Louis）開始執政。亞西西的聖方濟各逝世。 |
| 1227 年 | 成吉思汗崩殂。 |
| 1228-1229 年 | 第六次十字軍東征（sixième croisade）。 |
| 1230 年 | 散文體版的《崔斯坦》（Tristan en prose）。 |
| 1230-1280 年 | 20780 行八音節韻文體寫成的《玫瑰的故事》（Le Roman de la Rose）。此作品前 4058 行詩是由洛里斯的紀堯姆（Guillaume de Lorris）所寫成，第二部則是由默恩的讓（Jean de Meung）敘寫的 17722 行詩所組成。 |
| 1231 年 | 由道明會（Dominicains）和方濟會（Franciscains）設立宗教裁判所，目的在審判異端份子。 |
| 1236-1242 年 | 中國開始使用紙鈔（papier-monnaie）。 |
| 1244 年 | 宗教裁判所在孟賽居（Montségur）對第一批純潔派信徒處以火刑。 |
| 1248 年 | 聖路易發動第七次十字軍東征（septième croisade），但卻戰敗。 |
| 1254 年 | 第七次十字軍東征結束。聖路易戰敗被俘之後被釋放。 |
| 1257 年 | 創建索邦學院（la Sorbonne）。 |
| 1260 年 | 聖路易下令禁止攜戴武器和私鬥。 |
| 1270 年 | 第八次十字軍東征（huitième croisade）。聖路易在突尼斯（Tunis）染病駕崩。 |
| 1302 年 | 發明歐洲羅盤。 |
| 1305-1309 年 | 聖路易的好友茹萬維勒的讓（Jean de Joinville）曾和已逝的聖路易一齊參加過第七次十字軍東征，在法蘭西國王菲利浦四世（Philppe IV le Bel）之妻子珍的（Jeanne）要求下撰寫《聖路易傳》（La Vie de saint Louis）。 |
| 1337-1453 年 | 英法百年戰爭（la guerre de Cent Ans）。 |
| 1340 年 | 《聖母神蹟劇》（Miracles de Notre Dame） |
| 1346 年 | 克雷西戰役（Bataille de Crécy），英軍大敗法軍。 |
| 1346-1353 年 | 黑死病。 |
| 1349-1353 年 | 薄伽丘（Boccace）著寫《十日談》（Décaméron）。 |
| 1387 年 | 喬叟（Chaucer）開始撰寫《坎特伯雷的故事》（Contes de Canterbury）。 |
| 1415 年 | 阿金固爾戰役（Bataille d'Azincourt）。英軍長弓手大敗法軍重裝騎士精英部隊。 |

| | |
|---|---|
| 1429 年 | 聖女貞德（Jeanne d'Arc）解救奧爾良（Orléans）免於被英軍佔領。 |
| 1431 年 | 聖女貞德在盧昂（Rouen）被英國人以異端份子和女巫的罪刑處以火刑。 |
| 1453 年 | 君士坦丁堡被土耳其人攻陷，東羅馬帝國滅亡。 |
| 1460-1465 年 | 《巴特蘭律師的笑鬧劇》（*La farce de maître Pathelin*）。 |
| 1462 年 | 《新十日談》（*Cent Nouvelles Nouvelles*）。 |
| 1483 年 | 路易十一（Louis XI）駕崩。 |
| 1489-1498 年 | 飛利浦・德・科米尼（Philippe de Commynes）著《回憶錄》（*les Mémoires*）一書。 |
| 1492 年 | 哥倫布發現新大陸。 |
| 1494 年 | 開始義大利戰爭（guerres d'Italie）。 |
| 1498 年 | 葡萄牙探險家瓦斯科・德・迦瑪（Vasco de Gama）發現前往印度的海上航線。 |

# 專有名詞索引

| | | |
|---|---|---|
| Alemaigne | 德國。 | 第二章 61 行 |
| Amor | 愛神。 | 第二章 26 行 |
| Aubriés | 奧比立葉（Aubriet）。是奧比立（Aubri）的暱稱。牧童的名字。 | 第二十一章第 4 行 |
| Aucasin<br>Aucasins<br>Aucassins<br>Aucassin | 歐卡森，此書之男主人公。博凱爾的加蘭伯爵之獨子和繼承人。此人名很有可能源自於阿拉伯文，因為在阿拉伯文中有一位十一世紀的柯爾多瓦（Cordoue）的摩爾國王名叫 Al-kâsim。根據 1884 年 Paul Meyer 將十二世紀的魯西隆的傑哈爾（Girart de Roussillon）武勳之歌翻譯成現代法文的版本之中，Paul Meyer 在 89 頁第一百五十五章的注解 2 中提及一個普通名詞 aucassin，在文中的意思是「絲布」。根據 Philippe Walter（1999, 189）的古法文和現代法文對譯版本中對 aucassin 當普通名詞時意思是「絲布」的注解，他認為 aucassin 和另一個和歐卡森父親敵人名字 Bougard 形似的普通名詞 bougras 或 bougreron 詞意形成對比，因為此字的意思和「絲布」相反，意即「厚粗的布」，所以博凱爾或其他地區的布商很有可能會將此兩個專有名詞理解成第二層意思。<br>至於人名的拼寫法部分，在古法文手稿中，男女主角的名字因為極常出現之故，在沒有造成上下文書中人物混淆狀況下，常常是以縮寫形式出現。此書歐卡森的名字最常出現的縮寫形式是《auc'》，偶而會出現 «au.»，兩次以 «.a.» 形式出現，一次以 «auss'»，«aucas'»，以及«ac'» 出現。 | 第一章標題，第 4 行；第二章第 16 行，第 37 行，第 57 行；第三章第 1 行；第四章第 2 行，第 9 行，第 22 行；第五章第 17 行，第六章第 9 行，第 74 行；第七章第 1 行；第八章第 1 行；第九章第 1 行；第十章第 1 行，第 24 行，第 48 行，第 49 行，第 53 行，第 56 行，第 62 行，第 83 行，第 87 行，第 89 行，第 92 行，第 102 行，第 104 行，第 108 行；第十一章第 2 行，第 8 行；第十二章第 1 行，第 10 行，第 54 行；第十三章第 3 行，第 6 行，第 17 行；第十四章第 1 行，第 26 行，第 34 行，第 48 行；第十六章第 8 行；第十八章第 21 行，第 41 行；第十九章第 18 行；第二十章第 6 行，第 11 行，第 16 行，第 18 行，第 20 行，第 23 行，第 26 行，第 33 行；第二十二章第 1 行，第 12 行，第 14 行，第 32 行，第 53 行；第二十三章第 1 行；第二十四章第 1 行，第 33 行，第 38 行，第 43 行，第 44 行，第 47 行，第 87 行，第 91 行，第 98 行，第 101 行；第二十六章第 1 行，第 10 行，第 22 行；第二十七章第 1 行，第 9 行；第二十八章第 1 行，第 6 行，第 32 行；第二十九章第 1 行；第三十章第 1 行，第 11 行，第 15 行，第 19 行，第 22 行，第 27 行；第三十一章第 1 行，第 11 行；第三十二章第 1 行，第 3 行，第 6 行，第 13 行，第 |

| | | |
|---|---|---|
| | | 18 行，第 21 行；第三十四章第 1 行，第 12 行，第 17 行，第 21 行，第 25 行；第三十五章第 1 行；第三十六章第 1 行；三十七章第 10 行；第三十八章第 16 行，第 34 行；第三十九章第 2 行，第 17 行，第 23 行，第 32 行；第四十章第 1 行，第 4 行，第 9 行，第 18 行，第 37 行，第 54 行，第 56 行，第 65 行；第四十一章第 1 行，第 12 行，第 18 行，第 22 行 |
| Aucasinet | 歐卡森的暱稱，此字是牧童在文中對少主的稱呼。 | 第二十一章第 6 行 |
| Biacaire,<br>Biaucaire,<br>Biaucare | 博凱爾市。位於法國加爾省（Gard）尼梅區（Nîmes）隆河（Rhône）右岸的一座城市。十二世紀時隸屬於土魯斯伯爵麾下的領地。博凱爾在文中大多出現在修飾加蘭伯爵的頭銜中（Comte de Beaucaire），然而這個頭銜在歷史上並不存在。有時也會意指博凱爾的城堡（castel de Biaucaire），城堡的位置在此書中有些模糊不清，在某些段落中城堡似乎位在城中，但是正常來說城堡應該位在城外北方的岩石上，俯視著博凱爾市，博凱爾城堡的遺跡至今仍被保存著。此外，在某些段落中此城堡被描寫成在其旁邊有一座寬廣的森林以及位在海邊等不合理的地理位置。此字在手稿中有時會以縮寫形式《Biauc'》出現。 | 第二章第 3 行，第 11 行；第三章第 1 行；第四章第 2 行；第六章第 7 行；第八章第 17 行；第十二章第 12 行，第 46 行；第十八章第 22 行；第三十四章第 19 行，第 23 行，第 29 行；第三十五章第 2 行；第三十八章第 34 行；第三十九章第 1 行；第四十一章第 19 行 |
| Borgars<br>Bougars | 布加爾。瓦朗斯的伯爵，是主人公歐卡森的父親博凱爾的加蘭伯爵之敵人。文中 Bougars 一直伴隨在伯爵頭銜中，但是歷史中並未人有瓦朗斯伯爵叫這 | 第二章第 1 行；第八章第 3 行；第十章第 46 行，第 103 行 |

| | 個名字。此字在手稿中偶而會以縮寫形式«bor.»或«b.»出現。 | |
|---|---|---|
| Cartage | 卡塔赫納城。此處是指位於西班牙穆爾西亞（Murcie）自治區的卡塔赫納城（Carthagène），而非位於北非的迦太基城。「迦太基」源自於腓尼基文 Qart-Hadašt，本意是「新的城市」。可能是由於卡塔赫納城（Carthagène）的城名源自於拉丁文 Cartago Nova，意思是「新迦太基」，所以很有可能在中世紀時並沒有刻意將迦太基城和新迦太基城區分，只需由上下文便可得知文中所指之城市是新城或古城。此字出現兩次縮寫形式：«cart'»，«cartag'»。 | 第三章第 9 行；第三十六章第 3 行，第 15 行，第 21 行；第三十七章第 7 行；第三十八章第 1 行，第 6 行；第三十九章第 25 行；第四十章第 9 行，第 10 行 |
| Colstentinoble | 君士坦丁堡。 | 第二章第 61 行 |
| Damedix | 天主。 | 第十八章第 18 行 |
| Diu<br>Dix | 上帝，上帝之子。 | 第二章第 38 行；第五章第 23 行；第八章第 36 行，第 52 行；第十章第 2 行，第 25 行，第 33 行，第 71 行，第 78 行，第 83 行，第 96 行，第 103 行；第十四章第 43 行；第十六章第 4 行，第 5 行，第 15 行；第十七章第 15 行；第十八章第 2 行，第 19 行，第 23 行，第 49 行；第十九章第 17 行；第二十一章第 16 行；第二十二章第 6 行，第 27 行，第 31 行，第 54 行；第二十三章第 16 行；第二十四章第 35 行，第 36 行，第 90 行，第 101 行；第二十五章第 5 行；第二十六章第 17 行；第二十八章第 24 行；第三十章第 10 行；第三十五章第 5 行，第 12 行；第三十七章第 14 行；第三十九章第 33 行 |
| Engletere | 英國。 | 第二章第 62 行 |

| | | |
|---|---|---|
| Esmerés | 艾莫黑（Emeret），牧童的名字。 | 第二十一章第 2 行 |
| Espaigne | 西班牙。 | 第四十章第 14 行 |
| France | 法國。 | 第二章第 55 行，第 62 行 |
| Früêlins | 費律霖（Fruelin），牧童的名字。 | 第二十一章第 3 行 |
| Garin<br>Garins | 加蘭。主人公歐卡森的父親。文中加蘭常伴隨著伯爵 （le comte）爵位頭銜，而伯爵頭銜後又加上其封地名 Beaucaire。此字有時在手稿中會出現縮寫形式«.G.»。 | 第二章第 2 行，第 11 行；第四章第 1 行；第六章第 7 行；第八章第 16 行；第十一章第 1 行；第十二章第 12 行，第 14 行；第十四章第 38 行；第十八章第 21 行；第二十章第 10 行，第 12 行；第二十二章第 21 行 |
| Jhesum | 耶穌。 | 第十七章第 4 行 |
| Johanés | 侉案內 （Jeannot），侉案（Johan）的暱稱，牧童的名字。 | 第二十一章第 3 行 |
| Limousin | 利穆贊。 | 第十一章第 17 行 |
| Marie | 聖母瑪利亞。 | 第五章第 23 行 |
| Martinés | 馬丁內，馬丁（Martin）的暱稱，牧童的名字。 | 第二十一章第 2 行 |
| Nichole, Nicole | 妮可蕾，即妮可蕾特。通常此拼寫法出現在韻文章節中，為了配合每行詩的音節數限制，故將 Nicolete 的最後一個音節省去。 | 第三章第 3 行；第五章第 1 行；第三十三章第 2 行；第三十七章第 1 行；第三十九章第 11 行 |
| Nicolete, Nicholete | 妮可蕾特，本書的女主人公，卡塔赫納城異教徒國王的女兒。然而她的名字卻是天主教中的受洗後的聖名。<br>妮可蕾特大多出現在散文體的章節中，手稿中最常出現«nic'»的縮寫形式，而«.n.»則比較少見。大多數的所寫都還原成 Nicolete，除了第三章第 3 行的縮寫形式，由於音節數的規則限制，我們將其還原成 Nicole。 | 第一章第 4 行；第二章第 43 行，第 45 行，第 58 行；第三章第 8 行，第 14 行；第四章第 3 行，第 6 行，第 32 行；第六章第 1 行，第 4 行，第 12 行，第 22 行，第 40 行，第 60 行；第七章第 12 行；第八章第 2 行，第 18 行，第 41 行，第 54 行；第十章第 14 行，第 29 行，第 72 行；第十一章第 4 行，第 12 行；第十二章第 3 行，第 6 行；第十三章第 1 行；第十四章第 1 行，第 35 行，第 42 行；第十六章第 1 行；第十七章第 1 行；第十八章第 1 行，第 15 行；第十九章第 1 行；第二十章第 1 行，第 8 行；第二十二章第 2 行；第二十三章第 9 行；第二 |

| | | |
|---|---|---|
| | | 十四章第第 11 行，第 95 行，第 102 行，第 109 行；第二十五章第 3 行；第二十六章第 1 行；第三十章第 20 行；第三十二章第 22 行，第 24 行；第三十四章第 2 行，第 4 行，第 12 行，第 14 行；第三十五章第 7 行；第三十六章第 2 行，第 6 行，第 15 行；第三十八章第 1 行，第 32 行；第三十九章第 8 行，第 18 行，第 24 行，第 30 行；第四十章第 1 行，第 4 行，第 32 行，第 44 行，第 57 行，第 63 行；第四十一章第 8 行，第 22 行 |
| Provence | 普羅旺斯。 | 第三十八章第 31 行 |
| Robeçons | 羅比松（Robichon），羅比（Robert）的暱稱，牧童的名字。 | 第二十一章第 4 行 |
| Roget | 羅傑，盧氓（Rouge）的暱稱，牛的名字。 | 第二十四章第 65 行 |
| Saisne | 撒拉遜人。原本的意思是「薩克遜人」（saxon）。但是 Saisne 在此文中泛指異教徒和「撒拉遜人」（Sarrasin）是同義詞。 | 第三章第 10 行 |
| Sarasins | 撒拉遜人。在第三十四章時，特別指西班牙的阿拉伯人。 | 第二章第 48 行；第六章第 25 行；第三十四章第 7 行 |
| Torelore | 多樂羅樂，虛構的名詞，在此文中意指一個子虛烏有的虛幻國度，此國度是一個顛倒的世界，在那裏王后生產後由國王坐月子照顧嬰兒；王后率兵打仗；打仗的武器則是丟擲一些非以殺人為目的之軟爛無攻擊性之物件。此處王后的戰士形象讓人想起了古代亞馬遜女人國的王后也是驍勇善戰的女戰士。 | 第二十八章第 17 行，第 20 行；第三十二章第 19 行；第三十三章第 1 行；第三十四章第 26 行；第三十九章第 21 行，第 25 行 |
| Valence | 瓦朗斯城。位於德隆省（Drôme）隆河岸邊。此字只出現在布加爾伯爵頭銜中。 | 第二章第 1 行；第八章第 3-4 行；第十章第 47 行，第 87 行 |

# 評注中古法文
# 生難詞彙索引

Index des Notes

| | | | |
|---|---|---|---|
| a (= il y a) | 1294 | amaladis | 17, 481 |
| abat | 400 | amant | 638 |
| abatre | 985 | ameor | 1354 |
| abosmés | 240 | amie | 168, 1076 |
| acatrons | 830 | amïete | 1010 |
| acena | 1083 | amis | 1368 |
| acoilli | 758 | amont | 1343 |
| acola | 1027 | amor | 109 |
| acole | 1195 | amorous | 1057 |
| acolers | 255 | amors | 605, 1060 |
| acoutés | 1152 | amuaffle | 1274 |
| acuités | 877 | anble | 885 |
| acusee | 516 | ancestre | 1117 |
| adolés | 256 | ançois | 296, 1362 |
| adrecié | 357 | andex | 333, 1422 |
| afaire | 1393 | anemi | 383, 1171 |
| afferriés | 1024 | anemis | 1120 |
| afié | 1138 | anti | 766 |
| afiés | 449 | antif | 2 |
| aforkent | 768 | anuit | 997 |
| afulés | 942 | aparelliés | 320 |
| aguisié | 684 | apele | 1170 |
| aguisiés | 277 | apoia | 567 |
| ai | 163 | apris | 676 |
| aillons | 1067 | arbalestees | 689 |
| ainc | 469, 1414 | arçon | 1061, 1151, 1341 |
| ainme | 1041 | ardoir | 1364 |
| ainques | 776 | arestés | 1150 |
| ains | 264, 430 | arestit | 1109 |
| aioire | 445 | argoit | 36 |
| aire | 90, 105 | arme | 201 |
| aise | 1208 | armes | 63 |
| aisse | 1210 | arris | 590 |
| aït | 459 | as | 32 |
| aiues | 288 | asalent | 398 |
| ajornés | 30 | asalir | 269 |
| ala | 784 | asalirent | 1212 |
| alec | 1107 | asaus | 278 |
| aleoirs | 274 | asis | 12 |
| aleure | 899 | asognentee | 198 |
| alissiés | 867 | assés | 145, 711, 979, 1156, 1239, 1400 |

| | | | |
|---|---|---|---|
| *assis* | 55 | *baron* | 1299, 1330 |
| *assist* | 1401 | *barons* | 228 |
| *astages* | 1267 | *baston* | 1130 |
| *ataca* | 1003 | *bataille* | 343 |
| *atenc* | 1377 | *bati* | 1132 |
| *atorna* | 1321 | *baus* | 1199 |
| *auberc* | 322 | *bautisie* | 81 |
| Aucasinet | 822 | *bel* | 91, 675, 842 |
| Aucassins | 4, 44 | *belement* | 648 |
| *aumosne* | 623 | *benie* | 735 |
| *auquant* | 182, 786 | *benois* | 984 |
| *ausi* | 800 | *benooit* | 647 |
| *autex* | 212 | *ber* | 572, 1166 |
| *autr'ier* | 475 | *beste* | 872 |
| *autre* | 786, 1184 | Biaucaire | 28 |
| *autres* | 75 | *biax* | 3, 47, 893 |
| *autresi* | 395, 1434 | *bis* | 468 |
| *aval* | 597, 1129 | *bisse* | 599 |
| *avala* | 523 | *blances* | 1038 |
| *avenans* | 633 | *bleciés* | 1031 |
| *aventure* | 807 | *bliaut* | 520 |
| *avers* | 548 | *blondet* | 827 |
| *aveuc* | 1416 | *blont* | 1011 |
| *aviegne* | 1052 | *boin* | 105 |
| *avint* | 968 | *bons* | 128 |
| *avoc* | 227 | *borders* | 252 |
| *avoi* | 85, 427 | *borgois* | 273 |
| *avoir* | 745, 1214 | *bors* | 1072 |
| *avoirs* | 68 | *borse* | 752, 858 |
| *ax* | 290 | *bos* | 723, 862 |
| *ba* | 426 | *bouce* | 1063 |
| *baceler* | 83 | Bougars | 25 |
| *baer* | 423 | Bougart | 25 |
| *baignier* | 1394 | *boutés* | 587 |
| *bailiés* | 446 | *brace* | 1285 |
| *baisa* | 1026 | *braies* | 1320 |
| *baiseroie* | 1022 | *brans* | 642 |
| *baisie* | 309 | *buc* | 971 |
| *baisiers* | 254 | *buef* | 981 |
| *baisse* | 1427 | *buen* | 224 |
| *baissiés* | 1286 | *bués* | 360 |
| *bares* | 33 | *buison* | 782 |

| | | | |
|---|---|---|---|
| buisson | 719 | caut（prés. ind. P3） | 1066 |
| c'（conj.） | 120, 206 | caviaus | 530 |
| c'（pronom interrogatif） | 186 | caviax | 51 |
| ça | 447 | celier | 466 |
| cac | 887 | cemin | 759 |
| cacier | 740 | cemisse | 485, 1047 |
| caçoie | 966 | cens | 870 |
| caï | 412, 998 | center | 509 |
| çainst | 327 | cerf | 888 |
| çainte | 1098 | cerisse | 533 |
| caïr | 667 | cerquier | 1050 |
| caitis（adj.） | 283 | ceval | 841 |
| caitive | 78 | cevauca | 817 |
| canbre | 1104 | cevaus | 812 |
| canbres | 1140 | ciax | 1102 |
| cançon | 845 | cief | 326, 726 |
| canpegneus | 1158 | cien | 395, 956 |
| canpel | 1154 | cier | 802 |
| canpés | 1159 | ciers | 319, 337 |
| cans（= champs） | 1055 | ciés | 1314 |
| cans（=chant） | 9, 632 | cis | 862 |
| canté | 1358 | civres | 362 |
| cantefable | 1435 | clama | 162 |
| canter | 806 | clamee | 1270 |
| caoit | 910 | clamés | 1164 |
| capes | 214, 619 | cler（adj.） | 7, 502 |
| caple | 394 | cler（adv.） | 507 |
| car | 139 | clerc | 221 |
| carbouclee | 924 | clere | 1007 |
| carbounee | 931 | clop | 209 |
| carole | 1201 | coies | 503 |
| Cartage | 100 | cointe | 97 |
| carue | 967 | col | 348 |
| cast | 1188 | con | 208, 800 |
| castel | 268 | con（adv.） | 281 |
| cateron | 608 | conduist | 462 |
| cauciés | 934 | confort | 983 |
| cauperont | 385 | conforter | 243, 793 |
| caupés | 583 | congié | 655 |
| caut（adj.） | 500 | conmanda | 715 |

| | | | |
|---|---|---|---|
| desronpent | 903 | drecierent | 1324 |
| dessaisisent | 374 | drois | 108, 193 |
| destor | 1068 | droites | 547 |
| destorbier | 452 | dublier | 323 |
| destre | 391 | duce | 1410 |
| destrier | 330, 340 | duel | 951 |
| destriers | 898 | durement | 999, 1148 |
| desu | 905 | duroit | 690 |
| detiegne | 1191 | dusque | 939, 1106 |
| deul | 280 | dusqu'a pou | 1385 |
| deus | 688, 943 | ecrient | 160 |
| devers | 136, 555 | el （=autre chose） | 104 |
| devisse | 148 | el （=en+le） | 64, 610 |
| di va | 95 | empereris | 88 |
| dient | 22 | en （=et+ne） | 1180 |
| dirons | 756 | enbare | 410 |
| dis （=dit） | 10 | enbati | 732 |
| dis （=jours） | 1432 | enbla | 1311 |
| dississçiés | 1371 | enble | 808 |
| Diu | 650 | enblee | 191 |
| Dix | 1282 | enbrasés | 709 |
| doce | 490 | enclorre | 542 |
| doinst | 294 | en ço que | 1209 |
| dol | 246, 949 | ene | 457 |
| dolans | 15, 238 | enfances | 422 |
| dolor | 911 | enfans | 3 |
| dongon | 1346 | enfant | 842 |
| donjon | 1348 | enfes | 1257 |
| donrai | 801 | engien | 1304 |
| donriiés | 869 | enl | 342 |
| donroie | 1373 | en mi | 919 |
| dont （adv. de temps） | 161, 627 | enne | 432 |
| dont （adv. relatif） | 119, 613 | enondu | 461 |
| dont （adv.） | 1100, 1115 | enparlés | 736, 844 |
| dose | 1249 | enploiie | 87 |
| douce | 21, 381, 665 | ens | 478, 610, 996 |
| doucement | 1424 | ensi | 1125 |
| douçor | 1383 | enseurquetot | 197 |
| dous | 1356 | ent | 1406 |
| dox | 1367 | enteciés | 56 |
| dras | 904, 1127 | enterriés | 203 |

| | | | |
|---|---|---|---|
| *entor* | 1329 | *espiel* | 332 |
| *entre mi* | 371 | *espines* | 901 |
| *entrebaissent* | 1028 | *esprovera* | 771 |
| *entrepris* | 16, 482 | *esquelderoie* | 596 |
| *entreusque* | 264 | *essor* | 146 |
| *entrocions* | 1185 | *estable* | 811 |
| *envers* | 945 | *estendirent* | 727 |
| *erbe* | 530 | *ester* | 76, 195 |
| *ere* | 71 | *esteroit* | 963 |
| *ereses* | 215 | *esters* | 249 |
| *ermin* | 484 | *estoilete* | 1008 |
| *erra* | 556 | *estonés* | 411 |
| *es*（adv. | 1339 | *estor* | 73 |
| démonstratif） | | | |
| *esbahis* | 14 | *estores* | 1211 |
| *esbanoiier* | 804 | *estragne* | 1090 |
| *esbaudir* | 1119 | *estrain* | 978 |
| *escargaites* | 615 | *estraint* | 563, 652 |
| *escerveleroie* | 602 | *estrange* | 79 |
| *esclaire*（verbe） | 107 | *estriers* | 335 |
| *esclaire*（n.f.） | 1397 | *estroit* | 1023 |
| *esclarci* | 863 | *estroseement* | 401 |
| *esclos* | 891 | *estrousement* | 376 |
| *escole* | 1198 | *estrumelé* | 218 |
| *escorça* | 526 | *esvertin* | 477 |
| *escorcies* | 678 | *eus*（=yeux en | 1426 |
| | | FM） | |
| *escu* | 331 | *eusce* | 1379 |
| *esgarda* | 157, 918 | *euses* | 301 |
| *esmaiiés* | 1230 | *ex*（=eux en FM） | 67 |
| *esmari* | 742 | *ex*（=yeux en | 53, 131 |
| | | FM） | |
| *esmevella* | 1147 | *fablent* | 22 |
| *espanie* | 159 | *fabloien* | 1246 |
| *esparnaiscent* | 902 | *fabloient* | 495 |
| *espartist* | 1222 | *fac* | 460, 492 |
| *espaulle* | 1001 | *face* | 1287 |
| *espee* | 328 | *faelee* | 558 |
| *esperitables* | 1283 | *faide* | 192 |
| *esperona* | 339 | *fais* | 994 |
| *esperons* | 367 | *faissiés* | 1381 |
| *espés* | 718 | *fait* | 800 |

| | | | |
|---|---|---|---|
| faite | 603 | franc | 225, 634, 1330 |
| fantosme | 744 | france | 89 |
| fare | 175 | frans | 573 |
| farre | 292 | fres | 1145 |
| faus | 96 | fresce | 1042 |
| fee | 746 | fretés | 937 |
| felon | 1350 | front | 1062 |
| femme | 103 | fu | 123 |
| ferir | 390 | fui | 1273, 1293 |
| fesist | 317 | fuie（participe passé） | 785 |
| feusse | 298 | fuies（n.f.） | 1186 |
| fiere | 74 | fuisse | 1018 |
| fieres | 289 | furnir | 263 |
| fil | 171 | gabés | 454 |
| fillole | 82 | gaie | 98 |
| fin | 492, 1418, 1436 | gaïnes | 832 |
| fins | 441 | gaite | 620 |
| fisent | 1229 | galopiax | 404 |
| fissen | 1297 | galos | 886 |
| flabent | 1168 | ganbes | 49, 908 |
| flans | 540 | ganbete | 486 |
| flaüsteles | 834 | garda | 660, 1005 |
| flors | 1332 | gardast | 626 |
| foi | 824 | gardés | 132 |
| foille | 774 | gardin | 137 |
| foilli | 762 | garding | 520 |
| fons | 674 | Garin | 27 |
| fontaine | 725 | garis | 19, 487 |
| forceur | 682 | garisse | 838 |
| forés | 686 | garnemens | 318 |
| forest | 913 | garris（n.m.） | 773 |
| forment（adv.） | 642 | gart | 651 |
| forment（n.m.） | 854 | gastelés | 831 |
| fornis | 354 | gastoit | 37 |
| forree | 780 | gaudine | 158 |
| fors | 42, 183, 207, 1190 | gauges | 538 |
| fors（adj.） | 291 | gaunes | 933 |
| fors tant que | 144 | gaut | 702, 1059 |
| fort | 895 | gehi | 1392 |
| frain | 814, 1176 | genol | 941 |
| frales | 39 | gens（adj.） | 48, 353 |

| | | | |
|---|---|---|---|
| gens (n.f. sing. et pl.) | 1194, 1276 | honerés | 585 |
| gent (adj.) | 48, 883 | honers | 86 |
| gente (adj.) | 777 | honor | 1250 |
| gentix | 571, 1253 | honorés | 574 |
| gerra | 1137 | honte | 451 |
| gerre | 1097 | houla | 1128 |
| gerroié | 419 | housiax | 935 |
| geta | 1289 | hui | 953 |
| getent | 372 | hure | 923 |
| gigle | 1203 | hurte | 840 |
| gissoit | 1099 | hurteroie | 600 |
| gist | 1108 | i | 843 |
| glacier | 673 | i (= il) | 409 |
| gorés | 579 | i (= ils) | 1084 |
| graille | 539 | iaume | 325 |
| grandisme | 928 | iert | 628 |
| grans | 932 | il | 379 |
| grant | 899 | ilec | 515 |
| grasse | 1196 | ileuc | 696 |
| gris | 231 | infer | 202 |
| gués | 1161 | isci | 554 |
| gueres | 223 | iscir | 143 |
| guise | 1322 | issus | 1058 |
| haés | 170 | ist | 815 |
| hance | 351 | ja | 166, 300, 384, 420, 704, 1021 |
| harpe | 1202 | jel | 174, 639 |
| hastent | 1279 | jete | 1336 |
| haute | 721 | jetee | 99 |
| herbes | 1331 | Jhesum | 699 |
| herbega | 1313, 1390 | jo | 438 |
| herbeuse | 917 | joes | 927 |
| herdis | 855 | jogleor | 232 |
| herpeor | 231 | jor | 499, 912 |
| hiame | 416 | jors | 30, 200 |
| hiaume | 407 | jou | 167 |
| hidex | 922 | jouers | 253 |
| hom | 13 | jut | 505, 593 |
| home | 84, 1231 | kaitives | 1215 |
| homes | 66 | keutisele | 975 |
| hon | 115, 1095 | La u | 614 |

| | | | |
|---|---|---|---|
| *laça* | 324 | *lonc*（adj.） | 501 |
| *lagan* | 1227 | *lonc*（adv.） | 1025 |
| *lairai* | 1122 | *lonc*（n.m.） | 692 |
| *lairés* | 306 | *longaigne* | 982 |
| *lairiés* | 435 | *longe* | 522 |
| *lairoit* | 1361 | *longement* | 172 |
| *lairons* | 1247 | *longes* | 1411 |
| *lais*（verbe） | 666 | *lorseilnol* | 508 |
| *lais*（adj.） | 921 | *lués* | 592 |
| *laisciés* | 195, 876 | *luiés* | 964 |
| *laise* | 77 | *luire* | 506 |
| *laissent* | 1429 | *m'* | 1032 |
| *laist* | 880, 988 | *maaille* | 986 |
| *lasse* | 164, 973, 1271 | *maçue* | 944 |
| *lassus* | 1019 | *maçüeles* | 836 |
| *le*（=la）（article défini, pronom personnel régime） | 34, 130, 187, 1428 | *mainnent* | 1275 |
| *lé*（=largeur） | 693 | *mains* | 1432 |
| *lé*（=les）（article défini pl.） | 531 | *mais* | 997 |
| *lé*（=les）（pronom personnel régime） | 1085 | *maisiere* | 598 |
| *lé*（=loup） | 705 | *maïsté* | 701, 1236 |
| *lees* | 930 | *malaventure* | 969 |
| *les*（prép.） | 1074 | *male* | 492, 517 |
| *levee* | 81 | *malement* | 257 |
| *levrer* | 954 | *maleoite* | 118 |
| *levretes* | 531 | *maleurox* | 284 |
| *li*（= elle） | 1391 | *malvais* | 1135 |
| *li*（= lui） | 756 | *mamele* | 609 |
| *lie*（adj.） | 1193 | *mameletes* | 535 |
| *liés* | 185, 1413 | *manda* | 788 |
| *lis*（n.m.） | 772 | *mandé* | 265 |
| *liu* | 1036 | *maneçoient* | 621 |
| *liues* | 691 | *mania* | 1037 |
| *lius* | 559 | *manke* | 210 |
| *livres* | 1382 | *mannent* | 375 |
| *loge* | 775 | *mantel* | 564 |
| *loia* | 1045 | *mar* | 1272 |
| *loierent* | 1216 | *marbrine* | 151 |

| | | | |
|---|---|---|---|
| Nicole | 92 | ostel | 1417 |
| nient | 235, 363, 860, 1357 | ostés | 117 |
| nimpole | 1206 | ot | 313 |
| no | 1435 | otroi | 310 |
| nois | 537 | oume | 604 |
| noise | 180, 270 | outre | 654 |
| non | 45 | paiien | 1347 |
| none | 819 | paines | 5 |
| norie | 127 | pais（n.f.） | 1232 |
| nuis | 93 | païs（n.m.） | 181 |
| nul | 244, 1366 | palais | 135, 1268 |
| nus | 13, 242 | palefrois | 456 |
| o | 1020 | pan | 1046 |
| obliees | 428 | panturee | 149 |
| ocioit | 38 | paor | 440 |
| ocit | 1175 | par（adv.） | 21, 282, 479 |
| oés | 1110 | parage | 103 |
| oeul | 606 | parenté | 1240 |
| oï（participe passé） | 178 | parentés | 581 |
| oï（passé simple p3） | 1124 | parfont | 662 |
| oie | 458, 951 | parlees | 308 |
| oiel | 892 | parlers | 251 |
| oïl | 440 | par mi（=à travers） | 761 |
| oinst | 1315, 1398 | parole | 126 |
| oir | 41 | parrins | 1389 |
| oïr | 1 | pars | 373 |
| oisellons | 805 | part | 498 |
| oit | 18 | parti | 757 |
| onbre | 653 | pastorel | 722 |
| oncor | 1284 | pastoriax | 731 |
| onques | 364 | pastouret | 820 |
| or | 120 | paume | 926 |
| orains | 861 | pel | 683 |
| ore | 293, 846, 1029 | peliçon | 483 |
| orpheline | 162 | penderoit | 405 |
| ortex | 544 | petit | 778 |
| os | 848 | pendre | 1363 |
| oseriés | 1375 | pensa | 513, 839 |
| ost | 1101 | penser（inf. substantivé） | 570 |

| | | | |
|---|---|---|---|
| quatist | 560 | reconut | 1260 |
| quariax | 275 | recoulli | 1425 |
| que (= si bien que) | 708, 1221 | regné | 1233 |
| que (conj. de subordination) | 23, 305, 434 | regnés | 582 |
| que que (= quoi que, quel...que) | 1051 | regreter | 250 |
| que que (= quoique) | 1015 | rehordés | 658 |
| que (=afin que) | 625 | reluisant | 636 |
| que, qu' (=car) | 94, 110, 226, 799, 1261, 1340 | remain | 668 |
| que (=ce que) | 783, 1049, 1111 | remanroit | 514 |
| que (=pourvu que) | 205, 1017, 1069 | remenroit | 697 |
| que (=plutôt que) | 299, 713 | remest | 1139 |
| quens | 116, 194 | remuans | 389 |
| querés | 989 | renge | 349 |
| querre | 1305 | rent | 417 |
| ques | 1093 | repaire | 91 |
| quesisce | 1244 | repairent | 1187 |
| quester | 1242 | repairier | 314 |
| quidiés | 359 | repensa | 695 |
| quidoie | 1243 | repost | 781 |
| quier | 205 | resbaudis | 20 |
| quist | 1306 | resne | 1077 |
| quiteé | 1235 | resnes | 366 |
| quoi | 388, 624 | retraire | 113 |
| quoie | 990 | reverai | 896 |
| quoi que | 794 | rice | 84, 790 |
| rades | 355 | rices | 223 |
| raençon | 455 | riens | 70, 187, 1408 |
| rais | 995 | ris | 893 |
| raison | 1064, 1342 | rivage | 1075, 1266 |
| rala | 489 | roide | 663 |
| raler | 1370 | roion | 1349 |
| ramé | 703 | roisins | 472 |
| recaoir | 1016 | ronces | 900 |
| recercelés | 52 | ronpoit | 543 |
| reclamer | 700 | rousee | 527 |

| | | | |
|---|---|---|---|
| soumax | 720 | tors | 557 |
| soupe | 473 | tos | 862 |
| souples | 797 | tost | 643, 884 |
| soupris | 59 | tote | 616, 912, 916 |
| sous（monnaie） | 751 | touailes | 521 |
| souslevoient | 536 | tout（adv.） | 763 |
| souspirs | 1337 | trai | 170 |
| souvins | 1004 | traien | 724 |
| souvint | 365 | traïn | 482 |
| sovient | 338 | traire | 102 |
| suer | 261 | traist | 114, 267, 1355 |
| sui | 1291 | trait | 1009, 1340 |
| suir | 909 | traites | 617 |
| sus | 729 | traitice | 54, 155 |
| tainte | 1317 | trau | 1006 |
| tans（adj.） | 1335 | travaillent | 1281 |
| tans（n.m.） | 40 | tres | 370, 760 |
| tant con | 1374 | tresce | 1200 |
| tant que | 816 | tresque | 1430 |
| tant…que | 307 | trestos | 580 |
| tatereles | 216 | trestout | 1234 |
| te | 65 | trop | 111, 961 |
| teces | 57 | troverent | 1141 |
| tel | 129 | ueus（=oeufs） | 1144 |
| tendi | 1423 | uis | 141 |
| tenront | 1053 | uns | 932, 1184 |
| tent | 413 | vaces | 361 |
| tere | 118, 129, 1065, 1089, 1094 | vaillans | 629 |
| tes（=tex en AF） | 421 | vaillant | 974 |
| tille | 938 | vaint | 60 |
| tolue | 190 | vair（adj.） | 892 |
| tor | 1326 | vairet | 828 |
| torble | 1160 | vairs（adj.） | 53 |
| Torelore | 1092 | vairs（substantif） | 230 |
| tormente | 1087, 1220 | Valence | 26 |
| torne | 1131 | vallé | 352 |
| tornent | 1185 | vallet | 43, 825 |
| tornés | 239 | vauroit（=vaudrait） | 1207 |
| tornois | 222 | vauroit（=voudrait） | 1 |

| | | | | |
|---|---|---|---|---|
| *vaus* | 1070 | | *voul* | 1376 |
| *vaut*（de *valoir*） | 575 | | *vourent* | 1300 |
| *vaut*（de *voloir*） | 1040 | | *vouriiés* | 1172 |
| *vautie* | 147 | | *vremelletes* | 532 |
| *venge* | 1181 | | *waucrant* | 1225 |
| *venist* | 1372 | | *waumonnés* | 1143 |
| *venjasse* | 1173 | | | |
| *ventre* | 956 | | | |
| *verdes* | 1043 | | | |
| *ves ci* | 418 | | | |
| *vespres* | 915 | | | |
| *vesquirent* | 1431 | | | |
| *viele* | 1307 | | | |
| *vieler* | 1308 | | | |
| *viés* | 764, 917 | | | |
| *vig* | 952 | | | |
| *vilain* | 965 | | | |
| *viole* | 1204 | | | |
| *vis*（n.m.） | 8 | | | |
| *vis*（adj.） | 260 | | | |
| *vest* | 321 | | | |
| *vesti* | 519, 1399 | | | |
| *vesture* | 525 | | | |
| *viaire* | 106 | | | |
| *viel* | 2 | | | |
| *visage* | 1288 | | | |
| *viscontesse* | 1387 | | | |
| *visquens* | 1388 | | | |
| *vix* | 39 | | | |
| *vo* | 1409 | | | |
| *voie* | 748, 767, 897, 917 | | | |
| *voile* | 1325 | | | |
| *voir* | 595, 1296 | | | |
| *voire* | 444, 823 | | | |
| *voise* | 72 | | | |
| *voisse* | 714 | | | |
| *vola* | 1002 | | | |
| *volentiers* | 962, 1174 | | | |
| *voler* | 601 | | | |
| *voliiés* | 1369 | | | |
| *vos* | 893 | | | |

# 書目

## 《歐卡森與妮可蕾特》相關的文獻

### 手稿

Paris, Bibliothèque nationale de France, français, 2168, f. 70 (un petit in-4°, à deux colonnes de 37 lignes dans la partie qui contient *Aucassin et Nicolette*, folios 70 r° b à 80 v° b, avec musique notée)

Paris, Bibliothèque nationale de France, Arsenal, 2770 (copie du ms. BNF; fr. 2168, folios 72r°à 94 v°)

### 手稿校注版

*Aucassin et Nicolette*:texte critique accompagné de paradigmes et d'un lexique par Hermann Suchier, sixième édition. Traduction française par Albert Couson. Paderborn:F. Schœningh, 1906.

*Aucassin et Nicolette*, chantefable du XIII<sup>e</sup> siècle, (2<sup>e</sup> éd. Rev.), édition par Mario Roques. Paris:H. Champion, 1982.

*Nouvelles françoises en prose du XIII<sup>e</sup> siècle*, publiées d'après les manuscrits avec une introduction et des notes par L. Moland et C. d'Héricault. Paris:P. Jannet, 1856.

*Aucassin et Nicolete*, edited by Francis William Bourdillon. Manchester: Manchester University Press; London etc.:Longmans, Green and Co. (Modern Language Texts. French Series: Mediaeval Section), 1919.

## 翻譯

### 古法文原典與現代法文譯文對照版

*Aucassin et Nicolette: roman de chevalerie provençal-picard*, publié avec introduction et traduction par Alfred Delvau. Paris: Bachelin-Deflorenne, 1866.

*Aucassin et Nicolette*. Édition critique. Deuxième édition revue et corrigée. Chronologie, préface, bibliographie, traduction et notes par Jean Dufournet. Paris: Flammarion, 1984.

*Aucassin et Nicolette*, chantefable du XIII<sup>e</sup> siècle. Préface, traduction nouvelle et notes, édition bilingue de Philippe Walter. Paris: Gallimard, 1999.

### 現代法文譯本與編譯本

*Aucassin et Nicolette (XII<sup>e</sup> siècle). Adam de la Halle, Le jeu de Robin et de Marion (XIII<sup>e</sup> siècle)*. Traduction d'Arthur Bovy. Bruxelles: O. Schepens, 1898.

*Aucassin et Nicolette*, chantefable du XIII<sup>e</sup> siècle. Traduction nouvelle en prose française moderne par Gustave Cohen. Paris: H. Champion, 1977.

*Aucassin et Nicolette*. Traduction adaptée, présentation, chronologie, notes et dossier par Alexandre Micha. Paris: Flammarion, 1997.

## 英文譯本

*Aucassin et Nicolette*, an Old French love story edited and translated by Francis William Bourdillon M. A. Second edition. The text collated afresh with the manuscript at Paris, the translation revised and the introduction rewritten. London et New York: MacMillan, 1897.

*Aucassin and Nicolette*, translated from the Old French by Francis William Bourdillon. London: Kegan Paul, Trench, Trübner and Co. Ltd., 1903.

*Aucassin and Nicolette*, translated by Eugene Mason, Cambridge (Ontario), *Parentheses* (Old French Series), 2001.

*Aucassin et Nicolette*, a chantefable from the twelfth-century minstrels; a facing-page translation; translated and illustrated by Jean-Jacques Jura; with a foreword by Stephen George Nichols. Lewiston: Edwin Mellen Press, 2007.

*Aucassin and Nicolette*: a facing-page edition and translation by Robert S. Sturges. East Lansing: Michigan State University Press, 2015.

## 德文譯本

*Aucassin und Nicolette*. Altfranzösischer Roman aus dem 13. Jahrhundert, übersetzt von Dr. Wilhelm Hertz. Zweite Auflage. Troppau: Kolck, 1868.

*Aucassin und Nicolete*. Ein altfranzösischer Roman aus dem dreizehnten

Jahrhundert übersetzt von Paul Schäfenacker. Halle a. d. S.: Hendel, 1903.

## 西班牙文譯本

*Aucassin y Nicolette*. Traductor, Álvaro Galmés de Fuentes. Madrid: Gredos (Clásicos medievales, 10), 1998.

## 義大利文譯本

*Aucassin e Nicolette*. Introduzione e traduzione di Mariantonia Liborio. Torino: Einaudi (Collezione di poesia, 138), 1976.

## 漢語譯本

戴望舒譯，《屋卡珊和尼各萊特》，上海：光華書局，1929 年。

## 荷蘭文譯本

*Aucassin et Nicolette*, een middeleeuwse parodie vertaald door Julia C. Szirmai. Hilversum: Verloren (MemoranduM, 7), 2009.

# 相關研究文獻

Brunner, Hugo. *Über Aucassin und Nicolete*. Halle a. S.: s. n., 1880.

Ch'en, Li-Li. 《Pien-wen chantefable and Aucassin et Nicolette》, *Comparative Literature*, 23: 3, 1971, p. 255-261.

Denoyelle, Corinne. 《Les bergers: des ermites carnavalesques. Étude pragmatique du discours des bergers dans quelques textes narratifs courtois des XII$^e$ et XIII$^e$ siècles 》, *Cahiers de recherches médiévales,* 10, 2003, p. 143-154.

Faral, Edmond. *Les Jongleurs en France au Moyen Âge.* Paris: Champion, 1910.

————. *Recherches sur les sources latines des contes et romans courtois du Moyen Âge.* Paris : Champion, 1913.

Hunt, Tony. 《La parodie médiévale:le cas d'Aucassin et Nicolette 》, *Romania,* 100, 1979, p. 341-381.

Jodogne, Omer. 《La parodie et le pastiche dans *Aucassin et Nicolette* 》, *Cahiers de l'Association internationale des études françaises,* 12, 1960, p.53-65.

Legrand d'Aussy, Pierre Jean-Baptiste. 《 Aucassin et Nicolette 》, *Fabliaux ou contes, fables et romans du XII$^e$ et du XIII$^e$ siècle,* tome 3. Paris: Jules Renouard, 1832, p.341-373.

Lefèvre, Yves. 《Sur Aucassin et Nicolette, IV, 8 》, *Romania,* 76, 1955, p.93-94.

Lot-Borodine, Myrrha. *Le roman idyllique au Moyen Âge.* Paris:Picard, 1913, p.75-134.

Ménard, Philippe. *Le rire et le sourire dans le roman courtois en France au Moyen Âge (1150-1250).* Genève: Droz (Publications romanes et françaises, 105), 1969.

————. 《La composition d'*Aucassin et Nicolette* 》, *Mélanges Jeanne*

*Wathelet-Willem*, éd. Jacques de Caluwé. Liège: Association des romanistes de l'Université de Liège, 1978, p.413-432.

Meyer, Paul. *Girart de Roussillon, chanson de geste traduite pour la première fois.* Paris: Champion, 1884.

Micha, Alexandre. 《En relisant *Aucassin et Nicolette*》, *Le Moyen Âge*, 65, 1959, p.279-292.

Monsonégo, Simone. *Étude stylo-statistique du vocabulaire des vers et de la prose dans la chantefable* 《*Aucassin et Nicolette*》. Paris: Klincksieck (Bibliothèque française et romane. Série A: Manuels et études linguistiques), 1966.

Paris, Gaston. 《Estrumelé》, *Romania*, 10, 1881, p.399-401.

―――. *Poèmes et légendes du Moyen-Âge.* Paris: Société d'édition artistique, 1900.

Pelan, Margaret. 《Le deport du viel antif》, *Neuphilologische Mitteilungen*, 60, 1959, p.180-185.

Pensom, Roger. *Aucassin et Nicolette: The poetry of Gender and Growing up in the French Middle Ages.* Bern: Lang, 1998.

Rogger, Kaspar. 《Étude descriptive de la chantefable Aucassin et Nicolette》, *Zeitschrift für romanische Philologie*, 67: 4-6, 1951, p.409-457.

―――. 《Étude descriptive de la chantefable Aucassin et Nicolette II》, *Zeitschrift für romanische Philologie*, 70: 1-2, 1954, p.1-58.

Ruby, Christine. 《*Aucassin et Nicolette*》, *Dictionnaire des lettres françaises:*

*le Moyen Âge*, éd. Geneviève Hasenohr et Michel Zink. Paris: Fayard, 1992, p.111-113.

Spitzer, Léo. 《Le vers 2 d'Aucassin et Nicolette et le sens de la chantefable》, *Modern Philology*, 45: 1, 1948, p.8-14.

———. 《Aucassin et Nicolette line 2 again》, *Moderne Phililogy*, 48, 1951, p.154-156.

Trotin, Jean, 《Vers et prose dans Aucassin et Nicolette》, *Romania*, 97, 1976, p.481-508.

Velten, Harry V., 《Le conte de la fille biche dans le folklore français》, *Romania*, 56, 1930, p.282-288.

Vincensini, Jean-Jacques. 《Formes et fonctions structurantes. À propos de quelques interjections en ancien et en moyen français》, *Langages*, 161, 2006, p.101-111.

Zink, Michel. *Introduction à la littérature française du Moyen Âge*. Paris: Librairie générale française, 1993.

## 古法文文法、語音、拼寫、構詞、詞彙方面之著作

翁德明，《古法文武勛之歌：《昂密語昂密勒》的語言學評注》，桃園：國立中央大學出版中心&Airiti Press Inc., 2010 年。

翁德明，《中世紀法文音韻的源頭與流變：以第九至十五世紀之文學文本為例》，桃園：國立中央大學出版中心&Airiti Press Inc., 2010 年。

Andrieux-Reix Nelly, Croizy-Naquet, Catherine, Guyot, France, Oppermann, Evelyne. *Petit traité de langue française médiévale*. Paris: PUF, 2000.

Andrieux-Reix, Nelly, Baumgartner, Emmanuelle. *Systèmes morphologiques de l'ancien français. Le verbe.* Bordeaux: Bière, 1983.

Andrieux-Reix, Nelly, Baumgartner, Emmanuelle. *Ancien français: exercices de morphologie.* Paris: PUF, 1990.

Andrieux-Reix, Nelly. *Ancien français: fiches de vocabulaire.* Paris: PUF, 1987.

Beaulieux, Charles. *L'histoire de l'orthographe. Formation de l'orthographe des origines au milieu du XVIᵉ siècle*, t.1. Paris: Champion, 1927.

Bourciez, Édouard et Bourciez, Jean. *Phonétique historique.* Paris: Klincksieck, 1967a.

———. *Éléments de linguistique romane.* Paris: Klincksieck, 1967b.

Buridant, Claude. 《Les binômes synonymiques. Esquisse d'une histoire des couples de synonymes du Moyen Âge au XVIIᵉ siècle》, *Bulletin du Centre d'Analyse du Discours*, 4, 1980, p.5-79.

———. *Grammaire nouvelle de l'ancien français.* Paris: SEDES, 2000.

Chaussée, François de la. *Initiation à la morphologie historique de l'ancien français.* Paris: Klincksieck, 1989.

Gougenheim, Georges. *Études de grammaire et de vocabulaire français.* Paris: Éditions A. et J. Pïcard, 1970.

Guillot, Roland. *L'épreuve d'ancien français aux concours: fiches de vocabulaire.* Paris: Honoré Champion, 2008.

Hélix, Laurence. *L'épreuve de vocabulaire d'ancien français. Fiches de sémantique.* Paris: Éditions du temps, 1999.

Laborderie, Noëlle. *Précis de phonétique historique.* Paris: Nathan, 1994.

Léonard, Monique. *Exercices de phonétique historique.* Paris: Nathan, 1999.

Matoré, Georges. *Le vocabulaire et la société médiévale.* Paris: PUF, 1985.

Ménard, Philippe. *Syntaxe de l'ancien français* (4ème éd.). Bordeaux:Bière, 1994.

Moignet, Gérard. *Grammaire de l'ancien français.* Paris: Klincksieck, 1988.

Revol, Thierry. *Introduction à l'ancien français.* Paris: Nathan, 2000.

Thomasset, Claude et Ueltschi, Karin. *Pour lire l'ancien français.* Paris: Nathan, 1993.

Zink, Gaston. *Morphologie du français médiéval.* Paris: PUF, 1989.

———. *L'ancien français.* Paris: PUF. (coll. *Que sais-je?* n° 1056), 1987.

# 古皮卡第方言文法

Gossen, Charles Théodore. *Petite grammaire de l'ancien picard.* Paris: Klincksieck, 1951.

# 中世紀文本編注規則

Guyotjeannin, Olivier et Vielliard, Françoise. *Conseils pour l'édition des textes médiévaux: conseils généraux,* fascicule 1. Paris: CTHS, École Nationale des Chartes, 2001.

Bourgain, Pascale et Vielliard, Françoise. *Conseils pour l'édition des textes médiévaux: textes littéraires,* fascicule 3. Paris: CTHS, École Nationale des Chartes, 2002.

## 古文字學指南

Audisio, Gabriel et Rambaud, Isabelle. *Lire le français d'hier. Manuel de paléographie moderne: XV^e-XVIII^e siècle* (4^e édition). Paris: Armand Colin, 2003.

Bischoff, Bernhard. *Paléographie de l'Antiquité romaine et du Moyen Âge occidental* (2^e édition). Paris: Picard, 1993.

Prou, Maurice. *Manuel de paléographie latine et française* (4^e édition). Paris: Auguste Picard, 1924.

**秀威經典**　　　　學習新知類　PD0079　學語言 18

# 歐卡森與妮可蕾特 Aucassin et Nicolette
## （古法文·現代法文·中文對照本）

原　　著 / 佚　名
譯　　注 / 李蕙珍（Huei-Chen, Li）
責任編輯 / 鄭夏華
圖文排版 / 楊家齊
封面設計 / 蔡瑋筠

出版策劃 / 秀威經典
發 行 人 / 宋政坤
法律顧問 / 毛國樑　律師
印製發行 / 秀威資訊科技股份有限公司
　　　　　114 台北市內湖區瑞光路 76 巷 65 號 1 樓
　　　　　電話：+886-2-2796-3638　傳真：+886-2-2796-1377
　　　　　http://www.showwe.com.tw
劃撥帳號 / 19563868　戶名：秀威資訊科技股份有限公司
　　　　　讀者服務信箱：service@showwe.com.tw
展售門市 / 國家書店（松江門市）
　　　　　104 台北市中山區松江路 209 號 1 樓
　　　　　電話：+886-2-2518-0207　傳真：+886-2-2518-0778
網路訂購 / 秀威網路書店：https://store.showwe.tw
　　　　　國家網路書店：https://www.govbooks.com.tw

2020 年 1 月　BOD 一版
定價：450 元
版權所有　翻印必究
本書如有缺頁、破損或裝訂錯誤，請寄回更換

國家圖書館出版品預行編目

歐卡森與妮可蕾特 / 佚名原著 ；李蕙珍譯注. --
一版. -- 臺北市 ：秀威經典, 2020.01
面 ； 公分. -- (學習新知類 ；PD0079)(學語
言 ；18)
BOD 版
ISBN 978-986-98273-3-1(平裝)

1. 法語　2. 讀本

804.58　　　　　　　　　　108020267

# 讀 者 回 函 卡

感謝您購買本書，為提升服務品質，請填妥以下資料，將讀者回函卡直接寄回或傳真本公司，收到您的寶貴意見後，我們會收藏記錄及檢討，謝謝！如您需要了解本公司最新出版書目、購書優惠或企劃活動，歡迎您上網查詢或下載相關資料：http:// www.showwe.com.tw

您購買的書名：_____

出生日期：_____年_____月_____日

學歷：□高中 (含) 以下　　□大專　　□研究所 (含) 以上

職業：□製造業　□金融業　□資訊業　□軍警　□傳播業　□自由業
　　　□服務業　□公務員　□教職　　□學生　□家管　　□其它_____

購書地點：□網路書店　□實體書店　□書展　□郵購　□贈閱　□其他

您從何得知本書的消息？

　□網路書店　□實體書店　□網路搜尋　□電子報　□書訊　□雜誌
　□傳播媒體　□親友推薦　□網站推薦　□部落格　□其他_____

您對本書的評價：(請填代號　1.非常滿意　2.滿意　3.尚可　4.再改進)

　封面設計____　版面編排____　內容____　文／譯筆____　價格____

讀完書後您覺得：

　□很有收穫　□有收穫　□收穫不多　□沒收穫

對我們的建議：_____

_____

_____

_____

11466
台北市內湖區瑞光路 76 巷 65 號 1 樓
**秀威資訊科技股份有限公司**　　　收
　　　　　　　BOD 數位出版事業部

⋯⋯⋯⋯⋯⋯⋯⋯⋯⋯⋯⋯⋯⋯⋯⋯⋯⋯⋯⋯⋯⋯⋯⋯⋯⋯⋯⋯⋯⋯⋯

（請沿線對折寄回，謝謝！）

姓　　名：＿＿＿＿＿＿＿＿＿　年齡：＿＿＿＿　性別：□女　□男

郵遞區號：□□□□□

地　　址：＿＿＿＿＿＿＿＿＿＿＿＿＿＿＿＿＿＿＿＿＿＿＿＿＿＿

聯絡電話：(日) ＿＿＿＿＿＿＿＿＿＿＿＿　(夜) ＿＿＿＿＿＿＿＿＿＿＿

E-mail：＿＿＿＿＿＿＿＿＿＿＿＿＿＿＿＿＿＿＿＿＿＿＿＿＿＿